삶의 세 가지 이야기

헤르만 헤세

삶의 세 가지 이야기

이강래 엮음

문지사

이 책을 읽는 분을 위하여

헤르만 헤세는 소년 시절에 이미 죽음의 일보 직전에까지 다가선 위기를 체험했다. 그 뒤로 두 차례에 걸친 세계대전에서는 평화주의 입장을 관철했기 때문에 생활의 위기에 직면하기도 하였다.

노벨 문학상은 쓰라린 시련 뒤에 얻은 결과였다. 그는 그와 같은 위기를 어떻게 해서 이겨냈으며, 85세라는 일생을 살면서 많은 작품을 쓰고 결실을 맺을 수 있었는가를 살펴볼 수 있는 이 책은 그것을 뒷받침하는 첫 시도이다.

헤세는 19세 때에 쓴 아름다운 회상의 소설『나의 유년시절(Meime Kimdmeit)』을 비롯하여『수레바퀴 밑에서』,『청춘은 아름다워라』을 거쳐『방랑자 크눌프』를 썼다.

"인간은 그가 받아야 할 것을 유년시절에서 13, 4세까지 충분히 그리고 예민하고 신선하게 체험한다. 그는 평생토록 그것을 삶의 양식으로 삼고 있는 것이다."

이는 헤세 자신의 절실한 고백이다.

마을브론의 신학교를 발작적으로 뛰쳐나와 끝내 퇴학당한 이후 고등학교 시절에는 교과서를 판 돈으로 권총을 사서 자살을 기도하기도 하였다.

이렇듯 헤세에게 있어 인생의 위기는 이미 소년 시절부터 그림자처럼 드리워져 있었다. 결국 그는 내면의 갈등을 겪어냄으로써 훌륭한 작가가 될 수 있었던 것이다.

만약 이런 시련을 이겨내지 못했더라면『수레바퀴 밑에서』의

주인공(한스)처럼 끝내는 삶의 시련을 감당할 수 없어 자멸해 버렸을
것이다.

최초의 위기를 잘 극복함으로써 마을에 있는 한 작은 공장
견습공을 거쳐 서점 점원 노릇을 하면서 고독한 시인의 길을 걸었던
것이다. 이때가 헤세에게 있어서 결정적으로 인생의 전환기를
가져다주었으며, 동시에 젊은 시절의 심연 앞에서 처해진 운명을
벗어나지 못한 수많은 사람들은 남의 일 같지 않게 느끼는 바가 있을
것이다. 『수레바퀴 밑에서』가 훌륭한 작품으로 널리 읽혀지는 이유도
여기에 있다.

괴테가 그의 자서전에서 '모름지기 한 개인의 가장 중요한 시기는
성장의 시기이다.'라고 말한 것은 헤세에게 있어 적합한 말이다.

『수레바퀴 밑에서』는 어머니가 없는 가정이 설정되어 있다는
점, 헤세의 경우와는 다르지만, 고향에 대한 묘사는 이 작품의 큰
매력이다. 또한 픽션 형식을 취하고 있는 작품 『청춘은 아름다워라』는
그의 집안과 양친, 고향 이야기가 눈에 보이도록 자세히 묘사되어
있다.

『청춘은 아름다워라』를 비롯하여 헤세의 다른 작품 중에도
남매간의 사이가 종종 묘사된다.

두 살 위의 누나 아델라(Adele Gundert)는 어렸을 때부터 만년에
이를 때까지 헤세와의 가장 친밀한 동반자였다. 목사인 조카와
결혼하여 선천적인 아름다운 인품으로 많은 사람들로부터 사랑을

받았다.

한편 세 살 아래인 마룰라(Marulla)는 차분하고 조용한 품성을
지니고 있어서 맹목적으로 아버지의 뒷바라지를 하느라고 결혼도 미룬
체 어머니와 인연이 깊은 크론탈르에서 개인 교수를 하면서 평생을
혼자 살았다.

남동생 한스(Johammes)는 살아있는 동안에도 불행했지만,
죽을 때는 더 불행했다. 『청춘은 아름다워라』 속에서 불꽃놀이를
즐기는 동생은 퍽 흐뭇하고 믿음직한 인물로 그려져 있는데, 장난과
온갖 놀이를 즐기는 성격 이상으로 우울한 비 사교성을 어머니로부터
이어받은 한스는 학창 시절부터 삐뚤어지기 시작하여 늘 선생님을
괴롭히고 자신감까지 잃어 결국에는 낙오자로서 스스로 삶을
끊어버리는 결과를 가져왔다.

그 당시 헤세가 쓴 『한스의 추억(수레바퀴 밑에서)』은 육친만이
갖는 독특한 애정과 나약한 동생에 대한 연민의 정으로 일관되어
독자들로 하여금 강한 감명을 느끼게 해준다. 감동적인 회상만이
아니고, 유년 시절이나 육친의 심리를 미묘하게 파헤치고 있다. 또한
작품으로서 뛰어날 뿐만 아니라, 헤세의 인간적인 면을 아는 데 가장
중요한 자료의 하나이다.

방랑의 여행길에서 자연과 하나님을 향해서 마음을 열고 꿈속에서
하나님과 더불어 사는 사람을 헤세는 작품 『크눌프』에서 묘사했다.

더 자세히 말한다면 『크눌프, 삶의 세가지 이야기』(Drei

Geschichten aus dem Lebem Kmuips. 1915)는 가이엔호펜
시절에서 시작하여 세 번째 이야기『크눌프』는 1915년에 이미 잡지
「전망」에 발표되었다. 산문시라고 볼 수 있는 헤세 작품 중에서 가장
순수한 아름다움을 지니고 있다.

작품 속의 주인공 크눌프는 실직한 데다 가슴까지 앓고 있는
유랑의 장인^{匠人}이다. 일할 능력은 갖지 못했으나 사람들에게 이야기를
들려주고, 아이들에게는 손가락으로 그림자 모양을 그려 보이고,
소년들에게는 노래를 불러주었다. 시인이자 조용한 철학자이기도
했다. 생활의 예술가라는 말이 더 어울릴 것 같다.

힘든 생업은 하고 있지는 않지만, 사람들은 그에게 숙식을
제공하는 걸 기쁨으로 여기고 있을 정도이다. 그는 감사의 표시로서
사람들의 생활을 밝고 즐겁게 해주는 법을 알고 있다.

그는 소년 시절에 이미 연상의 소녀를 사랑하여 배신당했기
때문에 그 상처로 탈선하여 정상적인 생활로 돌아올 수가 없었다.
인간의 말이 믿어지지 않아서 언제나 고독하게 살고 싶으나 마음과
아름다움에는 빈틈이 없다. 그러므로 크눌프는 안주^{安住}하기를
싫어하면서 친구들이 그를 병원에 입원시키려 해도 도망쳐서 오직 어릴
적의 추억을 그리워하고 사랑하는 하나님과 대화한다.

생의 최후에 크눌프가 눈 속에서 피를 토하며 몽롱해진 상태에서
하나님의 소리를 듣는 장면은 비할 데 없이 아름답고 감동적이다.

그의 삶이 남아있었다면 보다 더 훌륭하게 되었을지

모르지만, 천진한 어린애와 같은 어리석음과 어린애 같은 웃음
때문에 사람들로부터 조롱거리가 되고, 또 한편으로는 사랑받고
감사받으면서 살았다.

　"아무튼 모두가 그대로면 되느니라! 너는 나를 대신하여 방황했고
안주하고 있는 사람들에게 자유에의 향수를 끊임없이 전해 주는
구실을 다하고 있는 것이다."
라고 하나님은 말한다.

　삶을 위한 각종 거래와 가난 속에서 사는 사람들은 크눌프를
경멸하면서도 그를 남몰래 부러워하고 있다. 크눌프에게는
하루하루가 더욱 좋은 날이기 때문이다.

　『크눌프』는 헤세가 세상과 평화롭게 살았던 시절의 최후의
작품이었다. 이 작품을 끝냈을 때 커다란 폭풍이 안팎을 덮쳐
이제까지의 평화를 송두리째 앗아가 버렸다.

　『크눌프』가 출판되었을 때, 제1차 세계대전은 2년째에 접어들고
있는 시기였다. 그와 함께 전기前期의 헤세는 죽고 후기의 헤세가
태어나는 괴로움을 겪지 않으면 안 되었다.

　이처럼 눈 속에 묻혀 하나님의 소리를 어머니 음성처럼, 옛사랑의
달콤한 음성처럼 들으면서 죽어간 주인공 크눌프의 이야기는
서정적이고 감상적이며 감미로운 전기 헤세 문학의 극치라고 할 수
있다.

흰 구름이여, 차가운 눈이여.

그 사람은 춥지 않을까?

말하라! 그 사람은 하얀 들판에 잠들어 있는가?

아니면, 어두운 숲속에 누워 있는가?

헤세의 전기前期 대표작이라고 할 수 있는『수레바퀴 밑에서』(Unterm Rad. 1906년),『청춘은 아름다워라』(Schön ist die Jugend. 1916년),『크눌프Knulp, 1915)』세 작품을『헤르만 헤세의 삶의 세가지 이야기』로 묶어 보았다.

헤르만 헤세는 세상의 삶을 거슬러 숱한 방황과 고뇌를 거듭했으나, 한편 자신에게 주어진 운명에 긍정하면서 영원한 대지로 돌아갔다. 고통도 많았지만, 시인(작가)이 되겠다는 소년의 끈질긴 바램을 실현하여 최후의 날까지 마음을 쏟고 눈을 감았다.

그의 삶은 사는 방법과 죽는 방법에 있어서 후회 없는 일생이었다.

- 엮은이의 말

c
o
n
t
e
n
t
s

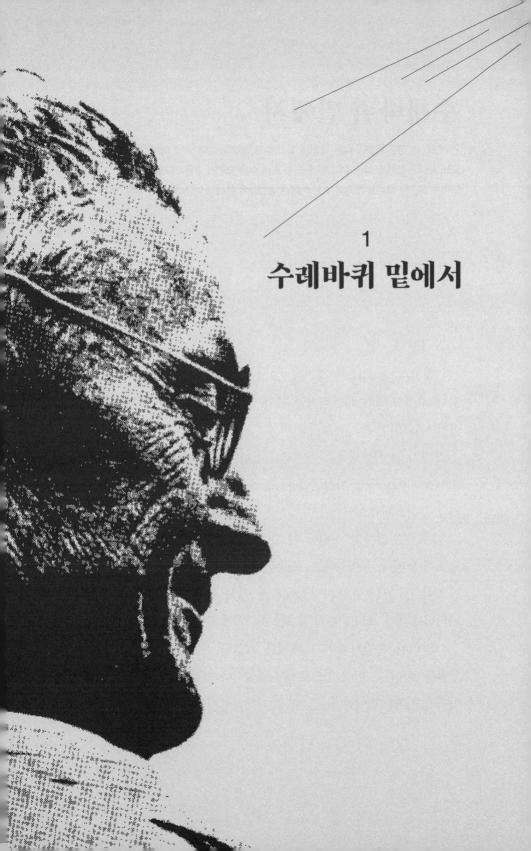

1
수레바퀴 밑에서

수레바퀴 밑에서

언제였던가, 어린 시절에 나는 목장을 따라 걷고 있었다. 그때, 이른 아침 바람의
노래 하나가 조용히 실려 왔다. 푸른 공기 소리 같은 꽃향기 같은 것이었다.
그것은 달콤한 내음을 풍기며 어린 시절을 영원토록 울리고 있었다.

대리점과 중매업을 함께 하는 요섭 기벤라트 씨는 다른 마을 사람
들에 비해서 별다르게 뛰어난 데가 있다던가, 특이한 점을 가지고
있지는 않았다.

그저 다른 사람과 마찬가지로 건강한 육체에 상당히 능숙한 장사
수완을 가지고 있는 사람이었다. 그러나 그는 돈을 매우 소중히 여겨
다소 수전노처럼 보였지만 마음만은 정직하였다.

집에는 조그마한 정원이 있고 가족 묘지에는 대대로 내려오는
묘소가 있었다. 무엇보다도 교회에 대한 그의 신앙심은 다소 고답적
인 것이어서 가끔 주위 사람들에게 종교적인 신념을 토로하기도 하여
하나님에 대한 그의 믿음의 정도를 지나치게 표시하기도 했다.

그렇지만 손윗사람에 대해서는 적절한 존경을 표했으며 도시
생활을 영위하는 한 시민으로서의 규약이나 범절에는 맹목적일 만큼
약속을 지키는 편이었다.

한편 술을 많이 마시는 편이었지만, 결코 곯아떨어지거나 실수한 적은 없었다. 여가를 보내기 위하여 여러 종류의 오락을 즐기기는 하였지만, 한 번도 법에서 허락한 범위를 벗어난 일은 없었다.

하지만 시기심 많은 가난한 사람들은 그를 수전노라고 욕하고 돈 많은 사람은 그를 졸부라고 빈정대었다.

그는 시민회 회원으로 금요일마다 '독수리'라는 주점에서 장기놀이에 곧잘 끼어들었다. 뿐만 아니라, 빵 굽는 날이나 시식회, 순대 국 먹기 모임에도 빠지는 일이 없었다. 일을 할 때에는 값싼 연초를 사서 피우지만, 식후나 일요일 같은 날에는 고급품을 사서 피웠다.

그의 내적 생활은 평민 그대로였다. 그의 내부에 아주 작은 부분을 차지하고 있을지도 모를 감정적인 정서는 오래전에 먼지 속에 파묻혀 버린 지 오래였고, 겨우 인습적이고 거추장스러운 가족 정신이라든가, 자식 자랑이라든가, 가난한 사람에 대한 동정심 정도가 그의 유일한 정서와 같은 것이라고 해도 틀림없다.

그의 정신적인 능력이란 융통성 없는 천성적인 교활함과 그 술수에서 벗어나지 못하였다.

그가 읽고 있는 것은 겨우 신문에 한정되어 있었고, 예술감상의 욕구를 채우기 위해서는 해마다 시민회에서 공연하는 소인극이나 서커스를 간혹 구경할 정도였다.

만일 그의 사람 됨됨이가 이웃 사람의 이름이나 주소를 바꾸어 놓았다 하더라도 그다지 다른 사람으로 변모되지는 않았을 것이다.

그의 마음속 깊은 곳에는 일종의 시기심에서 생긴 본능적인 적개심이 잠재해 있었는데, 그것은 뛰어난 힘과 그 인품에 대한 끊임없는 의혹이라든지, 모든 비범한 것, 자유로운 것, 세련된 것, 정신적인 것에 대한 질투에서 생긴 본능적인 발작이었다.

그러나 그에 관한 것은 이것으로 충분하다고 단정 지을 수 있다. 그 단조로운 생활과 그 속에서 자신을 의식하지 못한 비극을 설명한다는 것은 남의 말하기를 좋아하는 입방아꾼들만이 할 수 있는 일인 것이다.

그런데 그에게는 자랑스러운 외아들이 있었는데, 그에 대해서 이야기를 하고자 한다.

한스 기벤라트는 틀림없이 재주 있는 아이였다. 다른 아이들과 함께 어울려서 뛰놀고 있는 것만 보더라도 그가 얼마나 영리하고 뛰어난가를 충분히 알 수 있었다.

슈바르츠발트의 보잘것없는 작은 읍내에는 아직까지 이와 같은 인물이 태어난 적이 없었다. 정말 우물 안의 개구리와 같은 세계에서 벗어나 넓은 바깥세상으로 시선을 던져 활동하는 사람이 이곳에서 나온 일은 아직까지 없었다.

이 소년의 엄숙한 눈, 총명한 이마와 점잖은 걸음걸이는 누구로부터 이어받았는지는 아무도 몰랐다. 어쩌면 그것이 어머니로부터 물려받았는지, 어머니는 아주 오래전에 돌아가셨는데, 그녀가 살아있을 때는 병고에 시달리는 몸으로 항상 침대에 누워있던 모습 이외에는 눈에 띄는 것이라곤 없었다.

아버지는 문제가 되지 않았다. 그렇기 때문에 8, 9백 년 동안 많은 유능한 시민을 배출시켰지만, 아직까지 천재나 귀재라고 말할 수 있는 사람은 한 번도 태어나게 한 적이 없는 이 오래된 시골 마을에 신비스러운 불꽃이 하늘에서 땅으로 떨어진 셈이었다.

현대식으로 훈련되고 교육 받고 있는 예민한 관찰자는 병약한 어머니와 대대로 훌륭하게 닦아 온 가문을 상기해서 지력의 비대가 쇠퇴하기 시작하는 징조라고 말할 수 있을는지 모른다.

그러나 다행히도 이 읍내는 그와 같은 종류의 사람이 살고 있지는 않았다. 관리나 목사, 아니면 젊은 선생들만이 신문의 논설 같은 지면을 통해서 그와 같은 현대적 인간의 존재를 막연히 알고 있을 뿐이었다.

또한 이곳에서는 니체가 쓴 「짜라투스트라의 외침」은 알지 못해도 교양 있는 인간으로 행세할 수가 있었다. 그런 그들의 부부 생활은 더할 나위 없이 행복했다. 생활 전체가 개선하기 어려운 옛 습관을 가지고 있었다.

별다른 부족함 없이 살아갈 수 있는 마을 사람들 가운데는 최근 20년 사이에 직공에서 공장 주인이 된 사람도 적지 않았으나, 그들은 관리 앞에서는 모자를 벗고 예의를 지키며 교제를 원하지만, 그들끼리는 서로 관리를 '식충'이니 '하급 서기'라고 불렀다.

그러나 묘한 것은 그들의 최고의 야심이 될 수 있는 것은 자기들의 자식들을 공부시켜 관리로 만들려는 것이었다. 그러나 유감스럽게도 이것은 거의 예외 없이 충족될 수 없는 무지개와 같은 꿈에 지나지 않았다.

왜냐하면 그들의 자녀들은 대개 라틴어 하급 학교에서조차 헐떡거리며 몇 번이나 낙제하지 않을 수 없었던 것이다.

한스 기벤라트의 재능에 대해선 의심할 여지가 없었다. 일반 선생이나 교장, 이웃 사람들, 읍내 목사나 동급생조차도 이 모두가 이 소년이 비상한 두뇌의 소유자이고 특별한 존재인 것을 인정하였다. 따라서 그의 장래는 확실히 정해진 거나 다름없었다.

왜냐하면 슈바벤 주에서는 재주가 있는 아이에게는 양친이 부자가 아닌 이상 오직 하나의 좁은 길이 허락되어 있었다. 그것은 주 정부의 시험을 거쳐서 신학교에 들어가고 그다음은 튀빙겐 대학에 진학하여 졸업과 동시에 목사가 되거나 교사가 되는 일이었다.

해마다 4, 50명의 시골 소년들이 이런 평탄하고 안정된 길을 걸었다. 겨우 견진성사堅振聖事를 받고 과도한 공부에 야윈 모습의 소년들이 관비로 라틴어를 중심으로 한 여러 분야를 서둘러 배우고 나서 8, 9년 후에는 그들 인생 항로기—대개는 길고 먼 삶의 길이지만—에 들어서게 된다. 그런 다음 국가에서 받은 은전을 갚아 나가야만 하는 것이다.

수주일 후에는 '주 정부의 시험'이 있을 예정이었다. 국가가 지방의 수재를 뽑는 예년의 큰 행사를 '헤커톰베소 백 마리의 희생이란 뜻의 그리스어'로 불렀다. 이 시험이 진행되고 있는 동안 수도에서는 작은 도시나 마을로부터 많은 기원과 소망이 집중되곤 하였다.

한스 기벤라트는 이 작은 읍내에서 고통스런 경쟁터에 보내지게 될 유일한 후보자였다. 명예는 크나 그것은 결코 무상으로 얻을 수 있는 것은 아니었다. 매일 오후, 네 시까지 계속되는 수업 시간에 이어서 교장 선생님으로부터 그리스어 과외 수업이 있었다.

그다음 여섯 시에는 목사님이 친절하게 라틴어와 종교에 관한 신학 복습을 하여 주었다. 그 외에는 1주일에 두 번, 저녁 식사가 끝난 다음, 수학 선생 집으로 가서 특별 지도를 받았다.

그리스어에서는 불규칙 동사 다음으로 불변사에 의해 표현되는 문장 결합의 변화에 중점을 두었고, 라틴어에 있어서는 문체를 간편하게 구성하는 것, 특히 여러 가지 시형상詩形上의 자세한 점을 익히는 것에 집중했으며, 수학은 복잡한 비례법을 선택했다.

이것은 선생님도 종종 강조한 바와 같이 앞으로 연구나 생활에는 외견상으로 아무런 가치가 없는 것처럼 보였으나, 그것은 어디까지나 표면상 그렇게 보일 뿐 실제로는 매우 중요한 과목이었다.

그것은 논리적인 능력을 기르고 분명하고 냉정하며 정확한 사고의 기초가 되는 것이기 때문에 필수 과목보다 더 중요했다.

그러나 한스는 한편으론 정신적인 부담이 너무 과중하여서 체력을 연마하기 위해 정서를 등한시하고 고갈시켜서는 안 되기 때문에 아침마다 수업 시간이 시작되는 한 시간 전에 견신례를 받는 수업에 나가도 좋다는 허락을 얻었다.

거기서 그는 부렌츠의 종교 문답서를 통한 감격적인 문답을 암기 낭독하는 것으로써 젊은이들의 마음속에 종교적인 생명의 입김을 시원하게 불어 넣어 주는 것이었다. 섭섭하게도 한스는 이 휴식 시간을 스스로 단축시키고 그의 축복을 망쳐놓고 말았다.

그는 희랍어나 나전어 단어나 연습 문제를 적어 넣은 단어장을 몰래 문답서 가운데에 끼워 넣고서는 거의 한 시간 동안이나 이와 같은 세속적인 학문에 몰두하고 있었던 것이다.

그렇지만 그의 양심은 그렇게 둔하지 않은 탓으로, 언제나 안절부절 침착성을 잃고 남모르는 불안감을 느끼지 않을 수 없었다.

감독 목사가 소년 가까이로 다가오거나 직접 그의 이름이 불리워질 때마다 겁을 집어먹고 전신을 부르르 떨었다. 또한 대답하지 않으면 안될 때는 이마에 땀방울이 맺히고 가슴은 사정없이 두근거렸다.

그러나 소년의 대답은 발음에 있어서까지도 나무랄 데 없이 정확히 맞았다. 그러면 목사는 매우 탄복하는 것이었다. 쓰거나 외우거나 복습 예습 같은 것을 하기 위한 숙제는 낮의 수업 시간 때마다 쌓이기 때문에 밤늦게까지 희미한 등잔불 밑에서 정리하지 않으면 안 되었다.

가정의 평화로운 안위에 융화된 고요한 분위기에서 하는 공부는 특히 머리에 잘 들어가고 능률적이라고 선생님이 항상 말하였기 때문에 화요일과 토요일에는 더 늦게 열 시까지 계속되었으나, 그 외의 날에는 열한 시, 열두 시, 때로는 더 늦게까지 계속되었다.

아버지는 많은 등잔 석유 기름을 낭비한다고 약간의 불평을 털어놓기도 하였지만, 내심으로는 아들이 공부하는 것을 기쁨에 넘친 자랑으로서 바라보고 있었다.

한가한 시간이나 일요일 ―우리들 생활의 칠분의 일을 차지하고 있는 일요일― 같은 때에는 학교에서 읽지 못하는 두서너 권의 책을 읽는다든가 문법을 충분히 복습하도록 지도받고 있었다.

"물론 공부는 적당히 하고 일주일에 한두 번 산보를 하는 것도 필요하지. 그게 오히려 좋은 결과를 가져올 수도 있으니까. 날씨가 좋으면 책을 가지고 바깥으로 나가는 것도 좋지. 교외의 시원한 공기 속에서 더 잘 외워질 수 있다는 걸 알게 될 것이다. 하여간 고개를 쳐들고 즐겁게 해 나갈 일이다!"

그래서 한스는 될 수 있는 한 고개를 높이 쳐들고 산보하는 것도 공부하는 데 적절히 이용하였다. 그리고 수면 부족으로 낯빛이 푸르고 피곤한 눈을 한 채 말없이 놀란 모습으로 걸어 다녔다.

"기벤라트는 어떨까요. 합격하겠지요?"

어느 날 담임 선생이 교장 선생에게 말하였다.

"그럼 합격할 거야. 하고말고!"

교장은 즐겁게 소리쳤다.

"그 애만큼 영리한 아이는 없지요. 주의해서 관찰해 보시오. 그 아이의 행동 하나하나가 굳센 정신, 바로 그것이 그대로 뭉쳐진 것같이 보입니다."

최후의 일주일 동안은 '정신 바로 그것이 그대로 뭉쳐지는' 변화가 눈에 띄게 나타났다. 귀엽고 부드러운 얼굴에는 불안에 못 이겨 깊이 쑥 들어간 눈이 흐린 빛을 던지며 불타고 있었다.

아름다운 이마에는 바로 정신 그것을 연상케 하는 가느다란 주름살이 실날 같이 움직이고 있었다. 그렇지 않더라도 가느다랗게 여윈 팔과 손이 보티첼리를 연상케 하는 피곤이 잠든 아름다운 여신같이 늘어져 있었다.

벌써 시험 날이 다가왔다. 내일 아침 한스는 그의 아버지와 함께 슈루트가르트로 가서 거기서 주 정부의 시험을 치른 후에 신학교의 좁은 수도원의 문을 들어갈 자격이 있는지의 여부를 판가름해 볼 차례가 된 것이다. 그가 막 교장 선생님 댁에서 작별 인사의 방문을 마치고 온 길이었다.

최후의 몇 가지 주의할 점을 말씀하시면서 교장 선생님은 전에 없었던 온정에 넘치는 듯한 얼굴을 하고 "오늘 밤에는 더 이상 공부해서는 안 된다. 응? 나와 약속하자. 내일은 건강한 기분으로 슈루트가르트로 가지 않으면 안 돼. 지금부터 한 시간 동안만 산보를 하고 일찍 자거라. 젊은 사람들은 일한 만큼은 충분히 잠을 자야 돼."라고 말씀하였다.

한스는 여러 가지 두려운 주의를 들을 줄 알고 겁을 집어먹고 있었는데, 이처럼 부드러운 말을 듣는다는 것은 정말 뜻밖이었다. 안도의 숨을 내쉬며 교장 관사를 나왔다.

교회 동산의 키 큰 보리수 나무가 늦은 오후의 따가운 햇빛 속에 힘없이 서 있었고, 시청 앞 광장에는 두 개의 커다란 분수의 물보라가 소리를 내며 반짝이고 있었으며, 불규칙적으로 늘어져 있는 지붕들의 선 위로 전나무 산이 넘어다 보이고 있었다. 소년은 이러한 모든 것을 오랫동안 구경해 본 적이 없었다는 생각이 들었다.

어느 것이나 그에게는 대단히 아름답고 마음을 끌어당기는 매혹적인 것으로 생각이 되었다. 두통이 일어났지만, 오늘은 공부를 하지 않아도 좋았다.

그는 천천히 시청 앞 광장을 가로질러 시 청사 옆의 좁은 시장 골목길을 지나 대장간을 빠져나와 낡은 다리까지 왔다. 거기서 잠깐 동안 왔다 갔다 하다가 폭이 넓은 난간에 자리를 잡았다.

소년은 몇 달 동안 하루도 빠짐없이 이곳을 지나치면서 다리를 따라 늘어서 있는 작은 고딕식의 예배당이나, 냇물의 수문, 둑, 물레방아에도 눈초리 한 번 던지지 않았던 것이다. 수영하는 냇가의 풀밭에도, 버드나무가 서 있는 강변도 무심코 지나쳤던 것이다.

거기에는 가죽을 다루는 피혁 건조장이 있고 마치 냇물이 호수와 같이 깊고 검푸르게 잔잔히 물결치고 있는 곳에 활 모양 굽어진 가느다란 버들가지가 물속까지 늘어져 있었다.

지금 한스는 자신이 얼마나 자주 여기서 지냈는가를 머릿속에 떠올려 보았다. 또 그가 이곳에서 헤엄치고 잠수를 하고 노를 젓고, 낚싯대를 드리웠는가를 회상하였다.

아, 낚시질! 지금은 거의 잊어버리고 말았다. 지난해, 시험 때문에 낚시질을 금지당했을 때 얼마나 서러움에 복받쳐 울었던 것인가?

낚시질—그것은 학창 시절에 있어서 가장 아름다운 추억이었다. 그림자마냥 버들가지 그늘 밑에 서 있노라면 물레방아가 도는 물 떨어지는 소리가 가까이서 들려왔다.

그 깊고 고요한 물결! 시냇물 위로 번지는 빛의 아름다움. 산들바람에 흔들거리는 기다란 낚싯대, 미끼를 잡아당길 때의 가벼운 흥분, 파닥파닥 공간을 흔들며 꼬리치는 살찐 고기를 손에 잡아들었을 때의 뭐라 말할 수 없는 기쁨!

그는 몇 번이나 살찐 잉어를 잡은 일이 있었다. 석반어나 잉어, 맛있는 황어나 조그맣긴 하지만 아름다운 피라미 등도 낚았다.

오랫동안 그는 물 위를 응시하고 있었다. 푸른 시내의 한쪽을 바라보고 있는 동안에 그는 우울한 명상에 사로잡혔다. 생각하면 아름답고 자유스럽게 날뛰던 어린 시절의의 기쁨은 이제 먼 옛날의 일이 되어버렸다.

거의 무의식적으로 한 조각 빵 부스러기를 호주머니에서 끄집어내어 크고 작은 덩어리를 만들어서 물속에 던졌다. 그것이 가라앉자

고기가 몰려와서 물고 가는 것을 바라보고 있었다.

　처음에는 조그만 고기가 달려와서 작은 덩어리를 집어삼킨 다음 큰 덩어리를 먹고 싶은 듯이 주둥이로 툭툭 쳤다. 그다음에는 비교적 큰 석반어란 놈이 천천히 그러나 매우 조심스러운 동작으로 다가왔다.

　그의 넓고 검은 등허리는 물밑바닥과 구별 지을 수가 없었다. 이놈은 조심스럽게 빵 덩어리 주위를 돌고 있더니 갑자기 크고 둥근 주둥이를 벌려 삼켜 버렸다. 그러자 느릿느릿 흘러가는 물에서 습기 차고 후덥지근한 내음이 풍겨 왔다.

　흰 구름이 두서넛 희미하게 파란 수면에 비쳤다. 물레방앗간에서는 둥근 나무 바퀴가 찌익찌익 소리를 내고 두 개의 둑에서는 물이 합쳐져서 시원한 소리를 내며 흘러가고 있었다.

　소년은 며칠 전 일요일에 있었던 견신례를 떠올렸다. 그날 식이 진행되는 도중 모두가 마음속으로 감동하고 있을 때, 그는 그리스어의 동사를 외우고 있는 자기 자신을 발견하고 놀랐던 것이다.

　그 외에도 요즘 그가 생각하고 있는 어떤 것에 대해 혼란을 일으켜 수업 중에도 눈앞에 있는 공부 대신 이미 지나간 일들, 앞으로 있을 공부에 대해 생각하고 있는 일이 자주 있었다.

　'그러나 시험은 잘 되어 가겠지!'

　약간 정신 나간 사람처럼 그는 자리에서 일어섰으나 어디로 가야 한다는 분명한 방향 의식을 잊고 있었다. 그때 갑자기 누군가의 억센 손길이 그의 어깨를 잡아끌었다. 그는 몹시 놀랐다. 그러나 그를 부른 사람의 목소리는 부드러웠다.

"이봐, 한스. 잠깐 같이 걸을까?"

그 사람은 구두방 주인 플리크였다. 전에 한스는 가끔 저녁 한 시간쯤 이 아저씨 와와 함께 지낸 일이 있었다. 그러나 이제는 아주 오랫동안 가 보지 않았다.

한스는 함께 걸으면서 이 신앙심 깊은 경건파 신자가 말하는 것을 그다지 주의 깊게 듣지는 않았다. 플리크는 시험에 관해서 이야기하고 한스의 성공을 빌어주고 격려해 주었다.

그러나 그가 말하는 궁극적인 목적은 그런 시험 같은 건 세속적인 것이며, 그다지 신통치도 않은 것이라 말해 주었다. 낙제를 해도 부끄러울 것이 없고 아무리 잘하는 사람일지라도 낙제할 때가 있다고 했다.

한스가 만약 그런 경우에 해당된다면 신은 모든 인간에게 각각 특수한 뜻을 주었으므로 각자 알맞은 합당한 길을 걷게 하고 있다는 것을 알아주었으면 좋겠다는 말도 하였다.

한스는 이 아저씨에 대해 다소 미심쩍은 데가 있음을 발견했다. 그의 사람됨과 확고하고 당당한 태도에 존경심을 품고 있었으나, 시간마다 기도드리는 신자에 대한 농담을 듣고 무의식중에 마음에도 없는 웃음을 웃은 적이 가끔 있었다.

그 외에도 그의 날카로운 질문을 피하기 위해 훨씬 오래전부터 거의 불안에 가깝게 이 구두 장수를 외면해 온 자신의 옹졸함을 부끄러워하고 있었다.

한스가 선생들의 자랑거리가 되고 자신도 어느 정도 자부심을 가질 때는 플리크 아저씨는 그를 우습게 바라보며 좀 겸손하도록 타이르곤 했다.

그러나 그 때문에 소년의 마음은 모처럼 호의를 가지고 이끌어 주려는 사람에게서 다시 멀어지고 말았다. 그것은 한스가 소년다운 모험심이 강한 나이로서 자존심을 상하게 하는 말에는 민감하였기 때문이다.

지금도 그는 그 아저씨의 이야기를 들으면서 걷고 있었으나 이 사람이 얼마나 염려스럽고 친절한 마음으로 자기를 바라보고 있는가를 파악하지 못하고 있었다.

두 사람은 한참을 걸어 크로렌 골목길에서 목사를 만났다. 구두 장수는 지나칠 정도의 딱딱한 태도로 냉정하게 인사를 하고 서둘러 가버렸다. 왜냐하면 이 목사는 신출내기로 예수의 부활을 결코 믿지 않는다는 평판이 돌고 있었기 때문이었다.

목사는 소년을 데리고 걷기 시작했다.

"건강은 어떻니? 이 정도면 안심해도 되겠지?"

목사는 물었다.

"그럼요. 아주 좋습니다."

"잘해 봐! 모두가 네게 희망을 걸고 있으니까. 무엇보다도 라틴어에서 좋은 성적을 얻을 수 있으리라고 난 기대하고 있어."

"그래도 낙제하면……"

한스는 자신 없다는 듯이 말하였다.

"낙제?"

목사는 크게 놀라면서 발걸음을 멈추었다.

"낙제란 도저히 있을 수 없다. 전혀 있을 수 없는 일이야. 그건 쓸데없는 걱정이야."

"혹시 그렇게 되면…… 하고 생각한 것뿐입니다."

"그런 일은 일어나지 않을 거다. 한스야, 안심해도 좋아. 자, 그러면 아버지께 안부 전하여라. 기운을 내!"

한스는 목사를 전송했다. 그리고서는 구두 장수가 있는 쪽을 쳐다보았다. 저 아저씨는 대체 무슨 말을 하였던 것일까?

라틴어 같은 건 그다지 중요하지 않다. 마음만 비뚤어지지 않고 하나님을 두려워하면 된다고 말하였다. 그러나 입으로 말하기는 쉬운 일이다. 그리고 그다음, 만일 낙제한다면 두 번 다시 목사 앞에 나설 수는 없었다.

그는 침울한 모습으로 집에 돌아와 급한 경사가 되어 있는 아담한 정원에 들어섰다. 거기에는 오래전부터 쓰지 않는 헐어빠진 창고가 있었다.

소년은 이전에 그 안에 작은 판잣집을 만들어 삼 년 동안이나 토끼를 기르고 있었는데, 지난 가을 시험 때문에 토끼를 빼앗기고 말았다. 오락 시간을 즐길 마음의 여유조차 잃었다.

그 이후 정원도 오랫동안 발을 들여놓지 않았다. 텅 빈 판자벽은 손도 대지 못할 만큼 벽 한 귀퉁이의 종유석 덩어리는 헐어빠져 있었으며, 조그만 목제 물레바퀴가 녹슨 수도관 옆에 흩어져 뒹굴고 있었다.

그는 이런 것들을 깎고 맞추면서 기뻐하던 지난날을 떠올렸다. 그것도 벌써 이 년 전의 일이었으나 ─ 먼 옛날 같은 생각이 들었다. 그는 조그만 물레바퀴를 주워 비튼 다음에 산산이 부숴서 울타리 너머로 던져 버렸다.

'이런 것들은 없애버려야 해! 옛날 일은 끝나버린 것이니까.'

그러자 동창생 아우구스트가 머리에 떠올랐다. 그는 물레바퀴를 만들고 토끼집을 고칠 때 그를 도와주었던 친구였다. 둘은 이곳에서 돌을 주워 들고 팔매질을 하기도 하고 고양이를 쫓기도 하고, 천막을 치며 오후 예배가 있는 날에는 홍당무를 먹으며 여기서 놀았던 것이다.

그는 눈코 뜰 새 없이 공부하지 않으면 안 되었다. 아우구스트는 1년 전에 학교를 그만두고 기계 견습공이 되었고, 그 후 두 번 정도 얼굴을 맞대었을 뿐이었다. 물론 그 역시도 일에 쫓기어 시간이 없었다.

구름의 그림자가 급히 골짜기 위를 스치고 지나갔다. 태양은 벌써 산기슭에 가까이 와 있었다. 소년은 피로에 지친 몸을 내던져 소리 내어 통곡하고 싶은 심정에 사로잡혔다.

그는 마구간에서 손도끼를 가지고 나와 여위어 빠진 팔을 쳐들어 토끼집을 산산조각으로 부숴 버렸다. 엷은 널빤지가 사방으로 흩어지고 못은 끼익 소리를 내며 구부러졌다.

작년 여름부터 그 자리에 있던 썩은 토끼 밥이 튀어나왔다. 소년은 그런 모든 것을 내팽개쳤다. 그렇게 하면 토끼나 아우구스트나 그밖에 옛날 어린 시절에 같이 놀던 추억에 대한 그리움을 죽여 버릴 수가 있다는 듯이.

"애, 애, 뭐냐? 도대체 뭘 하고 있느냐?"

창문에서 아버지가 소리쳤다.

"땔 나무를 만들고 있어요."

한스는 그 이상 아무 대답도 하지 않고 도끼를 집어 팽개치고 정원에서 골목길로 뛰어나갔다.

그런 다음 그는 강기슭까지 달려왔다. 양조장 근처에는 두 개의 뗏목이 묶여져 있었다. 전에 그는 자주 뗏목을 타고 몇 시간이나 강을 내려갔던 것이다.

무더운 여름날 오후 같은 때 나무 사이에서 철썩철썩 물이 튀어오르는 뗏목을 타고 가노라면 통쾌하고 즐거웠다.

그는 가볍게 흔들리고 있는 뗏목에 뛰어올라 차곡차곡 쌓인 버드나무 위에 드러누웠다.

'지금 뗏목은 물결을 따라 내려가고 있다. 초원이며 밭, 마을, 서늘한 숲을 지나 다리와 올려진 수문 밑을 빠져 빠르게 혹은 느리게 물 위를 흘러가고 있다. 그러나 나 자신은 그 위에 드러누워 있는 것이다. 모든 것이 옛날처럼 토끼풀을 뜯고 냇가의 가죽 공장에서 낚시질을 했을 때 두통도 나지 않고 근심 걱정도 없었던 때와 같게 되었다.'

라는 생각에 골몰하려고 애썼다.

피곤에 지쳐 불유쾌한 얼굴을 하고 그는 저녁 식사 때에야 집으로 돌아왔다. 아버지는 내일로 다가온 슈루트가르트에의 수험 여행 때문에 대단히 흥분하여

"책은 가방에 넣었느냐? 검은 옷은 준비했느냐? 기차 안에서 문법책을 읽어 볼 생각은 없느냐? 기분은 좋으냐?"

등 열 번도 넘게 물었다.

한스는 다소 짜증 난다는 듯 짧은 대답을 했을 뿐 저녁밥도 변변히 들지 않고 곧 저녁 인사를 했다.

"자거라 한스야. 잘 자야 한다! 내일 아침 여섯 시에 깨워줄게. 너 사전은 잊지 않았지?"

"아뇨. 사전을 잊어버리다니요. 안녕히 주무세요!"

한스는 조그마한 제 방에서 불도 켜지 않은 채 오랫동안 앉아 있었다. 오늘 이 시간까지 이 방은 시험 소동 속에서도 은혜받은 유일한 장소였다.

좁긴 하지만 자신의 방으로 이 안에 있으면 자기가 주인이고, 누구에게서도 방해받지 않았다. 여기에서 그는 피로와 졸음과 때를 가리지 않고 찾아오는 두통과 싸우면서 저녁 늦게까지 시저나 쿠세노, 문법과 사전, 수학 문제에 달라붙어 그것에 골몰하고 있었던 것이다.

그는 끈기와 집념으로 공명심에 불타고 있었지만 절망적인 기분이 될 때도 가끔 있었다. 그러나 또 한편으로는 빼앗긴 장난감 이상으로 가치가 있는 시간을 조용히 맛볼 때도 있었다. 그것은 자랑과 도취와 승리의 기분에 넘쳐흐른 꿈과 같은…… 뭐라고 표현할 수 없는 시간이었다.

그럴 때면 그는 이런 꿈결과도 같은 세계에서 학교도 시험도 모두 다 초월한 이상적인 세계를 그리워하였던 것이었다. 그러면 그는 볼에 살이 찌고 귀염성 있는 친구들과는 달리 정말 훌륭한 인간으로 언젠가는 한 번은 속세에서 벗어나 높은 지위에 올라 뽐내며 그들을 내려다보게 되리라는 당돌한 행복감에 사로잡히기도 하였던 것이다.

지금도 그는 이 방에는 자유로운 공기가 가득 차 있기나 한 듯이 깊이 숨을 들이마셨다. 그리고는 침대 위에 걸터앉아 꿈과 희망과 예감에 잠겨서 몇 시간을 멍하니 보냈던 것이다.

맑은 눈시울이 과격한 공부에 부풀어 올라 커다란 그의 두 눈은 피로와 막연한 의무감에 차츰 감겨지기 시작했다.

창백해진 소년의 얼굴은 여윈 어깨 위에 쓰러지고 가느다란 두 팔은 맥없이 늘어졌다. 그는 옷을 입은 채 잠들고 말았다. 어머니같이 부드러운 졸음의 손길이 격양된 소년의 고통을 진정시켜 주고 이마의 작은 주름살을 지워 주었다.

지금까지 한 번도 없었던 일이었다. 이른 아침 시간인데도 교장 선생님이 몸소 정거장까지 나오셨다. 아버지 기벤라트는 검정색 후록 코트를 입고 있었으나 흥분과 기쁨과 자랑으로 조금도 침착하게 있지를 못했다.

그는 신경질적으로 교장 선생님이나 한스의 주위를 서성거리다가 역장이나 역 직원들로부터 무사한 여행과 아들의 시험의 성공을 빈다는 인사도 받았다.

그리고 작은 손가방을 오른손에 들었다가 왼손으로 쉴 사이 없이 옮기곤 하였다. 우산을 팔에 끼는가 하는 등 안절부절 못하다가 우산을 몇 번이나 떨어뜨리기도 했다. 그때마다 가방을 놓고 집어 들었다.

그가 왕복 차표를 가지고 슈루트가르트에 가는 것이 아니라 미국에라도 가는 것처럼 다른 사람들에게 생각되었으리라. 그러나 한스는 아주 침착한 듯했으나 남모르는 불안에 숨이 막힐 지경이었다.

마침내 기차가 와서 멈췄다. 사람들이 모두 올라탔다. 교장 선생은 작별 인사로 손을 흔들어 보였고 아버지는 담배에 불을 붙였다. 기차가 출발하자 서서히 아래 골짜기에서부터 마을과 거리는 사라졌다. 이번 여행은 두 사람에게 오히려 고통이었다.

얼마 후에 슈루트가르트에 도착하자 아버지는 별안간 활기에 넘쳐 즐거운 얼굴이 되고 친절해지면서 마치 사교가가 된 것처럼 행동했다.

한스는 아버지에게서 도시에 온 촌사람의 기쁨 같은 것을 느꼈다. 그러나 한스는 점점 말이 없어지고 불안해졌다.

도시를 둘러보니 가슴이 눌리는 중압감에 사로잡혔다. 보지도 못했던 얼굴, 사람을 굽어보는 듯한 높고 알록달록 장식되어 있는 건물, 현기증이 날 지경으로 긴 도로, 마차나 철도, 거리의 소음은 그를 위협하고 고통을 주었다.

두 사람은 백모댁에 숙소를 정하였다. 그곳에는 낯설은 방이며, 백모의 친절한 잔소리 때문에 또 오랫동안 멍하니 앉아 있거나 아버지의 쉴 새 없는 격려와 설교, 이런 것들이 소년을 완전히 녹아떨어져 버리게 만들었다. 그는 객지에서 길 잃은 나그네처럼 방 안에 틀어박혀 있었다.

너무나 낯설은 주위며, 백모의 교회식 의상이며, 큰 무늬가 있는 양탄자, 탁상시계, 벽에 걸린 그림을 보거나 또는 창문으로 시끄러운 거리를 바라보고 있으면, 그는 아주 버려진 사람 같은 절망감이 느껴졌다.

집을 떠난 지 벌써 오랜 시간이 흘렀고 그동안에 애써 배운 것도 모두 일시에 잊어버린 것 같은 기분이었다.

오후에 그는 한 번 더 그리스어의 불변화사를 복습할 작정이었는데, 백모가 산책을 하자고 제의해 왔다. 순간 한스의 마음속에는 초원의 푸르름과 숲속의 잔잔한 바람 소리 같은 것이 떠올랐다. 그래서 기꺼이 응했다. 그러나 곧 그는 이 대도시에서의 산책은 시골과 다른 종류의 오락이라는 걸 알게 되었다.

아버지는 시내에 누구를 방문할 일이 있어 한스는 백모와 단둘이서 산책하기로 했다. 그래서 막 집을 나서려는데 계단의 중간쯤에서 피치 못할 사고가 일어났다.

거만하게 보이는 이층의 뚱뚱한 부인과 마주치자, 백모는 그 여인에게 허리를 굽혀 정중하게 인사를 하였다. 그 부인은 대뜸 대단한 말솜씨로 잔소리를 하기 시작했다. 이야기는 15분 이상이나 걸렸다.

그동안 한스는 그 옆의 층계 난간에 몸을 기대고 서 있었다. 그러자 그 부인의 작은 개가 그의 발아래로 다가와 멍멍 짖기도 하고 으르렁거리기도 하였다.

그 뚱뚱한 부인은 몇 번이나 코 위에 무겁게 걸린 안경 너머로 그를 머리 위에서 발끝까지 뚫어지게 쳐다보았기 때문에 한스는 자기에 관한 이야기를 하고 있을 것이리라고 어렴풋이 짐작이 되었다.

그런 후 거리에 나서자 백모는 급히 가게 안으로 들어갔다. 그리고는 좀처럼 나오려고 하지 않았다.

한스는 겁에 질린 표정으로 거리에 서서 지나가는 사람들 때문에 옆으로 밀리기도 하고 거리의 부랑아들로부터 놀림감이 되기도 하였다.

잠시 후에 백모가 가게에서 나와 그에게 초콜릿을 주었다. 그는 초콜릿을 좋아하진 않았지만 정중히 감사하다는 인사를 하고 받았다.

거리에서 두 사람은 마차를 탔다. 이미 만원이 된 마차는 쉴새 없이 방울을 울리며 여러 군데의 거리를 빠져나와 마침내 큰 가로수가 서 있는 큰길과 공원에 도착하였다.

거기에는 분수가 물을 내뿜고 있었으며 울타리가 있는 화단에는 꽃이 피어 있고 조그만 인공 못에는 금붕어가 헤엄치고 있었다.

백모와 한스는 산보하는 사람들 틈 사이를 이리저리 거닐었다. 많은 사람들의 얼굴, 우아한 차림, 그 밖의 여러 가지 색다른 의상, 자전거, 환자용 이동의자, 유모차 등이 눈에 띄고 시끄러운 소음이 귀에 왕왕 울리고 호흡하는 공기는 미지근하고 먼지투성이로 가득 찬 느낌이었다.

한참 후에 두 사람은 다른 사람과 나란히 벤치에 자리를 잡았다. 백모는 쉬지 않고 줄곧 입을 열고 있었으나 자리에 앉자 깊은 숨을 내쉬고 한스에게 정답게 미소를 던지며 초콜릿을 먹도록 권했으나 그는 별로 먹고 싶은 생각이 없었다.

"얘 봐, 너 사양하고 있는 거지? 그러지 말고 먹어, 어서 먹어라."

그래서 한스는 초콜릿을 끄집어내서 잠시동안 은종이를 만지작거리다가 결국에는 조금씩 입에 넣었다. 그는 아무래도 초콜릿을 먹고 싶은 생각이 없었지만, 그런 자기의 기호를 백모에게 말할 용기가 나지 않았다.

그가 초콜릿 한 조각을 물고 조금씩 녹여 먹고 있을 동안에 백모는 아는 사람을 발견하고 달려갔다.

"여기 좀 앉아 있어. 응? 내 금방 돌아올게."

한스는 안도의 숨을 내쉬며 이 기회를 이용하여 초콜릿을 잔디밭 저쪽으로 던져 버렸다. 그런 다음 박자를 맞추어 발을 흔들면서 많은 사람들을 바라보고 있으려니까 뭔가 언짢은 생각이 들었다. 그래서 불규칙 동사를 외우려고 노력했으나 그가 기막히게 놀란 것은 거의 아무것도 외울 수가 없다는 사실이다. 아주 까맣게 잊어버렸다. 내일이 주의 시험인데도!

백모가 돌아왔다. 백모는 올해 주 정부의 시험 지원자가 118명 이라는 소식을 가지고 왔다. 이들 중에 합격할 수 있는 자는 36명 이라는 것이다. 그 말을 들은 소년은 아주 낙망하여 돌아가는 도중 한마디의 말도 하지 않았다. 집에 돌아오자 머리가 아프기 시작하여 아무것도 먹으려 들지 않고 낙담하고 있는 것 같아 아버지와 백모가 그를 격려하고 위로해 주었다.

한스는 밤에 괴로운 잠 속에서 무서운 꿈에 시달렸다. 그는 117명 의 동료와 함께 시험장에 앉아 있었다. 시험관은 고향의 목사와 같았고 백모와 비슷하게 닮은 것 같기도 하였다.

한스 앞에 초콜릿을 산더미같이 쌓아놓고 그것을 그에게 먹으라 강요했다. 한스가 눈물을 흘리며 그것을 먹고 있을 동안 다른 아이들은 차례차례 일어서서 조그만 문으로 사라지는 것을 보았다.

모두가 그 산더미 같은 초콜릿을 먹어 치웠으나 한스의 것은 점점 더 불어나서 책상이나 의자에까지 넘쳐서 그를 질식시킬 것만 같았다.

다음 날 아침 한스가 시험에 지각하지 않도록 시계에서 눈을 떼지 않고 커피를 마시고 있을 때, 그의 고향에 있는 많은 사람들의 모습이 머리에 떠올랐다.

맨 처음은 구둣방 주인 플리크, 그는 아침 수프를 들기 전에 하나님께 기도를 드렸다. 직공들과 두 사람의 견습공과 함께 가족들이 식탁에 둘러앉았다. 그는 언제나 하는 아침 기도에 다음과 같은 말을 덧붙였다.

"주여! 오늘 시험을 치르는 학생 한스 기벤라트를 보호하시와 그를 축복하옵고 힘을 북돋워 주시옵소서. 훗날 그로 하여금 주님의 성스러운 이름을 알리게 하는 올바르고 용감한 자가 되게 하옵소서."

고향의 목사는 한스를 위해 특별히 기도드리지는 않았으나 아침 식사를 하면서 그의 부인에게 말하였다.

"이제야 기벤라트가 시험을 치르게 되었군. 그 애는 언젠가는 훌륭한 인물이 되어 모든 사람들이 꼭 그를 눈여겨보게 될 거요. 그러면 라틴어를 도와준 것도 손해는 되지 않겠지."

담임 선생은 수업 시간이 되기 전에 학생들에게 말하였다.

"그래 지금 슈루트가르트에서는 주 정부의 시험이 시작되고 있다. 그러니 우리는 기벤라트의 성공을 빌자! 물론 그에게는 필요 없겠지. 너희들 같은 게으름뱅이 열 명이 한꺼번에 뭉쳐도 견디지 못하니까."

학생들 역시 거의 모두가 이곳에 없는 한스를 생각하고 있었다. 심지어 그중에서는 한스가 합격하느냐 낙제하느냐에 대해서 내기를 걸고 있는 아이들은 더욱 그러하였다.

진정으로 위해주는 기도나 마음으로 보내주는 동정은 먼 거리를 쉽사리 넘어서 멀리까지도 도달하는 법이므로 한스도 고향에서 모두가 자기를 생각해 주고 있다는 사실을 충분히 실감할 수 있었다.

아버지를 따라 시험장에 들어섰을 때는 정말 가슴이 두근거려 시험 담당 조수의 지시에도 몸이 떨렸다. 창백한 표정의 소년들이 가득 차 있는 커다란 교실을 둘러보니, 마치 고문실에 들어선 범죄자와 같은 기분에 사로잡혔다.

그러나 교수가 들어와서 조용히 하라고 명하고 라틴어 문장 연습의 원문을 받아쓰게 하였을 때 한스는 이 정도면 하고 안도의 숨을 내쉬었다.

기쁨을 감출 수 없는 마음으로 천천히 원고를 작성하자, 다시 한번 신중히 그리고 깨끗하게 정서하였다. 그는 최초로 답안지를 제출한 사람 중의 한 학생이었다.

그리고는 백모의 집으로 가는 길을 잘못 들어 무더운 도시 거리를 두 시간이나 헤매었으나 다시 길을 찾자 마음의 안정은 그다지 흐트러지지 않았다. 오히려 백모나 아버지로부터 잠깐 동안이나마 떨어져 있는 것이 기쁠 정도였다.

무엇보다도 낯설은 도시의 거리를 걷고 있으려니까 무모한 모험가와도 같은 기분이 들었다. 겨우 길을 묻고 하여 간신히 집에 돌아오자, 곧 질문의 화살을 받았다.

"어떻게 했느냐? 어떻더냐? 죄다 할 수 있었니?"

"쉬웠어요."

그는 자랑스럽게 말하였다.

"그런 것쯤은 오학년 때 이미 해석할 수 있었던 거예요."

그는 몹시 배가 고팠기 때문에 아무것이나 가리지 않고 양껏 먹었다.

오후에는 할 일이 없었으므로 아버지는 한스를 데리고 친척이나 친구들 집을 방문하였다. 그중의 한 집에서 까만 옷을 입은 수줍은 소년을 만났다. 그도 마찬가지로 주 정부의 시험을 치르기 위해 괴팅겐에서 온 것이다.

한스와 소년은 그들 둘만이 남게 되었을 때는 부끄럽기도 하지만 호기심에서 서로 얼굴을 쳐다보기도 했다.

"라틴어 문제는 어때? 쉽지! 그렇지 않아?"

한스가 물었다.

"아주 쉬웠어. 그러나 그게 바로 함정이지. 쉬운 문제일수록 틀리기가 쉬우니까 말이야. 주의를 하지 않거든. 거기에 문제의 핵심이 있지."

"그럴까?"

"물론이야. 시험관들은 그렇게 바보가 아닐 테니까."

한스는 약간 놀라서 생각에 잠겨 버렸다. 그리고는 떠듬떠듬 물어보았다.

"너 원본을 가지고 있니?"

그러자 소년은 수첩을 가지고 왔다. 그들은 함께 문제를 빠짐없이 한 자 한 자 살펴보았다.

괴팅겐의 소년은 정통한 것처럼 보였다. 그는 한스가 전혀 듣지도 못한 문법상의 용어를 두 번이나 사용했다.

괴팅겐의 소년이 물었다.

"내일은 뭐가 있을까?"

"그리스어와 작문이지."

그리고 괴팅겐의 소년은 한스의 학교에서 몇 명이나 수험생이 왔는가를 물었다.

"아무도 오지 않았어, 나 뿐이야."

한스가 대답했다.

"뭐? 우리 괴팅겐에서는 열두 명이나 왔는데, 그중에는 아주 영리한 아이가 세 명 있는데, 그중에서 누군가가 1등을 하리라고 모두 기대하고 있지 뭐야. 작년에도 1등은 역시 괴팅겐 학생이었으니까. 만약에 넌 떨어지면 일반 중학교에 가니?"

한스는 아직 그런 이야기에 대해서는 전혀 생각해 본 적이 없었다.

"아직 몰라…… 아니, 가지 않으리라고 생각하고 있어."

"그래? 난 이번에 떨어지든 말든 공부는 계속할 거야. 떨어지면 어머니가 울름에 보내준대."

그 말을 들으니 한스는 상대방이 매우 강하게 느껴졌다. 아주 영리한 세 학생을 포함하여 열두 명의 괴팅겐의 학생도 그의 불안의 대상이 되었다. 자신은 아무래도 합격할 것 같지 않았다.

집에 오자 책상 앞에 앉아 'mi'로 끝나는 동사를 한 번 더 조사해 보았다. 그리스어에 대해서 그는 조금도 불안감을 갖고 있지 않았다. 거기에는 누구보다도 자신이 있었다.

그러나 그리스어에 대해서는 독특한 감정을 가지고 있었다. 그는 그리스어를 좋아할뿐더러 거기에 골몰하고 있었는데, 그것은 읽기 위해서만이 아니었다.

특히 크세노폰은 아주 아름답고 감동적으로 생생하게 씌어져 있었다. 모두가 맑고 깨끗하고 힘있게 울렸으며 경쾌하고 자유스런 정신을 가졌고, 또한 이해하기도 쉬웠다.

그러나 문법 문제에 부딪혀 독일어를 그리스어로 번역하지 않으면 안 되게 될 때에는 서로 모순되는 규칙이나 형식이 미궁에 빠져들어 이전에 아직 그리스어 알파벳조차 읽지 못하고 처음 과목을 배울 때와 거의 꼭 같은 불안스러운 두려움을 이 외국어에서 느끼고 있는 것이었다.

다음날은 순서에 따라 그리스어 시험이 있었고, 다음에는 독일어 작문 시험이 있었다. 그리스어는 상당히 문장이 길어 결코 쉬운 문제가 아니었다. 작문의 테마는 까다로웠고 자칫 틀리기 쉬운 문제였다. 열 시부터 넓은 교실 안은 찌는 듯이 무더웠다.

한스는 좋은 펜을 갖고 있지 못했으므로 그리스어 답안지를 정서해 내기까지에는 두 장의 종이를 낭비했다.

작문 시험 때 옆에 앉은 수험생이 질문을 쓴 종이를 한스에게 내밀어 갈빗대를 옆구리를 찌르면서 답을 강요하기 때문에 몹시 난처하였다.

같이 앉은 학생과 이야기하는 것은 엄격히 금지되어 있었으며, 만일 이를 어기는 사람이 있으면 사정없이 시험에서 제외되는 것이었다. 두려움에 식은땀을 흘리며 한스는 그 종이에다 '방해지 말아 달라.'고 써서 상대방 아이에게 등을 돌렸다.

굉장한 더위였다. 감독 교수는 끈기 있게 규칙적으로 교실 안을 왔다 갔다 하며 조금도 쉬지 않고 있었으나 몇 번이나 손수건으로 얼굴을 타고 흐르는 땀을 닦았다.

한스는 견신례 때의 두터운 옷을 입고 있었으므로 땀이 배어 나고 머리가 아팠다. 그래서 이제는 마지막이라는 비장한 마음으로 결점 투성이의 답안지를 제출했다.

시험을 마치고 집에 돌아온 한스는 식사 때 한마디 말도 하지 않았다. 어떤 말을 들어도 어깨만 축 늘어뜨리고 범죄자와 같은 얼굴을 하였다.

백모는 그런 한스를 달래 주었으나 아버지는 불쾌한 표정을 하고 있었다. 그리고 식사 후 소년을 옆방으로 데리고 가서 한 번 더 캐물어 보려고 하였다.

"어찌 된 일이냐?"

"틀려버렸어요."

한스는 말하였다.

"왜 조심을 하지 않았어? 마음을 가다듬고 해야 되잖았어! 시원찮은 놈은 할 수 없구나!"

한스가 아무 말이 없자, 아버지가 참을 수 없다는 듯 나무라자 그도 흥분이 되어 말하였다.

"아버지는 그리스어 같은 건 전혀 모르시면서!"

무엇보다도 제일 싫은 일은 두 시에 면접시험을 받으러 가지 않으면 안 되었다. 그는 면접시험을 가장 겁내고 있었다.

찌는 듯한 무더운 거리를 걸어가는 도중 그는 아주 비참한 기분이 들었다. 고통과 불안과 현기증 때문에 눈도 제대로 뜰 수가 없을 정도였다.

커다란 녹색 책상에 앉아 있는 세 사람의 시험관 선생님 앞에 십분 동안이나 마주 앉아서 그리스어 문장을 두서너 개 번역하고 여러 가지 질문에 대답했다. 마지막으로 그리스어의 불규칙 과거형을 물었다. 그러나 한스는 대답하지 못했다.

"가도 좋아. 저기 오른쪽 문으로……"

그는 걸어갔다. 그러나 바로 문 앞에서 그리스어의 과거형을 생각해 냈다. 그는 멈추어 섰다.

"밖으로 나가요."

시험관은 외쳤다.

"나가요. 아니 어디 불편한 데라도 있는가?"

"아닙니다. 그 과거형이 이제 생각났습니다."

그는 시험장 안을 향해 과거형을 큰 소리로 말했다. 선생님들 중의 한 사람이 웃는 것을 보고 그는 불타는 듯한 머리를 안고 밖으로 뛰쳐나갔다.

그리고는 질문과 자기가 한 답을 다시 생각해 내려고 애썼으나 모두가 뒤죽박죽이었다. 다만 커다란 녹색 책상과 프록 코트를 입은 세 사람의 엄숙한 표정과 펼쳐져 있던 책, 그리고 그 위에 놓여진 떨고 있는 자기의 손, 이런 것들이 되풀이되어 눈에 어릴 뿐이었다.

도대체 나는 어떤 답을 말했던가!

거리를 걷고 있으려니까 그가 여기 온 지 이미 몇 주일이나 되었고, 이젠 다시는 돌아갈 수 없게 된 것 같은 생각이 들었다.

고향 집 정원의 모습, 전나무 숲의 푸른 산과 들이며, 시냇가의 낚시터, 이 모든 것이 무척 멀리 떨어져 있고 또 오래전에 한 번 본 일이 있는 것 같은 아련한 생각이 들었다.

'아! 오늘이라도 집에 돌아갈 수가 있다면!'

여기에 머물러 있을 필요가 없었다. 이렇든 저렇든 간에 시험은 모두 허사가 되어 버렸지 않은가.

그는 밀크빵을 샀다. 그리고 아버지에게 변명해야 하는 것이 싫어 오후에는 종일 거리를 배회하기만 하였다. 그가 마침내 집에 돌아오자, 모두들 그를 걱정하고 있었다. 그가 피곤해서 애처롭게 보였기 때문에 달걀 수프를 먹인 다음 잠자리로 보냈다.

이제 수학과 종교 시험이 있었다. 그리고 나면 집에 돌아갈 수 있는 것이다.

다음날 시험은 아주 잘 치른 것 같았다. 어제 중요한 과목에서 실패하고 난 후에 오늘 성공한 것은 쓰디쓴 아이러니었다. 하지만 아무래도 좋았다. 돌아갈 일만 남았기 때문이다.

"시험은 끝났습니다. 이젠 집에 가도 됩니다."

그는 집에 돌아가자마자 백모에게 보고하였다.

아버지는 오늘 하루만 더 여기에 있자고 하였다. 칸슈타트로 가서 그곳 온천 공원에서 커피를 마시자는 것이다.

그러나 한스는 오늘 중에 혼자서라도 집으로 돌아갈 것을 애원하기 때문에 아버지는 아들의 뜻을 허락하고 말았다.

한스는 차표를 받아 백모로부터 작별의 키스와 먹을 것을 가지고 지칠 대로 지친 채 아무 생각 없이 기차에 흔들리면서 푸르른 구릉 지대를 지나 고향으로 향하였다.

유혹하듯 검고 푸른 전나무와 우거진 산, 들이 나타났을 때 비로소 소년은 구원받은 거와 같은 기쁨의 감정에 사로잡혔다.

나이 든 가정부와 자기의 조그만 방이며, 교장 선생님이며, 정든 교실이며, 그밖에 온갖 것들이 기쁨으로 기다려졌다. 다행스럽게도 정거장에는 호기심 많은, 아는 사람은 하나도 모습이 보이지 않았다. 그래서 그는 보따리를 가지고 집으로 곧장 달려갈 수 있었다.

"슈루트가르트는 좋았어요?"

안나 아주머니가 물었다.

"좋다니요? 정말 시험이 좋은 거라고 생각해요? 이렇게 돌아온 게 그저 기쁠 뿐이죠. 아버진 내일에야 돌아와요."

그는 신선한 우유를 한 잔 마시고 창밖에 걸려 있는 수영복을 집어 들고 달려 나갔다. 그러나 마을의 공동 수영장이 있는 초원으로는 가지 않았다.

그는 시내에서 훨씬 더 떨어진 변두리 '바게'로 갔다. 그곳의 물은 깊고 높다란 숲 사이로 천천히 흐르고 있었다. 그는 옷을 벗고 먼저 손을, 그다음은 발을 어루만지듯이 적시며 차가운 물속으로 조심스럽게 들어갔다.

약간 몸이 떨렸으나 얼른 몸을 솟구쳐 물속으로 뛰어들었다. 약한 물결을 거슬러 천천히 헤엄치고 있자니까, 며칠 동안의 땀과 불안이 자기 몸에서 떨어져 나가는 해방감을 느꼈다.

그의 가냘픈 몸이 약간 떨렸으나 물속에 잠겨 있는 동안 그의 마음은 이 아름다운 고향을 새로운 기쁨으로 그의 품 안에 안겨주었다.

그는 계속해서 헤엄쳐 나갔다가는 쉬고 또 헤엄쳐 가면서 은근히

스며오는 차가움과 피로가 엄습해 오는 쾌감을 느꼈다.

그는 하늘을 보고 떠내려가면서 황금색 원을 그리며 떼를 이루는 파리들이 곱게 윙윙거리는 소리에 귀를 기울였다. 또 저녁이 깃든 하늘 너머로 조그만 제비가 빠른 속도로 가로지르는 것을 보았다.

벌써 산 능선에 숨은 태양이 하늘을 장밋빛으로 물들이고 있었다. 옷을 주워 입고 꿈을 꾸는 듯한 기분으로 어슬렁어슬렁 집으로 돌아왔을 때는 이미 골짜기는 짙은 그늘이 드리워져 있었다.

돌아오는 도중에 가게 주인 작크만의 집 정원을 지나쳤다. 거기에서 한스는 아주 어렸을 때 다른 두서 명의 아이들과 같이 채 익지 않은 살구를 몰래 따 먹은 일을 생각했다.

그리고 하얀 전나무 목재들이 흩어져 있는 키드히너 목공소 옆을 지나갔다. 그 재목 밑에서 이전에는 낚싯밥으로 사용할 수 있는 지렁이를 찾곤 했었다. 그다음은 검사관 겟슬러의 작은 집 옆을 지나갔다.

2년 전 스케이트를 탈 때 그 집 딸 엠마와 가까이해보려는 강한 충동을 느꼈었다. 엠마는 이 마을의 여학생들 중에서 제일 예쁘고 우아했다. 나이도 한스와 같았다.

그때 한동안 엠마와 한 번 이야기라도 해보거나 악수라도 해보려는 걷잡을 수 없는 욕망에 들떠 있었다. 끝끝내 그 일은 성공하지 못하고 말았다. 너무도 수줍었던 탓이다.

엠마는 기숙 학교로 가고 말았고, 이젠 그녀의 얼굴조차 기억에서 희미했다. 그렇지만 어린 시절의 일들이 마치 먼 피안의 일들처럼 지금 한스의 머릿속에 다시 떠올랐다. 무엇보다도 그것은 지금까지 경험한 어떠한 것보다 강한 색채와 이상스럽게도 불안에 찬 향기를 가져다주었다.

그 무렵 한스는 저녁때면 나숄트 집의 라제와 같이 대문간에 앉아 감자 껍질을 벗기면서 여러 가지 이야기를 들었다.

또 일요일 아침 새벽부터 아랫마을 강둑에서 바지를 높이 걷어 올리고 마음속으로 떨면서 새우나 고기를 잡다가 일요일 나들이옷을 적시곤 하여 아버지에게서 매를 맞은 때도 있었다.

당시는 수수께끼 같은 이상한 물건이며 사람들도 많았다. 그러한 것들을 그는 이미 오랫동안 완전히 잊고 있었다. 목이 약간 굽은 구두 수선공 슈트로마이어가 그의 아내를 독살시켰다는 것은 확실하다는 이야기였다.

또한 그 엉뚱한 '베크' 씨. 그 사람은 지팡이와 점심밥을 싸 가지고 읍내는 물론 주 구석구석을 헤매고 다녔지만, 옛날에는 부자로서 마차와 말 네 마리를 가지고 있었기 때문에 그 사람에게 '씨'라는 존칭어를 붙여 주고 있었던 것이다.

한스는 이젠 이들에 관해서는 이름 하나 기억나는 것이 없고 이 어두컴컴한 골목길의 세계가 그에게는 갑자기 인연이 멀어져 버렸다는 것을 은연중에 느껴졌다. 그 대신 어떤 활기를 준다던가 경험할 만한 가치가 있는 일이 생긴 것도 아니다.

그는 다음날에도 휴가를 얻은 기분이어서 정오까지 늦잠을 자고 자유로운 기분을 즐겼다. 점심때 아버지를 마중 나갔다. 아버지는 아직도 슈루트가르트에서 맛본 여러 가지 즐거움에 충만하여 행복스러운 표정을 지니고 있었다.

"너 합격하면 뭐든지 갖고 싶은 것을 말해도 좋다. 잘 생각해 두어라."

아버지는 기분이 좋아서 말했다.

"틀렸어요."

소년은 한숨을 쉬었다.

"틀림없이 떨어질 거예요."

"바보 같은 녀석. 왜 그런 말을 하니! 아버지가 후회하기 전에 뭐든지 하고 싶은 걸 말해 두는 게 좋아."

"휴가 때 다시 낚시질 가고 싶어요. 가도 좋아요?"

"좋지. 시험에만 합격한다면 가도 좋고말고."

다음 일요일에는 소나기가 쏟아졌다.

한스는 몇 시간이나 자기 방에 들어앉아서 책을 읽기도 하고 명상에 잠기기도 하였다. 그리고 다시 한번 슈루트가르트에서의 시험 성적을 곰곰이 생각해 보았다. 그때마다 절망적인 실패감에 후회를 하면서 더 훌륭한 답안지를 만들어 낼 수도 있었을 것이라는 결론에 도달하였다.

더 이상 절대 합격할 가능성은 없다. 얼마나 두려운 일인가! 그는 차츰 어떤 불안감이 쌓여서 가슴이 답답하여 견딜 수 없었다. 마침내는 무거운 근심에 시달리며 아버지에게로 달려갔다.

"아버지!"

"왜 그러느냐?"

"좀 물어볼 게 있어서요. 뭘 하고 싶은 것 때문인데요. 난 낚시를 그만두겠어요. 그보다 더 좋은 일이 있어서요"

"왜? 무엇 때문에 또 그런 말을 끄집어내지?"

"저…… 묻고 싶은 말이 있어요. 만일……"

"다 말해 보아라! 농담이라도 좋다. 도대체 뭐야?"

"저…… 만일 낙제한다면 일반 중학교에 가도 좋은지 어떤지……"

기벤라트 씨는 어처구니없다는 얼굴을 하였다.

"뭐, 일반 중학교?"

그는 펄쩍 뛰며 고함을 질렀다.

"네가 중학교로? 누가 그런데 가라고 하더냐?"

"아무도 아니예요. 제가 그렇게 생각했을 뿐이에요."

단말마의 고민이 소년의 얼굴을 스쳐 가고 있는 것을 아버지는 알아보지도 못했다.

"가, 가라!"

아버지는 성난 얼굴로 말하였다.

"당치도 않는 말이다. 일반 중학교? 내가 상업 고문관이라도 된 걸로 생각하느냐?"

아버지가 단호히 거절해 버렸기 때문에 한스는 힘없이 절망적인 기분으로 거실을 나왔다.

"어떻게 돼먹은 녀석이야."

아버지는 자식의 뒤를 보며 나무랐다.

"그럴 수가 있냐? 뭐, 이제는 중학교에 간다고! 바보같이 어림도 없는 생각이야."

한스는 반 시간 동안이나 창가에 앉아서 깨끗이 닦아 놓은 마룻바닥을 쳐다보며 정말 신학교도 중학교도 학문도 아무것도 할 수 없게 된다면 장차 어떻게 될 것인가를 생각해 보려고 애썼다.

아마 견습공이나 치즈 가게나 사무소에 들어가게 될 것이다. 일생 동안 평범하고 보잘것없는 한 인간 가족으로 끝마치겠지. 그는 그런 사람을 멸시하고 어떻게든지 뛰어난 사람이 되려고 했었다. 이제 그 귀염성 있고 영리해 보이는 학생다운 얼굴은 분노와 슬픔에 찬 일그러진 얼굴이 되었다.

그는 미친 듯이 뛰어 일어나서 자기 방으로 돌아가서는 거기에 놓여 있는 라틴어 독본을 집어 들어 힘껏 벽에 내동댕이쳤다. 그리고는 빗속으로 달려 나갔다.

월요일 아침, 그는 다시 학교로 갔다.

"어떠냐?"

교장 선생님이 물으며 악수를 청했다.

"난 어제 오리라고 생각했었는데…… 시험은 어떻더냐?"

한스는 고개를 숙였다.

"한스야! 어떻게 되었어. 실패했니?"

"그런 것 같아요."

"응, 조금만 참아 보자꾸나! 오늘 오전 중으로 슈루트가르트에서 소식이 오겠지."

오전 내내 몹시 지루했다. 아무런 소식도 오지 않았다. 점심시간에도 한스는 가슴 속에 치밀어 오르는 갑갑증 때문에 아무것도 먹을 수가 없었다.

오후 두 시 교실에 들어가니 담임 선생이 벌써 와 있었다.

"한스 기벤라트."

선생은 벅찬 음성으로 소리 질렀다. 한스가 앞으로 나가자 선생은 손을 내밀었다.

"축하한다. 기벤라트, 넌 주 정부 시험에 2등으로 합격했다."

교실 안은 아주 조용해졌다. 그때 문이 열리더니 교장 선생이 들어오셨다.

"축하한다. 자, 무슨 말인가를 좀 해야지?"

소년은 놀라움과 기쁨에 가슴이 부풀었다.

"왜 아무 말도 하지 않느냐?"

"그것만 알고 있었더라면!"

그는 무의식중에 이런 말이 튀어나왔다.

"아주 완전한 일등을 해 버렸을 텐데."

"자, 빨리 집으로 돌아가렴."

교장 선생은 말했다.

"아버지께 알려드려라. 이제부터는 학교에 오지 않아도 좋아. 그렇지 않아도 일주일만 있으면 방학이니까."

머리가 어지러울 지경이 된 소년은 거리로 뛰쳐나왔다. 굳건히 서 있는 보리수 나무와 햇빛에 반사되고 있는 시청 광장이 눈에 띄었다. 모든 것이 전과 다름없었으나 더 아름답고 더 의미가 깊고 더 즐겁게 보였다.

그는 합격한 것이었다. 더욱이 그는 2등이었다. 최초의 강한 기쁨이 사라지자, 그의 마음은 뜨거운 감사의 마음으로 벅차올랐다. 이제는 목사를 피해 다닐 필요도 없었다.

이제야말로 그는 참다운 공부를 할 수가 있는 것이다. 치즈 가게나 사무실에 들어가는 것을 겁낼 필요도 없었다.

그리고 다시 낚시도 갈 수 있다. 한스가 서둘러 집으로 돌아오자 아버지는 바로 현관 앞에 서 있었다.

"어떻게 되었니?"

아버지는 퉁명스럽게 말했다.

"별일 아니예요. 학교에 오지 않아도 좋대요."

"뭐라고? 도대체 왜?"

"이제 난 신학교 학생이니까."

"그래…… 합격했다구?"

한스는 고개를 끄덕였다.

"좋은 성적으로?"

"2등으로 합격하였대요."

그것은 아버지도 예기치 못한 일이었다. 아버지는 할 말을 잊고 어떻게 해야 할지 어쩔 줄 몰라서 몇 번이나 아들의 어깨만 두드리면서 웃다가는 머리를 흔들고 무슨 말인가를 하려고 입을 벌렸으나 아무 말도 하지 못한 채 다만 고개만 끄덕일 뿐이었다.

"장한 일이야."

이렇게 한마디 소리를 지르고, 그리고는 또다시 '장한 일이야.' 하고 거듭 말했다.

한스는 집안으로 뛰어 들어가 계단을 올라가서 위층 다락방으로 들어갔다. 아무도 거처하고 있지 않은 이층 다락문을 열고 안을 뒤져서 여러 가지 상자, 노끈 다발과 콜크 등을 끄집어냈다.

그것은 그의 낚시 도구였다. 지금 한스는 무엇보다도 먼저 좋은 낚싯대를 잘라 와야 했다. 그는 아버지에게 내려갔다.

"아버지 칼을 좀 빌려주세요!"

"무엇에 쓰게!"

"낚싯대를 잘라야 해요."

아버지는 호주머니에 손을 집어넣었다.

"자."

그는 웃음 띤 얼굴로 호탕하게 말했다.

"자아, 2마르크다. 네가 쓸 칼을 사도 좋다. 그러나 한프리트로 가지 말고 건너편 대장간에 가서 사렴!"

그는 곧장 대장간으로 달려갔다. 대장장이도 시험에 대해서 물었다. 그리고 기쁜 소식을 듣자 특별히 좋은 칼을 골라주었다.

아랫동네 브뤼엘 다리 쪽에는 아름답고 잘 자란 개암나무와 오리나무가 서 있었다. 그곳에서 한스는 오랫동안 고른 끝에 강한 탄력성이 있는 가지를 잘라서 그것을 가지고 집으로 돌아왔다.

빨갛게 상기된 얼굴로 눈을 반짝이며 그는 낚시 준비를 하는 즐거운 일에 착수하였다. 그에게 있어서 그것은 낚시질 못지않게 유쾌한 일이었다.

오후 내내 그리고 저녁때도 다락방에 틀어박혀 있었다. 하얀 실, 갈색 실, 파란 실을 골라 놓고 정성스럽게 그것을 잇고 낡은 매듭이나 헝클어져 있는 것을 풀어놓기도 하였다.

여러 가지 모양의 크기를 가진 콜크나 찌를 검사하고 새로 자르고 각기 다른 무게를 가진 조그만 납덩이를 두들겨서 동그랗게 만들기도 하고 매듭을 주어 실의 무게를 더해 주기도 하였다.

그다음은 낚시로 보관해 둔 것이 몇 개 있었다. 그것을 나누어서 네 겹의 검정 바느질 실이나 현악기의 장선과 같은 줄에 나머지는 잘 끼어 맞춘 말총에다 꼭 동어매었다.

저녁 늦게서야 그 일을 다 끝냈다. 이것으로 한스는 기나긴 7주의 방학 동안을 지루하지 않게 보낼 수 있어 좋았다. 낚싯대만 있으면 그는 매일 아침부터 저녁까지 혼자 강가에서 지낼 수가 있었기 때문이었다.

여름 방학은 이래야만 되었다. 산 위에는 용담처럼 파란 하늘이 내리덮고 있었다. 몇 주일씩이나 눈부시게 무더운 여름이 계속되었다. 때때로 세차고 짧은 소나기가 내릴 뿐이었다.

강물은 많은 사암과 전나무 그늘 사이와 좁은 골짜기 사이를 흘러가고 있었으나, 물이 아주 따뜻해서 저녁 늦게까지도 수영을 즐길 수가 있었다.

작은 시냇물 주위에는 건초를 베어낸 자리에서 풀냄새가 풍겨지고 있었다. 키 큰 가느다란 밀밭은 누렇게 금갈색이 되어 있었고, 여기 저기 시내 가에는 하얗게 핀 독미나리 같은 풀이 사람 키보다 더 높이 자라고 있었다.

그 꽃은 삿갓 모양으로 작은 딱정벌레가 수없이 달라붙어 있었다. 속이 빈 그 줄기를 자르면 크고 작은 피리를 만들 수가 있었다.

숲에는 부드러운 털이 있고 노란꽃이 피는 의젓한 현삼 나무가 보기 좋게 줄을 지어 늘어서 있었다. 부채꽃과 바늘꽃이 매끈한 줄기 위에 흔들리면서 골짜기의 비탈을 온통 붉은빛으로 물들이고 있었다.

전나무 밑에는 이상스럽게 생긴 빨간 디키탈리스가 엄숙하리만큼 유달리 아름답고 낯설게 서 있었고, 그 뿌리 옆에는 은빛의 부드러운 털이 있어 폭이 넓고 줄기가 튼튼하며 긴 줄기 위에 술잔처럼 얹혀 핀 꽃은 위쪽으로 나란히 늘어서 있으며 아름다운 빨간색이었다.

그 옆에는 여러 가지 종류의 버섯이 자라고 있었다. 빨간 윤이 나는 파리잡이버섯, 두텁고 폭이 넓은 우산버섯, 이상한 선모, 빨간 가지 많은 싸리버섯 등이 있었고 이상스럽게 생긴 찔레꽃도 있었다.

그리고 좀 별다르게 색깔이 없고 병적으로 통통한 석장초, 숲과 초원 사이의 잡초가 우거진 경계선에는 금잔화가 짙은 노란색으로 빛나고 있었다. 또한 가늘고 여린 연자색의 석남화, 그다음이 바로 초원으로 이어져 있는데, 거기에는 벌써 두 번째의 풀베기를 앞두고 황새냉이, 체꽃 등이 무성하게 자라고 있었다.

활엽수 수림 속에는 방울새가 끊임없이 노래 부르고, 전나무 숲에서는 밤색 다람쥐가 나뭇가지 사이를 넘나들고 있었다. 길이며, 돌담 주변, 메마른 도랑 할 것 없이 파란 도마뱀들이 따스함에 젖어 기분 좋게 숨을 쉬며 몸을 반짝거렸다.

초원을 뛰어넘어서 아주 멀리까지 그칠 줄 모르는 매미의 높은 소리가 들려오고 있었다.

마을은 이때가 되면 농촌다운 느낌이 강렬했다. 건초를 실은 마차와 마른풀 냄새와 큰 가마솥을 만드는 망치 소리가 거리에 가득하였다. 두 개의 공장만 없더라면 시골 한구석에 있는 것 같은 생각을 가졌을 것이다.

방학 첫날 아침 일찍, 안나 아주머니가 일어나기도 전에 한스는 벌써 참을 수가 없어 부엌에 들어가 커피가 끓는 것을 기다렸다. 그리고 불을 피우는 것도 도와주었다.

막 짜온 우유로 식힌 커피를 서둘러 마신 다음 빵을 호주머니에 집어넣고 달려 나와 윗마을 철도가 있는 댐에서 발을 멈추었다. 바지 호주머니에서 빈 통조림통을 끄집어내어 부지런히 메뚜기를 잡기 시작했다.

기차가 옆으로 지나갔으나 빨리 달리지는 않았다. 거기에는 선로가 급한 경사를 이루고 있었으므로 기차가 천천히 달리고 있었다. 기차의 창문이 활짝 열려 있었는데, 몇 사람의 승객만을 태우고 증기와 연기를 한가롭게 느릿하게 내뿜으면서 달려갔다.

한스는 하얀 연기가 소용돌이를 치며 곧 이른 아침의 맑게 개인 하늘로 사라지는 것을 물끄러미 바라보고 있었다. 얼마나 오랫동안 이 모든 것을 보지 못하고 지내왔던가! 그는 깊게 심호흡을 해보았다.

잃어버린 아름다운 시간을 지금에서야 곱절로 회상하며 아무런 거리낌도 불안도 없이 다시 한번 어린 소년으로 되돌아가고자 하는 듯이—

메뚜기를 잡아넣은 깡통과 새로 만든 낚싯대를 들고 돌다리를 건너 잘 경작된 채소밭을 지나서 강의 수심이 제일 깊은 세마장으로 걸어가는 동안 한스의 가슴은 은근한 환희와 낚시질에 대한 쾌감에 두근거렸다.

그곳은 버드나무 줄기로 가려져 있어 다른 어느 곳보다 편안히 방해받지 않고 낚시질할 수 있는 장소였다.

그는 실을 풀어 작은 납덩어리를 달고 살찐 메뚜기를 무자비하게 바늘에 꽂아 멀리 강 한가운데로 힘껏 던졌다. 오래전부터 몸에 젖은 유희가 시작되었다.

조그만 붕어 새끼가 떼를 지어 바늘에서 미끼를 떼어먹으려고 덤벼들자 순식간에 낚싯밥은 다 먹혀지고 말았다. 두 번째의 메뚜기를 매달았다. 그다음에, 연이어 네 번째, 다섯 번째의 낚싯밥이 정성들여 차례로 낚시 끝에 꿰졌다. 드디어 또 하나의 납덩어리를 실에 달아서 무겁게 하였다.

잠시 후 제법 큰 고기가 미끼를 쫓기 시작했다. 그 고기는 살짝 미끼를 잡아당겼다가는 놓아버리고 다시 한번 건드리고는 순간 그것을 물어 버렸다. 낚시의 명수라면 줄과 낚싯대가 살짝 손가락에 닿는 감촉을 느끼는 법이다.

한스는 일부러 한 번 힘껏 잡아채고는 조심조심 끌어당기기 시작했다. 뜻밖에도 고기가 물려 있었다. 고기를 보자, 그것이 황어라는 걸 쉽게 알 수 있었다. 담황색으로 빛나는 폭이 넓은 몸통과 세모진 머리, 아름다운 살빛 지느러미를 하고 있었기 때문이었다. 무게는 얼마나 될까?

그러나 그걸 미처 재 볼 겨를도 없이 고기는 필사적으로 세차게 펄쩍 뛰어 몇 번을 몸부림치다 수면을 헤엄쳐 도망가 버렸다.

한스는 그 고기가 물속에서 서너 번 맴돌다가 은빛의 섬광과도 같이 사라져 버리는 것을 보았다. 미끼를 어설프게 달았던 것이다.

낚시꾼은 더욱더 고기를 낚는 흥분의 열정적인 집중 속으로 빠져들었다. 그의 눈초리는 날카롭게 빛나며 꼼짝 않고 가느다란 갈색의 실이 물에 감겨 있는 곳을 주시하고 있었다. 그의 볼은 빨갛게 달아올랐고 그의 동작은 빈틈없이 재빠르고 정확하였다.

이윽고 두 번째의 황어가 물리자 조심스럽게 끌어당겼다. 그렇게 올라온 것은 잉어였는데, 작아서 좀 그랬다. 계속해서 모래무지 세 마리를 잡았다.

이 고기는 아버지가 즐기는 것이기에 한스는 무척이나 기뻤다. 이놈의 크기는 거의 손바닥만 했으며 비늘이 작은 기름진 몸뚱아리를 가지고 있으며 두툼한 머리에는 익살맞은 하얀 수염이 있고 눈은 작고 후반신은 곧게 뻗어 있었다.

빛깔은 파란색과 갈색의 중간이고 땅 위에 올려놓으면 강철 같은 동갈색이 되었다.

그러는 동안에 태양은 높이 솟아올랐으며, 윗마을 둑의 물거품은 하얗게 빛나고 물 위에는 따스한 미풍이 떨고 있었다. 그리고 올려다보니 물크베르크 산 위에도 손바닥만 한 눈부신 조각구름이 두서넛 둥실 떠 있었다. 날이 몹시 더워졌다.

푸른 하늘 한가운데 고요히 떠 있는 오래도록 보고 있지 못할 정도로 빛을 담뿍 머금고 있는 작은 조각구름만큼 맑고 깨끗이 갠 한여름의 무더위를 잘 표현하고 있는 것은 없다. 그런 구름이 없으면 얼마만큼 더운가를 깨닫지 못할 때가 많으리라.

푸른 하늘이 반짝반짝 빛나는 강 수면이 아닌 둥그렇게 뭉쳐진 하얀 대낮의 구름을 보면 태양이 찌는 듯 타오르는 것같이 느껴져 그늘을 찾고 땀에 젖은 이마를 손으로 가리는 것이다.

한스는 차츰 낚시에 그다지 주의를 기울이지 않게 되었다. 약간 피곤해졌다. 무엇보다 점심 때는 거의 고기가 잡히지 않기 때문이다.

특히 크고 나이가 많은 은색 황어는 보통 한낮에 빛을 쪼이기 위해 수면으로 떠 올라 헤엄치기 일쑤다. 그리고 간간이 뚜렷한 이유 없이 놀라곤 하는데, 아무튼 낚시에는 잘 걸리지 않는다.

한스는 낚시줄을 버드나무 가지 사이로 드리운 채 땅바닥에 주저앉아 푸른 강을 내려다보고 있었다. 서서히 고기가 떠올랐다. 까만 등이 차례차례로 수면에 나타났다. 따스함에 이끌리어 천천히 헤엄쳐가는 고요한 고기떼들. 물이 따뜻해서 고기들도 좋아하는 것이 틀림없다.

한스는 운동화를 벗어던지고 발을 물속에 담가 본다. 물 표면은 아주 다정하듯 따듯했다. 그는 낚은 고기를 살펴보았다.

고기는 큰 통 속에서 간간이 파닥거릴 뿐이다. 이 얼마나 아름다운 고기들인가. 움직일 때마다 흰색, 갈색, 녹색, 금빛, 은색 그 외에도 여러 색깔이 비늘과 지느러미 사이에서 번쩍였다.

주위는 너무나 조용했다. 다리를 건너는 마차 소리마저 없었다. 한편 물레방아가 빙빙 도는 낮은 소리만이 아련했다. 부딪칠 때마다 부드럽게 일어나는 하얀 물거품의 끊임없는 속삭임이 고요하고 서늘하게 졸리는 듯 들려왔다.

그리스어, 라틴어, 문법, 문체론, 산술, 그리고 암기까지도 오랫동안 안정을 잃고 갈팡질팡하던 1년 동안의 괴롭던 불안도 이제는 하나도 남김없이 온통 졸음이 오는 이 무더위 시간 속에 고요히 사라지고 말았다.

한스는 약간 두통이 일어났으나 이번에는 다른 때와 같이 그리 심하지는 않았다. 지금은 옛날처럼 물가에 앉을 수가 있었던 것이다.

그는 둑에 부딪혀 부서지는 물거품을 보다가 낚싯줄이 드리워져 있는 쪽으로 눈을 가늘게 뜨고 시선을 옮겼다. 깡통 속에 낚은 고기들이 떠 있었다. 뭐라고 형언할 수 없는 기쁨이 온몸을 감돌았다.

때때로 주의 시험에 합격했으며, 더구나 2등으로 붙었다는 생각이 그의 머리를 스쳤다. 그리고는 그는 맨발로 물을 철썩거리며 바지 주머니에 두 손을 집어넣고 휘파람을 불기 시작했다.

그러나 사실 그는 휘파람을 잘 불지 못했기 때문에 오래전부터 학교 친구들로부터도 말할 수 없는 놀림을 받았었다. 그는 단지 이빨 사이로 약간 소리를 낼 수 있었으나 다른 사람에게 들려주기 위한 것이 아니었으므로 그 정도면 충분했다.

더구나 지금은 아무도 듣는 사람이 없었다. 다른 아이들은 지금 교실에 앉아서 지리 수업을 받고 있을 것이다. 자기 혼자만 학교에 가지 않고, 그는 모든 아이들을 앞질렀고, 다른 아이들은 그의 아래가 되어 버린 것이다.

지금 그는 아우구스트 외엔 친구가 없고, 그들의 씨름이나 장난에 특별히 흥미가 없었는데, 이 때문에 모두에게 놀림감이 되기도 했었다.

이제 그 멍청한 아이들이나 모자란 아이들은 그를 부러워하고 있지 않은가? 별안간 그들에 대한 감정이 지나치게 경멸적인 것을 느끼고 휘파람 부는 것을 중단했다. 그리고 입술을 깨물었다.

그리고 나서 낚싯줄을 감아 올려보니 미끼가 몽땅 없어진 것을 보고 웃지 않을 수 없었다. 깡통에 남은 미끼용 메뚜기를 놓아주자 비틀비틀하면서 풀 속으로 기어들어 가 버렸다.

옆에 있는 피혁공장에서는 직공들이 벌써 정오의 휴식을 즐기고 있었다. 점심을 먹으러 갈 시간이 다 된 것이다.

점심을 먹는 동안 거의 한마디 말도 하지 않았다.

"뭘 좀 잡았니?"

아버지가 물었다.

"다섯 마리요"

"응 그래? 큰놈을 잡지 않도록 주의해라! 그렇지 않으면 어린놈이 없어질 테니까."

이야기는 그 이상 계속되지 않았다.

날은 몹시 더웠다. 식사를 하고 바로 수영을 하러 갈 수 없다는 것이 무척 유감이었다. 대체 왜 그것이 몸에 해롭다는 것일까. 뭐가 몸에 해로운 것인가? 그는 금지된 일임에도 불구하고 몇 번쯤 몰래 간 일이 있었다.

그러나 이제는 결코 그런 일은 하지 않았다. 그런 난폭한 짓을 하기에는 이미 나이가 들었다고나 할까? 놀라운 것은 그가 시험 때 '당신'이라는 호칭으로 불렸다는 사실이다.

그래서 그는 전나무 밑에서 한 시간가량 드러누워 있는 것도 나쁘지 않다고 생각했다. 그늘은 충분히 드리워져 있었다. 책을 읽을 수도 있었고 나비를 구경할 수도 있었다.

그곳에서 두 시까지 드러누워 있다가 그대로 잠들 뻔하였다.

이제부터는 수영이다!

수영장 풀밭에는 어린 소년들이 두서너 명이 있을 뿐이었다.

큰아이들은 다 학교에 가 있었기 때문에 한스도 그걸 마음속으로 기뻐했다.

그는 천천히 옷을 벗고 물속으로 들어갔다. 그는 더운 것과 찬 것을 번갈아 즐길 줄도 알았다. 헤엄쳐 나갔다가는 물속으로 잠수하여 몸을 뒤집기도 하고 기슭에 나가 드러눕기도 하였다. 그리고는 곧 마른 피부에 강력한 빛이 따갑게 내리쬐는 걸 느꼈다.

어린 소년들은 존경하는 마음으로 몰래 그의 주위에 모여들었다. 그렇다! 이제 그는 이미 유명한 인물이 되어 있었던 것이다. 그리고 실제로 그는 딴 아이들과 판이한 모습을 하고 있었다.

햇볕에 그을린 가느다란 목덜미 위의 머리는 우아했다. 얼굴은 너무 이지적이고 총명한 눈빛을 보여 주고 있었으나 몸이 아주 약해서 손발이 가늘고 보드라워 가슴이나 등어리에서도 늑골을 완연히 셀 수 있을 정도였고 종아리도 살 같은 건 거의 없다고 해도 과언이 아닐 정도였다.

오후 내내 그는 햇볕과 물속을 뛰어다녔다. 네 시가 지나서야 그의 반 학생들 대부분이 시끄럽게 떠들어 대면서 급히 달려오고 있었다.

"야, 기벤라트! 노는 게 좋아 보이는구나."

한스는 기분 좋게 몸을 쭉 폈다.

"응, 나쁘지는 않아."

"언제 신학교에 가니?"

"9월이 되면…… 지금은 휴가야."

모두들 부러워했다. 뒤쪽에서 다른 아이들로부터 욕지거리 소리가 들리고, 누가 다음과 같은 노래를 불러도 한스는 전혀 아무렇지도 않았다.

　슐체네 집의 리자벳과
　똑같은 팔자가 되고 싶은 것은
　그 애는 대낮에도 잠자리를 찾지만
　나는 그렇게 되고 싶지는 않아!

　한스는 막연히 웃기만 하였다. 그런 동안에 소년들은 옷을 벗었다. 한 아이가 단숨에 물속으로 뛰어들었다. 다른 아이들은 조심스럽게 먼저 몸을 식혔다. 그러기 전에 잠시 동안 풀 속에 드러눕는 아이도 있었다. 잠수를 잘하는 아이는 칭찬의 표적이 되었다. 겁 많은 아이가 뒤에서 물속으로 떠밀려 들어가자 사람 죽인다고 고함을 질렀다.

　모두들 서로 쫓고 달리고 헤엄치고 기슭에 나와서 햇볕에 몸을 말리고 있는 아이에게 물벼락을 끼얹기도 하였다. 물을 철벅거리는 소리, 고함 소리로 몹시 소란스러웠다. 강가는 온통 하얀 육체, 보드라운 몸뚱어리가 햇빛에 반짝이고 있었다.

　한 시간이 지난 후에 한스는 낚시터로 돌아왔다. 따뜻한 석양 무렵이 되면 또 고기가 물리는 것이다. 저녁때까지 그는 다리 위에서 낚시질을 계속하였으나 전혀 물리지 않았다. 고기는 미끼를 먹고 싶은 듯 모여들었다.

　하지만 밥만 먹힐 뿐 한 마리도 걸리지 않았다. 낚시에는 뼛지가 달려있었으나 분명히 너무 크거나 작았다. 그는 나중에 다시 한번 시험해 보려고 마음먹었다.

저녁때 집으로 돌아온 한스는 많은 사람들이 축하하러 온 것을 알았다. 그리고 그는 오늘 주보를 보았다. 거기에는 '알림'이라는 제목 밑에 다음과 같이 게재되어 있었다.

「초급 신학교 입학시험에 우리 마을에서 한스 기벤라트군 한 명을 보냈던 바, 2등이라는 우수한 성적으로 합격하였다는 영광스런 소식을 방금 접하게 되었습니다.」

그는 주보를 접어서 호주머니에 집어넣은 채 아무 말도 하지 않고 있었으나, 자랑과 기쁨의 환희에 넘쳐 가슴은 터질 듯 기뻤다. 그리고 그는 다시 낚시터로 갔다. 이번에는 고기밥으로 치즈 조각을 가지고 갔다. 이것은 고기들이 대단히 좋아하는 것으로 어둑어둑해질 무렵에도 고기에게는 잘 보이는 먹이다.

이번에는 낚싯대를 남겨두고 단순한 도구만 가지고 갔다. 그것은 그가 제일 좋아하는 낚시질이었다. 낚싯대도 찌도 없는 실과 낚시만으로 되어 있어 다소 힘은 들었지만, 미끼가 조금만 움직여도 감촉을 느낄 수가 있었기 때문에 마치 고기를 눈앞에 보고 있는 것처럼 들여다볼 수가 있었다.

물론 이런 방법은 오랜 숙련과 함께 상당한 집중력이 필요했다. 좁고 깊이 들어간 골짜기에는 황혼이 일찍 찾아들었고, 다리 밑의 물은 유난히 검고 조용했다.

아랫마을 물방앗간에는 희미한 불빛이 새어 나오고 이야기 소리와 노랫소리가 다리 건너 골목길에까지 들려왔다.

공기는 무덥고 강에서는 끊임없이 검은 색 고기가 펄쩍 물 밖으로 뛰어올랐다. 이런 밤에는 고기들이 이상하게 흥분하여 지그재그로

쏜살같이 달리거나 허공을 향해 뛰어오르거나 낚싯줄에 부딪치거나 해서 닥치는 대로 낚싯밥에 달려들었다.

치즈 토막이 없어질 때까지 한스는 조그만 잉어를 네 마리나 낚아올릴 수가 있었다. 그것을 내일 목사님 집에 가지고 가야겠다고 마음먹었다.

미지근한 바람이 골짜기 아래에서 불어오고 주위가 어두워졌으나 하늘은 아직 밝았다. 어두워져 가는 조그만 읍내에서 교회 탑과 성채의 지붕만이 날카롭게 밝은 하늘에 솟아 있었다. 어딘가 먼 곳에서 소나기가 내리고 있는지 때때로 희미한 천둥소리가 들려왔다.

한스가 열 시에 잠자리에 들었을 때 머리와 팔다리가 기분 좋을 정도로 피곤에 잠겨 오랫동안 맛보지 못한 졸음이 왔다. 나날이 계속되는 아름답고 자유로운 여름날 할 일 없이 수영이나 낚시질, 몽상에 젖어 지내는 시간의 흐름이 마음을 안정시켜 주고 유혹하듯이 그를 기다리고 있었다. 그러면서도 한스는 1등을 하지 못한 것이 분하고 안타까울 따름이었다.

아침 일찍 한스는 목사 집의 현관에 서서 낚아 온 고기를 전하였다. 목사가 그의 서재에서 나왔다.

"오! 한스 기벤라트! 반갑구나! 축하한다. 진심으로 거듭 축하한다. 거기 가지고 있는 건 뭔가?"

"고기 몇 마리예요. 어제 제가 낚은 거예요."

"응, 그래. 보여다오. 대단히 고맙네! 그건 그렇고, 자 어서 들어오너라."

한스는 몇 번 드나든 서재로 들어갔다. 그 방은 목사님의 방 같지 않았다. 꽃 냄새도 담배 냄새도 나지 않았다.

훌륭한 많은 장서는 어느 것을 보아도 새로 깨끗이 손질을 하고 칠을 해서 금박 글씨가 선명하게 박혀 있어 보통 목사들의 서가에서 보는 퇴색하고 좀먹은 구멍 자국이 역력한 책들이 아니었다.

비교적 자세하게 살펴본 사람이라면 잘 정리된 장서의 책명에서 사멸해 가는 시대의 고전적인, 존경해도 별 상관없을 사람들 틈에서 살고 있는 그런 통속의 사람들과는 다른 새로운 정신을 찾아낼 수가 있었다.

그리고 목사들의 명예가 되는 금박투성이의 장서들 속에는 벵겔, 외팅거, 슈타인호퍼, 뫼리케가 '고탑古塔' 속에서 그처럼 아름답게 찬송한 노래의 작가들을 여기서는 찾아볼 수 없었다. 그렇지 않으면 수를 헤아릴 수 없는 현대 작가의 작품 속에서 그 이름조차도 가치를 감추고 만 것이다.

잡지철이나 테이블 그리고, 종잇조각이 이리저리 흩어져 있는 커다란 책상은 학자처럼 엄숙하게 보였다. 여기서 열심히 공부 하는구나 하는 인상을 받기에 충분했다.

실제로도 목사님은 열심히 공부하고 있었다. 물론 설교나 문답, 성서 강의를 위해서라기보다는 학술 잡지를 위한 연구나 논문, 또는 자신의 책을 쓰기 위한 예비 연구가 주목적이었다. 몽상적인 신비주의나 예감적인 명상은 이곳에서 추방당하고 있었다.

과학의 심연을 훨씬 넘어서 사랑과 동정의, 메마름에 허덕이는 민중의 마음을 영접하는 소박한 신학神學도 환영받지 못하고 있었다. 그 대신 이곳에서는 성서의 비판이 열심히 행하여져 '역사상에서의 그리스도'가 추구되고 있었다.

신학에 있어서도 이와 별다른 의미가 없었다. 예술이라고 해도 좋을 정도의 신학이 있으며, 과학이라 해도 좋을 만한 신학도 있다. 그렇지 않으면, 그런 방향으로 나아가고 있는 새로운 신학도 있다. 그것은 예나 지금이나 마찬가지였다.

그리고 과학을 추구하는 사람은 새 술주머니 때문에 오래된 예술을 잊어버렸고, 또 예술적인 사람은 표면적인 과오를 거리낌 없이 고수하면서도 많은 사람을 위해서 위안과 기쁨을 가져다주었다.

그것은 비판과 창조, 과학과 예술, 이 양자는 승부를 가름할 수 없는 오랜 싸움이었다. 이 싸움에 있어서는 언제나 전자가 정당했으나 이렇다 할 가치는 없었다.

그러나 후자는 끊임없이 신앙, 사랑, 위안, 아름다움 그리고 불멸의 씨를 뿌려 언제나 좋은 터전을 발견하는 데 목적이 있었다. 삶은 죽음보다 강하고 믿음은 회의보다 강하기 때문이다.

처음으로 한스는 테이블과 창 사이의 조그만 가죽 소파에 앉았다. 목사님은 매우 친절했다. 절친한 동료라도 만난 듯이 신학교와 그곳에서 어떻게 생활하며 공부는가에 대해서 자세히 이야기해 주었다.

"신학교에서 경험하게 되는 맨 처음 것 중에서 제일 중요한 것은…" 하며 말을 시작했다.

"그리스어 신약성서에 입문하는 것이다. 그것을 통과해야만 비로소 새로운 세계를 바라볼 수 있다. 그것은 공부도 많이 해야 하지만, 기쁨 또한 큰 것이다. 처음엔 그 말씀에 상당한 노력이 필요할 것이다. 그것은 우아한 그리스어가 아니고 새로운 정신에 의해 창조

된 특수한 어법이다."

한스는 긴장하며 조심성 있게 귀를 기울이고 있었다. 그리고 참다운 학문에 접근하는 감정을 갖게 되자, 그것이 하나의 자랑거리로 느껴졌다.

"이 새로운 세계에서 형식에 사로잡힌 교수 방법 때문에……"

목사님은 말을 계속했다.

"이 새로운 세계의 매력이 어느 정도는 상실되고 만 것이다. 신학교에서는 너무나 일방적으로 히브리어에만 전력을 다할 테니까. 네가 할 마음만 있으면 이 방학 중에 초보만이라도 시작해 두면 좋을 것이다. 그러면 개학이 되더라도 다른 학과에 시간과 노력을 덜 수 있는 여유가 생겨 좋을 것이다. 누가복음을 읽어두면 읽는 가운데 쉽게 외워지게 될 것이다. 사전은 내가 빌려줄 테니 내일부터라도 당장 매일 한 시간이나 두 시간 정도 시작해 보는 게 어떻겠니? 물론 그 이상은 절대로 안 돼. 너는 지금 무엇보다 충분한 휴식을 취하지 않으면 안 되니까. 물론 이건 하나의 의견에 지나지 않는다. 모처럼 얻은 즐거운 방학을 망칠 마음은 없으니까."

한스는 물론 동의했다. 누가복음의 강의는 그에게 있어 자유로운 하늘, 즐거운 하늘, 푸른 하늘에 나타난 가벼운 구름과 같이 생각되었으나, 그는 그것을 거절하는 것이 부끄럽게 여겨졌다.

거기에다 휴가를 얻고 있는 동안에 새로운 말을 배운다는 것은 공부라기보다는 오히려 확실한 즐거움이었다. 그렇지 않더라도 신학교에서 배울 새로운 것에 대해서 특히, 히브리어에 대해서 약간의 불안감을 가지고 있었던 것이다.

그는 유쾌한 기분으로 목사님 댁을 하직하고 낙엽송이 우거진 길을 올라가 숲속으로 들어갔다. 작은 불안은 이미 사라져버렸다. 목사님의 제의를 곰곰이 생각해 보면 볼수록 그것은 즐거운 일로 여겨졌다. 왜냐하면 신학교에서도 동료들 보다 뛰어나려면 더욱 야심을 갖고 공부하지 않으면 안 된다는 것을 잘 알고 있기 때문이었다.

그리고 그는 단연 동료들보다 출중하게 되겠다고 마음먹었다. 대체 왜 그럴까? 그 자신도 알 수 없는 일이었다.

지난 3년 동안 그는 모든 사람들의 주목의 표적이 되어 선생, 목사, 아버지는 물론 특히, 교장 선생님까지 그를 아껴 격려하고 숨 쉴 사이 없이 공부시켜 왔던 것이다. 매년 계속해서 학년마다 월등한 성적을 가진 첫째였다.

차츰 그는 스스로 수석 자리를 빼앗고 어깨를 나란히 하는 자를 허용하지 않는 것을 자랑으로 여겼다. 어리석은 시험 걱정도 이제는 사라지고 말았다.

물론 휴가를 얻고 있다는 것은 가장 즐거운 일이었다. 자기 이외에 아무도 산보하는 사람이 없는 아침 시간의 숲은 유난히 더 아름다웠다. 전나무들이 기둥을 세우고 있는 것처럼 열을 지어 서서 끝없이 넓은 터전에 청록색의 둥근 지붕을 만들고 있었다.

작은 잡목들은 거의 없었다. 다만 이곳저곳에 굵은 나무와 딸기가 무성해 있을 뿐이었다. 그 대신 낮은 산 앵두나무와 석남화가 자라고 있는 사방 몇십 리나 되는 부드러운 모피와도 같은 이끼의 동산이 펼쳐져 있었다.

이슬은 이미 말라버렸다. 곧은 나무 사이 숲속의 아침에만 맛볼 수 있는 독특한 무더움이 찾아들었다.

그것은 태양의 열, 이슬의 증발, 이끼의 향기, 그리고 전나무 잎새, 버섯 등의 냄새가 뒤엉킨 것으로서 가볍게 마취되는 듯 살며시 오관에 스며들었다.

한스는 이끼 위에 드러누워 무성하게 자란 까만 딸기를 따 먹었다. 여기저기서 딱따구리가 나무를 쪼았고 소쩍새 우는 소리가 들렸다.

검은빛이 감돌고 있는 전나무 가지 사이에서 한 점 구름조차 없는 짙푸른 하늘이 보이고 멀리 가득 차게 수천수만의 곧은 나무들이 엄숙한 갈색의 벽을 이루고 있었다.

그러자 나무 틈으로 쏟아지듯 비치는 노란 햇빛이 이끼 위에 따뜻하게 짙은 빛을 던지고 있었다.

한스는 릿첼러 호수나 크로크스 평원까지 먼 산보를 할 작정이었다. 그러나 그는 지금 이끼 위에 드러누워 산딸기를 먹으며 온갖 세상일을 잊고 하늘을 올려다보고 있었다. 이처럼 피곤해지는 것이 스스로 이상스럽게 느껴졌다.

전에는 세 시간이나 네 시간을 걸어도 아무렇지 않았다. 그는 기운을 내어 상당한 거리를 걸어 보려고 결심했다. 그리하여 수백 보를 걸었으나 어느 사이인가 다시 이끼 위에 누워 쉬고 있었다.

그는 드러누운 채 눈을 가늘게 뜨고 나무나 가지 사이로 푸른 하늘을 멍하니 바라보았다. 이 공기는 얼마나 무겁고 피곤한가!

점심 때쯤 집에 돌아오자, 또 두통이 나고 눈까지 아팠다. 숲의 비탈길은 태양이 너무 눈부셨던 것이다. 오후 서너 시간을 불유쾌한 기분으로 집에 틀어박혀 있어야 했다.

얼마 후에 다시 달려가 수영을 하고 나니 겨우 기운을 차릴 수 있었으나 목사님 집에 갈 시간이었다.

가는 도중에 구둣방 주인 플리크를 만났다. 그는 구둣방 창가의 삼각의자에 앉아 있었다. 한스를 보자 불러들였다.

"애! 어디 가니? 도무지 널 볼 수가 없구나?"

"지금 목사님 댁에 가야 하는데요."

"또? 시험은 끝나지 않았어?"

"네, 지금은 다른 일로 가죠. 신약성서 때문이에요. 신약성서는 그리스어로 씌어져 있기는 하나 내가 지금껏 배운 것과는 전혀 달라요. 그래서 지금 그걸 배우려는 거죠."

구두 장수는 모자를 뒤로 젖히더니 명사 타입의 넓은 이마에 두터운 주름살을 그리며 무거운 한숨을 쉬었다.

"한스……"

그는 낮은 목소리로 불렀다.

"너에게 말하고 싶은 게 있다. 지금까지는 시험이라 해서 침묵을 지켜왔지만, 이제는 더 이상 참을 수가 없단 말이다. 고을 목사는 믿음이 없는 자라는 걸 꼭 알아야 해. 목사는 너에게 성서를 가르치려는 것이 아니라 거짓말을 가르치려는 거야. 네가 만일 그런 목사와 같이 신약성서를 읽으면, 너 자신도 알지 못하는 사이에 신앙마저 잃고 말게 될 것이다."

"그렇지만 플리크 아저씨! 전 단지 그리스어를 배우는 것뿐인걸요. 신학교에 가게 되면 아무래도 배워야 하니까요."

"너까지 그렇게 말하는구나? 그러나 성서를 공부하는 데도 경건한 양심적인 선생에게서 배우는 것과 하나님을 믿고 있지 않은 선생에게 배우는 것과는 큰 차이가 있단다."

"그거야 그렇지만, 목사님이 정말로 하나님을 믿고 있지 않은지 어떤지는 알 수 없는걸요."

"목사는 하나님을 믿고 있지 않아, 한스! 섭섭하지만 사람들이 다 알고 있단다."

"그렇지만 어떻게 하면 좋아요? 간다고 벌써 약속을 해버렸는데."

"그렇다면 물론 가야지. 그러나 혹시 목사가 성서는 인간이 만든 것으로서 거짓말이며 성령의 암시가 아니라고 성서에 대해 여러 가지 이야기가 나오게 되면 내게 오너라. 그리고 우리 그걸 토론해 보자. 알겠니?"

"그렇게 하죠, 플리크 아저씨! 그렇지만 그런 가혹한 일은 없을 거예요."

"이제 곧 알게 돼. 내 말을 꼭 잊지 말고 명심하거라!"

목사는 아직 집에 돌아오지 않았다. 한스는 서재에서 기다리지 않으면 안 되었다. 금박의 책 이름을 보고 있으려니까 구두 장수 아저씨의 말이 생각났다. 목사나 새 시대에 대해서 그와 같이 말하는 것을 이미 여러 차례 들은 적이 있었다.

그러나 지금 자기 자신이 처음으로 이런 일에 끌려들어 감으로써 긴장과 호기심을 느끼지 않을 수 없었다. 그에게는 구두 장수 아저씨만큼 그다지 중요하지도 두려운 일로 생각되지 않았다. 오히려 여기에는 옛날부터의 커다란 비밀이 있어 살펴볼 만한 가치가 있을 것 같았다.

학교에 들어간 처음 몇 년 동안은 신의 섭리라든가 영혼의 소재, 악마 또는 지옥에 대한 의혹이 때때로 그의 감정을 흥분시켜 환상적인 명상에 잠기게 하였다.

그렇지만 최근 이삼 년 동안은 공부에만 열중했기 때문에 이 모든 잡념은 잠이 들고 만 상태와 같았다. 그의 학교에 알맞은 그리스도에 대한 신앙은 구두 장수 아저씨와의 대화에서 어느 정도 개인적인 생명을 불러일으킬 뿐이었다.

사실 한스는 구두 장수 아저씨와 목사를 비교하여 보면 웃지 않을 수 없었다.

다년간의 고생으로 얻어진 구두 장수 아저씨의 쓰디쓴 강인성이 소년에게는 도저히 이해가 되지 않았다. 그뿐 아니라 플리크 아저씨도 물론 영리하였으나 판단력이 단순하고 편협적이고 신앙의 노예가 되어 있기 때문에 많은 사람들로부터 조소를 받고 있었다.

기도를 드리기 위한 신자의 모임에서 그는 엄격한 교리 판단으로서, 권위 있는 성서 해석자로서 해야 할 역할을 맡고 있었다. 또한 여러 마을로 예배를 보러 돌아다녔다. 그러나 그외는 보잘것없는 직공에 지나지 않고 다른 사람들과 마찬가지로 무식자였다.

이와 반면에 목사는 한 인간으로서나 설교자로서도 노련하고 말을 잘할 뿐만 아니라, 그 이상으로 부지런하고 엄격한 학자이기도 하였다. 한스는 경건한 마음으로 책장을 바라다보았다.

목사는 잠시 후에 돌아왔다. 프록 코트를 벗고 가벼운 검정 평상복으로 바꾸어 입고는 한스에게 누가복음의 그리스어판을 손에 쥐여주며 읽도록 하였다. 그것은 라틴어를 공부할 때와는 아주 딴판이었다.

목사와 한스는 몇 줄의 문장을 읽었다. 그것은 한 자 한 자 면밀하게 번역되었다. 그러고 나서 목사는 자세한 보기를 들어 설명하여 주었다.

그것은 아주 교묘하게 능변조로 이 언어의 독특한 정신을 설명하고 이 성서가 성립된 시대와 그때의 상황을 말해 주었다. 목사는 불과 한 시간 만에 소년에게 배우고 읽는 데 있어서의 아주 새로운 관념을 제공해 주었다.

단어 하나하나에 어떠한 수수께끼와 같은 문제가 숨어져 있으며 이 의문 때문에 옛날부터 얼마나 많은 학자와 사상가, 그리고 연구가가 어떻게 노력하여 왔는가를 한스는 어렴풋이 느낄 수가 있었다. 자기 자신도 이 한 시간 동안에 진리 탐구자의 대열 속에 들어간 것같이 생각되었다.

한스는 사전과 문법책을 빌어 집에서 밤늦게까지 공부하였다. 지금 그는 참다운 연구에의 길을 걷기 위해서는 얼마나 많은 공부와 자식의 산을 넘지 않으면 안 되는가를 느꼈다.

그는 결코 도중에서 포기해서는 안 된다는 각오까지 했다. 이런 결심 속에서 구두 장수 아저씨의 일은 그만 잊어버리고 말았다.

며칠 동안 그는 이 새로운 학문에 몰두했다. 매일 밤 목사님 댁에 갔다. 날이 갈수록 참다운 학문은 더욱 아름다워지고 더 어려워졌으며, 동시에 노력할 만한 보람이 있는 것같이 생각되었다.

아침 이른 시간에는 낚시질을 하러 나가고 오후에는 수영하러 갔으며 그 이외는 별로 외출하지 않았다. 시험에 대한 불안과 염려 때문에 잠자던 공명심이 다시 눈 뜨기 시작하여 그에게 휴식을 갖게 하지 못했다. 동시에 지난 수개월 동안에 자주 느꼈던 독특한 감정이 다시 그의 머릿속에서 활동을 개시했다.

그것은 고통이 아니었다. 빠른 맥박의 흥분된 힘과 급하게 목표를 달성하려고 맹렬히 전진해 나아가는 욕망이었다. 그 후에는 심한 두통이 일어났다.

그러나 그 미묘한 일이 계속되고 있을 동안에는 독서가 마치 폭풍우와 같은 속도로 진전되었다. 그전에는 수십 분이 걸리던 크세노폰의 가장 어려운 문장도 쉽게 읽을 수 있었다. 그리고 사전은 거의 사용하지 않고 명석한 기억력을 가지고 어려운 곳을 몇 페이지씩 즐겁게 읽어 내려갈 수 있었다.

이 상승된 탐구열과 지식욕에 자랑스러운 자신이 결부되어서 그는 학교 선생에게서 교양을 익히는 시대는 이미 오래전에 무너지고 말았다. 지식과 능력의 정상을 향하여 독특한 궤도를 밟고 있는 것 같은 기분이었다.

지금 또다시 그러한 기분에 사로잡힘과 동시에 기묘하게도 명료한 꿈을 꾸면서 가벼운 졸음이 왔다. 밤이 되어 반복되는 두통을 느끼고 눈을 뜨면, 다시 잠들 수 없게 되어 자신도 모르게 앞으로 나가려고 하는 초조감에 사로잡히기도 했다.

또 자기 자신은 모든 동료들보다 얼마나 앞서 있으며, 선생이나 교장 선생이 자기를 일종의 존경심, 아니 그 이상으로 경탄하는 마음을 가지고 바라보고 있었던가를 생각할 때 막연한 우월감에 사로잡히곤 했다.

교장 선생님으로서는 한스가 불러일으킨 아름다운 공명심을 이끌고 나간다는 것은, 또 그것이 성장하여 가고 있다는 것을 본다는 것은 마음속의 커다란 기쁨이었다. 교사란 무정하고 화석 같고 영혼을 상실한 틀에 박힌 잔소리꾼이라고 말해서는 안 되었다.

뿐만 아니라 아이들이 아무리 자극을 받더라도 좀처럼 쉽게 눈뜨지 않던 재주가 싹트고, 아이들이 나무칼이나 딱지치기 놀이나 활, 그리고 어린이다운 모습으로 되돌아와서 장난감을 버리고 앞으로 나아가려는 노력으로 열심히 공부함으로써 난폭한 골목대장이 단정하고 부지런한 금욕적인 사람으로 변모하게 되면, 그의 얼굴은 성숙해지고 눈빛은 더욱 깊어져 목적하는 것이 분명해지고, 그의 손이 점점 희어지는 것을 볼 때 교사들의 영혼은 기쁨과 자랑으로 꽃이 피는 것이다.

교사의 의무와 국가가 그들에게 맡겨준 직무는 어린 소년들의 난폭한 힘과 자연의 욕망을 억제하고 그 대신 국가에 의해 인정된 균형 잡힌 이상을 조용히 심어 주는 데 있다.

지금은 행복한 시민이나 성실한 관리가 되어 있는 사람들 중에도 학교의 그와 같은 노력이 없었더라면 난폭한 혁신가나 하잘것없는 생각들을 일삼는 공상가가 되어 버린 사람들도 적지 않았을 것이다.

소년들의 내면에는 야만적이고 난잡하며 거친 데가 있다. 우선 그것으로부터 벗어나게 해야 한다. 또 그들 가운데 있는 위험한 불꽃을 먼저 꺼야 하며 짓밟아 버려야 한다.

자연이 창조해 낸 본연의 인간은 측량할 수도 없고 분명치도 않으며 불온한 데가 있다. 그것은 미지의 산으로부터 흘러나오는 거친 물줄기이며, 길도 질서도 없는 원시림이다.

이 원시림을 개척하고 정리하기 위해서는 힘이 필요한 것이다. 따라서 학교도 본래 타고난 그대로의 인간을 힘으로 굴복시키고 제거해야 하는 것이다.

학교의 사명은 당국에 의해 시인된 원칙에 따라서 자연 그대로의 인간을 사회의 유능한 일원으로 만들고 결국에는 군대의 빈틈없는 훈련에 의해 훌륭하게 최후의 완성을 맺을 여러 가지 성질을 그에게 깨우쳐 주는 것이다.

이제 소년이었던 기벤라트는 아주 훌륭하게 성장하였다. 쓸데없이 거리를 돌아다니는 것이라든지 장난은 거의 스스로가 삼가하게 되었다. 수업 중에 어리석게 웃어대는 버릇은 이미 오래전부터 없어졌고 흙을 만진다든지 혹은 토끼를 기른다든지, 그렇게 즐기던 낚시질도 어느 틈에 그만두었다.

어느 날 저녁에 교장 선생이 친히 기벤라트의 집을 방문하였다. 영광에 넘쳐 어찌할 바를 모르는 아버지를 정중히 대하고는 한스의 방 안으로 들어갔다.

소년은 그때 누가복음을 공부하고 있었다. 교장 선생은 아주 다정스럽게 인사했다.

"기벤라트! 벌써 부지런히 공부를 착수한 것은 좋을 일이야! 그런데 왜 얼굴을 나타내지 않느냐? 매일 기다리고 있었는데."

"가려고 했습니다만……"

한스는 사과를 했다.

"멋진 고기라도 가지고 가고 싶었어요."

"고기? 무슨 고기 말이야?"

"네. 잉어 같은 거 말예요."

"응, 그래 또 낚시질을 하니?"

"네, 그렇지만 잠시 동안 뿐인 걸요. 아버지가 허락해 주셨어요."

"응, 그래. 재미있니?"

"네, 아주 재미있어요."

"좋아, 매우 좋은 일이다. 방학 동안에 쉬는 것은 당연하지. 최선을 다해 분투했으니까. 그런데 틈틈이 공부하고 싶은 마음은 없니?"

"있고 말고요, 교장 선생님."

"네 스스로 하고 싶은 마음이 없다면 억지로 시키고 싶지는 않다."

"정말 하고 싶습니다."

교장 선생은 서너 번 깊은숨을 내쉬고 엷은 수염을 쓰다듬으면서 의자에 앉았다.

"얘, 한스야!"

선생은 말하였다.

"오래전에 들은 이야기인데 시험 성적이 너무 좋으면 후에 성적이 갑자기 나빠지는 수가 있단다. 신학교에 가면 많은 새로운 과목을 배우지 않으면 안 된다. 거기에다 휴가 중에 미리 공부를 해 가지고 오는 학생들이 있게 마련이지. 특히 시험 때 그다지 성적이 좋지 않았던 학생들에게 있어서는 더 하지. 그런 학생들이 별안간에 성적이 좋아져서 휴가 중 영광에 도취되어 편히 쉬고 있었던 자들을 밀어버리는 것이란다."

교장 선생님은 한숨을 내쉬었다가 다시 말했다.

"우리 학교에서 너는 언제나 쉽게 첫째가 되었지. 그러나, 신학교의 학생들은 또 다르다. 모두가 천재이거나 그렇지 않으면 부지런한 학생들 뿐이다. 그러한 아이들은 놀면서 앞설 수는 없다. 알겠느냐?"

"네."

"그래서 이 휴가 중에 좀 더 공부해 두는 게 좋지 않을까 하는 마음에서 하는 말이다. 물론 적당히 해야지. 너는 충분히 휴식을 취할 권리도 의무도 있다. 그러나 하루 한 시간이나 혹은 두 시간쯤 공부하는 것은 오히려 적당하리라고 생각한다. 그렇지 않으면 자칫 탈선해서 다시 궤도에 올라 평탄하게 나가기에는 몇 주일이 걸릴 거다. 어떻게 생각하니?"

"저는 이미 그런 마음의 준비가 되어 있습니다, 선생님! 교장 선생님께 지도만 해주신다면……"

"좋아. 라틴어 다음으로 신학교에선 호머가 새로운 세계를 마련해 줄 것이다. 이때 착실한 기초를 닦아 놓으면 호머를 읽는데 훨씬 더 재미있고 이해할 수 있을 것이다. 호머의 언어는 고대 이오니아의 방언으로 호머류의 음률법과 함께 아주 독특한 데가 있단다. 이 문학을 진실로 음미하려면 부지런히 철저하게 공부하지 않으면 안 된다."

물론 한스는 이 새로운 세계에 기꺼이 뛰어들 것이며 최선을 다할 것을 약속하였다.

그러나 그는 그 뒤가 두려웠다. 교장 선생은 다시 다정스럽게 말씀을 계속하였다.

"솔직히 말하면 수학도 두세 시간 하는 것이 더 좋지 않을까 생각한다. 물론 너는 수학이 나쁘지는 않지만, 그렇다고 네가 그렇게 좋아하는 과목은 아니었지. 신학교에서는 대수와 기하를 시작하지 않으면 안 될 것이다. 두서너 과목을 미리 공부해 두는 것이 좋을 거야."

"잘 알았습니다, 교장 선생님."

"나에게는 여느 때처럼 아무 때나 찾아와도 좋다. 네가 훌륭하게 되는 것은 또한 나의 명예가 되는 것이니까. 그러나 수학에 대해서는 수학 선생에게 개인 지도를 받도록 아버지께 말씀드려라. 일주일에 아마 두서너 시간이면 좋겠지."

"잘 알았습니다."

공부는 또다시 순탄하게 진행되어 나갔다. 한스는 한 시간이라도 낚시질이나 산보를 하게 되면 마음에 부담을 느꼈다. 헌신적인 수학 선생은 한스의 버릇처럼 되어 있는 수영 시간을 그의 공부 시간으로 택하였다.

그러나 한스에게는 대수 시간은 아무리 공부해도 흥미를 가질 수가 없었다.

무더운 오후 수영하러 가는 대신 선생의 답답한 방으로 들어가서 모기가 윙윙거리는 탁한 공기 속에서 피곤한 머리를 안고 쉰 목소리로 플러스 B, A, 마이너스 B를 암송한다는 것은 매우 고통스러운 일이었다.

그리고 무엇인가 마비시키는 것 같은 또 극도로 압박하는 중압감이 공중에 감돌고 있었다.

그것이 날씨가 나쁜 날에는 암담하고 절망으로 바뀌었다. 정말 수학이란 것은 그에게 있어 묘한 것이었다. 그는 결코 수학을 이해하는데 실력이 없는 학생은 아니었다. 그는 아주 훌륭한 문제 풀이뿐만 아니라 답을 알아내기도 하였다. 이때는 자신도 그것을 유쾌하게 생각하였다.

수학에는 변칙이라든가 속임수가 없고 문제를 벗어나서 불확실한 샛길을 서성거릴 필요가 없는 것이 한스는 마음에 들었다. 같은 이유로 그는 라틴어도 매우 좋아했다. 모든 게 분명하여 애매한 데가 없었기 때문이었다.

그러나 수학에서는 가령 답이 모두 맞았다 해도 아무 소용이 없는 것 같았다. 수학이란 학과는 평탄한 큰길을 걷고 있는 것같이 생각되었다. 끝없이 전진하여 바로 어제까지도 이해하지 못했던 것을 깨닫게 되지마는, 한꺼번에 넓은 경치가 전개되는 산정을 정복하는 듯한 기분은 기대할 수 없었다.

교장 선생님 집에서의 공부는 얼마간 활기가 있었다. 물론 목사님은 신약성서의 변질된 그리스어를 가지고서도 교장 선생이 젊음에 찬 참신한 호머의 작품을 가르쳐 주는 것 이상으로 훨씬 매력 있고 훌륭한 것을 느끼게 해주었다. 그러나 결국 호머는 호머였다.

최초의 고난을 극복하자 바로, 그 배후에 뜻하지 않은 희열이 나타나서 걷잡을 수 없는 힘으로 유혹해 나갔다.

신비적인 아름다운 음향을 연주해 주는 난해한 시구를 앞에 놓고 가슴 벅찬 초조와 긴장에 몸을 떠는 순간도 있었다. 그리하여 안타까운 마음으로 사전을 들면 고요하고 맑은 꽃밭을 열어 주는 열쇠를 발견할 수 있었던 것이다.

또다시 숙제가 많아졌다. 어떤 문제에 매달려 저녁 늦게까지 책상 앞에 앉아 있는 것도 이제는 별로 이상한 일은 아니었다. 아버지 기벤라트는 이처럼 열성으로 공부하는 아들의 모습을 만족스럽게 바라보고 있었다.

그의 우둔한 머릿속에는, 그가 불투명한 존경심을 가지고 우러러보는 높은 곳으로 자기 줄기에서 뻗어난 하나의 가지를 머리 위로 높이 뻗치고 싶어 하는 그런 어리석고 미련한 인간들의 이상이 자리 잡고 있었던 것이다.

휴가의 마지막 주일이 되자 교장 선생과 목사님은 눈에 뜨일 정도로 부드럽고 열심히 염려해 주는 태도를 보였다. 그들은 학과를 그만두게 하여 한스를 산보 보내기도 하고 원기를 회복하여 새로운 행로에 발을 들여다 놓는 것이 얼마나 중요한가를 역설하기도 하였다.

한스는 서너 번 더 낚시질을 갔다. 자주 두통을 느끼면서도 지금은 담청색 초가을의 하늘을 비춰주고 있는 강기슭에 그다지 주의도 하지 않고 앉아 있었다. 도대체 무엇 때문에 여름 방학을 즐거워했는지 이상스러울 정도였다.

이제는 오히려 여름 방학이 지나서 아주 다른 생활과 빨리 개학이 되어 신학교에 다니는 것이 더 즐거울 것 같았다. 고기 같은 것에는 전혀 신경을 쓰지도 않았고 거의 잡히지도 않았다. 아버지로부터 그 때문에 한 번 조롱을 받자 한스는 낚시질을 그만두고 낚싯대를 이층 다락방 상자 속에 집어넣어 버리고 말았다.

앞으로 며칠 있으면 방학이 끝날 무렵 비로소 한스는 몇 주일이나 구두 장수 플리크 아저씨 집에 들르지 않았다는 생각이 갑자기 떠올랐다. 지금 당장이라도 찾아가 보아야겠다고 마음먹었다.

저녁때가 되었다. 그 아저씨는 어린 아기를 두 무릎에 각각 올려 앉히고는 안방 창가에 앉아 있었다. 문은 열려 있었으나 가죽과 구두약 냄새가 온 집안에 풍기고 있었다. 머뭇거리면서 한스는 그의 손을 아저씨의 딱딱하고 넓은 오른쪽 손에 얹었다.

"하는 공부는 어떠니?"

아저씨가 물었다.

"목사한테서는 열심히 공부할 수 있었니?"

"네. 매일 거기에 가서 많이 배웠어요."

"대체 뭘?"

"주로 그리스어지만 그 밖에도 여러 가지 많죠."

"그래서 나에게 올 마음이 없었던 게로구나."

"오고 싶었어요. 플리크 아저씨! 그렇지만 올 시간이 없었어요. 목사 댁에서 매일 한 시간, 교장 선생한테 매일 두 시간, 그리고 수학 선생한테는 일주일에 네 번 가야 되었기 때문이죠."

"지금 휴가 중인데도? 그것은 어리석은 일이다."

"난 몰라요. 선생님들이 그렇게 하라고 말했어요. 거기다. 난 공부하는 것이 어려운 일이 아니니깐요."

"그건 그렇겠지."

플리크 아저씨는 이렇게 말하고서 한스의 팔을 잡았다.

"공부도 좋지만, 이 팔은 대체 어떻게 된 거냐? 얼굴도 아주 핼쑥

해졌구나. 또 두통은 안 나니?"

"가끔씩요."

"그건 바보 같은 짓이다. 한스야! 또 죄악이야. 너만 한 나이에는 밖에 나가서 운동을 하고 휴식도 충분히 취하지 않으면 안 돼. 무엇 때문에 방학이 있는 거냐? 방안에 틀어박혀서 공부를 하기 위해서가 아니다. 그러고 보니 너의 몸은 껍질만 남아 있구나!"

한스는 대답 대신에 웃었다.

"물론 너야 견디어 내겠지? 그것이 너무 지나치면 안 한 것만 못하단다. 목사 집에서의 공부는 어떻더냐, 무슨 말을 하든?"

"여러 가지 많은 이야기를 했어요. 하지만 나쁜 말은 하지 않았어요. 그는 굉장히 많은 것을 알고 있던 데요."

"성서를 모독하는 말은 하지 않든?"

"아니, 한 번도 없었어요."

"그건 좋은 일이다. 그러나 이 말만은 너에게 해두고 싶다. 영혼을 더럽히는 것보다는 육체를 열 번 썩히는 게 낫다. 너는 머지않아 목사가 되고 싶어 하지만, 그것은 귀하고 무거운 직책이다. 그러기 위해서는 유형무형으로 너희들과 같은 젊은 사람을 필요로 하는 것이다. 아마 너는 틀림없는 인간으로 언제인가는 영혼을 구하고 가르치는 사람이 되겠지. 나는 그것을 진심으로 원하고 그 때문에 기도드리고 있단다."

그는 일어서서 두 손을 힘있게 소년의 어깨 위에 올려놓았다.

"잘 가라, 한스야! 바른길을 벗어나지 않게 주님이 너를 늘 축복하고 보호해 주시기를, 아멘."

구둣방 아저씨의 엄숙함과 기도, 그리고 표준말이 소년의 마음을 아프게 했다. 목사는 헤어질 때 그렇게 하지는 않았다.

준비와 고별인사 때문에 며칠 동안이 숨 가쁘게 지나갔다. 침구, 의복, 내의 그리고 책들을 묶은 상자는 이미 부쳐졌다. 가방도 싸 놓았다.

어느 서늘한 아침, 아버지와 아들은 마울브론을 향해 떠났다. 고향을 떠나서 아버지의 집을 나와 낯선 학교로 들어가는 것은 아무래도 이상스러웠고 괴로운 일이었다.

주의 서북쪽 변방 숲이 우거진 언덕과 작은 몇 개의 고요한 호수 사이에 치토 교단敎團의 마울브론 대수도원이 자리 잡고 있었다.

낡았지만 넓고 아름다운 건물이 견고하게 잘 보존되어 있어 안팎이 훌륭하였기 때문에 살아보고 싶은 충동을 주었다. 건물은 수백 년 동안 터전이 자리 잡혀 아름답고 푸른 주위와 우아하게 잘 어울리고 있었다.

수도원을 방문하는 사람은 높은 벽 사이에 열려 있는 그림과 같은 문을 지나서 넓고 정적에 휩싸인 정원으로 들어갔다.

그곳에는 전설처럼 분수가 물을 내뿜고 있었으며 또 엄숙한 모습으로 고목이 서 있는 그 양쪽에는 낡은 석조 건물이 있었다. 그 뒤에 대사원大寺院 있는데, 후기 로마네스크식 현관은 어디에도 비교할 수 없이 장엄하고 또한 사람의 마음을 이끄는 아름다움을 지니고 있어 파라다이스라고 불리어졌다.

대사원의 육중한 지붕 위에는 바늘과 같이 뾰족뾰족한 유머러스한 작은 탑이 세워져 있었다. 어째서 거기에 종을 매달아야 하는가는 알

마울브론 신학교.
헤세는 이 학교에 입학한 지
7개월 만에 퇴학당했다.

수 없었다.

잘 보존되어 있는 대사원의 회랑은 그 자체가 아름다운 건물이지만, 그 일부에 훌륭한 분수가 딸린 예배당은 마치 한 개의 주옥과 같았다. 성직자들의 식당은 고상한 십자형 아치가 힘있게 천정을 장식하고 있는 훌륭한 방이다.

또 그곳에는 기도실, 대화실, 방문객을 위한 휴게실, 수도원장의 주택, 그리고 두 개의 교회당이 한데 모여 있었다. 그림과 같은 벽, 발코니, 문, 작은 뜰, 물레방아, 주택들이 묵직한 낡은 건물을 보기 좋게 명랑하게 장식해 주고 있었다.

넓은 앞뜰은 정적에 싸여 텅 비어 있고 조는 듯이 나무 그늘을 벗하고 있었으나 점심시간 동안은 마치 활기를 띄운 것 같았다.

그 시각에는 젊은 학생들의 무리가 수도원에서 쏟아져 나와 넓은 뜰에 흩어져 있는 그들로 해서 사람의 움직임, 부르는 소리, 웃음 소리를 들을 수 있고 놀이를 즐기는 학생도 있으나, 그 시간이 지나면 순식간에 벽 속으로 사라져 버려 그림자 하나 보이지 않았다.

이 정원에 서면 여기야말로 충분한 생활과 기쁨을 맛보기에 적당한 장소며 생명이 있는 곳이고 축복을 가져올 수 있는 사람들이 성장할 수 있는 곳임이 틀림없다. 성숙하고 선량한 사람들이 즐거운 사상을 사색하고 아름답고 명랑한 작품을 만들어낼 것이 틀림없을 것이라고 생각한 사람도 적지 않으리라.

아주 오래전부터 주 정부는 언덕과 숲속에 감춰진 속계를 떠나 있는 이 훌륭한 수도원을 신학교 학생들에게 열어 준 것이다. 아름답고 고요한 환경을 감동하기 쉬운 젊은 마음에 제공해 주기 위해서다.

동시에 이곳에 있으면 젊은 학생들은 도시와 가정생활의 마음을 산란하게 하는 영향으로부터 벗어나 바쁜 생활의 해로운 환경에서 보호를 받게 되는 것이다.

그것에 의해서 젊은이들은 수년간 히브리어와 그리스어의 연구를 다른 참고 과목과 함께 아주 성실하게 생활의 목표로 삼게 되고 젊은 영혼의 갈망을 맑고 이념적인 연구와 정신적인 향수에 집중시켜 줄 수가 있는 것이다. 거기에는 또 기숙사 생활이 자아 교육을 촉진하고 단체 생활의 정서를 길러주는 중요한 요소가 되었다.

신학교의 학생은 관비로서 생활하고 공부할 수가 있다. 그 대신 정부는 학생들이 정신적으로 특별한 인물이 되도록 보살핀다. 그 정신에 의해서 그들은 졸업 후에도 언제나 신학교의 학생이었다는 것을 알 수가 있다. 그것은 일종의 교묘하고 확실한 낙인과 같은 것이다. 자발적인 예속의 의미 깊은 상징이다.

때때로 탈출하는 난폭자를 제외하고는 슈바벤 신학교 학생들은 한평생 그 면모를 확실히 보존하고 있게 되는 것이다. 인간은 각기 다를 수밖에 없으며, 그 인간이 자란 환경과 경우는 얼마나 서로 다른가?

그것을 주 정부는 학생들에 대해서 일종의 정신적인 제복 혹은 법복에 의해서 합법적이고 근본적으로 동일하게 만들어 버린다.

수도원의 신학교에 들어갈 때 어머니가 생존해 있는 신입생은 입학 첫날을 감사의 마음과 미소 띤 감격으로 한평생 잊지 못한다. 한스 기벤라트는 그와 같은 경우가 아니었고, 아무런 감격도 없이 그 장면을 넘겨 버렸으나 많은 낯설은 어머니들을 바라보며 일종의 특별한 인상을 받았다.

소위 큰 침실이라고 하는 벽장이 달린 넓은 복도에는 상자나 광주리들이 흩어져 있었다. 양친을 따라온 소년들은 자질구레한 물건들을 정리하고 각자 번호가 매겨져 있는 벽장이나 공부방에서는 번호가 붙은 책꽂이를 배급받았다.

아들과 양친은 마룻바닥에 꾸부리고 앉아서 짐을 풀었다. 그 사이를 조수가 군주처럼 걸어 다니면서 때때로 친절한 조언을 해주었다.

모두 짐을 풀어놓고 옷을 펴고 내의를 잘 접어놓고 책을 쌓아 올리고 신발과 슬리퍼를 나란히 줄을 지어 정돈해 놓았다. 준비물은 거의 모두가 같았다. 꼭 가지고 와야 할 속옷의 수와 그 외 신변에 필요한 도구 같은 것은 미리 지정되어 있었다.

이름을 새긴 양철 세숫대야도 나왔다. 이어서 화장실에 해면과 비눗갑, 빗과 칫솔 같은 것이 나란히 놓여졌다. 그리고 각자는 램프와 석유통, 그리고 한 사람 몫의 식기를 가지고 왔다.

소년들은 모두 분주하게 움직였고 약간 들떠 있기까지 했다. 아버지들은 미소를 지으며 도와주기도 하고 종종 회중시계를 보기도 했다.

한편으로 그들은 매우 피곤한 나머지 돌아가고 싶은 마음이 간절했다. 그러나 그와 반대로 일의 중심은 언제나 어머니들이었다. 의복이나 내의를 하나씩 집어 손에 들고 주름살을 펴놓고 허리띠를 바로 하고 세심하게 조사해서 될 수만 있으면 깨끗하고 편리하도록 벽장 안에 정리해 넣었다. 훈계와 주의, 그리고 애정도 그것과 함께 스며들었다.

"새 내복은 특별히 아껴야 한다. 삼 마르크 오십 페이나나 주었으니까."

"세탁할 내복은 다달이 철도편으로 보내거라. 급할 때는 우편으로, 까만 모자는 일요일에만 쓰는 거란다."

뚱뚱하고 인자하게 생긴 부인이 높은 상자 위에 앉아서 아들에게 단추를 다는 방법을 가르쳐 주고 있었다.

"집이 그리우면 언제나 편지를 쓰렴. 크리스마스까지는 그리 오래지 않으니까."

하는 소리가 어디선가 들렸다.

곱고 아직 꽤 젊은 부인이 가득 채운 아들의 벽장을 가리키며 하의나 상의 혹은 바지를 애무의 손길로 만지작거리고 있었다.

그런 다음에 어깨 폭이 넓고 뺨이 토실토실한 아들의 얼굴을 어루만져 주기 시작했다. 아들은 부끄러워서 어찌할 줄 몰라 웃으면서 어머니의 손을 뿌리치고 남들이 어리광을 부린다고 할까 봐 두 손을 바지 주머니 속에 집어넣었다. 작별은 아들보다 어머니에게 더 괴로운 것 같았다.

다른 소년들은 그와 반대였다. 그들은 분주한 어머니를 맥없이 아니면 멍청하게 쳐다보며 같이 집으로 다시 돌아가고 싶은 표정을 짓고 있었다.

어느 아이를 보아도 이별의 두려움과 복받쳐 오르는 애정과 그리움이 구경하고 있는 사람들 이에 대한 부끄러움과 한 남자로서 품위를 잃지 않으려는 사나이다운 반항적인 심리와 맹렬히 싸우고 있었다.

실은 소리를 내어 통곡하고 싶은 심정에 놓인 소년들도 일부러 아무렇지도 않다는 듯한 표정을 억지로 꾸미고 있었다. 어머니들 중에서는 그것을 보고 미소 지었다.

거의 대부분의 소년들은 짐꾸러미와 상자 속에서 필수품 외에 작은 자루에 든 사과와 통조림, 삶은 순대와 비스킷 등을 담은 조그만 바구니 같은 물건들을 끄집어내었다. 스케이트를 가지고 온 아이들도 많았다.

특히 눈에 띈 것은 교활한 모습을 하고 있는 한 조그만 소년이 햄을 통째로 가지고 와서 그것을 좀처럼 감추려고 하지 않기 때문에 많은 학생들의 눈을 끌었다.

어느 아이가 집에서 직접 왔는지, 그렇지 않으면 지금까지 다른 학교나 기숙사에서 지낸 적이 있었는가 하는 것은 쉽게 분간할 수 있었다. 그러나 경험이 있는 학생들에게서는 흥분과 긴장은 발견할 수 있었다.

기벤라트 씨는 아들이 짐을 푸는 것을 요령과 맵시를 부려가며 도와주고 행동하였기 때문에 다른 여러 사람들보다 빨리 끝마쳤으므로 한스와 함께 지루해서 할 일 없이 큰 방에 잠깐 동안 멍청하게 서 있었다.

그러나 어디를 둘러보아도 가르치고 훈계하는 아버지들, 위로와 주의를 주는 어머니들, 그것을 불안하게 듣고 있는 아들이 눈에 띄었기 때문에 그도 한스의 장래 생활에 대한 기념으로 한마디

금언이라도 말해 주는 것이 당연하리라 생각하였다.

　그는 오랫동안 머리를 짜내며 말 없는 소년 옆을 번민에 사로잡힌 채 왔다 갔다 하고 있었다. 그러다가 갑자기 그는 힘을 내어 성스러운 문구의 명언을 말하기 시작했다.

　한스는 그저 조용히 받아들이고 있었다. 그때 목사 한 사람이 아버지의 설교를 재미나게 웃음을 띠우면서 바라보고 있었기 때문에, 그만 부끄러워져서 아버지를 옆으로 끌어당겼다.

　"자, 그러면 가정의 명예를 높여주겠지? 그리고 윗사람의 말씀을 잘 듣고 지킬 수 있겠지?"

　"네, 물론 알고 있어요."

　한스는 말했다.

　아버지는 말을 마치고 안도의 숨을 쉬었다. 또한 한스도 입을 다물었다.

　가슴 답답한 호기심을 가지고 창 너머로 보이는 조용한 회랑을 내다보고 있으려니까, 그 고풍의 운둔적인 기품과 안식이 이층에서 지껄여대고 있는 젊은 생령들과 기이하게 대조를 이루고 있었다. 그리고 그는 바쁜 동료들을 소심하게 바라보았으나 그중에 안면 있는 학생은 하나도 없었다.

　슈루트가르트에서 알게 된 괴팅켄 출신의 수험생은 라틴어에는 우수하였지만 합격하지 못한 것 같았다. 그는 어느 곳에서나 발견되지 않았다. 그것을 대수롭게 생각하지 않으려고 장래의 동급생들을 바라보았다.

　모든 소년들의 준비물은 종류와 수에 있어서 거의 비슷했으나 그래도 도시 아이들과 농부의 아들, 그리고 유복한 가정의 가난한 집안의 아이는 쉽사리 구별할 수 있었다.

물론 돈 많은 사람의 아들이 신학교에 오는 일은 매우 드물었다. 그것은 양친의 자부심이나 그보다 더 깊은 이유가 있겠지만 아들의 천분天分에 의할 때도 있다.

그래도 또 많은 교수나 비교적 높은 직위에 있는 사람들이 자기 자신의 수도원 시절을 잊지 못해 그들의 자식을 마울브론 신학교로 보내는 수가 적지 않았다. 그래서 사십 명의 신입생이 입고 있는 검정 상의에는 천의 종류와 모양에 있어 여러 가지 차이를 발견할 수가 있었다.

또한 그 이상으로 소년들은 버릇이나 사투리, 태도에 있어서 서로 달랐다.

손발이 거칠고 메마른 슈바르츠발트 출신, 엷은 금발에다 입이 큰 다혈질적인 고지 태생, 자유분방하고 명랑한 품위를 가진 활동적인 도시 출생, 한결같이 뾰족한 구두를 신고 세련된 몸가짐을 갖고 있었으나 사투리를 쓰는 맵시 있는 슈루트가르트의 태생도 있었다.

이 젊음에 넘치는 소년들의 약 오분의 일 정도가 안경을 쓰고 있었다.

슈루트가르트의 출생으로 아주 몸이 약해서 매력적일 만큼 세련된 어머니 품속에서 자란 소년 하나가 엄숙한 펠트 모자를 쓰고 점잖게 앉아 있었으나 그 색다른 장식품이 이 첫날에 동료들 중의 난폭한 자들에게 후일 조소와 난폭의 욕망을 채워 줄 요인이 되었다는 사실을 본인 자신은 전혀 모르고 있었다.

처음 보는 사람일지라도 예리한 판단력을 가진 사람이면 소심하고 반항적인 이 한 떼의 소년들이 주의 소년들 가운데서 선발된 상당한 인재들이라는 걸 인정할 수 있었으리라.

주입식 교육을 받고 왔다는 것을 곧 알아차릴 수 있는 평범한 소년들과 함께 영리한 소년, 매사에 반항적이며 개성이 강한 소년도 없는 것은 아니었다.

그들의 반들반들한 이마 깊숙이에는 보다 높은 이상적인 생활이 아직 반이나 꿈속에 헤매고 있는 것 같았다. 다분히 그중에 하나 둘은 그 빈틈없이 완고한 슈바벤 형의 두뇌 소유자도 있을 것이다.

이런 두뇌 소유자들은 시간이 지나감에 따라 때때로 커다란 세계의 한복판을 뚫고 들어가 언제나 다소간 메마르고 완고한 그들의 사상을 새롭고 강력한 체계의 중심으로 만들었던 것이다.

왜냐하면 슈바벤이라는 지역에서는 아주 교양이 있는 신학자를 세상에 내보낼 뿐만 아니라, 전통적으로 철학적 사색의 능력이 있다는 것을 자랑으로 삼고 있기 때문이다. 실제로 지금까지 철학적 사색으로 명망이 높은 예언자 혹은 이단적인 학설을 많이 내놓고 있는 것이다.

이와 같이 해서 이 기름진 주州의 정치적인 전통은 아직 훨씬 뒤떨어져 있으나 적어도 신학과 철학의 정신적인 영역에 있어서는 여전히 확실하고 커다란 영향을 세상에 끼쳐 주고 있었다.

동시에 이 주에 사는 주민들 가운데는 옛날부터 아름다운 형태의 몽상적인 시를 즐기는 사람들이 많았다. 그것이 때로는 상당한 시인을 낳게 하는 요인이 되었지만, 요사이는 그들도 그다지 귀하게 여겨지지 않고 있다.

마울브론 신학교의 시설과 관습을 외면적으로 본다면 슈바벤적인 것은 아무것도 느낄 수가 없다. 오히려 초창기 수도원 시대에서부터 남아 있는 라틴어 명칭과 함께 여러 가지 고전적인 예식이 새로 부과되어 있다.

학생들이 할당받은 방은 포룸, 헬라스, 아테네, 스파르타, 아크로폴리스라고 불리어졌다. 제일 작은 맨 마지막의 방이 게르마니아라고 불려진 것은 가능하다면 게르만적인 현재로부터 고대의 로마적이고 희랍적인 환상을 제공하는 이유를 가지고 있음을 표시하려는 것 같았다. 그러나 그것도 외면적인 것에 지나지 않았다.

실제는 히브리적인 이름이 더 알맞았을 것이다. 그래서 우연인지는 모르나 아테네의 방은 도량이 넓고 달변의 학생이 아닌 정직한 게으름쟁이 학생을 몇 명 수용하고, 스파르타의 방에는 무사 기질의 학생이나 금욕주의자가 아니고, 오히려 인원수는 적지만 명랑하고 오만한 청강생이 기숙하게 되었다. 한스 기벤라트는 아홉 명의 동료들과 함께 헬라스의 방에 배정되었다.

그날 저녁에 처음으로 아홉 명의 동료들과 함께 서늘하고 단조로운 방 안에 들어가 자기의 좁은 침대에 눕자 무어라 말할 수 없는 감정에 사로잡혔다. 친정에는 커다란 석유램프가 걸려 있었는데 그 빨간 빛 속에서 모두 옷을 벗었다. 램프는 열시 십오 분에 조수의 손에 의해서 꺼졌다.

그리고 그들은 모두 각자의 침대에 나란히 누웠다. 침대 사이마다 옷을 얹을 수 있는 작은 의자가 놓여 있었는데 기둥 옆에는 아침 종을 울리는 끈이 늘여져 있었다.

두서너 명의 소년들은 벌써 서로 낯이 익었는지 귓속말로 몇 마디 이야기를 주고받고 하였으나, 그것도 곧 잠잠해졌다. 다른 아이들은 서로 서먹서먹한 사이여서 다소 침체된 기분으로 몸 하나 움직이지 않고 눈을 감고 있었다.

잠이 든 아이들은 깊은 숨소리를 냈으나 자면서 팔을 움직이는 아이가 있었기 때문에 린넬 홑이불이 바삭바삭 소리를 냈다. 눈을 뜨고 있는 아이는 아주 조용히 아무 말도 없이 누워있었다.

한스는 오랫동안 잠들 수가 없었다. 옆의 학생들 숨소리에 귀를 기울이고 있으려니 잠시 후에 하나 건너 다음 다음 침대에서 이상스럽게도 불안스러운 소리가 들려왔다. 거기에 누워있는 소년이 홑이불을 뒤집어쓰고 울고 있는 것이었다. 멀리에서 울려오는 듯한 가벼운 흐느낌이 한스의 마음을 이상스럽게 흥분시켰다.

그 자신은 향수를 느끼지 않았으나 역시 고향의 고요한 작은 방이 그리웠다. 거기에다 새로운 불안감과 많은 동급생들에 대한 소심한 두려움이 더해졌다. 한밤중까지 눈을 뜨고 있는 학생은 아무도 없었다.

알록달록한 베개 위에 볼을 대고서 아이들은 줄을 지어 잠자고 있었다. 슬픔에 잠긴 아이도, 반항적인 아이도, 명랑한 아이도, 겁 많은 아이도 다 같이 달콤한 깊은 휴식의 포로가 되어 모든 것을 다 잊어버리고 있었다.

낡고 뾰족한 지붕과 탑과 발코니, 그리고 고딕식 첨탑과 첨벽, 높은 아치 모양의 회랑 위에 빛깔을 잃은 흐릿한 반달이 떠오르고 있었다.

달빛은 처마와 문지방 위까지 비쳤으며 고딕식 창문이나 로마네스크식 문 위에 흘러 회랑 분수의 커다랗고 우아한 수반 속으로 스며들면서 엷은 황금색으로 떨고 있었다.

노란빛이 도는 두서너 줄기의 달빛과 빛의 반점이 세 개의 창문을 뚫고 헬라스 방의 침실에까지 비쳐 들었다. 그리고, 그 옛날 승려들의 꿈을 지키고 있었던 거와 같이 잠자는 소년들의 꿈을 정답게 지켜보고 있었다.

다음날 기도실에서는 엄숙한 입학식이 거행되었다. 선생님들이 예복을 입고 줄지 서 있는 가운데 맨 먼저 교장 선생님이 식사를 했다. 학생들은 의자에 앉아 감개무량하게 허리를 굽히고 있었다.

때때로 훨씬 뒤에 앉아 있는 양친을 곁눈질해 보았다. 어머니들은 생각에 잠겨 미소를 띠면서 아들을 쳐다보고 아버지들은 똑바로 앉아서 식사를 들면서 엄숙하고 단호한 태도를 유지하고 있었다. 자랑과 뽐내고 싶은 마음과 아름다운 희망에 그들의 가슴은 부풀어 올랐다.

그러나 오늘 자기들의 아이를 금전의 이익과 바꾸어 나라에 팔아 버렸다는 생각을 가진 사람은 한 사람도 없었다.

마지막으로 학생들 한 명씩 차례로 이름이 불리어 줄 앞에 나가 교장 선생님에게서 맹세의 악수로써 영접되어 의무를 부여받게 되었다. 이리하여 이것으로써 일평생 국가의 보호를 받고 직업을 제공받게 되는 것이다. 아마도 그것이 손쉽게 이루어지는 것은 아니라고 생각할 사람은 아버지들과 마찬가지로 한 사람도 없었다.

부모에게 작별을 고하지 않으면 안 되는 순간은 더욱 엄숙하고 뼈저린 느낌이었다. 부모들의 몇 명은 걸어서, 혹은 우편 마차로, 급히 주선한 여러 가지 탈 것으로 뒤에 남겨진 자식들의 시야에서 사라져 버리고 말았다.

손수건이 오랫동안 부드러운 9월의 가을바람에 나부끼고 있었다. 드디어 떠나가는 사람들은 숲속으로 사라졌다. 자식들은 고요히 명상에 잠겨 묵묵히 수도원으로 돌아왔다.

"그래, 결국 양친들은 떠나고 말았구나."

조수가 말하였다.

그리고는 그들은 자기 방 동료들끼리 서로 얼굴을 익히게 되고 자연적으로 아는 사이가 될 수 있었다. 잉크병에 잉크를 붓고, 램프에 석유를 채우고, 책과 노트를 정리해서 새 방을 거처하기 좋게 만들려고 노력했다.

그동안에 서로 호기심을 가지고 쳐다보며 말을 하기 시작하고, 고향이나 출신 학교를 서로 묻고 함께 땀을 흘린 입학시험을 상기하기도 했다.

그리고 책상 주위에는 이야기꾼의 무리가 생기고 여기저기서는 맑고 젊음에 넘친 웃음소리가 넘쳐흘렀다.

저녁 무렵이 되자, 같은 반의 학생들은 항해의 마지막 선객들보다 훨씬 더 잘 아는 친숙한 사이가 되어 있었다.

한스와 함께 헬라스의 방에서 지나게 된 아홉 명의 학생들 가운데의 네 명은 특징 있는 인물이었다. 나머지는 대체로 중간쯤이었다.

우선 슈루트가르트 대학 교수의 아들 오토 하르트너는 타고난 재주가 있을 뿐만 아니라, 침착하며 주관이 분명하고 태도 역시 나무랄 데가 없었다. 그뿐 아니라 몸도 건강하고 또한 옷도 단정히 입고 믿음직한 거동 때문에 같은 반 급우들의 관심을 모았다.

그다음 고지의 어느 작은 마을 촌장의 아들인 칼 하멜이란 학생이 있었다. 이 소년을 이해하기에는 잠시 동안의 시간이 걸렸다. 왜냐하면 그의 말과 행동은 모순투성이고 타고난 그의 점액질과 같은 천성인 비사교적인 껍질 속에서 좀처럼 나오지 않으려고 했기 때문이다.

때로는 열정적으로 분망하게 그것도 결코 오래 가지 않고 다시 껍질 속으로 들어가고 말았다. 그래서 그가 조용한 관찰자인지 아니면 음흉한 위선자인지 도저히 알 수 없었다.

슈바르츠발트의 좋은 집안의 아들인 헤르만 하일너는 그렇게까지는 복잡하지 않지만 눈에 띄는 인물이었다. 그가 시인이고 문예에 뛰어났다는 것은 첫날에 이미 알 수 있었다. 그가 주의 시험에서 작문을 육각운六脚韻으로 지었다는 소문까지 나 있었다.

그는 능숙하리만큼 말하는 솜씨도 활기에 넘쳐 있었으며 아름다운 바이올린을 가지고 있었다. 그리고 감상에 치우치는 경솔함이 젊은 사람다운 순박성에 섞여 있어 다소는 애매한 듯한 것이 그의 기질이었으나, 그것을 표면에 나타내고 있는 것 같지는 않았다.

그러나, 그렇게 눈에 띄지는 않지만 보다 깊은 것을 가슴 속에 지니고 있었다. 그는 몸과 마음이 연령 이상으로 성장하여 있었고, 벌써 모색적으로 자신의 궤도를 걷고 있었다.

그러나, 헬라스 방의 제일 기이한 학생은 에밀 루치우스였다.

엷은 금발의 음흉한 꼬마였으나 나이 찬 농부와도 같이 끈기 있고 부지런하고 메말라 빠진 아이였다. 몸짓이나 얼굴 생김새도 별로 단정하지가 않았으며, 소년과 같은 인상은 전혀 찾아볼 수 없고, 오히려 이제는 아무래도 변화할 여지조차 없는 틀이 잡힌 어른 모습을 하고 있었다.

첫날에 벌써 다른 아이들이 지루해져서 이야기도 하고 이곳 생활에 익숙해지려고 하고 있을 때, 그는 침착하게 문법책을 내놓고 엄지손가락을 두 귀 사이에 쑤셔 넣고서 마치 잃어버린 세월을 돌이켜야만 하는 것같이 줄곧 공부에 열중하고 있었다.

이 말 없는 변덕쟁이의 비상한 계교가 하나씩 드러나게 되자, 그가 아주 인색하고 이기주의자임을 알게 되었다. 이러한 악덕에 사로잡힌 빈틈없는 행동이 오히려 일종의 존경심, 적어도 관용으로써 대접받는 결과가 되기도 했다.

특히 그는 빈틈없는 절약법과 이익을 얻는 방법을 알고 있었다. 그 하나하나의 술책은 차차 주위 사람들에게 알려져서 경탄하게 되었다.

우선 최초의 일은 아침 기상 때 시작되었다. 루치우스는 세면장에 제일 먼저 아니면 제일 마지막에 나타나서 다른 아이의 수건을 사용했다. 가능하면 비누도 딴 사람 것을 쓰고 제 것을 아꼈다. 그래서 제 수건은 항상 두 주일이나 혹은 그 이상을 쓸 수 있었다.

하지만 수건은 학교 규칙상 일주일마다 바꾸지 않으면 안 되게 되었다. 월요일마다 오전 중에 조수가 그것을 검사했다. 그래서 루치우스는 월요일 아침이면 새 수건을 제 번호의 못에 걸어 두었다가 점심시간이면 그것을 거두어 깨끗하게 접어서 상자 속에 도로 집어넣고 그 대신 헌 수건을 그 자리에 걸어 놓았다.

그의 비누는 딱딱해서 거의 거품이 나지 않았다. 그 대신 그것은 몇 달이나 견딜 수 있었다. 그렇다고 해서 에밀 루치우스는 조금도 너절한 외모를 하고 있는 것은 아니었다. 그는 언제나 깨끗하고 엷은 금발을 말쑥하게 갈라 빗었으며 내의나 의복은 될 수 있는 한 손질해 입었다.

루치우스는 세면장에서 곧장 아침 식사를 하러 가는 것이었다. 아침 식사로 나오는 건 커피 한 잔, 사탕 한 알, 빵 한 조각이었다.

대부분 소년들은 그것으로 배를 채울 수 없었다. 성장기에 있는 이들에게 여덟 시간을 자고 나면은 정말 배가 고파지는 게 보통이다.

그러나 루치우스는 그것으로 만족하고 매일 사탕 한 알을 먹지 않고 절약해 두었다가 사탕 두 알에 한 페니히, 사탕 스물다섯 개에 노트 한 권이라는 식으로 반드시 구매자를 찾았다.

밤에는 비싼 석유를 절약하기 위해 다른 사람의 램프 불빛으로 공부를 하는 것은 뻔한 일이었다. 그렇지만 그는 가난한 집안의 아이도 아니고, 오히려 부유한 환경에서 태어났다.

원래 아주 가난한 집안의 아이들은 돈 쓰는 것이라든지 절약이라는 걸 아예 모르는 게 보통이다. 언제나 가지고 있는 돈은 다 써버리고 절약한다는 것을 모른다.

에밀 루치우스가 그런 방법으로 소유하고 모아놓을 수 있는 것에 대해서는 뭐든지 손을 벌리는 것이다. 뿐만 아니라 정신적인 영역에 있어서도 될 수 있는 한 이득을 보려고 했다. 동시에 그는 아주 영리하였던 탓으로 정신적인 모든 소유물에는 상대적인 가치밖에 없다는 것을 잊지 않았다.

그래서 미리 공부해 두면 다음 시험에서는 효과를 걷을 수 있는 과목만을 택해서 실제로 공부하고 다른 과목에는 욕심을 내지 않고 중간쯤의 성적으로 만족했다. 배우는 것과 하는 일이 언제나 동급생의 성적만을 표준으로 하고 있었다.

두 배의 지식으로 2등이 되는 것보다는 절반의 지식으로 첫째가 되는 것을 오히려 원했던 것이다.

그래서 저녁때 같은 방의 아이들이 여러 가지 오락이나 유희나 독서에 빠져 있을 때 그만은 조용히 시험공부에 몰두하고 있는 모습을 볼 수 있었다. 다른 아이들이 시끄럽게 떠들어대는 것도 그에게는 아무 문제가 되지 않았다.

오히려 그는 투기심이 없는 만족스러운 시선으로 떠들고 있는 그들을 향하여 던지는 것이었다. 만일 모두가 공부를 하고 있었더라면 그의 노력은 아무런 이익을 얻지 못하였을 터이니까.

어쨌든 간에 그는 부지런한 노력가이었기 때문에 이런 여러 가지 교활함과 간계를 나쁘게 생각하는 사람은 없었다. 그러나 너무도 극단으로 달리는 사람들이나 극단적인 욕심꾸러기들과 마찬가지로 그도 그 굴레를 벗어나지 못하였다.

수도원의 수업은 전부 무료였기 때문에 그는 이것을 이용하여 바이올린 교습을 받을 것을 생각해 냈다.

그에 대해 그는 얼마간의 기초 지식이 있는 것도 아니요, 타고난 재질이 있는 것도 아니요, 그렇다고 음악을 즐겨 볼 무슨 근거가 있는 것도 아니었다. 그러나 그는 바이올린도 라틴어나 수학과 마찬가지로 배우면 되는 것으로 생각한 것이다.

음악이란 나중에 쓰일 때가 있고 사람들에게 온정과 좋은 기분을 갖게 하여 줄 수 있는 것이라고 들은 일이 있었던 것이다. 거기에다 학교의 바이올린을 쓸 수 있었기 때문에 어쨌든 돈이 드는 일이 아니었다.

음악 선생 하스는 루치우스가 찾아와서 바이올린을 배우고 싶다고 말했을 때 화가 머리끝까지 치밀었다. 왜냐하면, 그는 음악 시간 이래로 루치우스의 실력을 알고 있었기 때문이었다.

음악 시간에 루치우스가 부른 노래는 동급생 일동을 굉장히 기쁘게 하여 주었지만, 교사인 그에게 아주 절망을 주고 말았다. 그래서 그는 루치우스에게 바이올린을 단념시키려고 애써 보았다.

그러나 그 점에 있어서 만큼은 선생이 상대방을 잘못 보고 있었다. 루치우스는 점잖고 겸손하게 미소를 띠고 학생의 권리를 방패 삼아 음악에 대한 자기의 욕망은 억제할 수 없는 것이라고 설명하였다.

마침내 그는 연습용 바이올린의 제일 나쁜 것을 빌어서 일주일에 두 번씩 교습을 받고 매일 반 시간 동안 연습하게 되었다. 그러나 최초의 연습 시간이 끝나자, 같은 방 아이들은 그 견딜 수 없는 신음 소리만은 제발 내지 말기를 부탁하였다.

그런 후부터 루치우스는 온 수도원 안을 시끄럽게 바이올린을 켜 대면서 연습하기 위해 조용한 구석 자리를 찾아다니며 거기서 잡아당기고 묘한 소리를 내어 근방의 학생들을 괴롭히지 않을 때가 없었다.

시인 하일너의 말을 빌리면 놀림 받은 낡은 바이올린이 벌레 먹은 구멍에서 일제히 절망적인 비명을 올리고 용서해 달라고 애원하고 있는 것이라고 표현했다. 조금도 그의 실력이 진보가 없자 골치를 앓고 있는 선생은 화가 나서 무관심하게 내버려두었다.

루치우스는 더욱더 자포자기가 되어 맹렬히 연습했다. 지금까지 자신만만해 있었던 그의 소매상인 같은 얼굴에도 고통스런 피로의 주름살이 잡히게 되었다.

마침내 선생이 전혀 가능성이 없다고 선언하여 수업의 계속을 거절하자, 그는 다시 뭐든지 배워보겠다는 욕심에 혈안이 되어 피아노를 택했으나 몇 달이나 고생한 보람도 없이 결국에는 풀이 죽어 점잖게 포기하고 말았다.

그러나 후에 음악이란 말이 나오면 그도 이전에는 피아노나 바이올린을 연습한 일이 있었으나, 사정에 의해서 유감스럽게도 이 아름다운 예술에서 차차 멀어졌다는 걸 시사하는 것이었다.

이러한 헬라스의 방은 기묘한 성격의 학생들 때문에 흥겹게 해주는 기회가 많았다. 문예가 하일너도 가끔 우스꽝스러운 장면을 연출하였고, 칼 하멜은 유머와 풍자에 능숙한 관찰자의 역할을 맡고 있었다.

그는 다른 학생들보다 나이가 한 살 위였기 때문에 약간 남다른 데가 있었지만, 존경받을 만한 위치는 되지 못했다. 그의 성질은 변덕스러워 거의 일주일마다 싸움을 걸어 자기의 체력을 시험해 보기 위한 방법으로 사용하였다. 그럴 때 그는 난폭의 도를 넘어서 잔인하기까지 하였다.

한스 기벤라트는 놀라움으로써 그것을 방관하고 있었고 선량하고 좋은 학생으로서 묵묵히 자기의 갈 길을 걸어가고 있었다. 그는 근면하였고 루치우스 못지않게 부지런하였다. 그러기 때문에 하일너를 제외하고는 같은 방의 학생들로부터 존경을 받고 있었다. 하일너는 천재적인 자유분방함을 그의 깃발로 내세우고 때때로 한스를 멍청한 노력가라고 조소했다.

저녁때 침실에서 서로 붙잡고 싸움이 벌어지는 것은 별로 진귀한 일은 아니었지만, 대체로 급속한 성장을 하는 연령에 놓여 있는 소년들은 잘 화해가 되었다. 모두들 노력해서 어른다운 기분이 되려 하였고, 선생들의 귀에 익지 않는 '당신'이라 부르는 소리를 학문적인 엄숙함과 점잖은 태도에 기인 된 것이라고 믿으려 하였다.

그리고 얼마 전에 라틴어 학교를 갓 졸업한 신출내기 대학생이 고등학생을 돌아다보는 것처럼 거만하게 동정심을 가지고 바라보았다. 그러나 때때로 이 후천적인 품위를 뚫고 가식 없는 무분별한 기질이 튀어나와 그 본능적인 행위를 드러냈다. 그럴 때면 큰 침실은 순식간에 독설과 소년들 누구나 갖고 있는 욕지거리가 마구 쏟아져 나왔다.

이러한 학교의 교장 또는 선생에게 있어서는 생도들이 공동생활을 시작해서 수 주일 후에 화학적 화합물이 침전하는 것과 비슷한 광경을 본다는 것은 상당히 교훈적이고 귀중한 경험이 된 것임이 틀림없었다.

그것은 마치 액체에 떠 있는 찌꺼기가 뭉쳐지는가 하면 또 풀어져서 다른 형태가 되고 나중에는 몇 개의 고체가 되어 버리는 것과 같은 이치이다.

최초의 부끄러움이 정복되어 모두가 서로 잘 알게 되면서부터 이들의 물결은 움직임과 모색이 시작되었다. 서로 어울리는 클럽이 생기고 우정과 반감이 뚜렷이 나타나서 같은 고향 친구와 출신 학교 동창끼리 단결되는 일은 극히 드물고, 대개가 새로 알게 된 아이와 가까이 지내게 되었다.

도시의 아이들은 농촌의 아이들과 산지의 아이들은 저지대의 아이들과 잠재해 있는 충동에 따라 다양성과 보충을 구하고 있었다. 젊은 아이들은 안정되지 못한 기분으로 서로를 찾아 헤매었다.

그들 가운데에는 평등 의식과 함께 독립을 갈망하는 욕구가 나타났다. 거기에서 비로소 많은 소년들의 어린아이다운 졸음 속에서 개성 형성의 싹이 움트기 시작한 것이다.

언어로 표현할 수 없는 취미와 질투와의 사소한 장면이 연출되고 그것이 발전하여 우정을 맺는 두터운 사이가 되기도 했으며 벗들의 좋은 반려가 되기도 했다.

마침내 이러한 귀추에 따라서 서로를 이해하며 동반자로서 자리 잡기 시작했다. 그렇지 않으면 격렬한 싸움이나 격투를 벌이는 결과를 가져왔다.

한스는 이러한 움직임에 의해서 외면적으로는 아무런 관련을 갖지 않았지만, 칼 하멜이 분명히 격렬하게 우정을 요구하여 왔을 때 한스는 놀라 뒤로 물러서지 않을 수 없었다. 그런 일이 있은 직후 하멜은 스파르타 방의 아이와 친하게 되었다.

한스는 혼자 남겨졌다. 거센 감정이 우정의 나라를 행복스럽게 그리고 그리움으로 채색되어 지평선에 나타나게 하여 주었다. 그것은 한스를 보이지 않는 힘으로 몰고 갔다. 하지만 일종의 수줍음이 그를 붙들고 놓지 않았다.

어머니가 없는 엄격한 소년 시절을 보냈기 때문에 애착심이라는 천성이 짓밟히고 만 것이다. 무엇보다 표면적으로 그는 열정적인 것에 대해서 공포심을 갖고 있었다. 거기에다 소년다운 자부심, 그리고 결국에는 쓸데없는 공명심까지 보태져 있었다.

그는 루치우스와는 달랐다. 그가 목표로 하는 것은 어디까지나 지식이었지만, 그도 루치우스와 마찬가지로 공부를 방해하는 것은 모두 다 멀리하려고 애썼다. 그래서 열심히 책상을 붙들고 늘어졌다. 그러나 다른 학생들이 그들의 우정을 즐기고 있는 것을 볼 때는 시기와 그리움에 견딜 수 없었다.

칼 하멜은 그다지 신통한 친구는 못 되었지만, 만일 누구든지 다른 아이가 와서 한스를 힘차게 끌어당기려고 애썼다면 그는 기꺼이 따라갔을지도 모를 일이었다. 수줍은 소녀처럼 누가 자기보다 강한 용기 있는 사람이 찾아와서 억지로라도 그를 끌고 가 행복하게 해주었으면 하고 꼼짝하지 않고 앉아서 기다렸다.

이것과 병행해서 수업—특히 히브리어의 수업에 바빠졌으므로 소년들에게는 시간의 흐름이 매우 빠르게 흘렀다. 마울브론을 둘러싸고 있는 조그마한 호수나 연못에는 퇴색해 가는 늦가을의 하늘이나 시들어가는 물푸레나무, 떡갈나무, 참나무의 긴 노을이 비치고 있었다. 아름다운 숲속에서 초겨울의 시든 나뭇가지가 비명을 지르기도 하며 흔들리고 있었다. 벌써 몇 번이나 가벼운 무서리가 내렸다.

서정적인 헤르만 하일너는 같은 소질을 가진 친구를 얻으려고 노력했으나 허사였다. 그래서 그는 매일 외출 시간에 혼자서 숲속을 헤매었다. 그가 특히 즐겨 찾아간 숲속 호수는 갈대밭으로 둘러싸여 있고 잎이 말라가는 활엽수 잎새들에 뒤덮인 우울한 갈색의 늪이었다.

이 애수가 깃든 아름다운 숲속의 한구석이 공상가 하일너를 거세게 끌어당겼다. 그곳에서 그는 꿈을 꾸는 듯한 마음으로 고요한 물결에 어린 나뭇가지를 꺾어 들고 원을 그리거나 시인 레나우의 「갈대의 노래」를 읽었다.

그리고 나지막한 바닥 기슭에 드러누워 죽음이나 소멸 등 가을을 나타내는 제목들을 생각할 수도 있었다. 그럴 때면 가랑잎이 떨어지는 소리나 나뭇가지의 흔들림이 우울한 가락을 맞추어 주었다. 그럴 때면 그는 종종 조그마한 까만 수첩을 꺼내어 연필로 한 줄 두줄 적어 놓는 것이었다.

11월 하순, 어느 어둡게 흐린 점심시간이었다. 혼자서 산보하는 한스 기벤라트가 같은 장소에 이르렀을 때 하일너는 시를 쓰고 있었다.

그는 이 소년 시인이 조그만 수문의 널빤지 위에 앉아서 수첩을 무릎에 놓고 명상에 잠겨 뾰족한 연필을 입에 물고 있는 모습을 보았다. 한 권의 책이 펴진 채로 옆에 뒹굴고 있었다. 그는 조용히 그에게 다가갔다.

"야! 하일너! 뭘 하고 있니?"

"호머를 읽고 있어. 그렇지만 너는?"

"난 네가 뭘 하고 있는지 벌써 알고 있는걸."

"그래?"

"물론이지, 너 시를 쓰고 있었지."

"그렇게 생각하니?"

"물론이지."

"하여간 거기 앉아라!"

기벤라트는 하일너와 나란히 판자 위에 앉아서 두 발을 물 위에 흔들거리며 여기저기에 갈색 잎새들이 하나 둘 차가운 하늘로 조용히 솟았다가는 소리도 없이 갈색 짙은 수면에 떨어지는 것을 바라보고 있었다.

"이곳은 너무 쓸쓸한데."

한스가 말하였다.

"응, 그래."

둘은 땅을 등에 대고 길게 누웠기 때문에 깊은 가을색으로 물든 나뭇가지 끝이 보이지 않았다. 그러나 그들은 그 대신 고요히 구름의 섬을 띄우고 있는 푸른 하늘을 볼 수 있었다.

"얼마나 아름다운 구름인가!"

한스가 기분 좋게 그것을 바라보면서 말하였다.

"그렇구나, 기벤라트."

하일너는 한숨을 내쉬었다.

"우리도 저런 구름이 될 수 있다면!"

"왜?"

"그러면 하늘을 달릴 수 있지 않겠어? 숲이나 마을, 고을이나 국경을 넘을 수 있겠지. 아름다운 배처럼 말이야…… 너 배를 본 일이 있니?"

"보지 못했어. 하일너, 넌?"

"보고말고, 넌 그런 건 전혀 모르고 있구나. 공부다 시험이다 하고 허덕거리며 매달려 있다니."

"그럼 너는 날 바보로 보고 있었구나?"

"그런 말뜻은 아니야."

"네가 생각하고 있는 것처럼 그렇게 바보는 아니야. 좀 더 배에 관한 이야기를 해봐!"

하일너는 돌아누웠다. 하마터면 물속에 빠질 뻔하였다. 그는 이번에는 엎드려 팔꿈치를 세우고 양손에 턱을 고였다.

"라인강에서……"

그는 말을 계속하였다.

"방학 때 그런 배를 보았지. 한 번은 일요일이었는데 배 위에서 음악을 연주하고 있더라. 밤이었는데 색칠한 등불이 물에 비치고 있었지. 우린 음악을 쫓아서 강을 따라 내려가며 모두들 라인주를 마셨지. 소녀들은 하얀 옷을 입고 있었어."

한스는 귀를 기울이고 아무 대답도 하지 않았다. 그러나 눈을 감으면 빨간 불을 켜고 배가 음악을 연주하면서 하얀 옷을 입은 소녀들을 싣고 여름밤을 달리는 것이 보였다. 하일너는 말을 계속했다.

"그렇지, 지금과는 아주 딴판이었어. 여기에 온 아이들 중에는 그런 것을 아는 사람은 없어. 모두가 지루하고 비굴한 놈들 뿐이니까. 딴 일은 아무것도 못 하고 악착같이 공부만 하고 있으니 히브리어의 알파벳보다 더 고상한 건 하나도 모르고 있지. 너도 똑같은 놈이야."

한스는 잠자코 있었다. 하일너는 아주 특별한 인간이고 공상가고 시인이었다.

이때까지 몇 번이나 한스는 하일너에게 놀란 적이 있었다. 그는 모두가 알고 있듯이 아주 조금밖에 그런데도 아는 것이 많았고 멋진 대답을 잘도 하였다. 더욱이 그는 그 지식까지를 경멸하고 있었다.

"가령, 우리가 호머를 읽고 있었지만."

그는 조롱 섞인 얘기를 계속하였다.

"마치 오디세이가 요리책이나 되는 것처럼 읽고 있지. 한 시간에 두 줄을 읽고, 한 자 한 자 되풀이해서 읽고 구역질이 날 때까지 되풀이하지. 그리하여 시간이 끝날 때에는 언제나 '제군은 이 시인이 얼마나 기묘한 표현법을 쓰고 있는가를 알았지요. 이 점에 있어서 제군은 시적 창작의 비밀을 엿볼 수가 있게 된 것입니다.'라고 말하지. 그건 불변화의 과거형에 질식하지 않도록 그 주위에 소스를 뿌려놓은 데 지나지 않는 거야. 그러한 방법이라면 호머 전체도 아무 가치가 없는 거야. 대관절 고대 희랍의 것들이 현재의 우리들에게 무슨 관계가 있다는 거냐? 우리들 가운데 누군가가 약간 희랍식으로 생활해 보려고 시도한다면 이내 추방되고 말 것이다. 그러기 때문에 우리들의 방을 헬라슨지 뭔지 하고 부르고 있지 않나! 정말 우스운 이야기지! 왜 휴지통이나 노예의 울타리, 실크햇이라고 다른 말로 부르지 않을까? 고전적이란 게 모두 쓸데없는 술책이야."

그는 공중에다 침을 뱉었다.

"너 조금 전에 시를 짓고 있었지?"

이번에는 한스가 물었다.

"응!"

"무엇에 대해서."

"이 호수와 가을에 대해서야."

"좀 보여 줘."

"아냐. 아직 다 쓰지 못했어."

"그럼 다 끝나면?"

"응, 보여 줘도 좋지."

둘은 일어서서 천천히 걸어 수도원으로 향했다.

"저 봐! 넌 저 아름다움에 눈여겨본 적이 있니?"

둘이 파라다이스 옆을 지날 때 하일너가 말하였다.

"홀, 아치형의 창, 회랑, 식당, 고딕식과 로마네스크식, 이 모든 것은 풍부하고 교묘하게 예술가들의 손에 의해 만들어진 것이지. 그리고 이 매력은 무엇에 소용되고 있을까? 목사가 되려는 서른여섯 명의 불쌍한 소년들을 위해 있는 것이겠지. 국가에 많은 여분의 돈이 있는 모양이야."

한스는 오후 내내 하일너를 생각하지 않을 수 없었다. 대체 그런 인간이 있을까? 한스가 알고 있는 걱정이나 소망 같은 것이 하일너에게는 전혀 존재하고 있지 않았다. 그는 자신의 사상과 말을 가지고 보다 열의 있는 자유로운 생활을 하고 있었다. 이상한 번뇌에 시달리고 자기의 주위 전체를 경멸하고 있는 것 같았다.

그는 오래된 기둥이나 벽의 아름다움을 이해하고 있었다. 또 자신의 영혼을 시에 반영시키고 공상의 힘으로 비현실적인 독특한 생활을 만들어내는 신비에 가득 찬 예술 세계를 가지고 있었다.

그리고 그는 활동적이고 자유롭고 한스가 일 년 동안 걸려서 하는 이야기 이상의 위트를 매일같이 지껄여대고 있었다. 동시에 그는 우울한 자신의 슬픔을 낯설고 이상하고 귀중한 것이거나 한 것처럼 즐기고 있는 듯이 보였다.

바로 그날 저녁에 하일너는 그의 엉뚱하고 뛰어난 성질의 일단을 방안 전체에서 보여 주었다. 같은 방 학생인 오토 벵거라는 입이 싸고 마음이 좁은 소년이 하일너에게 싸움을 걸기 시작한 것이다. 잠깐 동안 하일너는 조용히 농담만 하고 묵묵히 있었으나, 나중에는 약이 올라 따귀를 치며 달려들었다.

그러자 두 사람은 난폭하게 달라붙어 늘어지며 서로 물어뜯고 마치 키 잃은 배와도 같이 부딪치고 반원을 그리다가는 멈칫 서기도 하며 벽을 방패로 싸우다가는 의자를 뛰어넘고 마룻바닥 위를 뒹굴며 헬라스의 온 방을 돌아다녔다. 둘 다 말도 없이 쌕쌕거리며 거품을 내뿜고 있었다.

방안의 아이들은 비판가와 같은 얼굴로 방관하고 있었다. 그리하여 한 덩어리가 된 그들을 피해 자리를 옮기고 책상과 램프를 밀쳐놓고 재미있다는 듯 군침을 삼키며 결과가 어떻게 될 것인가를 기다렸다.

몇 분 후에 하일너는 겨우 일어나 몸을 털며 숨을 헐떡이며 서 있었다. 그의 모습은 참담하였다. 눈은 빨갛게 충혈되었고 칼라는 찢어지고 바지 무릎에는 구멍이 뚫어져 있었다. 상대편은 다시

달려들려고 하였으나 그는 팔짱을 낀 채 서서 거만스럽게 말했다.

"나는 더 이상 싸우지 않겠다.—때리고 싶거든 마음대로 때려라."

오토 벵거는 욕설을 퍼부으며 나가 버렸다. 하일너는 그의 책상에 기대어 램프를 돌려놓고 바지 호주머니에 양손을 집어넣은 채 무엇을 생각해 내려고 애쓰고 있는 것 같았다.

별안간에 그의 두 눈에선 눈물이 한 방울 두 방울 떨어지더니 점점 아래로 흘러내렸다. 그것은 여태까지 없었던 일이었다. 운다는 것은 분명히 신학교 학생이 할 수 있는 중에서 제일 경멸해야 할 행동이었기 때문이다.

그렇지만 그는 그것을 전혀 숨기려고 하지 않았다. 눈물을 닦기는커녕 양손을 주머니에서 빼내려고도 하지 않았다. 그는 방을 떠나지도 않고 창백해진 얼굴을 램프 쪽에 돌리고 아무 말 없이 서 있었다.

다른 학생들은 그의 주위에 둘러서서 잔인한 호기심을 가지고 쳐다보고 있었다. 드디어 하르트너가 그의 앞에 나서며 이렇게 말했다.

"얘, 하일너 부끄럽지도 않니?"

울고 있던 하일너는 막 깊은 잠에서 깨어난 사람처럼 조용히 주위를 둘러보았다.

"부끄러우냐고! 너희들에 대해!"

그는 큰 소리로 멸시하는 듯이 말하였다

"아냐, 전혀 부끄럽지 않아."

그는 얼굴을 닦고 화난 듯이 미소를 띠며 램프를 불어 끄고 방에서 나갔다.

한스 기벤라트는 끝까지 자기 자리를 떠나지 않고, 다만 놀란 사슴처럼 되어 하일너 쪽을 힐끗 곁눈질해 보고 있었다. 15분쯤이 지난 뒤 한스는 용기를 내어 모습을 감춘 친구의 뒤를 쫓았다.

하일너는 차갑고 어두운 침실의 낮은 창가에 앉아 꼼짝하지 않고 회랑을 내려다보고 있었다. 뒤에서 바라보니 그의 어깨와 가냘프고 뾰족한 머리가 이상하게 엄숙한 소년답지 않게 보였다.

한스가 그에게 가까이 다가가도 하일너는 움직이지 않았다. 조금 지나서야 겨우 그는 한스 쪽으로 얼굴을 돌리지 않은 채 낮은 목소리로 말하였다.

"무슨 일이냐?"

"나야."

"그래? 그러면 돌아가 줘."

한스는 수줍은 듯 말하였다.

"무엇 때문에 그러지?"

"아무 일도 아냐."

한스는 정말 기분이 나빠서 돌아가려고 했다. 그때 하일너가 그를 붙들었다.

"조금 더 여기 있어 봐."

그러고 나서 그는 다시 농담조로 말했다.

"그렇게 말하려고는 하지 않았는데."

둘은 서로 얼굴을 마주 바라보았다. 이렇게 서로의 얼굴을 진정으로 마주 본 것은 처음이었다.

이 소년다운 미끈한 표정 뒤에는 각각 특성을 가진 독특한 인간 생활과 특징 있는 영혼이 깃들고 있다는 것을 서로의 마음속에 그려보려고 애썼다.

헤르만 하일너는 천천히 그의 팔을 내밀어 한스의 어깨를 잡고 서로의 얼굴이 아주 가까이 될 때까지 한스를 끌어당겼다. 그런 다음 한스는 별안간 상대편의 입술이 자기의 입에 닿는 촉감을 느끼고 뭐라 말할 수 없이 놀랐다.

그의 심장은 이제껏 느껴 보지 못한 답답함으로 고동쳤다. 이같이 어두운 침실에 함께 있는 것과 이 돌연한 키스의 세례를 받은 것은 모험적이고 신기스러운 또 위험스러운 일이었다. 이 현장이 발각된다면 얼마나 무서운 일이 일어날 것인가를 그는 느꼈다.

조금 전에 하일너가 운 것보다 이 키스는 다른 학생들에게는 훨씬 더 우스꽝스럽고 수치스러운 것으로 생각될 것이 틀림없다는 확신 때문이다. 아무 말도 할 수 없고 다만 피가 세차게 머리 위로 치솟는 것 같은 느낌이 있을 뿐이다. 그는 될 수만 있으면 그곳에서 도망치고 싶었다.

이 장면을 본 어른이 있었다면, 이 순결한 우정의 표시에 부끄러워 못 견디는 내성적인 애정과 두 소년의 진지한 작은 얼굴에서 아마 조용한 기쁨을 맛보았으리라.

둘 다 귀엽고 전도유망한 소년으로 아직 반은 소년다운 부드러움을 감추고 있었으나 벌써 반은 청년 시절의 수줍음을 지닌 아름다운 신념으로 차 있었다.

차츰 젊은이들은 공동생활에 순응해 갔다. 제각기 서로에 대해서 어떤 확고한 지식과 관념을 얻게 되고 수많은 우정이 맺어졌다. 서로 짝을 지은 친구들 가운데는 히브리어의 단어를 함께 외우는 자도 있고 같이 그림을 그리거나 산보를 하거나 쉴러를 읽기도 하였다.

라틴어를 잘하는 반면에 수학이 서투른 학생은 라틴어가 서툰 반면에 수학을 잘하는 학생과 어울려 협력해서 그들의 성적을 올려보자는 아이도 있었다. 그리고 또 우정의 터전을 다른 방법으로 계약과 물물 교환에 두고 있는 자도 있었다.

예를 들면 매우 부러움을 받는 햄을 가진 아이가 쉬탐하임 출신인 원예가의 아들이 자기와 유무상통하는 상대라는 걸 발견하게 된 것이다.

이 소년은 자기 상자 밑에다 늘 훌륭한 사과를 가득 채워두고 있었는데, 햄을 가진 아이가 어느 날 햄을 먹고 있었을 때 목이 말라서 사과를 가지고 있는 아이에게 사과를 하나 달라고 부탁하였다. 그 대신 햄을 주겠노라고 하였다.

그들은 함께 앉아서 신중히 담판한 결과 햄이 없어지면 즉시 보충된다는 것과 사과를 가진 아이도 봄이 지나고 상당히 오래도록 아버지로부터 받아먹을 수가 있다는 것이 밝혀졌다. 이런 까닭에 굳은 관계가 성립되었다. 그것은 많은 열정적으로 결합 된 이성적인 결합보다도 더 오래 지속되었다.

고립된 아이들은 극히 드물었다. 루치우스는 그 소수 중의 하나였다. 예술에 대해 그의 탐욕적인 사랑은 그때까지도 절정에 있었던 것이다.

조화롭지 않은 클럽도 있었다. 제일 맞지 않은 상대는 헤르만 하일너와 한스 기벤라트였다. 이들은 경솔한 사람과 조심성 있는 사람, 둘 다 가장 영리하고 뛰어난 소질을 가진 소년으로 손꼽혔으나 하일너는 천재라는 반 조롱 섞인 평판을 받고 있었는데 반하여 한스는 모범 소년이라는 평판을 얻고 있었다. 그러나 모두들 두 사람에게는 별다른 관심이 없었다. 각자가 자신들의 친구와의 교우 관계에 바빴고 자기들 일에만 몰두하고 있었기 때문이었다.

그러나 이와 같은 개인적인 흥미나 경험으로 인하여 학교가 등한 시되는 것은 아니었다. 학교는 도리어 큰 악장樂章이며 리듬이었고, 그것에 비하면 루치우스의 음악도 하일너의 시 짓기도 모든 친구 관계나 싸움도 때때로 일어나는 격투도 부수적으로 연주되는 변조나 사소한 개개의 여흥으로서 우회적인 것에 지나지 않았다.

무엇보다도 히브리어가 매우 힘들었다. 여호아의 기묘하고 태고적인 언어는 이미 메말라 고갈되고, 그러나 아직도 신비롭게 생명을 이어가는 나무와도 같이 이상하게 박차를 가해서 하나의 비밀처럼 소년들의 눈앞에 우뚝 솟아 있었다.

때때로 진기한 색깔과 향기로운 꽃은 놀라움을 주기도 했다. 그 가지와 뿌리 속에는 괴상하고 무섭게 생긴 용이라든지 순박하고 사랑스러운 동화, 그리고 아름다운 소년과 조용한 눈을 가진 소녀, 엄숙하고 메마른 노인의 머리, 천 년 묵은 영혼이 끔찍스럽게 혹은 다정스럽게 자리 잡고 있었다.

루터어의 성서 속에는 멀리 꿈길같이 가렸던 것이 지금은 그대로 참다운 말속에 피어나 소리는 낡아서 가슴 답답하기는 하나 강한 미심쩍은 생명을 획득하고 있었다. 적어도 하일너에게는 그렇게 생각되었다.

그는 구약성서 최초의 다섯 권모세전 5서 전체를 매일매일 시간마다 저주하고 있었으나 단어는 남김없이 죄다 알고 있어 틀리지 않게 읽으려고 참을성 있게 공부하는 많은 학생들보다 그 속에서 생명과 영혼을 발견하고 흡수하였다.

그와 함께 신약성서는 한층 더 미묘하고 밝고 내용을 깊이 이해할 수 있었다. 이 말은 그렇게 오래되거나 깊고 풍부하지 않았으나 한층 더 섬세하고 젊은 열정이 넘치는 환상적인 정신에 충만되어 있었다.

그리고 오디세이아의 그 힘에 겹도록 쾌감에 넘친 음조가 강하게 균형이 잡혀 흘러내리는 물의 요정의 팔과 같은 구속에서 몰락한 행복스러운 생활의 기록과 같은 예감이 떠오르는 것이었다.

그것은 어느 때는 힘찬 윤곽의 허식 없는 필치로 단단하게 포착되어 있는 것 같았고, 어느 때에는 두서너 마디의 말이나 구절 속에서 꿈과 아름다운 예감으로서 반짝반짝 빛나면서 떠오르는 것이었다.

이것에 비하면 역사가 크세노폰이나 리비우스는 그 빛을 빼앗기고 말았다. 아니 빛을 빼앗겼다고까지는 할 수 없어도 미미한 빛으로서 거의 반짝임을 잃고 옆에 서 있는데 지나지 않았다.

한스는 그의 친구에게 있어서 모든 일이 자신과는 다르게 보이고 있다는 것을 알고는 놀랐다. 하일너에게 있어선 추상적인 것은 존재하지 않았다. 그가 마음에 그려보고 공상의 색채로서 그려 낼 수 없는 것은 존재하지도 않았다.

그렇게 되지 않을 경우에 무엇이라도 마음이 내키지 않는 듯이 내버려 두었다. 수학은 그에게 있어서 믿을 수 없는 수수께끼를 짊어진 스핑크스였다. 그 냉정하고 심술궂은 눈초리는 산 제물이 된 것을 몸까지 묶어놓은 거나 같았다. 하일너는 이 괴물로부터 멀리 피해 버리곤 했다.

하일너와 한스의 우정은 색다른 것이었다. 그것은 하일니에게 있어 오락이며 사치였고 편리하고 재미있는 일이었다. 간혹 변덕을 부리기도 하였지만, 한스에게 있어서는 자랑거리 보물이었으며 어느 때는 견딜 수 없는 커다란 짐이기도 하였다.

이때까지 한스는 저녁 무렵의 시간을 언제나 공부하는데 이용하고 있었다. 지금은 거의 매일같이 하일너가 고통스러운 공부에 지치면 한스에게 쫓아와서 책을 빼앗아 들고 자기의 상대를 만들었다.

한스는 이 친구를 몹시 사랑하고 있었으나 어떤 때는 혹시 친구가 오지 않을까 하는 걱정을 하면서 매일 밤 벌벌 떨며 시간에 늦지 않도록 열심히 공부를 하기도 했다.

하일너가 이론적으로 그의 근면성을 공격하는 것이 한스에게 있어선 한층 더 심한 고통이었다.

"그거야 품팔이들이나 할 짓이지."

하는 것이었다.

"너는 어떤 공부든지 하고 싶어서 하고 있는 게 아니야. 다만 선생들이나 너의 아버지가 무섭기 때문이야. 일등이나 2등이 되면 뭘 하려는 거지? 나는 20등이지만, 그래도 너희들보다는 바보가 아니야."

한스는 하일너가 교과서를 어떻게 취급하는가를 처음 보았을 때에 무척 놀랐다. 그는 어느 날 책을 교실에 두고 왔기 때문에 다음 지리 시간의 예습을 하기 위해 하일너의 지도책을 빌었다. 놀라운 것은 하일너는 어느 페이지나 연필로 까맣게 낙서를 해 놓고 있었다.

피레네 반도의 서해안은 괴상한 얼굴로 그려져 있었다. 코는 폴토에서 리스본에 이르고 피니스테레 봉의 지방은 곱슬곱슬한 머리칼의 장식으로 과장 되어 있고, 성 방상 곳은 얼굴 전체의 수염이 훌륭하게 다듬어진 첨단으로 되어 있었다.

어느 책장을 넘겨도 마찬가지였다. 지도 뒷면의 백지에는 만화와 대담한 풍자시가 씌어 있었다. 잉크가 떨어져 있는 곳도 여러 군데였다.

한스는 그의 책을 신성한 것으로서 생각하며 보물처럼 소중하게 취급하고 있었는데, 이러한 대담성은 거의 신성을 모독하는 행위로 모두가 범죄적이지만 그래도 영웅적인 행위라고 생각하였다.

선량한 기벤라트는 그의 친구들에게 있어서는 귀여운 노리개라기보다는 일종의 고양이에 지나지 않는 것이라고 생각될 수도 있었다. 한스 자신도 가끔 그렇게 의식하고 있었다. 그러나 하일너는 한스가 필요했기 때문에 애착심을 갖고 있었다.

그는 누구든지 자기의 마음을 털어놓을 수 있는 사람, 자기가 말하는 것을 잘 들어줄 수 있는 사람, 감탄해서 자기를 칭찬해 줄 수 있는 사람을 필요로 하고 있었던 것이다.

학교나 생활에 대해서 혁명적인 말을 할 경우에는 조용히 경청해 줄 수 있는 사람이 필요했던 것이다. 동시에 우울할 때 자기를 위로해 주고 그 사람의 무릎에 자기의 머리를 파묻을 수 있는 사람이 필요하였다.

그런 성질의 사람은 일반적으로 다 그렇지만, 이 젊은 시인도 근거 없는 다소 어리석은 우울병의 발작에 시달리고 있었다.

그 원인의 하나는 소년기의 남모르는 고민이었고, 다른 하나는 여러 가지 힘과 불분명한 생각이나 욕망 등이 아직 방향을 결정하시 못한 불안이었고, 또 하나는 어른이 될 때의 이유도 알지 못하는 어두운 충격이었다.

그럴 때 그는 동정과 애무를 받고 싶은 병적인 욕구에서 헤어날 수가 없었다. 전에는 어머니의 사랑을 받는 어린이였으나, 지금은 아직 여성의 사랑을 알 만큼 성숙해 있지 않으므로 온순한 친구들이 그의 위안자가 되었다.

저녁 무렵 그는 지쳐서 한스 방에 찾아오는 일이 자주 있었다. 그리고 공부하는 한스를 유혹하여 함께 자기 침실에 가자고 졸라 대기도 했다.

그 추운 홀 안을, 또 어두워져 가는 높은 기도실 안을 둘은 나란히 왔다 갔다 하거나 혹은 추위에 떨면서 창가에 앉아 있기도 하였다.

하일너는 하이네를 읽는 서정적인 소년들과 같이 여러 가지 감상적 탄식을 하기도 하고, 다소 어린아이다운 비애의 구름 속에 싸이기도 하였다.

그것은 한스에게는 잘 납득이 가지 않았지만, 그래도 가슴에 무엇을 느끼게 되고 때로는 그 기분이 전염되어 올 때도 있었다.

이 감수성 많은 시인은 특히 흐린 날에 발작을 일으키는 일이 많았다. 그중에도 늦가을의 비구름이 하늘을 어둡게 하고 감상적인 달이 구름에 숨어서 어슴푸레한 엷은 베일과 구름 틈 사이로 내려다보며 궤도를 그리는 밤이면 비탄의 신음 소리는 절정에 달했던 것이다.

그러면 그는 오직 안식의 기분에 취해 몽롱한 우수 속으로 녹아 들어가고 있었다. 마침내 그것이 한숨이 되고 말이 되고 시가 되어 죄도 없는 한스에게 퍼부어졌던 것이다.

이러한 고통스러운 수심의 탄식에 시달리고 괴롭혀진 다음에야 한스는 겨우 시간을 얻어 그사이에 부지런히 공부에 전념하여야만 했다. 그러나 공부는 차츰 더 어려워졌다.

옛날 그의 두통이 다시 되돌아왔다는 것에 그는 별로 놀라지도 않았지만, 막연히 피로감에 싸여 하는 것 없이 시간을 보낼 때가 잦아지고 꼭 필요한 공부를 하는 데도 자신을 매질하지 않으면 안 된다는 것이 몹시 마음에 걸렸다.

변태자에 대한 우정 때문에 지치고 자기의 성격 가운데 순결한 부분이 차츰 병들어 가는 것을 어렴풋이 느끼기도 하였지만, 상대가 더 우울하고 눈물을 흘리면 흘릴수록 측은하게 생각되었다.

그리고 친구에게 있어서 자기가 없어서는 안 될 존재라는 의식은 한스의 우정을 한층 더 깊게 해주는 동시에 그를 자랑스럽게 하여 주었다.

그뿐만 아니라 그 병적인 우울성은 건강을 해치게 하는 너무나 심한 충동의 원인이 되었지만, 그가 진심으로 감탄을 아끼지 않았던 것은 그것이 하일너의 본성이 결코 아니라는 걸 그는 잘 알고 있었다.

하일너가 자작시를 낭독하거나 시인의 이상에 대해서 이야 기하거나 쉴러나 셰익스피어의 독백을 열정적으로 몸짓으로 나타내며 낭독할 때는, 그는 한스가 가지지 못한 마력을 가지고 허공을 떠돌며, 초인간적인 자유와 타오르는 듯한 열정을 가지고 움직이며 호머의 천사와도 같이 날개 돋친 발을 갖고 자기와 친구들 사이에서 표박하며 살쪄가는 듯이 여겨졌다.

이때까지 한스는 이 시인의 세계를 미처 알지도 못하였고 중대한 것으로도 생각되지 않았다. 지금 비로소 그는 아름답게 흘러내리는 언어, 진실에 싸여진 비유, 매혹적인 음율 등의 신비로움을 도저히 거역할 수 없을 것만 같았다. 그 새로 열려진 세계에 대한 한스의 존경은 친구에 대한 감탄과 함께 어쩔 수 없는 감정에 휩싸이고 있었다.

그러한 가운데 눈보라가 치는 11월이 다가왔다. 램프를 켜지 않고 공부할 수 있는 시간은 몇 시간밖에 없었다. 칠흑 같은 밤에는 폭풍이 거칠게 소용돌이치며 구름 덩어리를 어두운 고지에 몰아내기도 하였다. 또는 싸우는 듯이 낡고 견고한 수도원의 건물에 부딪히기도 하고 신음하듯이 잎이 다 떨어진 앙상한 나뭇가지 사이를 지나칠 뿐이다.

다만 저 많은 나무들 중에서도 왕자답게 육중하고 가지가 많은 참나무만이 다른 모든 나무들 보다도 불평을 참을 수 없다는 듯이 마른 나뭇가지 끝을 흔들어대고 있었다.

하일너는 아주 음울해져서 한스 옆에도 오지 않고 멀리 떨어진 연습실에서 바이올린을 난폭하게 당기거나 때로는 친구들에게 곧잘 싸움을 걸기도 하였다.

어느 저녁 무렵 하일너가 연습실에 들어가자 노력가인 루치우스가 악보대 앞에서 연습을 하고 있었다. 하일너는 화가 나서 나갔다가 삼십 분이 지난 후에 다시 들어갔다. 루치우스는 그때까지 계속 연습을 하고 있었다.

"이제 그만 해도 좋지 않아?"

하일너는 짜증 난 듯이 말하였다.

"다른 아이들도 연습하고 싶지 않니. 그러잖아도 너의 엉터리 바이올린은 골칫덩어리야!"

루치우스는 전혀 양보할 기색이 아니었다.

하일너는 화가 치밀었다. 루치우스가 침착하게 다시 바이올린을 켜기 시작하자, 그는 악보 대를 발길로 차서 엎어 버렸다. 그래서 악보는 방안에 흐트러지고 악보 대는 루치우스의 얼굴에 부딪혔다. 루치우스는 엎드려서 악보를 주워들었다.

"교장 선생에게 이르고 말 테다."

그는 단호하게 말했다.

"좋아."

하일너는 분노를 못 이기는 듯이 소리쳤다.

"일러바치는 김에 엉덩이도 얻어맞았다고 하지."

그는 루치우스에게로 다가가서 정말 엉덩이를 걷어차려고 하였다.

루치우스는 재빨리 옆으로 비켜서서 문 쪽으로 달려갔다. 하일너는 곧 뒤쫓았다. 심한 소란을 일으키는 추격이 시작되었다. 복도나 넓은 방을 거쳐 계단과 현관을 지나서 수도원의 제일 끝인 처마 밑까지 왔다.

거기에는 조용하고 아담한 교장 사택이 있었다. 그 서재의 문

앞에서 하일너는 겨우 상대를 붙잡을 수 있었다. 이미 노크를 하고 난 다음이었다. 열린 문 안에 들어선 마지막 순간에 루치우스는 하일너에게 채였기 때문에 문을 닫을 여유도 없이 신성불가침한 교장실로 총알같이 뛰어 들어갔다.

그것은 여지껏 듣지도 보지도 못한 대 사건이었다. 이튿날 아침, 교장은 하일너의 타락에 대해서 준엄한 훈시를 하였다. 루치우스는 감명을 받은 듯이 회심의 미소를 띠우면서 듣고 있었다. 하일너에게는 무거운 감금이 언도 되었다.

"수년 이래."

교장은 하일너에게 고함쳤다.

"여기서는 이런 벌이 내린 적이 없다. 10년이 지나도 이 일을 잊지 않도록 하여 주마. 다른 학생에 대해서 너 하일너를 본보기로 삼겠다."

학생 일동은 겁에 질려 하일너 쪽을 힐끔힐끔 바라보고 있었다. 하일너는 창백한 얼굴을 하고 반항적인 태도로 버티고 서서 교장의 시선을 피하려 하지도 않았다. 마음속으로 하일너에게 찬사를 보내는 아이들이 많았다.

그러나 훈계가 끝난 다음, 모두 제각기 떠들썩하게 복도로 밀려 나갔을 때, 그는 나병 환자처럼 혼자 버림을 받고 말았다. 이제 그의 편에 같이 시자면 대단한 용기가 필요했기 때문이다.

한스 기벤라트는 하일너의 편을 들지 않았다. 그렇게 하는 것이 그의 의무라는 것을 잘 알고 있었다. 그리고 그는 자신의 비겁한 행동을 돌이켜 보고 고민하였다.

그는 자신의 무정함과 부끄러움에 얼굴조차 들지 못하고 어느 창가에 틀어박히고 말았다. 그는 하일너를 찾고 싶은 마음의 충동을 억제하지 못하고 남몰래 그렇게 할 수 있다면 더 많은 희생을 각오해도 좋다고 생각했다.

그러나 무거운 감금의 벌에 처해지게 된 자는 수도원에서는 상당히 오랜 기간 동안 낙인이 찍히는 거나 마찬가지였다. 말할 필요도 없이 벌 받은 자는 그 후에도 늘 특별한 감시를 받았다.

그와 교제하는 것은 위험하고 나쁜 소문을 듣게 마련이다. 국가가 학생들에게 베푸는 은혜에 대해서는 당연히 엄격한 규율로써 보답하지 않으면 안 되었다. 그것은 이미 입학식의 긴 훈화에서 언급되었던 것이다.

한스는 그것을 알고 있었다. 그는 우정의 의무와 공명심과의 싸움에서 패배를 맛본 것이다. 그의 이상은 바로 두각을 나타내고 뛰어난 성적으로 이름이 날리고 중한 소임을 맡아보는 것이었지 낭만적인 위험한 사건을 맡아보는 것은 아니었다.

이리하여 그는 괴로워하면서 방 한구석에 틀어박혀 있었다. 아직은 뛰어나가서 용기를 보여 줄 수도 있었다. 그러나 그것은 더욱 어려워져만 갔다. 그리하여 한스는 어느 틈엔가 그에 대한 배반이 행동으로 나타났던 것이다.

하일너는 그것을 충분히 알고 있었다. 정열적인 그는 모두 자기를 피하는 것을 느꼈다. 그리고 그것도 당연하다고 생각했다.

그러나 한스에 대해서만은 신뢰감을 가지고 있었다. 그가 느낀 고통과 분노에 비한다면 지금까지의 아무런 이유도 없는 한탄은 자기 자신에게도 공허하고 우습게 생각되었다. 하일너는 창백하고 거만한 얼굴로 기벤라트 옆에 멈추어 섰다.

그는 나직이 말하였다.

"너는 비겁한 놈이야, 기벤라트─. 더러운 자식!"

그러면서 그는 나직이 휘파람을 불면서 두 손을 바지 주머니에 집어넣은 채 가버렸다.

젊은이들에게 있어서 달리 여러 가지 생각할 일과 할 일이 있다는 것은 좋은 일이었다. 이런 사건이 있은 며칠 후에 갑자기 눈이 내렸다. 그리고는 며칠 동안 차가운 날씨가 계속되어 눈싸움이나 스케이트를 즐길 수 있었다. 크리스마스와 방학이 다가온 것을 갑자기 깨닫고는 그것에 대해 이야기를 주고받기 시작했다.

하일너의 일은 별로 문제가 되지 않았다. 그는 조용히 반항적인 머리를 쳐들고 오만한 얼굴을 하고 돌아다녔다. 누구와도 한마디의 말도 나누지 않고 부지런히 시구를 수첩에 적어 넣고 있었다. 수첩에는 까만 초칠한 표지가 붙어 있었는데 '승려의 노래'라는 제목이 붙어 있었다.

참나무, 개암나무, 느티나무, 버드나무에는 서리와 얼어붙은 눈 송이가 부드럽고 이상한 형태를 보여 주고 있었다. 작은 호수에는 투명한 얼음이 찬 기운 때문에 소리를 내고, 회랑의 안뜰은 조용한 대리석 정원과도 같이 보였다. 축세 기분의 즐거운 흥분이 방마다 흐르고 있었다.

크리스마스를 기다리는 기쁨은 건실하고 엄격한 두 분 교수에게 까지도 한 줄기 부드러움과 명랑한 흥분을 떠오르게 하였다. 선생들이나 학생들 가운데서도 크리스마스를 무관심하게 기다리는 사람은 하나도 없었다. 하일너도 화를 내고 비참하게 보이던 그 가엾은 얼굴을 얼마간은 부드럽게 하였다.

루치우스는 방학 때 집에 가지고 갈 책과 신발에 대하여 곰곰이 생각했다. 집에서 오는 편지에는 가슴 벅차게 하는 아름다운 것들이 씌어 있었다. 사랑하는 아들이 평소에 좋아하는 것을 묻기도 하고 과자를 굽는 날을 알리기도 하고, 머지않아 불의에 깜짝 놀랄 일을 암시하기도 하고, 다시 만나게 될 날에 대한 기쁨을 말하기도 하였다.

방학을 앞둔 귀향 여행 전에 학생들, 특히 헬라스 방은 조촐하지만 명랑한 분위기에 휩쓸리고 있었다.

어느 날 저녁, 가장 큰 방인 헬라스 방에서 있을 예정인 크리스마스 축하에 선생님들을 초청하자는데 의견이 일치되었다. 축하의 말과 낭독, 그리고 피리 독주, 바이올린 이중주가 준비되었다.

그러나 아무래도 유머스러한 순서를 프로그램에 넣지 않으면 안 되었다. 여러 가지의 의논도 하고 안을 세우기도 했으나 좀체로 결정을 지을 수가 없었다.

그때 칼 하멜이 아무 생각 없이 에밀 루치우스의 바이올린 독주가 제일 재미있을 것이라고 말하였다. 그것이 인기를 모았다. 여러 가지 방법으로 유혹하는가 하면 부탁하기도 하고 협박 등을 거친 다음에서야 불쌍한 예비 음악가 루치우스는 응낙하고 말았다. 정중한 초대장이 선생들에게 보내진 프로그램에는 특별 프로로 다음과 같이 쓰여있었다.

〈고요한 밤, 바이올린을 위한 가곡, 궁정 명악사 에밀 루치우스

연주〉―궁정 명악사의 칭호를 얻은 것은 그동안 멀리 떨어진 음악실에서 부지런히 연습한 보람인 것이다.

교장, 교수, 조교수, 음악 교사, 조수장 등이 축하연에 초대되어 참석하였다. 루치우스가 하르트르로부터 빌린 뒷자락 단이 있는 검정 예복을 입고 이발을 한 모습으로 점잖은 미소까지 띠면서 등장하자 음악 선생의 이마에는 땀이 배어 나왔다.

그의 구부정한 인사가 벌써 웃음을 폭발시키지 않을 수 없었다. 가곡 '고요한 밤'은 그의 손가락 아래서 몸서리치는 탄식 소리, 애원하는 듯 애처로운 비통의 노래로 변하여 버렸다. 그는 처음에는 두 번이나 되풀이하여 멜로디를 부수기도 하고 끊어 놓기도 하였다. 연주 중에 발로 박자를 맞추어 겨울 나무꾼처럼 힘을 내기도 하였다.

분노에 못 이겨 새파랗게 질려 있는 음악 선생을 향하여 교장은 즐거운 듯이 머리를 끄덕이고 있었다.

루치우스는 가곡을 세 번이나 되풀이 시작하다가 이번에도 막혀 버리자 바이올린을 내리고 청중을 향하여 변명을 했다.

"잘되지 않습니다. 그러나 저는 이번 가을부터서야 겨우 바이올린을 손에 들었으니까요."

"좋아, 루치우스야."

교장은 소리 질렀다.

"우리는 너의 노력에 감사한다. 그런 식으로 연습을 계속해, 험한 길을 지나서야 별에 이르는 법이니까!"

12월 24일에는 새벽 3시부터 어느 침대에서나 활기로 소란스러워졌다. 창에는 깨끗한 잎새 모양의 두터운 성애가 끼어 있었고 세면장의 물은 얼어붙어 있었다. 수도원 안뜰에는 몸을 에이는 듯한 날카로운 한풍이 불고 있었다.

그러나 누구 하나 그것을 주의해 보는 이는 없었다. 식당의 커다란 커피 주전자에는 쉴새 없이 더운 김이 오르고 있었다. 그로부터 얼마 되지 않아 오버나 목도리를 감은 학생들은 떼를 지어 가냘프게 반짝이는 겨울 들판을 넘어서 고요한 숲길을 지나 멀리 떨어진 정거 장으로 걸어갔다.

모두들 떠들썩하게 농담을 주고받고 큰소리로 웃기도 하였으나, 각자의 마음속에는 소망과 즐거운 기대를 가득히 안고 있었다. 널리 주 전체에 걸쳐 도시나 시골을 막론하고 그들을 위해 따뜻하고 눈부시게 꾸며 놓은 방에 앉아 있는 양친 부모 형제자매가 애타게 기다리고 있는 것을 잘 알고 있었다.

크리스마스에 먼 타향에서 귀향하는 것을 처음으로 경험하는 아이들이 대부분이었다. 그들은 양친의 사랑과 자부심으로 자신 들을 기다리고 있다는 것을 잘 알고 있었다.

눈에 덮인 숲 한가운데에 있는 조그만 역에서 모두들 지독한 추위에 떨면서 기차를 기다리고 있었다. 이와 같이 모두가 한마음 으로 같은 기분이 되어 즐겁게 흥금을 털어놓은 적은 없었다.

하일너만은 혼자 떨어져서 아무 말이 없고 기차가 닿자 친구들이 모두 오를 것을 기다린 다음에 혼자 다른 칸에 올랐다. 다음 역에서 바꾸어 탈 때 한스는 한 번 더 그를 보았다. 부끄러움과 회한의 순간적인 감정은 순식간에 귀향의 흥분과 즐거움 속으로 용해되고 말았다.

집에서는 아버지가 만족한 듯이 미소를 머금고 있고 선물이 가득 놓여진 책상이 그를 기다리고 있었다. 그러나 크리스마스의 진정한 즐거움이 기벤라트 집에는 없었다. 노래도 축제의 감격도 어머니도 전나무도 없었다.

더욱이 그의 아버지는 축제를 축하하는 방법을 알지 못했으나 아들을 자랑하였고 이번에는 선물에 인색하지 않았다. 한스는 이런 크리스마스에는 이미 습관적으로 되어 있으므로 아무것도 부족하다고는 생각하지 않았다.

모두들 한스의 건강이 좋지 않고 너무나 여위고 얼굴이 창백하다고들 생각했다. 도대체 수도원의 음식은 왜 그렇게 빈약하냐고들 물었다. 그는 이것에 대해 열심히 부정하고 건강은 좋은데, 가끔 두통이 일어날 뿐이라고 말했다.

그 점에 있어서는 목사님이 자기도 젊을 때는 똑같은 두통에 시달리고 있었노라고 한스를 위로하였다. 그래서 만사는 해결되었다.

축제일, 부드럽게 언 강은 스케이트를 타는 사람으로 가득 차 있었다. 한스는 새 옷을 입고 녹색 신학교 학생 정모를 쓰고 거의 하루 종일 밖에서 보내고 있었다. 그는 이전의 동급생으로부터 벗어나 사람들이 부러워하는 훨씬 높은 세계에 진출하여 있었다.

경험에 의하면 신학교 학생들 가운데서 한 사람 내지 몇 학생이 4년 동안의 수도원 생활에서 없어지는 게 상례였다.

때로는 죽는 학생이 생겨서 찬송가와 함께 묻혀지기도 하고, 친구들에 의해 동반되어 고향으로 보내지기도 했다. 그런가 하면 탈주하는 자와 특별한 죄 때문에 퇴교당하는 자도 있었고, 극히 드물게 상급생에게만 일어나는 일이지만, 어떤 곤란한 처지에 놓인 젊음이 청춘의 괴로움에서 벗어나기 위해 피스톨이나 혹은 투신에 의해서 간단하고 어두운 길을 선택하는 경우도 있었다.

한스 기벤라트 반에서도 서너 명의 급우가 이런 식으로 사라졌다. 더욱이 이상스러운 우연에 의해서 그것이 모두 헬라스 방에 속한 것들이었다.

헬라스 방 아이들 가운데 힌두라는 별명을 가진 힌딩거라는 아주 얌전한 금발의 꼬마 소년이 있었다. 그는 알고이의 종교적으로 고립된 어느 지방의 양복점 주인 아들이었다. 그는 조용한 아이로 없어진 다음에야 비로소 약간의 평판이 떠돌았으나 그것도 대수로운 문제는 아니었다.

절약가인 궁정 명악사 루치우스의 짝으로서 특별히 친한 사이는 아니었지만, 다른 아이들보다는 가까운 관계를 가지고 있었다. 그 이외에는 별다르게 친구를 사귀고 있지도 않았다. 그가 없어진 후에야 비로소 헬라스 방의 아이들은 말 없고 선량한 이웃으로 힌딩거의 존재를 아끼고 있었다는 걸 인식하게 되었다.

1월의 어느 날, 그는 작은 호수로 스케이트를 타러 가는 친구들 틈에 끼어 있었다. 하지만 그는 스케이트는 가지고 있지 않았고, 다만 한 번 구경만 하고 싶었을 뿐이었다. 그러나 곧 추워졌으므로 몸을 녹이기 위해 강기슭을 서성거리게 되었다. 그는 추위를 조금이라도 막기 위해 달음질쳐서 곧 들판 저쪽으로 사라져 다른 조그만 호숫가에 이르렀다.

그곳에는 따뜻한 물이 솟아나고 있었으므로 살얼음이 얼어있을 정도였다. 그는 갈대를 헤치고 안으로 들어갔다. 그는 몸집이 작고 동작이 가벼웠지만 그만 강기슭 가까운 곳에 빠지고 말았다. 잠깐 동안 발버둥을 치고 허우적거리며 고함을 질렀으나 누구에게도 알리지 못하고 차가운 물속에 그냥 가라앉아 버리고 말았던 것이다.

2시, 오후 첫째 수업이 시작되었을 때야 겨우 그가 없어진 것을 알게 되었다.

"힌딩거는 어디 갔어요?"

조교수가 물었다.

누구 하나 대답하지 않았다.

"헬라스의 방을 찾아봐요!"

그러나 거기에도 그의 모습은 보이지 않았다.

"지각한 모양이군. 그가 없더라도 시작합시다. 74페이지 7구절을 펴시오. 이런 일은 두 번 다시 없도록 합시다. 여러분은 시간은 잘 지켜야 합니다."

세 시가 되어도 여전히 힌딩거는 모습을 나타내지 않았으므로 선생은 염려가 되어 교장 선생에게 사람을 보냈다. 교장은 교실로 달려와 심상치 않은 사태에 여러 가지를 물어보고는 곧 학생 열 명과 조수와 조교수를 동반시켜 수색하라고 명령했다. 남은 학생들은 받아쓰기 연습을 시켰다.

네 시가 되어 조교수는 노크도 하지 않고 교장실로 들어와 교장에게 귓속말로 무엇인가를 보고하였다.

"조용히!"

선생은 명령하였다. 학생들은 의자에 꼼짝 않고 앉아서 군침을 삼키며 선생을 쳐다보았다.

"제군의 학우 힌딩거는……"

교장 선생은 목소리를 낮추고 말을 계속하였다.

"못에 빠진 것 같다. 제군들도 그를 찾는 걸 도와야만 하겠다. 마이어 교수가 제군을 지휘할 테니 그 명령에 따르고 제멋대로의 행동을 취해서는 안 된다."

놀란 학생들은 교수를 선두로 하여 수군거리면서 따라갔다. 읍내에서 몇 사람의 어른이 밧줄이며 널빤지며 막대기를 가지고 서둘러 가는 일행의 뒤를 따랐다. 혹독한 추위였다. 해는 이미 숲 모퉁이에 걸려 있었다.

마침내 뻣뻣해진 작은 소년의 시체가 발견되어 눈에 뒤덮인 갈대 위에서 들것에 얹혀졌을 때는 벌써 짙은 황혼이 깃들어 있었다. 학생들은 놀란 새들처럼 불안에 떨며 주위에 늘어서서 시체를 바라보며 파랗게 얼어붙은 손가락을 초조한 듯이 문질렀다.

선두에 실리어 가는 익사한 친구의 뒤를 따르며 묵묵히 눈 덮인 들판을 걷기 시작하였을 때, 비로소 그들의 억눌린 마음은 갑자기 전율에 휩싸여 작은 사슴이 적을 만날 때처럼 끔찍스러운 죽음에 대한 공포를 느끼게 되었다.

추위에 떨며 슬픔에 잠긴 몇 사람의 대열 중에서 한스 기벤라트는 우연히 지난날의 친구 하일너와 나란히 걷고 있었다. 둘은 들판의 울퉁불퉁한 어느 장소에서 발을 헛딛는 순간 비로소 자기들이 나란히 걷고 있다는 것을 동시에 느꼈다.

죽음에 직면하여 강한 마음의 충격을 받아 잠시동안 온갖 이기심

같은 것에 대한 허무함을 뼈저리게 느끼고 있었던 탓인지 한스는 무의식중에 창백한 친구의 얼굴을 가까이 눈앞에서 보자 뭐라 말할 수 없는 고통과 괴로움을 느끼며 하일너의 손을 잡으려고 하였다.

그러자 하일너는 귀찮다는 듯이 손을 감추고서는 불쾌한 표정으로 시선을 돌리고 곧 자리를 바꾸어 제일 뒷줄로 몸을 감추고 말았다.

모범 소년 한스의 가슴은 고통과 부끄러움으로 울먹였다. 얼어붙은 들판을 발부리에 채이며 걷고 있는 동안 추위로 파랗게 된 볼 위로 눈물이 하염없이 쏟아지는 것을 억제하지 못하였다. 그는 영원히 잊을 수 없는 또 어떠한 후회도 보상할 수 없는 죄나 태만이 있다는 걸 깨달았다.

선두에 높이 치켜든 들것에 누워있는 것은 작은 양복점 주인의 아들이 아니라, 친구 하일너가 되어서 성적이며 시험, 월계관이 아닌 양심의 순결함, 또는 불결함을 표준으로 하는 다른 세계로 한스의 불충실에 대한 고통과 노여움을 싣고 가는 것같이 생각되었다.

그러한 사이에 일행은 큰길에 다다랐다. 그곳에서 수도원이 바로 눈앞에 있었다. 수도원에서는 교장 선생을 선두로 선생 모두가 죽은 힌딩거를 맞이하였다. 힌딩거가 살아 있었다면, 이와 같은 명예는 생각만 해도 달아나 버렸을 것이리라.

선생들은 보통 죽은 학생을 대할 때는 살아 있는 학생을 대하는 것과는 아주 다른 눈으로 보았다. 그들은 죽은 제자를 대하면서 아무런 생각 없이 상처를 주고 있는 하나의 생명이며 청춘의 봉오리가 이제는 결코 돌아올 수 없다는 걸 잠시나마 뼈저리게 느끼는 것이다.

그날 밤도, 그다음 날도 온종일 눈에 보이지도 않는 시체가 있다는 것이 요술 같은 작용을 하여 모든 행위나 언어를 부드럽게 진정시켜 주며 엷은 명주 비단 같은 것으로 감싸주는 것만 같았다.

그래서 그 짧은 시간 동안에는 싸움도 노여움도 시끄러움도 웃음도 자취를 감추고 잠시 동안 물의 표면으로부터 사라져서 파문 하나 일지 않고, 마치 아무것도 살고 있지 않은 것처럼 그림자를 감추고 말았다.

두 사람 이상이 만나 익사한 자의 이야기를 할 때는 반드시 완전한 이름을 사용하였다. 죽은 이에 대해서 '힌두'라는 별명은 실례인 것 같았다. 살아 있는 동안에는 눈에 보이지도 않고 관심조차 받지 않아 학생들의 관심에서 멀어지고 있었던 조용한 힌두가 지금은 그 이름과 죽음으로써 커다란 수도원 전체를 채우고 있었다.

이틀째 되는 날에 힌딩거의 아버지가 도착하였다. 그는 아들이 누워있는 방에 두서너 시간 동안 혼자 있었다. 그리고는 교장 선생님의 차 대접을 받고, 그날 밤에는 '사슴집'에서 묵었다.

그다음 날 장례식이 있었다. 알고이의 양복점 주인은 침실에 마련되어 있는 관 옆에 서서 모든 것을 바라보고 있었다. 그는 전통적인 양복점 주인 타입이었고 무서울 정도로 여위어서 날카로웠다.

푸른 색깔이 도는 검정 프록 코트에 좁고 초라한 바지를 입고 손에는 낡아빠진 예모를 들고 있었다. 그의 작고 여윈 얼굴은 바람 속의 1크로이츠 짜리 촛불처럼 왠지 우울하고 슬프고 가냘프게 보였다. 그는 교장 선생이나 교수들에 대한 존경의 마음을 금치 못해 줄곧 당황하고 있었다.

드디어 관을 나르는 사람들이 관을 들어 올리려고 할 때, 슬픔에 잠긴 양복점 주인은 한 걸음 앞으로 다가서더니 눈물을 억제하면서 넋을 잃고 조용한 방 한가운데에 겨울의 고목처럼 멈춰 섰다. 그 모습이 너무나 적적하고 절망적이고 초라하였기 때문에 보는 사람의 가슴이 아팠다.

목사가 그의 손을 잡고 다가섰다. 그는 이상하게 뒤로 젖혀진 실크 헷을 머리에 쓰고 관 바로 뒤를 따라 계단을 내려섰다. 수도원 뜰을 지나 낡은 문을 빠져나와 눈이 쌓인 들판을 가로질러 낮은 묘지의 벽을 향하여 갔다. 묘 옆에서 찬송가를 불렀을 때 대개의 학생들은 지휘하는 음악 선생의 박자를 맞추는 손은 보지 않고 작은 양복점 주인의 초라한 모습만을 바라보고 있었기 때문에 음악 선생은 매우 화를 냈다.

양복점 주인은 슬픔에 잠겨 휘몰아치는 눈보라 속에 서서 머리를 숙이고 목사와 교장과 반장의 조사를 들으며 합창하는 학생들을 향해 아무 생각 없이 고개만 끄덕였다. 때때로 웃옷 안주머니에 넣어 둔 손수건을 왼손으로 만지작거렸으나 그것을 끄집어내려고는 하지 않았다.

'저분 대신에 나의 아버지가 저 자리에 섰더라면 어떠했을까?' 하고 한스는 생각하지 않을 수 없었다.

그 후에 오토 하르트너가 그런 뜻으로 말하자, 모두들 이구동성으로 "그래 나도 그런 생각을 했었다."고 말했다.

장례식이 끝난 다음에 교장 선생이 힌딩거의 아버지와 함께 헬라스 방으로 왔다.

"너희들 중에 죽은 아이와 특별히 친하게 지낸 친구가 있었느냐?"

교장 선생은 방안을 둘러보며 말하였다.

아무도 나서지 않았다. 힌딩거의 아버지는 어처구니없다는 듯이 불안한 시선으로 젊은 학생들의 얼굴을 바라보았다. 그때 루치우스가 나섰다.

힌딩거 씨는 그의 손을 처음에는 잡고 잠시 그대로 서 있었다. 그러나 끝내 아무 말도 못 하고 있다가 고개를 끄덕이고 방을 나가버렸다. 그러고 나서 그는 출발하였다. 하루 종일 기차로 눈이 덮인 들판을 달려가야만, 집에 돌아가서 아들 힌딩거가 얼마나 적막한 곳에서 홀로 잠자고 있는가를 부인에게 말해 줄 수가 있었기 때문이다.

이런 일이 있은 얼마 후 수도원에서는 이 이상한 분위기도 곧 사라졌다. 선생들은 또 꾸중을 하기 시작하였고, 문을 여닫는 소리도 난폭해졌다. 없어진 헬라스 방의 힌딩거에 대한 모든 일은 벌써 까맣게 잊혀진 것이다.

그 비참한 호숫가에 오랫동안 서 있었기 때문에 감기가 들어서 의무실에 누워있는 아이, 털 슬리퍼에 목도리를 두르고 뛰어다니는 아이도 있었다.

한스 기벤라트는 다리도 목도 아프지 않았으나, 그 불행한 사건이 있은 후부터 늘 침울하였고 어른이 다 된 것 같았다. 그의 마음속에서 무슨 변화가 일어난 것이었다. 소년이 청년으로 성장한 것이다.

말하자면 그의 마음은 다른 세계로 옮겨져 그곳에서 불안스럽게 마음의 안정을 얻지 못한 채 방황하며 아직 조용한 휴식처를 모르고 있었다. 그 원인은 죽음에 대한 공포도, 선량한 힌두에 대한 애도 때문만도 아니었다. 그것은 오직 하일너에 대해 별안간에 눈뜬 죄의식 때문이었다.

하일너는 다른 두 학생과 함께 병실에 누워서 뜨거운 차를 얻어 마시고 있었다. 힌딩거의 죽음으로 해서 받은 인상을 정리하고 훗날 시를 쓰는 데에 사용할 수는 시간을 얻었다. 그러나 그것도 그에게는 별 대수로운 일은 아닌 것 같았다. 그는 오히려 병에 시달린 여윈 얼굴을 하고 앓고 있는 친구들과도 거의 말을 하지 않았다.

감금의 벌을 받고서부터는 고독을 어찌할 수 없었으며 그의 감수성 깊고, 언제나 말동무를 얻지 않고서는 견디지 못하던 마음은 상처를 입고 더욱 거칠어졌다.

선생들은 그를 혁명적인 불평분자로서 엄격히 감시하고 학생들은 그를 피하고, 조교수는 언제나 조롱 섞인 친절로써 그를 대하였다. 다만, 그가 벗으로 삼고 있는 셰익스피어를 비롯한 쉴러나 레나우는 그를 압박하고 굴종을 강요하는 현실 세계와는 다른 가장 힘차고 훌륭한 세계를 보여 주고 있었다.

그의 '승려의 노래'는 처음에는 세상을 초연히 바라보는 은둔자와 같은 우울한 가락을 띠고 있는데 지나지 않았으나 차츰 수도원이나 선생이나 동급생에 대한 신랄한 증오에 가득 찬 구절로 변하였다.

그는 고독 속에서 시큼한 순교자의 쾌감을 맛보았다. 이해되지 않는 것에 만족감을 느끼고, 가차 없고 모멸적인 '승려의 노래' 속에서 마치 자기 자신이 작은 유베날리스〔인정받지 못한 풍자 시인〕인 듯한 착각에 빠져 있었다.

장례식을 치른 후 일주일이 지나자 환자 두 사람은 완쾌되고 하일너 혼자서 침실에 누워있었을 때, 한스가 찾아왔다.

한스는 낯을 붉히며 어색하게 인사를 하고 의자를 침대 곁에 가지고 와 앉았다. 그리고는 병자의 손을 잡으려고 하였다. 병자는 불쾌한 듯이 벽 쪽을 향해 돌아눕더니 아주 못마땅한 표정을 보였다.

그러나 한스는 물러나지 않고 붙잡은 손을 힘있게 쥐고서는 친구의 얼굴을 억지로 자기 쪽으로 돌리려고 하였다. 하일너는 화가 치밀어서 입술을 깨물었다.

"대관절 어쩌자는 거냐?"

한스는 그의 손을 놓지 않았다.

"내가 말하는 걸 들어 줘."

한스는 절실하게 말하였다.

"나는 그때 비겁하게 너를 배반하고 말았지. 그러나 너는 내가 어떤 생각을 하고 있는지 알고 있었을 것이다. 신학교에서 우수한 성적을 얻어서 가능하다면 1등이 되려는 게 내 굳은 신념이었다. 그걸 너는 쓸데없는 공부라고 했어. 넌 확실히 그랬지, 그러나 그것이 오직 나의 유일한 희망이었던 거야. 나는 그보다 나은 것을 도저히 알지 못했던 거야."

하일너는 눈을 감았다. 한스는 아주 낮은 소리로 말을 계속했다.

"하일너! 정말 미안해. 네가 다시 한번 나의 친구가 되어 줄지 모르겠지만, 나를 용서해 줘."

하일너는 아무 대답도 않는 채 눈을 뜨지 않았다. 그의 마음속의 밝고 명랑한 요소는 지금 친구를 향해서 웃음 짓고 있었지만, 요즘 몰인정한 고독감에 습관이 되어 버린 그는 잠시 동안 가면을 벗지 않고 그대로 눌러 쓰고 있었다. 그래도 한스는 굽히질 않았다.

"꼭 부탁해. 하일너! 나는 성적이 꼴찌가 되는 한이 있더라도 너만 좋다면, 우리 다시 친구가 되자. 그리고 다른 아이들과는 아무도 상대하지 않아도 좋다는 걸 보여 주마."

그때 하일너는 한스의 손을 힘있게 잡으며 눈을 떴다.

3일이 지나자, 하일너도 병이 나아 병실을 나왔다.

수도원 안에서는 다시 맺어진 우정에 대해 적지 않은 소동이 일어났다. 그러나 그때부터 두 사람에게 있어서는 이상한 나날이 시작된 것이다. 특별히 이렇다 할 체험이라고까지 말할 것은 없지만 결합되어 있다는 특별한 행복감과 남모르는 무언의 양보로 가득 차 있었다. 분명 전과는 다른 데가 있었다.

수주일 동안 떨어져 있던 기간이 두 사람을 변화시키고 말았다. 한스는 더욱 부드럽고 따뜻하고 열광적이 되었다. 하일너의 태도는 차고 사나이다워졌다.

두 사람은 지금까지 서로 떨어져 있으면서도 그리워하고 있었기 때문에 다시 맺어진 결합이 크나큰 체험과도 같이 귀중한 선물처럼 생각되었다.

조숙한 이 두 소년은 그들의 우정 속에서 무엇인가 첫사랑의 아늑한 신비의 미묘함을 가슴 두근거리는 부끄러움을 갖고 무의식적으로나마 맛보고 있었다. 거기에다 두 사람의 결합은 성숙한 사나이의 쓰디쓴 매력을 갖고 있었다. 그리고 또한 그와 마찬가지로 전체에 대한 반항심을 일으키기도 했다.

모든 아이들에게 있어서 하일너는 친할 수 없는 위험한 아이였고, 한스는 이해할 수 없는 아이였다. 그 무렵 모든 아이들 사이의 우정은 그때까지만 해도 천진한 소년의 장난에 지나지 않았다.

한스는 그 우정이 깊어지고 행복한 감정으로 집착하고 매달릴수록 그로서는 학교생활이 서먹서먹해졌다. 새로운 행복감은 신선한 포도주와도 같이 그의 피와 사상 속을 부글부글 끓어올라 돌아다녔다. 그와 동시에 리비우스도, 호머도 그 중요성의 빛을 잃고 말았다.

선생들은 이제까지 모범적인 학생이었던 기벤라트가 의문의 인간으로 변하고, 요주의 인물인 하일너의 나쁜 감화에 물든 것을 보고 놀랐다. 무엇보다도 선생들이 무서워하는 것은 그러지 않아도 청년의 발효가 시작되는 위험한 시기의 조숙한 소년들에게 나타나는 이상한 현상이었다.

그들에게 있어서 하일너는 처음부터 어떤 끔찍스런 천재적인 마력의 성질을 가지고 있었다. ─천재와 선생들간에는 옛날부터 움직일 수 없는 어려운 깊은 틈바구니가 있었는데, 천재적인 인간이 학교에서 보여 주는 것은 교수들에게 있어서는 혐오의 대상이었기 때문이다.

교수들에게 있어서 천재라 일컫는 자는 대개 교수를 존경하지 않으며, 열넷의 나이에 담배를 피우기 시작하고, 열다섯에 벌써 연애를 하며, 열여섯 살에 술집에 드나들며 금지된 책을 읽고 대담한 작문을 쓰는 것이다. 일기장 속에서는 언제나 선동자나 감금된

후보자의 역할을 하는 불량배인 것이다.

학교 선생들은 자기 반에 한 사람의 천재를 두는 것보다 확실성이 보장되는 열 명의 바보를 원하는지도 모른다. 잘 생각해 보면 그것도 당연한 일이다. 선생의 역할은 정상을 벗어난 인간을 기르는 것이 아니라 라틴어를 잘하고 계산에 확실하고 성실한 인간을 만들어내는 데에 그 의도가 있기 때문이다.

그러나 어느 편이 보다 많은 고통을 받을 것인가? 선생이 학생으로부터 괴로움을 당할 것인가, 그렇지 않으면 그 반대인가, 양자 중의 누가 더 폭군이며, 어느 쪽이 보다 더한 고통을 주는 사람인가, 다른 사람의 마음과 생활을 더럽히고 망치는 자는 누구인가. 그것을 검토하여 본다면 누구나 괴로운 기분이 되고 노여움과 부끄러움을 가지고 자기의 젊은 시절을 회상하지 않을 수 없는 것이다. 그러나 그것은 우리가 상관할 바는 아니다.

참으로 천재적인 인간이라면 상처는 대개의 경우 쉽게 치유되고 학교 생활 같은 것은 문제 삼지 않으며 좋은 작품을 만든다.

훗날 죽어서는 시간적 간격이라는 후광 속에 몇 세대에 걸쳐서 후세 선생들 사이에 훌륭한 귀감으로 소개될 인물이 된다는 것을 우리는 위안으로 삼고 있는 것이다.

이와 같이 하여 학교에서 학교로 규칙과 정신과의 싸움의 장면은 되풀이되는 것이다. 또한 학교와 국가는 매년 나타나는 몇 사람의 보다 높은 훌륭한 정신을 타도하고 뿌리째 뽑아버리려고 숨도 쉬지 않고 노력하고 있다는 것을 우리는 쉽게 알 수가 있는 것이다.

그리고 언제나 다른 사람도 아닌 학교 선생으로부터 미움을 받은 자, 때로는 벌을 받은 자, 탈출에 성공한 자, 추방된 자들이 먼 훗날 우리 국민의 보배가 되는 것이다. 그러나 누가 알겠는가?—마음속의 반항이 자신을 망치고 파멸하는 것이다.

옛부터 내려온 이 훌륭한 학교도 원칙에 따라서 이 두 사람의 젊은 변태자에 대하여서도 이상하다고 느끼는 순간 사랑 대신에 엄격한 감시가 한층 더 가중되었다. 다만, 가장 근면한 히브리어 연구자로서의 한스를 자랑으로 하고 있었던 교장만은 졸렬한 구제를 시도하였다.

그는 한스를 자기의 집무실로 불러들였다. 그곳은 옛날 원장이 거처하던 아름다운 그림 같은 발코니를 가진 방으로서 전설에 의하면 가까운 크니트링겐 출신의 파우스트 박사가 여기서 엘핑거 주를 마셨다는 것이다.

교장은 상당한 인물로서 견식도 실무적인 수완도 있을 뿐만 아니라 학생들에 대해서는 일종의 호인다운 부드러움을 가지고 있어 학생들을 '군君'이라고 불렀다.

그러나 그의 커다란 결점은 너무 자부심이 강하다는 것이었다. 그 결점은 교장으로 하여금 가끔 교단에서 식은땀을 훔칠 정도로 아슬아슬했으며, 또 자기의 세력이나 권위가 조금이라도 의심받는 것을 참지 못했다. 그는 어떠한 항의도 받아들이지 않았으며, 어떠한 과오도 고백하지 못했다.

그래서 무기력한, 혹은 교활한 학생들은 그와 잘 어울렸으나 능력 있고 정직한 학생들에 한해서는 전혀 통하지 않았다. 그 이유란 약간의 반대 의사를 표시하기만 해도 그는 격분하여 올바른 판단을 잃는 과오를 범했기 때문이다. 그러나 격려하는 눈초리와 감명 어린 어조로써 아버지를 대신하는 친구의 역할을 맡아보는 일에 있어서 그는 명수였다. 이번에도 그는 그 수법을 썼다.

"앉아라. 기벤라트."

그는 주춤거리며 들어오는 소년의 손을 힘차게 잡으며 다정스럽게 말하였다.

"좀 이야기하고 싶은 것이 있는데, '군'이라고 불러도 상관없겠지?"

"그럼요. 교장 선생님."

"너는 네 스스로 생각해 봐도 최근 성적이 히브리어에 있어서는 약간 떨어졌다고 느끼고 있겠지. 너는 지금까지 히브리어에 있어서는 일등이었지? 그런데 갑자기 성적이 떨어지는 것은 매우 유감이다. 혹시 히브리어에 흥미를 잃어버리고 있는 것이 아니냐?"

"그렇지 않습니다. 교장 선생님."

"잘 생각해 보아. 그런 일은 흔히 있다. 다른 과목에 특히 주력을 두고 있는 것이겠지?"

"아닙니다. 교장 선생님."

"정말이냐? 좋아, 그렇다면 다른 원인을 찾아낼 때까지 나를 도와주겠느냐?"

"모르겠습니다…… 저는 언제든지 숙제를 했습니다……"

"확실히 그렇다. 그러나 같은 핏줄에서도 바보는 있는 법이다. 너는 물론 숙제를 잘해 왔다. 그것은 너의 의무였으니까, 그러나 이 전에는 네가 그 이상을 하지 않았니? 성적도 아주 좋았었다. 그런데 요즘 갑자기 열이 식은 것이 무슨 까닭인지 알고 싶다. 혹시 몸에 불편한 데가 있는 것은 아니냐?"

"없습니다."

"혹 두통이라도 나느냐? 물론 보기에도 그리 심하지는 않은 것 같은데."

"네, 두통은 가끔 일어나긴 합니다만."

"공부하기에 지친 것은 아니냐?"

"아닙니다. 결코 그래서가 아닙니다."

"그렇지 않으면 독서라도 많이 하니? 정직하게 말해 보아라."

"아닙니다. 저는 거의 아무것도 읽지 않고 있습니다. 교장 선생님."

"그렇다면 잘 모르겠구나. 애야, 아직은 모르겠으나 어딘지 잘못된 곳이 틀림없이 있을 것이다. 지금부터라도 규칙적으로 노력하겠다는 걸 약속해 주겠니?"

한스는 교장 선생님이 내미는 손에 그의 손을 얹었다. 교장은 엄숙하면서도 온화한 시선으로 그를 바라보고 있었다.

"그럼 좋다. 너무 피곤하지 않도록 해라. 그렇지 않으면 바퀴 밑에 깔리게 될 테니까."

교장은 한스의 손을 꼭 잡았다. 한스는 안도의 숨을 쉬면서 문으로 걸어갔다.

그때 교장 선생이 다시 한스를 불렀다.

"좀 더 묻겠는데 기벤라트, 너는 하일너와 교제하고 있는 것 같은데 그렇지 않니?"

"네. 친하게 지내고 있습니다."

"다른 아이들보다도 가까이 지내고 있다지?"

"그렇습니다. 아주 가까이 지내고 있습니다. 그는 제 친구입니다."

"대체 어떻게 되어서 그렇게 되었니? 너희들 두 사람은 아주 성격도 틀리는데."

"그것은 저도 잘 모르겠습니다. 다만 그는 제 친구일 뿐입니다."

"내가 너의 친구를 그다지 좋아하지 않는다는 걸 너도 잘 알고 있겠지. 그는 침착하지 못한 불평분자야. 재주는 있을지 모르지만, 그는 아무것도 하지 않고, 너에게 좋지 않은 영향을 끼치고 있어. 네가 그와 좀 떨어졌으면 하고 나는 생각하는데 어떠냐?"

"그렇게 할 수 없습니다. 교장 선생님."

"안돼? 도대체 왜?"

"그는 내 친구이기 때문입니다. 간단히 그를 저버릴 수 없습니다."

"음, 그러나 너는 다른 아이와 좀 더 가까이 지낼 수도 있지 않니? 하일너의 나쁜 감화에 몸을 맡기고 있는 것은 너뿐이야. 그 결과는 벌써 눈에 보인다. 그의 어느 점에 특별히 끌리고 있는 거지?"

"저로서도 모르겠습니다. 그러나 서로 좋아하고 있습니다. 그를 버리는 것은 비겁합니다."

"그래 그래. 나는 더 이상 너를 강요할 수는 없다. 그러나 차츰 그에게서 멀리해 주었으면 좋겠다. 나는 그렇게 되기를 원하고 있다."

교장의 최후의 말에는 처음에 엿보였던 온화한 흔적은 조금도 보이지 않았다. 한스는 돌아갈 수 있었다.

그때부터 한스는 공부에 온 힘을 쏟았다. 물론 전과 같이 진도가 잘 나가지 않았다. 오히려 너무 뒤떨어지지 않도록 힘들여 따라갈 뿐이었다. 그것의 일부는 우정 때문이라는 것도 잘 알고 있었다.

그러나 그는 우정 때문에 손실이나 장애를 가져왔다고는 생각하지 않았다.

오히려 지금까지 소홀히 여겨왔던 온갖 것을 보상하는 보물을 우정 속에서 발견하였다. 그것은 이전의 무미건조한 의무의 생활과는 비교도 되지 않을 만큼 보다 고조된 따뜻한 생활이었다. 그는 젊은 여인과 같은 기분이 되었다.

위대한 영웅적 행위는 가능하나 매일 지루하고 보잘것없는 일을 되풀이하는 것 같은 느낌이 들었다. 그래서 끊임없이 절망적인 탄식을 하면서 자기 자신을 속박하였다. 형식적으로 공부하고 아무래도 필요한 것을 재빨리 거의 완벽하게 조급히 자기 것으로 만들어 버리는 하일너와 같은 재능을 한스는 갖지 못했다.

그의 친구가 대개 매일 저녁 한가한 시간에 그를 유인했기 때문에 그는 무리를 해서라도 매일 아침 한 시간 정도 빨리 일어나지 않으면 안 되었다. 그리고는 마치 적과 싸움이라도 하는 듯이 히브리어 문법을 공부하였다. 정말 재미있다고 생각된 것은 호머와 역사 시간뿐이었다. 암중모색하는 기분으로 호머의 세계를 이해하며 접근하여 갔다.

역사에 있어서의 영웅은 차차 그의 이름이나 연대 같은 것에 의해 이해는 없어지고 아주 가까이에서 타는 듯한 눈으로 바라보며 약동하는 빨간 입술을 갖고 있는 것처럼 보였다.

어느 영웅이든 얼굴과 손을 가지고 있었다. 어떤 영웅은 거친 손을 가지고 있었고, 또 다른 조용한 차가운 돌과 같은 손을, 가냘프나 맥이 뛰는 뜨거운 손을 가지고 있었다.

그는 그리스어 원문의 복음서를 읽을 때, 때때로 각 인물들의 특성을 확실하게 느끼고는 놀라지 않을 수 없었다. 오히려 압도 당했다. 특히 마가복음 제6장을 읽을 때 예수가 제자들과 함께 배에서 내리는 장면을 읽고 감명을 받았다. 거기에는 '사람들이 곧 예수를 알아보고 도처에서 그곳으로 몰려들었다'라고 씌어 있었다.

그 부분을 읽으면 그리스도가 배에서 내리는 장면이 눈에 보였다. 그리고 그의 자태나 얼굴에 의해서가 아니라 사랑의 눈빛으로 가득 찬 이상한 깊이와 민감하기는 하나 강한 영혼에 의해 형성되고 지배되고 있는 것같이 보이는 우아하고 아름다운 갈색의 손이 가볍게 손짓한다기보다는 불러들여 환영하는 행동에 의해 그리스도라는 것을 알 수 있었다.

그러자 소용돌이치는 파도와 무거운 뱃머리가 순간 눈앞에 떠올랐다. 그것은 뿜어낸 겨울철 입김같이 사라지고 말았다.

때로는 그런 일이 자주 반복되었다. 책 속에서 어떤 인물 또는 역사의 단편이 한 번 더 되살아나 자신의 시선을 살아 있는 사람의 시선에 비치기를 열망하고, 말하자면 애타는 듯이 뛰어나오는 것이었다.

한스는 이런 것들을 조용히 받아들이면서 이상한 생각에 잠겼다. 그리고 이 홀연히 나타나서 금방 사라져 가는 현상에 직면하자 자기가 마치 검은 대지를 투명한 유리를 통해 들여다보거나 혹은 하나님에게라도 발견되어진 것처럼 이상하게 변화된 자신을 느꼈다.

이러한 귀중한 순간은 부르지 않아도 다가오고 한탄할 틈도 없이 곧 사라져 버렸다. 그것은 마치 순례자나 절친한 손님과 같았으나 무엇인가 낯설고 숭엄한 것을 자기 신변에 감싸고 있었기 때문에 이야기를 건다거나 강제로 멈추게 할 수는 없었다.

한스는 이런 체험을 자기만의 가슴속에 간직하고 그 일에 대해서는 하일너에게도 말하지 않았다. 하일너에 있어서 이전의 우울은 침착하지 못한 신랄한 정신으로 변하여 수도원이나, 선생들, 친구, 날씨, 그리고 인간 생활이며 신의 존재에 대해서까지 날카로운 비평을 가하고, 때로는 싸움이나 어리석은 행위로 나타나곤 했다.

그는 어쨌든 한 번 고립된 후로부터는 다른 학생에 대하여 대립적인 관계에 놓여졌고, 더구나 경솔한 자부심마저 가지고, 이 대립을 한층 더 날카롭게 적대 관계를 만들고 말았다. 그 속으로 기벤라트가 무저항으로 휩쓸려 들어간 것이다.

그리하여 두 친구는 반감을 가지고 떠 있는 기괴한 섬이 되어 많은 학생들로부터 멀어지고 말았다.

한스는 그것을 차츰 그다지 불유쾌하게 여기지 않았다. 다만 교장 선생님에게 대해서 만은 막연한 불안감을 갖고 있었다. 이전에는 그의 애제자였던 한스가 지금은 냉대를 받고 분명히 고의적으로 푸대접을 받고 있었다.

그래서 교장의 전문 과목이었던 히브리어에 대해서도 차츰 흥미를 잃어버리고 말았다.

몇 사람의 정체자를 제외한 마흔 명의 생도들이 이 수개월 사이에 심신 모두가 변해 버린 것을 본다는 것은 꽤 흥미 있는 일이었다. 많은 아이들이 체격에는 상관없이 키가 마구 자랐다. 그리고 함께 자라지 못한 옷소매 끝으로 손목 발목을 믿음직스럽게 내놓고 있었다.

얼굴에 사라져 가는 어린 모습과 부끄러워하면서도 가슴을 펴기 시작한 어른다운 사이에서 모든 조화를 이루고 있었다. 신체 발육이 아직 사춘기의 모난 모양을 나타내지 않은 아이라 할지라도 예언자 모세에 관한 연구 때문에 일시적이나마 어른다운 엄숙함을 미끈한 이마에 띠고 있었다. 살찐 뺨은 거의 완전한 성년의 모습을 하고 있었다.

한스도 역시 변하였다. 몸집에 있어서는 하일너에게 지지 않았다. 그뿐 아니라, 오히려 하일너보다 더 나이가 들어 보였다. 이전에는 부드러운 빛을 피우고 있었던 이마의 모양이 이제는 뚜렷하게 눈에 뜨이게 퍼졌다. 눈은 더 깊이 들어가고 얼굴은 병색을 띠고 있었으며 손발이나 어깨는 뼈가 앙상하게 야위었다.

학교 성적에 불만을 가지면 가질수록 그는 하일너의 영향을 받아 더욱 심하게 다른 아이들과의 관계를 끊었다. 그는 이제 모범 생으로서, 장래의 수석으로서, 동료들을 내려다볼 긍지를 잃어버리고 말았기 때문에 그의 거만한 성격은 보기 싫을 정도였다.

그러나 다른 사람이 그것을 눈치챈다거나, 자신 스스로 그것을 괴롭게 느낀다는 것은 도저히 용납할 수 없었다. 그중에도 특히 모범적인 하르트너와 건방진 오토 벵거와는 벌써 몇 번이나 싸운 적이 있었다.

어느 날 벵거가 한스를 조롱하고 화를 나게 했으므로 때리고 달려들었다. 한스는 제정신을 잃고 주먹으로 응수하여 주었다. 어떤 때는 굉장한 싸움이 벌어지기도 했다. 벵거는 겁쟁이였지만 약한 상대를 해치우는 일은 아주 잘했다. 그는 사정없이 때리고 달려들었다.

그때 하일너는 그 자리에 없었다. 다른 아이들은 한가히 구경을 하며 한스가 매 맞은 것을 통쾌하게 생각하고 있었다. 한스는 사정없이 얻어맞고 코피를 흘렸고 갈빗대 부위가 저리고 아팠다. 밤새도록 수치심과 고통과 분노 때문에 잠을 이룰 수가 없었다.

하일너에게는 이 사실을 감추고 있었으나, 이때부터 한스는 다른 아이들과 완전히 절교를 하고 같은 방 아이들과는 아예 한마디 말도 하지 않았다.

봄을 맞이하여 비 오는 오후나 비 내리는 일요일을 황혼 무렵에 멋있게 보내기 위해 수도원 생활 속에서도 새로운 조직과 움직임이 나타났다.

아크로플리스 방에는 피아노 명수와 피리를 부는 학생이 있었기 때문에 규칙적인 음악의 밤이 두 번이나 열렸다. 게르마니아 방에서는 희곡 독서회를 열었다. 몇 사람의 젊은 경건주의자들은 성서 클럽을 만들어 매일 밤 칼브의 성서 주석과 함께 한 장씩 읽어 나갔다.

게르마니아 방의 독서회에 하일너는 가입을 신청하였으나 받아들여지지 않았다. 그는 격분하였다. 그 분풀이로 이번에는 성서 모임에 들어갔다. 거기서도 그를 환영하는 것은 아니었지만 억지로 버티고 들어가 겸손하고 조용한 일동의 경건한 담화 속에 대담한 연설과 무신론적 풍자를 던져줌으로써 말다툼과 불화를 가져다주었다.

얼마 가지 않아 하일너는 이 몹쓸 장난에 어느 정도 싫증이 나기는 했지만, 풍자적인 성서 야유는 오랫동안 그의 말투에 남아 있었다. 그러나 이번에는 그를 거의 돌아보지 않았다. 학생들이 지금은 계획과 창립 정신에 완전히 빼앗기고 있었기 때문이다.

제일 화제에 오른 학생은 재치도 있고 기지를 갖춘 스파르타 방에 소속된 한 학생이었다. 그는 개인적인 명성을 생각하는 반면에 단지 아이들을 흥겹게 해주고, 여러 가지 재미나는 장난을 하며 단조로운 학업 생활에 기분 전환을 가져왔다.

그는 둔스탄이라는 별명으로 불려지고 있었는데 인기를 얻고 명성을 얻을 수 있는 기발한 방법 등을 알고 있었다.

어느 날 아침 학생들이 침실에서 나와 보니 세면장 문에 한 장의 종이가 붙어 있었다. 거기에는 '스파르타의 여섯 경구'라는 제목 아래 선발된 변태자들, 학우들의 그들의 어리석은 행동, 그리고 우정 관계가 2행시로 신랄하게 조롱 되어 있었다. 기벤라트와 하일너의 단짝에 대해서도 일격을 가하고 있었다.

작은 조직체에 굉장한 흥분이 일어났다. 극장 입구와도 같이 문 앞으로 모두들 몰려들었다. 벌떼들과 조금도 다름없이 학생들은 와자지껄하며 서로 밀고 당기며 떠들썩했다.

그 이튿날 아침에는 세면장 입구에 응수와 찬성, 그리고 새로운 공격의 경구와 풍자시가 나붙었다. 그러나 이 소동의 장본인은 두 번 다시 거기에 가담할 만큼 바보는 아니었다. 불씨를 곡창에 집어 던지는 목적은 이미 달성한 다음이었다.

그는 희열에 넘쳐 두 손을 비비고 있었다. 전 학생이 수일 동안 이 풍자시의 싸움에 가담하였다. 누구든지 2행시를 생각하며 묵묵히 행동했다. 내가 상관할 바 아니라는 듯이 언제나 마찬가지로 학업에 열중하고 있었던 자는 루치우스 오직 혼자뿐이었으리라.

마침내는 어떤 선생이 그걸 알아가지고 온당치 못한 유희의 계속을 금지해 버렸다.

그 잔꾀 많은 둔스탄은 이번의 성공에 만족하지 않고 그런 동안에 또 다른 준비를 착착 진행시키고 있었다. 드디어 그는 신문 제1호를 내었다.

그것은 아주 작은 규격의 초고지에 복사한 것으로 재료는 벌써 수 주일 전부터 수집된 것이었다. '너구리'라는 제호로 내는 유머 신문이었다. 요수아 記의 저자와 마울브론 신학교의 한 학생과의 사이의 익살맞은 대화가 제1호의 뛰어난 기사였다.

그는 성공하려고 서둘지는 않았다. 몹시도 바쁜 편집자 겸 발행자다운 얼굴과 거동으로 쏘다니고 있었던 둔스탄은 수도원 안에서 그 옛날 베네치아 공화국의 명성 높은 아레티너에 비할 만큼 비난과 찬사가 반반 되는 명성을 얻은 것이다.

헤르만 하일너가 열정적으로 편집에 참여하여 둔스탄과 함께 날카로운 풍자적인 검찰관의 역할을 맡아보았을 때 전체 학생 사이에서는 놀라움의 흥분이 일어났다.

하일너가 그런 역할을 맡아보기 위한 기지나 독설에 부족함을 느끼는 축은 결코 아니었다. 거의 한 달 동안 이 조그만 신문은 수도원 전체를 숨 가쁘게 하였다.

한스는 친구가 하는 대로 내버려 두었다. 그에게는 일을 함께할 흥미도 재간도 없었다. 뿐만 아니라 처음에 그는 하일너가 다른 일에 바빠서 요사이는 자주 스파르타 방에서 저녁 시간을 보내고 있다는 것을 눈치채지 못했다.

한스는 온종일 우울하게 넋을 잃고 돌아다니고 있었다. 그리고 서서히 마음 내키지 않는 공부를 다시 시작하고 있었다.

어느 날 리비우스 시간에 묘한 일이 생겼다.

교수가 한스의 이름을 부르고 번역을 시켰다. 그런데 그는 그대로 앉아 있었다.

"어떻게 된 거지? 왜 일어나지도 않는 거야?"

교수는 화를 내며 소리 질렀다.

한스는 꼼짝도 하지 않았다. 그대로 의자에 똑바로 앉은 채 머리를 약간 숙이고서는 눈을 절반쯤 감고 있었다. 이름이 불러지자 꿈에서 깨어나기는 했으나 교수의 말소리가 아주 먼 곳에서 들려오고 있는 것처럼 들릴 뿐이었다.

누군가가 몹시 흔드는 것을 알고 있었으나, 그에게는 아무 소용이 없었다. 그는 다른 사람들에게 둘러싸여 다른 사람의 손에 만져지고 있었다.

누군가 그에게 말을 걸고 있었다. 아니, 말이 아니라 샘이 솟는 소리처럼 깊고 부드럽게 아주 가깝고 낮게 속삭였다. 낯설고 예감에 가득 찬 커다란 빛나는 눈—아마 그것은 리비우스 책에서 지금 막 읽고 난 로마 군중들, 그것은 그가 꿈속에서 본 것이거나 그렇잖으면 언젠가 그림에서 본 미지의 인간의 눈이었을 것이다.

"기벤라트!"

교수는 또 한 번 소리쳤다.

한스는 조용히 눈을 뜨고 놀란 두 눈으로 교수를 바라보며 머리를 흔들었다.

"졸고 있었구나. 그렇잖으면, 지금 어느 문장을 읽고 있었는지 말할 수 있느냐?"

한스는 손가락으로 책 속을 가리켰다. 그는 어디를 읽고 있는가를 잘 알고 있었다.

"자, 그럼 이번에는 일어서겠지?"

교수는 조롱하듯 물었다. 한스는 그제서야 일어섰다.

"도대체 뭘 하고 있는 거냐? 내 얼굴을 봐!"

한스는 교수의 얼굴을 바라보았다. 그의 눈초리가 교수의 마음에 들지 않았는지 교수는 이상하다는 듯이 머리를 이리저리 흔들었다.

"어디가 불편한가? 기벤라트!"

"아닙니다, 교수님."

"앉아라. 그럼 수업이 끝난 다음에 내 방으로 오너라?"

한스는 앉아서 리비우스 책 위에 엎드렸다. 그는 완전히 잠에서 깨어나서야 모든 것을 깨달았다.

동시에 그의 마음의 눈은 그 많은 낯선 인물의 자취를 천천히 좇았다. 그것은 넓은 세계로 멀어지면서도 끊임없이 반짝이는 눈을 그에게 던지고 있었다. 그러다가 드디어는 아주 먼 안개 속으로 완전히 가라앉아 버렸다.

그와 동시에 선생의 목소리와 번역을 하고 있는 학생의 목소리, 그 외에 교실의 온갖 조그만 잡소리가 점점 가까이 다가와서 결국에는, 언제나 마찬가지로 아주 확실해졌다.

의자와 교단 흑판이 여느 때와 같이 놓여 있고 벽에는 나무로 만든 컴퍼스와 삼각자가 걸려 있었다. 그리고 주위에는 동료들이 그대로 앉아 있고, 그들 중의 대부분이 호기심을 가지고 귀찮게 그를 곁눈질하고 있었다.

그때 한스는 정신이 번쩍 들었다.

"수업이 끝난 후에 내 방으로 오너라."

하는 소리를 그는 들었던 것이었다. 큰일 났다. 무슨 일을 저지르고 말았는가?

시간이 끝났을 때 교수는 한스에게 눈짓을 하며 빤히 바라보고 있는 동료들 사이를 지나갔다.

"자, 도대체 어떻게 된 일인지? 말해 봐요! 잠자고 있었던 것은 아니지?"

"아닙니다."

"그렇다면 이름을 불렀을 때 왜 일어나질 않았지?"

"저도 모르겠습니다."

"그렇지 않으면 내 말을 못 들었단 말인가?"

"아닙니다. 들었습니다."

"그런데도 일어서지 않았어? 거기에다 나중에는 이상한 눈짓까지 하고…… 대체 뭘 생각하고 있었지?"

"아무것도 생각하고 있지 않았습니다. 저는 꼭 일어서려고 했습니다."

"어디 불편한 데라도 있었나요?"

"그렇지 않습니다. 어쩐 일인지 저도 모르겠습니다."

"머리가 아팠었니?"

"아닙니다."

"좋아, 그럼 돌아가거라."

식사 전에 그는 다시 호출되어 의무실로 갔다. 거기에는 고을 의사와 함께 교장 선생이 기다리고 있었다. 한스는 진찰을 받았다. 의사는 꼬치꼬치 캐물었으나 무엇 하나 확실한 증세가 나타난 것은 없었다. 의사는 가볍게 웃으면서 별일 아니라고 진단했다.

"이것은 약간 신경에 관한 것입니다. 교장 선생님."

그는 부드럽게 웃었다.

"일시적인 쇠약—일종의 가벼운 현기증과 같은 증세이지요. 이 젊은이는 매일 바깥에 나가게 하지 않으면 안 됩니다. 두통에 대해서는 몇 가지 약을 처방해 드리지요."

그 이후 한스는 매일 식후에 한 시간씩 바깥으로 나가야만 했다. 그는 조금도 싫지 않았다. 아쉬운 것이 있다면 이 산보에 하일너가 동행하는 것을 교장 선생으로부터 단호히 거절당한 것이다.

하일너는 분개하여 욕을 해댔으나 거기에 따르지 않을 수 없었다. 그래서 한스는 언제나 혼자서 산책하러 나갔으나 오히려 일종의 즐거움을 느끼기도 했다.

이른 봄이었다. 아름다운 둥근 언덕에 엷고 맑은 물결과도 같이 싹트는 푸르름이 흘러내리고 있었다. 나무마다 윤곽이 뚜렷하게 갈색의 그물과 같은 겨울 모습을 벗어 던지고 어린 잎새들의 유희와 전개되는 풍경의 색깔이 뒤섞인 듯한 생생한 푸르름의 끝없는 파도를 이루었다.

이전에 라틴어 학교 시절 때의 한스는 봄을 지금과는 다른 눈으로 보고 있었다. 여러 종류의 새들이 차례차례 날아오는 것을

관찰하였고, 뒤를 이어 꽃이 피는 것도 관찰하였다. 그리고 5월이
되면 곧 낚시질을 시작하는 것이었다.

그러나 지금은 새의 종류를 구별하려고도 솟아나는 싹으로 관목
을 분간해 내려고도 노력하지 않았다. 그는 다만 전체의 움직임과
도처에서 싹트는 색깔을 보고 어린 잎새들의 내음을 맡고 부드럽게
끓어오르는 공기를 느끼면서 두려운 생각으로 들판을 거닐었다.

그는 곧 피곤을 느낀 나머지 옆으로 드러눕고 싶은 충동을 억제
하지 못했다. 그리고 현실적으로 자기를 둘러싸고 있는 것과는 다른
여러 가지를 보았다. 그것이 실제로 어떤 것인가를 그 자신은 몰랐다.
그걸 자주 생각해 보지도 않았다.

그것은 밝고 부드러우며 이상스런 꿈으로 그림이나 진기한 나무
들의 가로수인 것처럼 그를 둘러싸고 있었다. 어느 것이나 일부러
꾸며 놓은 것 같지 않고 보기 위한 순수한 화면에 지나지 않았다.
그러나 그것을 본다는 것은 하나의 체험이었다. 그것은 다른 장소나
다른 인간에게로 떠나가는 것이었다.

낯설은 지상을 부드럽게 밟기 좋은 땅을 거니는 것과 같았다.
낯선 공기, 떠오르는 듯한 가벼운 리듬과 미묘한 꿈과 같은 향기가
스며든 공기를 호흡하는 기분이었다. 이 화면 대신에 때때로 가벼운
손이 부드럽게 그의 몸을 어루만지며 스쳐 가는 것 같은 아늑하고
따뜻하고 설레이는 감정이 스며 들어오는 것이었다.

한스는 독서나 공부에 열중할 때 마음을 집중시키는 데 몹시 힘이
들었다. 그의 흥미를 끌지 못한 것은 환상과 같이 손바닥 사이에서
미끄러져 내려갔다. 히브리어 단어를 수업 시간에 알고 싶으면 마지막

시간 동안에 외우지 않으면 안 되었다. 그런데 때때로 사물의 형체가 뚜렷이 눈앞에 떠올라오는 순간이 생겼다.

책을 읽고 있으면 묘사된 것이 하나도 빠짐없이 별안간에 눈앞에 나타나서 생명을 얻고 가까운 주위에 있는 것보다 훨씬 더 구체적으로 현실 그대로 움직이는 것처럼 보였다.

그의 기억력은 이미 아무것도 받아들이려고 하지 않고 거의 나날이 약해지고 불확실해져 가는 것을 깨닫고 그는 절망했다. 그러나 한편에서는 오래된 기억이 경이롭고도 똑똑하게 그를 자주 괴롭혔다.

한스는 수업 도중이나 또는 독서 할 때 아버지나 안나 아주머니, 옛날 선생이나 동급생 중의 어느 한 사람이 자주 머리에 떠올라 그의 주의를 빼앗곤 했다.

슈루트가르트에 머물렀을 때의 일이나, 주 시험이나 휴가 중의 일들이 그의 머리에 몇 번이고 되풀이해서 체험되었다. 또는 낚싯대를 늘어뜨리고 강기슭에 앉아 있는 자신의 모습을 발견하기도 하고 햇볕이 내리쬐는 물 냄새를 맡기도 하였다. 동시에 그가 꿈꾸고 있는 시간은 오래전 어릴 때로 되돌아가서 옛날의 일처럼 착각을 하기도 했다.

한스는 어느 따뜻하고 습기 찬 컴컴한 석양에 하일너와 함께 침실 안을 이리저리 돌아다니며 고향에서 일어났던 일, 아버지에게서 듣던 꾸중이며 낚시질, 또는 학교에서 일어났던 이야기를 하였다. 그러나 하일너는 굳게 입을 다물고 있었다.

그는 한스에게 이야기를 시켜 놓고 가끔 고개를 끄덕이다가는 종일 가지고 놀던 조그만 삼각자를 생각에 골몰한 듯 허공에 두서너 번 휘저었다. 차츰 한스도 입을 다물고 말았다.

밤이 되었다. 둘은 창가에 앉았다.

"이봐, 한스."

마침내 하일너가 말을 끄집어냈다. 그 소리는 불안에 떨고 있었다.

"왜?"

"아무것도 아냐."

"그러지 말고 말해 봐."

"갑자기 생각한 것인데, 네가 여러 가지 이야기를 하였으니깐."

"도대체 무슨 말이야?"

"이봐 한스, 너 젊은 여자 뒤를 따라가 본 일 있니?"

잠시 침묵이 흘렀다. 그런 것에 대해 아직 말한 적이 없었던 것이다.

한스는 그런 일에 일종의 공포심을 가지고 있었다. 그러나 그 수수께끼 같은 세계는 동화에서 느끼는 꽃밭처럼 그의 마음을 끌었다. 그는 얼굴이 화끈 달아오르는 걸 어쩔 수 없었다. 그의 손가락이 떨렸다.

"꼭 한 번."

그는 속삭이듯 말하였다.

"아직 아무것도 모르는 어린 시절이었어."

또다시 침묵이 흘렀다.

"─그럼 넌? 하일너."

하일너는 한숨을 쉬었다.

"아, 그만두자. 이런 것을 말하는 게 아니었는데. 아무 소용 없는 일이었어."

"그렇지 않아."

"……나에게는 사랑하는 사람이 있었다."

"네게? 정말이냐?"

"내 고향의 이웃집 아이야. 이번 겨울 난 그녀에게 키스했었어."

"키스……?"

"음…… 저녁때였어. 얼음 위에 석양이 깔리고 있었어. 스케이트를 벗는 것을 도와주고 있었지. 그때 그녀에게 키스했어."

"그녀는 아무 말도 하지 않았니?"

"아무 말도 안 했어. 도망쳐 달아났을 뿐이야."

"그러고 나서?"

"그러고 나서? 그것뿐이야."

그는 한숨을 쉬었다. 한스는 하일너를 금단의 동산에서 쫓겨나온 영웅처럼 건너다보았다.

그때 종이 울렸다. 모두 침대 속으로 들어가야만 했다. 불이 꺼지고, 쥐도 새도 다 잠들고 나서도 한스는 잠자리에 들지 않고 하일너가 연인에게 표시한 키스를 생각하고 있었다.

이튿날 더 자세한 것을 물어보려 했으나 왠지 부끄러웠다. 하일너는 한스가 물어 주지 않았기 때문에 말머리를 먼저 끄집어내는 것이 어색하였다.

학교에서의 한스는 더욱 나빠져 갔다. 선생들은 싫은 얼굴을 하고 이상한 눈초리로 그를 쏘아보기 시작했다. 교장 선생 역시 어두운 얼굴을 하고 있었다. 동급생들도 오래전부터 기벤라트가 성적이 떨어져서 1등을 포기해 버린 것을 눈치채고 있었다.

하일너만은 자신이 학교에 대하여 그다지 대수로운 것이 아니라고 생각하고 있었으므로 아무것도 눈치채지 못했다. 한스 자신은 별로 신경도 쓰지 않고 모든 것이 그저 되어가는 대로, 변화해 가는 대로 방관하고만 있었다.

하일너는 그동안 신문 편집에도 실증을 느낀 나머지 이제는 아주 그의 친구 품속으로 돌아오고 말았다. 그는 몇 번이나 금지된 것을 위반하고, 한스의 일과와 같은 산보에 따라가서 같이 양지바른 곳에 드러누워 몽상도 하고 시를 읊거나 교장 선생님을 화제로 조롱의 꽃을 피우기도 하였다.

한스는 매일매일 하일너가 그의 연애 사건의 실마리를 풀어주리라는 막연한 희망을 안고 기다리고 있었다. 그렇지만 시간이 흐르면 흐를수록 물어볼 용기가 나지 않았다.

한편 친구들 사이에서 둘은 이전보다 더 미움을 받고 있었다. 왜냐하면 하일너가 '너구리'에서 신랄한 비난을 마구 퍼부어 누구에게도 신용을 얻지 못했기 때문이었다. 그렇지 않아도 이미 신문은 폐간되고 그의 임무는 끝난 후였다. 본래 그것은 겨울과 봄 사이의 지루한 몇 주일을 목표로 하고 있었는데 불과한 것이었기 때문이다.

지금은 갓 시작한 아름다운 계절이 식물 채집이며, 산보, 밖에서의 운동을 마음껏 즐길 수 있는 기회를 제공해 주고 있었다. 매일 점심시간에는 체조를 하는 아이, 씨름을 하는 아이, 달음질을 치는 아이, 공차기를 하는 아이들로 수도원 안뜰은 고함 소리와 생명의 약동에 넘치고 있었다.

그러던 어느 날, 아주 새롭고 커다란 사건이 일어났다. 그 장본인은 전체 학생의 두통거리며 발길에 차이는 돌과 같은 헤르만 하일너였다.

교장 선생은 하일너가 자기가 금지를 명령한 것을 코웃음 치며 거의 매일과 같이 기벤라트가 산보하는데 따라다니고 있다는 것을 알게 되었다.

이번에는 한스는 그대로 두고 그의 친한 친구인 하일너를 집무실 불러들였다. 그는 다정스럽게 너라고 부르려고 하였으나 하일너는 즉석에서 그 말을 거절해 버렸다. 하일너는 명령을 위반한 것을 책망받자 자기는 기벤라트의 친구이며 그와의 교제를 막을 권리는 아무도 가질 수 없는 것이라고 주장했다.

심한 언쟁이 있은 후 그 결과 하일너는 두서너 시간 감금되고 또 당분간 한스와 같이 외출하는 것을 금한다는 엄격한 금족령이 내려졌다.

그래서 그다음 날 한스는 또 혼자서 공인받은 산보에 나갔다. 두 시에 돌아와서 다른 학생과 함께 교실에 들어갔다. 수업이 시작될 때 하일너가 없어졌다는 걸 알게 되었다. 힌두가 죽었을 때와 꼭 마찬가지였다. 그러나 이번만은 누구 하나 지각이라고 생각지 않았다.

오후 3시에 전교생이 세 분 선생님과 함께 없어진 하일너를 찾으러 나섰다. 모두 흩어져서 숲속을 소리 지르면서 찾아 헤매었다. 선생님 중의 두 분을 비롯하여 대부분 학생들은 하일너가 자살했을 것이라고들 생각하고 있었다.

다섯 시에 그 지방 경찰서와 파출소에 전보를 치고 저녁때 하일너

아버지에게 지급전보를 쳤다. 밤중이 되어도 아무런 소식을 들을 수가 없었다. 밤중까지 어느 침대에서나 속삭이는 귓속말이 그치질 않았다.

학생들 사이에서는 하일너가 투신자살하였으리라는 추측이 지배적이었다. 반면에 그는 집으로 돌아갔을 것이라고 말하는 아이도 있었다. 그러나 그 도망자는 수중에 한 푼의 돈도 갖지 않았다는 것이 확인되었다.

모든 학생들은 한스가 사정을 알고 있음에 틀림없으리라고들 생각하고 있었다. 그러나 한스는 도리어 제일 놀래고 누구보다도 걱정하고 있는 눈치였다. 밤에 침실에서 다른 학생들이 묻기도 하고, 억측을 하거나 말도 안 되는 추측을 하기도 하고, 쓸데없는 농담도 하는 것을 들을 때, 그는 이불 속에 푹 파묻혀서 그의 친구를 위해 괴로움과 불안의 가슴을 부여안고 오랫동안 고통스러운 시간을 보내고 있었다.

어쩌면 하일너는 이제 돌아오지 않으리라는 예감이 그의 불안한 마음을 사로잡았다. 그는 염려스럽고 슬픈 마음에 목이 메어 마침내 슬픔을 이기지 못한 채 잠이 들고 말았다.

그 무렵 하일너는 수 마일이나 떨어진 깊은 숲속에 뒹굴고 있었다. 너무 추워서 잠을 이룰 수가 없었으나 진심으로 자유로운 기분에 도취되어 깊이 호흡을 하며 좁은 새장에서 놓여난 새와 같이 손발을 뻗어보기도 했다.

그는 정오부터 줄곧 걷고 있었다. 크니트링켄에서 산 빵을 물어뜯으면서 아직 물빛 어린 나뭇가지 사이로 밤의 어둠이며, 별이며 빠르게 스쳐 가는 구름들을 바라보았다. 결국 어디로 갈 것인가는 문제 되지 않았다. 적어도 오늘 밤만은 몸서리쳐지는 수도원을 뛰쳐나와 그의 의지는 명령이나 금지보다 강하다는 걸 교장 선생에게 보여 주려는 것이었다.

그다음 날도 하루 종일 그를 찾았으나 허사였다. 그는 이틀째 밤을 어느 마을 가까이에 있는 건초더미 사이에서 새웠다. 아침이 되자, 또다시 숲속으로 들어갔다.

저녁때야 겨우 어느 마을에 들어가려고 하는데 그만 순찰 중이던 지방 경찰관의 손에 붙들리고 말았다. 순경은 악의 없는 욕설을 퍼부으며 그를 달래며 파출소로 연행해 갔다.

그는 거기서 농담과 아첨으로 촌장의 환심을 샀다. 촌장은 그를 자기 집으로 데리고 가서 밤을 지내게 하였다. 자기 전에 햄이며 달걀로 저녁 대접을 받았다. 이 사실을 알게 되어 달려온 아버지가 그를 찾아 수도원으로 데리고 갔다.

그의 아버지와 함께 도망자를 데리고 왔을 때 수도원의 흥분은 대단했다. 그러나 하일너는 높이 머리를 쳐들고 천재적인 짧은 여행을 전혀 후회하고 있지는 않은 것 같았다.

모두들 그에게 사과를 시키려고 하였으나 그는 그것을 거절하고 직원회의 비밀 재판에서도 조금도 겁내거나 공손한 태도를 취하지 않았다.

학교에서는 그를 붙들어 놓으려고 하였으나 그러기에는 너무나 그가 지나쳤다. 드디어 그는 퇴교 처분을 당하고, 저녁때 아버지와 같이 떠나 버리고는 두 번 다시 돌아오지 않게 되었다. 그의 친구 기벤라트와는 악수만으로써 이별을 고할 수밖에 없었다.

극도로 반항적이고 타락한 이번 탈주 사건에 대해서 교장 선생이 행한 대훈시는 시적이며 장엄하고 격렬한 것이었다. 그러나 슈루트가르트의 상급 관청에 보내는 그의 보고서는 아주 온순하고 요령 좋은 가냘픈 글귀로 시작되었다.

학생들이 퇴교한 불량배나 서신 연락하는 것은 금지되어 있었다. 거기에 대해서 한스 기벤라트는 물론 미소 지었을 뿐이다. 몇 주일 동안에 걸쳐 하일너와 그의 도망 사건에 대한 것보다 더 크게 화제에 오른 것은 없었다.

멀리 떨어져 있고 시간이 흐름에 따라서 모두의 판단은 달라졌다. 그때는 불안감에 싸여 피하고 있었던 그 탈주자를 날아가 버린 독수리와 같이 선망하는 자도 적지 않았다.

헬라스 방에는 빈 책상이 두 개 생겼다. 나중에 없어진 쪽은 먼저 없어진 쪽보다 그렇게 빨리 잊혀지지는 않았다. 단지 교장 선생만은 두 번째 아이에 대해 조용히 자리가 잡혀주었으면 하고 생각하고 있었다. 그러나 하일너는 수도원의 평화를 흩트려 놓을 만한 일을 하나도 하지 않았다.

한스는 기다리고 기다렸으나 끝내 그로부터 소식이 전해 오지 않았다. 하일너는 떠나 버린 채 그대로 행방불명이 되었다. 그의 인물과 그의 도피는 차츰 과거의 이야기가 되고 끝내는 전설처럼 되고 말았다.

그 정열적인 소년은 후에도 여러 가지 천재적인 업적과 방황을 거듭한 끝에 비통한 생활 가운데서도 엄격하게 단련되어 큰 인물이라고까지는 못 되어도 당당하고 훌륭한 사람이 되었다.

뒤에 남은 한스는 하일너의 탈주를 알고 있었겠지 하는 혐의를 벗지 못하고 선생들의 호의마저 아주 잃어버리고 말았다. 선생 중의 한 분은 한스가 수업 중 여러 가지 질문에 해답을 하지 못했을 때, "왜 너는 너의 훌륭한 친구 하일너와 함께 가지 않았느냐?"라는 말을 듣게 되었다.

교장 선생은 그에게서 손을 떼고 바리새인들이 세리를 보듯이 경멸에 가득 찬 동정을 가지고 그를 방관하고 있었다.

기벤라트는 이제는 학생 측에도 들지 않았다. 그는 문둥병 환자처럼 취급을 받았다.

들쥐가 모아둔 저장물을 먹고 살아가듯이 한스는 전에 얻은 지식을 가지고 아직까지도 수명을 영유하고 있었다. 그다음부터는 쓰라린 고난의 궁핍이 시작되었다.

그것은 오래 가지 않아 새로운 노력에 의해서 중단되기는 하였지만, 그의 무모함에 그 자신도 웃지 않을 수 없었다. 그는 쓸데없는 것에 필요성을 느끼지 않았다.

구약전서 최초의 다섯 권 다음에 호머를 포기하고 크세노폰에 이어서 다음에는 대수를 포기하여 버렸다. 선생들 사이에서 그의 평판이 조금씩 떨어지는 것을, 또 우에서 양으로, 양에서 가로, 마지막에는 영으로 떨어지는 것을 별 관심 없이 바라보고 있었다.

또다시 두통이 일어나는 것이 버릇처럼 되어 있었지만, 그렇지 않을 때는 헤르만 하일너를 생각하기도 하며 가냘프고 허망 된 꿈을 좇으며 몇 시간이나 아무 생각 없이 공허하게 지내기도 했다. 선생들의 더해 가는 비난에 대해서 그는 비굴한 미소를 띠며 대답하지 않으면 안 되었다.

조교수인 뷔드리 만이 한스의 멍청한 미소를 가슴 아프게 여기며 탈선한 소년을 아끼는 마음속에서 진실로 동정심을 갖고 대해 주는 한 분의 선생이었다.

다른 선생들은 그에게 공연히 화를 내기도 하고 경멸하는 눈으로 상대도 하지 않았으며, 때로는 모멸에 가득 찬 농담을 하기도 하여 그의 잠들어 버린 공명심을 일깨워 주려고도 하였다.

"혹 잠들지 않으셨다면 이 문장을 읽어 주시지 않겠습니까?"

특히 노한 것은 교장 선생님이었다. 이 속 없는 사람은 자기의 눈초리의 위력에 대해 너무나도 자부심을 갖고 있었다. 그래서 그가 위엄을 갖고 위협적인 눈을 부릅뜨고 노려보아도 기벤라트는 여전히 비굴하게 겁을 먹은 웃음으로 대해 줄뿐이었으므로 그는 화가 치밀었다. 그의 비웃음은 차츰 교장 선생을 신경질로 만들어 버렸다.

"그런 바보 같은 얼굴로 웃는 거 그만둬라. 오히려 통곡을 하여도 시원치 않을 텐데."

그것보다 그의 마음에 충격을 준 것은 아버지의 편지였다. 이러한 아들의 태도에 아버지는 깜짝 놀라서 그의 마음을 고쳐 달라고 교장 선생에게 탄원하였다. 결국은 교장이 기벤라트 씨에게 편지를 보낸 것이었다.

아버지는 기가 막혀 어찌할 바를 몰랐다. 한스에게 보낸 그의 편지는 이해성 있는 사람이라면 감히 쓰지 못하는 격려며 도의적인 울분에 쌓인 글귀를 하나도 빠짐없이 늘어놓고 있었다. 그러나 그

내용에 눈물겨운 호소를 잊지는 않았다. 그것이 자식의 마음을 쓰라리게 하였다.

교장 선생을 비롯하여 기벤라트의 아버지나 교수, 조교수에 이르게까지 그들의 의무에 충실한 소년 지도자들은 어느 누구나 다 한스의 마음속에서 그들의 소망을 방해하는 나쁜 요소와 악에 응고된 태만성을 발견하고 이를 억제해 무리를 해서라도 바른길을 밟게 해야 하겠다고 생각했다.

어쩌면 그 동정심이 있는 조교수를 제외하고는 가냘픈 소년의 얼굴에 깃들어 있는 넋 빠진 웃음 뒤에는 소멸하여 가는 영혼이 번뇌의 익사 상태에서 뛰어들 듯이 불안스럽고 절망적인 가슴을 부여안고 주위를 살피고 있다는 것을 깨달은 사람은 아무도 없었다.

학교나 아버지, 두세 명 교사의 잔인한 명예욕은 그들 앞에 노출되어 있는 어린 소년의 순박한 영혼을 아무런 위로도 없이 짓밟아 버림으로써 이 약한 아름다운 소년을 이런 지경에까지 이끌어 온 것을 생각하는 사람은 없었다.

왜 그는 가장 감수성이 많고 위험한 소년 시절에 매일 밤늦게까지 공부하여야 되었으며, 왜 그가 기르고 있는 토끼를 빼앗아 버렸던가?

왜 라틴어 학교에서 고의적으로 그를 친구들로부터 멀리 격리시켜 버렸는가?

왜 낚시질하며 돌아다니고 노는 것을 금지시켰던가?

왜 심신을 발발이 찢어 놓은 것 같은 쓸데없는 공명심의 공허하고 저속한 이상만을 불어넣어 주었는가?

왜 시험이 끝난 후에도 마땅히 쉬어야 할 휴가를 그에게 주지 않았는가?

지금 와서는 너무 부려져서 거칠어진 어린 망아지는 길바닥에 쓰러져 더 이상 아무 소용이 없게 되어버렸다.

초여름에 마을 보건소 의사는, 한스가 주로 성장기에 찾아오는 신경쇠약에 지나지 않는다고 거듭 진단하였다. 한스는 휴가 중에 마음껏 먹고 언제든 숲속을 뛰어다니며 충분히 휴식을 취하면 좋아질 수 있다는 것이었다. 그러나 유감스럽게 그렇게까지는 못 되었다.

휴가가 시작되기 삼 주일 전이었다.

한스는 오후 수업 시간에 교수에게 심한 꾸중을 받았다. 선생이 욕설을 퍼붓고 있을 동안에 그는 의자에 쓰러져서 공포에 질려 떨기 시작하다가 그만 흐느껴 우는 바람에 수업은 아주 중단되고 말았다. 그 후 그는 거의 반나절 동안 침상에 누워있었다.

그다음 날, 그는 수학 시간에 칠판에다 기하의 공식 그림을 그리고 그 증명을 하도록 지명을 받았다. 그는 앞으로 나가 흑판 앞에 서자 심한 현기증을 느꼈다. 분필과 삼각자를 되는 대로 선을 긋고 있는 사이에 두 개를 다 떨어뜨렸다. 그것을 주우려고 허리를 구부렸으나 웬일인지 다시 일어설 수가 없었다.

마을 의사가 이 사실을 알고는 학교 측에 대해 몹시 화를 냈다. 그는 신중한 태도로 곧 정양할 수 있는 휴가를 취하도록 지시하고 곧바로 신경과 전문의를 초청하도록 추진하였다.

"저 학생은 향수병에 걸린 것입니다."

그는 교장에게 자신 있게 말했다.

교장은 고개를 끄덕이며 자신의 무자비한 성난 얼굴에서 아버지와 같은 동정이 깃든 표정으로 바꾸는 편이 훨씬 더 좋으리라고 생각했다. 그것은 그에게 있어서 용이한 일이었고, 또한 어울리기도 했다.

교장과 의사는 각각 한스의 아버지에게 편지와 의견을 첨가한 소견서를 써서 소년의 호주머니에 넣어서 집으로 돌려보냈다. 교장의 분노는 우려로 변하였다.

하일너의 사건으로 불안해진 학교 당국에서는 이번에 발생한 새로운 불행에 대해서 어떤 생각을 갖고 있는가! 모두가 의외로 생각한 것은 교장이 이번 사건에 대해서 훈시마저 포기했다는 사실이다.

교장은 한스가 요양 휴가로부터 결코 다시 학교로 돌아오지 않으리라는 것을 너무나 잘 알고 있었다. 설사 완쾌되었다 할지라도 이미 모든 면에 있어서 뒤떨어져 버린 이 생도는 결석 시간이 반 년은 커녕 수 주일간의 것도 만회하기란 불가능한 일이었다.

격려하듯이 "잘 가거라, 또 만나자." 하고 가벼운 말로 이별은 했지만, 그 후 헬라스 방에 들어가 세 개의 임자 없는 책상을 볼 때마다 마음이 괴로웠다. 끈질긴 인연이 있는 두 생도가 없어진 죄의 일부가 어쩌면 자기에게 있을지도 모른다는 고통스런 생각을 마음속에서 억제하는데 많은 힘이 들었다.

그러나 그는 능력이 있고 도덕적으로도 대담한 사나이였기 때문에 이 무익한 의문을 마음속으로부터 추방했다.

작은 여행 가방을 들고 떠나가는 학생의 뒤로 신학교의 회랑이며 문이며, 처마며 탑이 있는 수도원이 그림자처럼 자취를 감추자 숲과 언덕들이 사라지면서 그 대신 바덴주 국경 지방의 풍요로운 과수원이 펼쳐져 있는 초원이 전개되었다. 그러고 나서 포르하임의 시가지가 나타나고 그 바로 뒤에 슈바르츠발트의 검푸른 전나무 숲이 이어졌다.

그 사이를 뚫고 무수한 계곡을 끼고 작은 강이 흐르고 있었다. 강렬하게 내리쬐는 여름 햇볕을 받고 전나무 숲은 그 어느 때보다도 푸르고 시원스러워 풍부한 그늘을 던지고 있었다.

소년은 차츰 고향의 냄새가 짙은 경치를 바라보고 즐거운 마음이 되었으나 고향의 낯익은 모습이 가까워지자 아버지가 머리에 떠오르고 틀림없이 마중 나올 것을 생각하니 고통스러운 불안이 조용한 귀가 여행의 기쁨을 무참하게 부숴 버리고 말았다.

슈루트가르트로 시험을 치르기 위해 갔던 일, 마울브론으로 입학하기 위해 여행하던 일들이 당시의 긴장과 불안스러운 기쁨에 섞여서 다시 회상되었다.

그러한 일은 도대체 무엇 때문이었던가? 자기 자신이 생각해 보아도 교장과 마찬가지로 두 번 다시 신학교에 돌아가는 일은 없을 것임을 잘 알고 있었다. 그리하여 신학교는 물론 학문도 일체의 모든 야심적인 희망도 끝이 났다는 것을 절실하게 깨닫고 있었다.

그러나 그러한 일이 지금의 그를 슬프게 하거나 절망감을 주지는 못했다. 단지 자기 때문에 희망을 배신당하고 실망하고 있는 아버지에 대한 근심이 그의 마음을 무겁게 하였을 뿐이다.

지금의 그는 근심 걱정 없이 휴식하고 깊은 잠을 자고 마음껏 울고 꿈을 꿀 수 있는 데까지 꾸고, 산산이 고통을 당한 뒤끝이기에 건드리지 않고 그저 놓아두었으면 하는 소원이 있을 뿐 그 외에는 아무것도 생각하고 싶지 않았다. 그러나 집에 돌아가서는 꼭 그렇게 할 수만은 없다는 것을 마음속으로 두려워하고 있었다.

한스는 기차 여행이 끝날 무렵 심한 두통을 겪었다. 지난날에는 그 언덕과 숲을 아무 근심 걱정 없이 돌아다닌 적이 있는 자기가 좋아하던 곳을 기차가 달리고 있었지만, 그는 창밖으로 눈길을 보내진 않았다. 그리하여 그는 낯익은 고향의 정거장에서 내리는 것을 거의 잊을 뻔하였다.

예정대로 그는 우산과 여행 가방을 들고 기차에서 내렸다. 마중 나온 아버지는 공허하게 그를 쳐다보고 있었다. 교장의 기별로 알게 되었으나 너무나 잘못된 아들에 대한 그의 환멸과 분노는 자제력을 잃은 나머지 놀라움으로 변하였다.

아버지는 쇠약해서 형편없는 몰골의 아들을 상상하고 있었는데 아무튼 야위어 허약해지기는 했지만 무사히 혼자서 걸을 수 있는 한스를 발견한 것이 조금은 다행스러웠다.

그러나 가장 마음에 걸리는 것은 의사와 교장이 적어 보낸 신경병에 대한 불안과 공포였다. 그의 집안 대대로 이제까지 신경질환에 걸린 사람은 하나도 없었다.

세상에서는 이러한 병에 걸린 사람을 언제나 몰이해한 조소와 경멸적인 동정을 받고 마치 광인과 같이 취급되는 것이었다. 그런데 지금 한스는 그러한 고통의 짐을 걸머지고 돌아온 것이다.

어쨌든 한스는 잔소리를 듣지 않고 마중받은 것을 다행으로 여겼다. 그리고 나서 억지로 자제하면서 자기를 대해 주는 아버지의 깊은 가볍지 못한 위로가 오히려 더 고통스러웠다.

그리고 이따금 아버지는 자기를 이상하게 살펴보는 듯한 눈길로 기분 나쁜 호기심을 나타내며 말을 하는데도 부드럽게 꾸며서 하는 듯 변조된 것이고, 그렇지 않으면 알아차리지 못하도록 자기를 관찰하고 있는 것을 느낄 수 있었다. 한스는 그럴수록 겁이 났다. 자기 자신의 잘못된 상태에 대한 막연한 불안이 그를 괴롭히기 시작했다.

날씨가 좋을 날은 몇 시간씩 숲속에서 뒹굴었다. 그것은 효과가 있었다. 꽃이나 딱정벌레를 보고 기뻐하기도 하고 새들의 맑은 소리에 귀를 기울이고 작은 짐승의 발자취를 조심스럽게 밟기도 하며 지난날 소년 시절의 행복했던 일들이 숲속에서 발견되면서 상처 받은 그의 영혼을 어루만져 주기도 하였다.

그러나 그것은 언제나 순간적인 일에 지나지 않았다. 대개는 힘을 잃고 이끼 위에 누워 무거운 머리를 들고, 무엇인가를 생각하려고 노력하였으나 끝내는 또 다른 꿈이 찾아들어 그를 멀리 다른 세계로 이끌어갔다. 그러면 두통은 그칠 사이 없이 찾아들었다.

어느 때인가 불행한 꿈을 꾼 날이 있었다. 친구 헤르만 하일너가 죽어서 들것에 누워있었다. 그를 보고 가까이 다가가려고 했으나 교사들이 그를 밀쳐내고 다시 다가서려고 할 때마다. 떠밀어 버리는 것이었다.

신학교의 교수나 조교들뿐만 아니라, 초등학교 교장이며 슈루트가르트의 시험관들도 그곳에 있었는데, 모두 성난 얼굴을 하고 있었다.

그런데 별안간 그 광경이 바뀌어 들것에 누워있는 것은 물에 빠져 죽은 힌두였다. 실크햇을 쓴 익살 궂게 생긴 그의 아버지가 구부정한 다리를 하고 슬픈 듯이 그 옆에 서 있었다.

또 다른 꿈도 꾸었다. 그는 탈주한 하일너를 찾아 숲속을 헤메고 있었다. 저 멀리 몇 번이고 하일너가 나무 기둥 사이를 걷고 있는 것이 보였으나 이름을 부르려고 할 때는 이미 사라지고 난 후였다. 그러다가 하일너는 멈춰 서서 한스를 다가오게 한 후 이렇게 말하였다.

"이봐, 한스, 나에게는 애인이 있어."

그리고는 큰소리로 웃고 수풀 속으로 자취를 감추어 버렸다.

어느 때, 그는 조용하고 지성이 담긴 눈과 아름답고 평화스러운 손을 가진 여윈 사람이 배에서 내리는 것을 보고 달려갔다. 그러나 모든 것이 사라지고 말았다. 그것이 무엇인지를 생각해 보니 복음서의 한 구절이 머리에 떠올랐다.

그것은 그리스어로 '사람들이 곧 예수를 알아보고 여러 곳에서 달려왔다.'는 그리스어 문구였다.

그리스어의 한 동사가 현재, 부정법, 완료, 미래는 어떠한 형으로 되는가를 생각해 내지 않으면 안 되었고, 또 그것을 단수와 복수로 완전히 변화시켜야만 했다. 그리고 도중에서 꽉 막히게 되자, 그는 정신을 차릴 수 없어 온몸에 상처투성이가 된 느낌이었다.

그러자 그의 얼굴은 자기도 모르게 체념과 죄의식에서 오는 졸린 듯한 미소를 띠었다. 그러자 교장의 목소리가 들려왔다.

"그 바보 같은 넋 나간 웃음은 뭐야. 역시 그렇게 웃지 않을 수밖에 없는 모양이지!"

때로는 상태가 좀 나아진 듯한 날도 있었지만, 대체로 한스의 건강은 조금도 좋아지는 기색이 보이지 않았다. 오히려 뒷걸음을 치는 것 같았다.

그의 어머니를 치료했고 죽음의 선고를 내린, 가끔 관절염으로 고생하는 아버지를 진찰하기 위해 왕진 온 단골 의사는 슬픈 얼굴로 의견을 진술하는 것을 하루 하루 미루고 있었다.

그때 한스는 처음으로 라틴어 학교의 생활 2년 동안 한 사람의 친구도 없었던 것이 생각났다. 그 당시의 친구들 중에는 없어진 사람도 있고 혹은 견습생이 되어 떠돌아다니는 친구도 있었다. 그러나 그들 중의 누구와도 친분이 없었고, 무엇인가를 부탁할 만한 것도 없었다. 또한 누구 하나 그에게 관심을 갖는 사람도 없었다.

옛날의 교장 선생은 몇 차례인가 친절한 말을 건네준 일이 있었으며, 라틴어 선생이나 고을 목사도 길거리에서 만나면 친절하게 고개를 끄덕여 주기는 했으나, 사실 한스와는 아무런 관계도 없는 사이였다.

이제 그는 온갖 것을 채워 넣을 수 있는 그릇이 아니었으며, 온갖 씨앗을 뿌려도 될 밭이 아니었다. 그를 위해서 시간이나 관심을 쏟는다 해도 지금에 와서는 무의미한 일이었다.

고을 목사가 조금만이라도 한스의 신변을 돌보아주었더라면 더 좋아졌을지도 모를 일이었다. 그러나 목사가 무엇을 할 수 있단 말인가? 그가 베풀 수 있는 건 학문뿐이었다. 아니면 학문의 탐구심을 그 당시 소년에게 아낌없이 제공해 주는 데 그쳤을 뿐이다.

사실 그는 그 이상의 것은 가지고 있지 못했다. 그가 목사라고 하더라도 라틴어의 지식에 있어서는 누구도 자신을 갖고 대들어도 당하지를 못했으나 그의 설교는 누구나가 다 알고 있는 확실한 근거를 두고 있지 않았다.

그리고 괴로움에 대하여 친절한 눈과 부드러운 말을 갖고 있는 것도 아니기 때문에 사람들이 곤경에 처했을 때에 즐겨 찾아갈 수 있는 목사는 아니었다.

아버지 기벤라트도 한스에 대한 실망의 공허감을 감추려고 많은 노력을 하였으나 아들의 친구나 위안자는 될 수 없었다.

그리하여 한스는 모두로부터 버림을 받고 경멸당하는 듯한 슬픈 감정에 빠져 작은 뜰에서 햇볕을 쬐거나 숲속에서 뒹굴면서 몽상이나 괴로운 생각에 사로잡히는 것이 거의 하루의 일과였다.

독서는 전혀 도움이 되지 않았다. 책을 들면 곧 머리와 눈이 아팠고, 책장을 넘기면 수도원 시절과 그곳에서의 괴로웠던 기억이 유령처럼 되살아나서 질식할 듯한 무서운 꿈의 한구석으로 그를 몰아넣었으며, 불타는 듯한 눈초리로 그곳에 그를 꼼짝하지 못하게 표박시켜 놓는 것이었다.

이러한 괴로움과 고독에 또 다른 유령이 거짓 위안자로 위장하여 병든 소년에게 접근하여 차츰 그와 친해져 마침내는 떨어질 수 없는 존재가 되었다.

그것은 죽음에 대한 생각이었다. 총기를 입수한다든지 혹은 숲속의 적당한 장소에서 목을 매는 것쯤은 쉬운 일이었다. 그런 생각은 산보를 하는 동안에도 그를 따라다니며 떨어지질 않았다. 그는 마침내 조용하고 행복하게 죽을 수 있는 외딴 장소를 발견하였고, 그곳을 죽음의 장소로 결정하였다.

몇 번씩 그곳을 찾아가 언젠가는 가까운 장래에 여기에 죽어 있는 자신이 발견될 것이라고 상상하며 묘한 기쁨과 흥분을 의식하였다. 밧줄을 맬 수 있는 나뭇가지도 정하고 연습도 해보았다. 장애가 될 만한 것은 아무것도 없었다. 아버지에게 보낼 짧은 편지와 헤르만 하일너에게 주는 매우 긴 편지가 씌워졌으며, 이것을 자신의 시체 곁에서 발견토록 할 셈이었다.

철저한 준비는 그의 마음에 좋은 영향을 가져다주었다. 숙명의 나뭇가지 밑에 몇 시간이고 앉아 있으면 이전의 압박감이 사라지고 거의 형용할 수 없는 쾌감이 찾아드는 듯한 시간을 가질 수가 있었다.

왜 좀 더 빨리 아름다운 가지에 목을 맬 생각을 하지 못했던가! 그것은 자신도 알 수가 없었다. 생각은 이미 결정되어 있었고 죽는다는 것은 사실이었기 때문에 오히려 마음은 안정되었다. 그리고 마치 먼 여행을 떠나기 전에 가질 수 있는 가벼운 흥분과 최후의 며칠 동안에 아름다운 햇볕과 고독과 몽상을 더욱 마음껏 맛보았다.

여행을 떠나는 것은 언제라도 할 수 있었다. 모든 것은 준비가 되어 있었다. 그리고, 자신의 위험한 결심을 꿈에도 모르고 있는 사람들의 얼굴을 보고 있다는 것은 일종의 독특한 쾌감이기도 하였다. 의사를 만날 때마다 "자, 이제 조금만 기다려 봐!"라고 한 말을 생각하지 않을 수가 없었다.

운명은 자신의 어두운 계획을 즐기는 대로 내버려 두었으며, 그가 죽음의 잔으로부터 매일 몇 방울의 쾌감과 서서히 무너져 내리는 생명력을 맛보고 있는 것을 바라보고만 있었다. 이미 불구가 된 젊은 인간 하나쯤 이 세상에 있어도 문제가 되지 않겠지만, 그래도 그는 제 분수에 맞게 그의 명을 끝내야만 했다. 좀 더 인생의 고뇌와 감미로움을 맛보기 전에는 인생의 좌표에서 사라져서는 안 되었다.

시간이 흐를수록 괴로운 상념이 떠오르는 일은 그에게서 차츰 멀어져갔고 대신 지칠 대로 지친 자포자기적인 편안하고 나태한 기분이 나타났다.

그러한 기분 속에서 한스는 아무런 생각 없이 세월이 흘러가는 것을 바라보고 태연하게 푸른 하늘을 올려다보았다. 그런 모습이 몽유병자나 어린아이와 같이 보이기도 했다.

어느 때는 스러져 가는 석양 노을과 같은 기분으로 그는 정원의 전나무 밑에 앉아 아무런 생각 없이 별안간 머리에 떠오른 라틴어 학교 시절의 옛 노래를 되풀이하여 흥얼거렸다.

아, 지금 나는 몹시 지쳐 있습니다.

아, 나는 너무나 피로합니다.

지갑에는 무일푼

호주머니에도 한 푼의 돈이 없습니다.

그는 이 노래를 옛날의 멜로디로 흥얼거리면서, 벌써 스무 번째 라는 생각 외에는 아무것도 머릿속에 남아 있지 않았다. 그러나 창가에 서서 듣고 있던 아버지는 깜짝 놀랐다. 마음의 정서가 없는 아버지에게는 이러한 무의미하고 단조로운 노래를 전혀 이해할 수 없었다. 단지 절망적인 정신박약의 표시라고 탄식하였다.

그 이후부터 그는 아들을 한층 더 신경질적으로 관찰했다. 아들은 그것을 눈치채고 괴로워하였으나 아직은 밧줄을 가지고 가서 그 단단한 가지를 사용하기에는 일렀다.

그러는 사이에 무더운 계절이 찾아왔다. 주 정부의 시험과 그해의 여름 방학이 벌써 1년이 지났다. 한스는 이따금 그 당시의 일을 생각했으나 아무런 감동도 느끼지 못했다.

다시 낚시질을 시작하고 싶었으나 그것을 아버지에게 말할 용기가 없었다. 그는 물가에 설 때마다 심한 고통을 느꼈다. 가끔 아무도 보지 않는 강기슭에서 오랫동안 서서 빛을 잃은 눈길로 소리 없이 헤엄쳐 가는 검은 고기떼의 움직임을 바라보고 있었다.

그는 매일 저녁 무렵에 냇가로 수영을 하러 갔는데, 언제나 검사관 게슬러의 작은 집 옆을 지나가지 않으면 안 되었다. 그때 3년 전에 그가 열중했던 엠마 게슬러가 다시 집에 돌아와 있음을 우연히 발견하였다.

그는 호기심을 갖고 두서너 번 그녀를 바라보았으나, 옛날처럼 열중할 수는 없었다. 그 당시에는 날씬한 몸매에 대단히 아름다운 소녀였으나, 이제는 자라서 소녀답지 않게 어른스러운 헤어 스타일이 그녀를 꼴사납게 만들었다.

긴 옷차림도 어울리지 않았고 숙녀같이 보이려고 애쓰는 것도 보기 싫었다. 한스에겐 그녀가 우습게 보였으나 한편으로는 지난날 그녀를 만날 때마다 이상하게 달콤하고 뭐라 말할 수 없는 따스한 기분이 들었던 것을 생각하고 슬퍼지기도 하였다.

그 당시는 모든 것이 지금과는 사뭇 달랐었다. 훨씬 아름답고 쾌활했으며 생기가 있었다. 그 또한 라틴어와 역사, 그리스어, 시험, 신학교, 두통 외에는 그 어떤 것도 알지 못하였다. 그러나 그 당시엔

동화책처럼 도적 이야기를 쓴 적이 있었다.

그때에는 작은 뜰에서 장난감 물레방아를 돌리고 석양 무렵이면 나숄트의 길모퉁이에서 리제의 모험적인 이야기를 함께 들었었다. 그리고 얼마 동안 가리발디라고 불렀던 이웃 노인 그로스 요한을 강도 살인범으로 오해한 꿈을 꾸기도 하였다.

그로부터 1년 동안은 계속해서 확실치 않은 즐거움에 넘쳐 있었다. 목초를 베는 일이라든지, 건초를 걷어 들이는 일이라든지, 최초의 낚시질이나 개울 가재잡이라든지 밀보리를 걷어 들이고, 틈나는 대로 살구 떨어뜨리는 일, 감자 줄기와 잎을 태울 모닥불이라든지, 보리타작이 있었다. 그리고 그사이에는 즐거운 일요일이나 명절날이 즐겁게 기다려졌었다.

또한 신비스러운 매력을 가지고 그를 유혹하는 것들이 너무나 많이 있었다. 그는 집이나 동물을 사랑하고 구름과 들판을 좋아했었다. 혹은 그런 것들은 뭐라고 말할 수 없는 힘으로 그를 잡아끌었다.

밀 타작을 할 때에는 그도 도왔으며 큰 처녀들이 부르는 노래에 귀를 기울였다. 그리고 그 노래의 구절을 외우기도 하였다. 그것은 대개 웃음을 퍼뜨릴 만큼 익살맞은 글귀였으나 상당히 슬픈 것도 있어서 그것을 듣고 있으면 가슴이 아플 정도였다.

이러한 것은 어느 사이엔가 모두 자취를 감추어 끝장이 나고 말았다. 맨 먼저 리제의 집에서 밤을 보내는 일이 없어지고, 다음에는 일요일 오전의 낚시질이, 그리고 동화책을 읽지 않게 되고, 드디어는 밀 타작도 뜰의 물레방아도 그만두게 되었다.

아! 그 여러 가지 것들이 모두 어디로 가버린 것일까? 이렇게 해서 조숙한 소년은 이제야 병든 나날의 하루하루 속에서 비현실적인 제2의 소년 시절을 경험하게 되었다.

선생들에 의해서 어린 시절을 빼앗겨 버린 그의 마음은 지금 갑자기 넘쳐흐르는 동경을 갖고 그 아름다운 옛 시절로 되돌아가 회상의 숲속을 몽유병자처럼 이리저리 방황하고 있었다.

그 회상의 강함과 선명도는 병적인 것이었다. 그는 이전에 실제로 맛보았던 체험에 못지않은 따뜻함과 열정을 가지고 그 모든 것을 체험하였다. 기만당하고 폭력이 가해진 유년 시절이 오랫동안 막혀 있었던 샘물처럼 그의 내면으로부터 다시 용솟음쳐 올라왔다.

나무는 그 머리가 잘려지면 뿌리 가까이에서 다시 새움이 돋아난다.

그와 마찬가지로 한창 꽃이 필 무렵과 같은 시기에 병이 들어 파멸해 버린 영혼도 그 당초의 꿈 많은 어린 날의 봄 같은 시절로 돌아가는 일이 흔히 있는 것처럼, 거기에서 새로운 희망을 발견하고 끊어진 생명의 끈을 다시 이을 것만 같이 뿌리에서 나온 새싹은 급속히 무럭무럭 뻗어나가기는 하지만, 그것은 겉모양에 지나지 않고 그것이 다시 생명력 있는 나무가 되는 일은 결코 없다.

아버지 기벤라트도 한스 같은 경로를 더듬었다. 따라서 어린이의 나라에서 꿈길을 더듬고 있는 그의 뒤를 얼마쯤 따라가 볼 필요가 있었다.

기벤라트의 집은 오래된 낡은 돌다리 근처에 있었는데, 아주 다른 두 개의 골목 모퉁이에 자리 잡고 있었다. 그 집이 속해 있는 쪽의 길은 시내 안에서 가장 길고 폭이 넓은 훌륭한 거리로 '게르바 작은 길'이라고 불리고 있었다.

또 하나의 소로는 경사진 비탈길이었는데 '매길'이라고 불렀다. 그것은 오래전에 매를 간판으로 하고 있던 아주 낡은 술집 이름에서 유래된 것이다.

게르바 작은 길에는 어느 집에나 선량하고 견실한 이 마을의 토박이만이 살고 있었다. 모두가 자기 집과 자기 묘지와 자기 뜰을 가지고 있는 사람들이었다.

집의 뒤뜰은 산 쪽으로 가파른 층계를 이루며 올라가 있고, 그 울타리는 노란 금잔화로 뒤덮여 있는 1870년에 만들어진 철도 둑과 경계를 이루고 있었다. 자랑거리로는 게르바 소로와 견줄 수 있는 시장터뿐이었다.

거기에는 교회, 군청, 재판소, 읍 사무소, 수석 목사 등의 저택 등이 깨끗하게 자리 잡고 있어 도회지 같은 고상한 인상을 주었다.

또한 게르바 소로에는 훌륭한 현관문이 있는 전통적인 주택이며 아름다운 고딕식 나무 기둥의 기와집, 벽돌로 쌓아 올린 아담하고 밝은 박공 등이 있었다.

이 작은 길은 한쪽으로만 집이 늘어서 있는 것이 친근성과 유쾌함과 밝은 기분을 북돋아 주었다. 그것은 거리 건너편 판자 담 아래로 냇물이 흐르고 있었기 때문이다.

게르바 소로가 길고 넓고 밝아서 묵직하고 우아하다면 매 소로는 그와 반대였다. 이곳에는 기울어 주저앉아 버릴 것 같은 어둠침침한 집들이 늘어서 있어서 칠은 얼룩이 지고 벗겨져 있었으며 지붕은 앞으로 쏟아져 납작하게 눌려진 모자를 연상케 하였다. 문짝이나 창문은 여기저기 틈이 벌어져 손질을 했고 난로 굴뚝은 구부러졌으며 홈통은 헐어 있었다.

햇빛을 볼 수 없는 집들은 서로가 장소와 밝음을 빼앗고 있으며 골목길은 좁고 묘하게 구부러져 있어서 언제나 어두컴컴했고, 더욱이 비가 오는 날이거나 해가 진 후에는 습기에 찬 기분 나쁜 어둠으로 휩싸여 폐허처럼 보였다.

또한 어느 집에나 창문 앞에는 항상 막대기나 노끈에 많은 세탁물이 걸려 있었다. 이곳의 집들은 매우 비좁고 보잘것없었으며 세를 들어 사는 사람들이나 숙박인은 별도로 하고서라도 실로 많은 가족이 한 집에 모여 살고 있었기 때문이다.

기울어지고 허물어져 가는 집들의 구석구석까지 빽빽하게 살고 있어서 그곳에는 빈곤과 범죄와 병이 자리 잡고 있었다. 수인성 전염병이 발생했다고 하면 이곳이었고, 살인사건이 있었다면 역시 이곳이었다.

이 읍내에 도난 사건이 일어나면 맨 먼저 이곳부터 수색이 시작되었다. 떠돌이 행상인은 이곳을 숙소로 정하고 있었으며 그들 가운데는 물건 닦는 익살맞은 장수 호테며, 또 모든 범죄와 악덕한 패들의 장본이라고 수군대는 가위 장사 아담 히텔이 살고 있었다.

학교에 입학해서 처음 1, 2년 동안 한스는 자주 매 소로에 놀러 갔었다. 금발을 하고 옷을 걸친 어린 말썽꾸러기 패들과 함께 나쁜 평판이 도는 로테 프로뮬러의 살인 이야기를 자주 듣곤 하였다. 이 여자는 어떤 여관집 주인과 이혼을 하고 징역 5년을 살은 전과

자였다.

젊었을 때는 소문난 미인이었는데 직공들 사이에 많은 정부를 가지고 있어서 가끔 추문을 퍼뜨렸고 칼부림 사태를 일으키는 장본인이기도 하였다.

지금은 혼자 살고 있는데 공장 일이 끝나면 커피를 끓여 놓고 대화로 저녁 시간을 보내고 있었다.

그때 그녀는 문을 활짝 열어 놓았기 때문에 아낙네들이나 젊은 노동자들 외에도 근처의 아이들 무리가 문턱에서 몸을 떨며 넋을 잃고 그녀의 이야기에 귀를 기울이고 있었다.

검은 조그마한 돌화로 위에서는 주전자의 물이 끓고 있었고, 그 옆에는 기름 초가 타고 있어서 그것이 석탄이 타는 푸른 빛과 함께 고상하게 흔들리며 어두컴컴한 방안을 비추고 있었다.

또한 이야기를 듣는 사람들의 그림자를 벽과 천장에 커다랗게 던져 도깨비와 같은 움직임을 가득히 그려내고 있었다.

이 집에서 여덟 살 난 한스는 자연스럽게 핀켄바인 형제와 사귀게 되어 약 1년 동안을 아버지의 엄격한 명령에도 불구하고 이 두 아이와 어울렸다.

이 형제는 도르프와 에밀이라고 불렸는데, 이 고장에서도 가장 나쁜 평판을 듣고 있는 악동으로서 골목대장이었다. 과일 훔치기와 땔나무로 숲을 망쳐놓기로 유명하였고, 온갖 잔꾀와 장난에 있어서는 천재적인 두뇌를 가지고 있었다.

그들은 틈틈이 동네 거리나 숲속을 뒤져 새알이며 납덩이, 까마귀 새끼, 찌르레기, 토끼를 잡아 팔기도 하고 금지하고 있는 밤낚시질을 하기도 했다.

그리고 시내의 정원이란 정원은 모두 자기네 집처럼 드나들고 있었다. 왜냐하면 아무리 담이 높고 유리 조각을 꽂아 놓았더라도 그들에겐 아무 소용이 없었다.

그러나 한스와 특히 친했던 상대는 누구보다도 헤르만 레히텐하일이었다. 그는 고아였는데 병신인데다가 조숙하고 괴상한 성품의 아이였다. 한쪽 다리가 짧아서 언제나 지팡이를 짚고 다녀야 했고 길에서 놀 때에는 다른 아이들과 함께 어울릴 수가 없었다.

그는 여윈 몸에다 혈색이 없는 병자 같은 얼굴을 하고 있었고 나이에 어울리지 않는 퉁명스러운 입술과 신경질적일 만큼 뾰족한 턱을 갖고 있었다. 그는 손재주가 뛰어나서 능숙한 재간을 가졌고, 특히 낚시질에 있어서는 맹렬한 정열을 갖고 있었다.

이 낚시질에 대한 정열이 한스에게 옮긴 것이다. 그 당시 한스는 아직 낚시질 허가증을 가지고 있지 않았으나 두 아이는 그래도 사람 눈에 띄지 않는 곳에서 낚시질을 하였다.

낚는다는 것 자체가 일종의 기쁨이라면 몰래 하는 낚시의 짜릿한 맛은 그중에서도 누구나가 아는 바와 같이 가장 즐거운 일이었다.

절름발이 레히텐하일은 한스에게 좋은 낚싯대를 고르는 법이며 말총을 꼬는 법, 낚싯줄에 물들이는 법, 실로 올가미를 만드는 법, 낚싯바늘 가는 방법 등을 가르쳐 주었다.

그리고 날씨를 보는 법, 물을 관찰하는 법, 올바른 고기밥을 고르는 법과 미끼 끼는 방법을 가르쳐 주었고, 또 고기 종류를 구별하는 방법이라든지 고기가 낚시에 걸린 것을 아는 법, 낚싯줄을 적당한 깊이에 던지는 방법도 가르쳐 주었다.

그는 말로 하는 것이 아니라, 오직 현장에서 실제로 시범을 보여 줌으로써 줄을 당기고 늘어뜨릴 때의 호흡과 감각, 낚시질과 손의 미묘한 민감성을 가르쳐 주었다.

가게에서 살 수 있는 훌륭한 낚싯대나 코르크나 유리실 등등 그러한 모든 인공적인 낚시 도구를 그는 핏대를 세우고서 경멸하고 무시했다. 그는 어느 부분이라도 손수 만든 낚시 도구가 아니고서는 낚아지지 않는다는 것을 한스에게 확인시켜 주었다.

한스는 핀켄바인 형제와는 다툰 끝에 헤어졌지만, 말이 없고 성품이 조용한 절름발이 레히텐하일과는 한 번도 다툰 적도 없었는데, 그는 영영 떠나고 말았다.

2월의 어느 날 초라한 침대에 누워 소나무 지팡이를 의자 위에 벗어놓은 의복 위에 올려놓은 채 열이 나서 갑자기 죽은 것이었다. 불결한 매 소로 동네에서는 곧 그의 일을 잊어버렸지만, 한스만은 꽤 오랫동안 그리운 추억 속에 간직하고 있었다.

그러나 매 소로의 괴상한 주민은 그뿐만이 아니었다. 술주정 때문에 목이 철사줄에 묶여 죽은 우편 배달부 레텔러를 모르는 사람은 없을 것이다. 그는 거의 매일 저녁때면 만취해서 길바닥에 누워있거나 밤중에 소동을 일으키기도 했지만, 평소에는 어린아이처럼 선량하고 언제나 다정스러운 미소를 띠고 있었다.

그는 한스에게 달걀 모양의 담뱃갑을 보여 주며, 담배 냄새를 맡아보게도 하고, 때로는 한스한테서 낚시질한 고기를 얻어 버터를 발라 프라이해서 한스를 초대해 함께 먹기도 하였다.

또한 그는 눈알이 유리로 되어 있는 박제된 솔개와 이제는 낡아 빠진 댄스곡을 가늘고 고운 음색으로 들려주는 음악 소리가 나는 낡은 시계도 가지고 있었다.

그리고 또 맨발로 걸어 다닐 때는 반드시 카프스를 달고 있는 나이 많은 기계공 포르시를 모르는 사람도 없을 것이다. 구식 학교의 엄격한 초등학교 교사의 아들로서 성서를 절반이나 외우고 있었고 격언이나 금언 등을 모조리 외고 있었다.

또한 머리가 백발이 되었으면서도 그는 여자들 앞에서 총각 행세를 하며 자주 만취하는 일을 자제하지 않았다. 어떤 때는 취기가 돌게 되면 그는 즐겨 기벤라트의 집 모퉁이의 축대 위에 앉아 행인의 이름을 하나하나 부르면서 많은 격언을 두서없이 외어대기 시작했다.

"야, 한스 기벤라트 꼬마야, 내 이야기를 들어보렴! 지라흐^(구약성서의 잠언)는 가로대 그릇된 충고를 하지 않고 나쁜 마음을 갖지 않는 자는 행복하느니라! 아름다운 나무의 푸른 잎과 같이, 어떤 것은 떨어지고 어떤 것은 다시 살아난다. 우리 인간도 또한 그와 같다. 어떤 자는 죽고 어떤 자는 태어난다고, 그런 거야. 그러면 가도 좋아. 이 바다표범 같은 놈아."

이 포르시 영감은 그의 경건한 격언과는 달리 유령이나 악마와 같은 괴상한 전설적인 이야기를 굉장히 많이 알고 있었다. 또 그는 그런 것들이 나오는 장소도 알고 있었다. 그런데 언제나 자기 자신의 이야기를 혼동하기도 했다. 마치 이야기 자체와 듣는 사람들 모두를 조소하고 있는 것 같았다.

그러나 이야기를 하는 도중에는 점점 겁에 질린 듯이 목을 움츠리고 더욱 목소리를 낮추어 나중에는 소름이 끼치고 몸속에 잦아드는 듯한 속삭임으로 들려주기도 했다.

이 초라하고 좁은 소로에는 무섭고 불투명하고 이해할 수 없는 매력으로 사람을 유혹하는 사건들이 얼마나 많았던가. 자물쇠 장수 뿌레들레는 폐업을 한 후에도 방치해 둔 그의 일터가 아주 황폐해져 버렸지만, 여전히 이 소로에 자리 잡고 있었다.

그는 언제나 반나절 동안은 작은 창가에 걸터앉아 부산한 거리를 우울하게 바라보곤 하였다. 그리고 이따금 다 떨어진 옷을 입고 몰골이 더러운 이웃의 아이가 그의 손에 붙들리기만 하면 그 아이를 못살게 귀나 머리카락을 잡아당기며, 그의 온몸을 파랗게 멍이 들 정도로 꼬집는 것이었다.

그런데 어느 날, 그는 철사줄로 목을 매고 층계에 매달려 있었다. 그 광경이 너무나도 비참하여 아무도 가까이 가려고 하지 않았으나, 늙은 기계공 포르시가 겨우 뒤로 가서 펜치로 철사줄을 끊었다. 그러자 시체는 혀를 쑥 내민 채 그 앞으로 꼬꾸라져 층계를 굴러서 놀란 구경꾼들의 한복판으로 떨어졌다.

그런 이야기를 생각하며 밝고 넓은 게르바 소로로부터 어둡고 습기 찬 매 소로로 들어설 때마다 이상하고 섬뜩한 공기와 더불어 한스를 에워싸는 것은 짜릿한 듯하면서도 무서운 압박감과 호기심과 공포와 긴장감, 행복한 모험적인 예감이 뒤헝클어진 기분이었다.

매 소로는 지금도 유령 이야기나 전설에나 나올 만한 흉측한 일 등이 일어날 수 있는 유일한 장소이며, 마술이나 요괴의 변화 같은 것이 있을 법하고, 또 믿어질 듯한 유일한 장소였다.

그곳에 가면 기괴한 전설이나 추잡한 통속 책을 읽을 때처럼 괴롭기는 하지만 달콤한 전율을 맛볼 수가 있었다. 선생에게 빼앗겨 버린 그 통속 책에는 암흑가의 영웅, 중죄인, 모험가들의 죄상, 처형에 관한 이야기가 씌여져 있었다.

매 소로에는 또 한군데 보통 장소와는 다른 무엇이 있었다. 그곳은 특별한 것을 체험할 수 있는 작은 다락방이나 괴상한 방 안에서 자기를 잊을 수 있는 장소였다. 그곳은 근처에 있는 커다란 피혁 공장의 낡은 건물이었다.

그 어둠침침한 창고에는 크나큰 가죽이 매달려 있었고 지하실에는 비밀통로가 있어 마음대로 드나들 수가 있었다. 이전에 저녁이 되면 리제가 아이들에게 재미있는 동화를 들려준 곳도 바로 이 집이었다.

이 건물은 맞은편 매 소로보다 조용하고 친근감과 인간미는 있으나, 그곳과 큰 차이는 없었다. 굴이나 지하실이며 피혁공들이 가죽을 다루는 넓은 공터에서 방망이로 일을 하고 있는 모습은 매우 재미가 있었다.

정적이 감돌 정도로 넓은 방들은 조용하고 매혹적이기도 했지만, 결코 마음에 들지는 않았다. 횡폭하고 무뚝뚝한 주인을 그들은 식인 종처럼 무서워하고 싫어했지만, 리제는 그 괴상한 집안을 마녀처럼 이리저리 돌아다니며 동네 아이들, 새나 고양이, 강아지들에게 엄마 와 같은 보호자가 되었는데, 재미있는 동화나 노래 구절들을 많이 알고 있었다.

지금 한스의 생각과 기억은 이미 오랫동안 떨어져 있었던 이 세계 속에서 움직이고 있었다. 감당할 수 없는 환멸과 절망으로부터 그는 이미 지나가 버린 행복한 시절로 다시 돌아온 것이었다.

그 무렵에는 그 역시도 많은 희망에 가득 차 있었고, 매우 커다란 마법의 숲과도 같은 세계가 바로 눈앞에 펼쳐져 있는 것같이 보였던 것이다.

그곳에는 가슴이 서늘한 위험이며, 마술에 걸린 보물이며, 에메랄드의 성곽이 신비스러운 숲속에 깊숙이 감추어져 있었다.

그는 이 무서운 숲의 세계로 조금 발을 들여놓았으나 기적이 나타나기도 전에 이미 지쳐 버리고 말았다. 그리하여 또다시 수수께끼의 신비가 감돌고 있는 입구에 추방된 자로서 무위한 호기심을 갖고 서 있는 존재에 지나지 않았다.

두세 번 한스는 매 소로에 가 보았다. 여전히 거기에는 예로부터 운명처럼 깃들어 있는 어두움과 악취와 옛날과 다름없는 구석과 햇빛이 비쳐 들지 않는 음지가 있었을 뿐이다.

문 입구에는 늙은 노인들이 여전히 앉아 있었다. 그리고 불결한 차림을 한 연한 금발의 아이들이 소리를 지르며 뛰어다니고 있었다.

기계공 포르시는 더욱 나이를 먹어 이제는 잘 알아보지도 못했으며, 그가 엉거주춤한 인사를 하여도 비웃는 듯한 떨리는 목소리로 건성 답례를 할 뿐이었다.

가리발디라고 불리던 그로스 요한은 이미 죽은 후였고, 로테 프로뮬러도 역시 마찬가지였다. 우편 배달부 레텔러는 아직 살아 있었다. 그는 어린애들이 음악 소리가 나는 시계를 부숴 버렸다고 하소연을 하였고, 변함없이 한스에게 냄새 나는 담배를 권하기도 하고 구걸을 하려고도 했다.

끝으로 그는 핀켄바인 형제를 물어보았다. 한 사람은 지금 담배 공장에 다니고 있는데 아주 어른이 된 것처럼 폭주를 하고, 또 한 사람은 목부로 일하다가 칼부림 사건을 일으킨 후, 이미 1년 전부터 자취를 감추어 버렸다는 것이었다. 모든 것이 한심스럽고 비참한 인상을 주었다.

또 어느 날, 그는 피혁 공장에 가 보았다. 이 커다란 낡은 건물 안에는 잃어버린 여러 가지의 기쁨과 함께 그의 유년 시절이 숨겨져 있기나 한 것처럼 넓은 공터를 지나 습기 찬 안뜰을 건너 건물 안으로 끌려 들어갔다.

구부러진 층계와 자갈을 깐 현관을 넘어서서 어두운 계단 옆을 지나 손으로 더듬어 다듬이실로 갔다. 그곳에는 가죽이 펼쳐져 있었고 코를 찌르는 듯한 약품 냄새와 함께 갑자기 솟아오르는 추억의 향기를 들이마셨다.

다시 계단을 내려와 뒤뜰로 나가 보니, 그곳에는 가죽의 털과 기름을 빼는 데 쓰는 수액 단지와 함께 그 찌꺼기를 말리기 위한 좁은 지붕이 있는 높은 건조장이 있었다.

예상했던 대로 벽에 붙은 의자에는 여전히 리제가 한 바구니의 감자를 앞에 놓고 앉아서 껍질을 벗기고 있었고, 여러 명의 아이들이 그녀를 둘러싸고 귀를 기울이고 있었다.

한스는 어두운 그늘이 깃든 문턱에 서서 그쪽으로 귀를 기울였다. 아늑한 평화와 안식이 저물어 가는 피혁 공장의 뜰은 온통 노을빛에 물들어 있었다.

판자로 된 담장 뒤를 흐르고 있는 시냇물의 가냘픈 물소리 이

외에는 감자 껍질을 벗기는 리제의 칼 놀리는 소리와 아이들에게 이야기를 들려주고 있는 그녀의 말소리뿐이었다.

아이들은 조용히 웅크리고 앉아서 움직이지도 않았다. 밤중에 어린아이의 목소리가 강 저편에서 들려온다는 성 크리스토펠의 이야기를 리제는 들려주고 있었다.

한스는 잠시 듣고 있다가 살짝 어두운 현관을 빠져 되돌아 나와 집으로 돌아왔다. 이제 그는 두 번 다시 어린애가 될 수 없다는 것과 석양이면 피혁 공장에서 리제의 곁에 앉아 있을 수 없다는 것을 느꼈기 때문이다.

그는 이제부터는 피혁 공장이나 매 소로에 가까이 가지 않기로 작정했다.

이미 가을도 절정으로 무르익어가고 있었다. 어두운 전나무 숲속에서는 활엽수가 노랗게 빨갛게 햇불처럼 빛나고 있었다. 골짜기에 이미 짙은 안개가 두텁게 끼어 있었고 강기슭에는 아침 냉기 때문에 김이 서렸다.

창백한 신학교 학생은 변함없이 매일 교외를 산책하고 있었으나 불유쾌하고 피곤하여 마음만 먹는다면 할 수 있는 조용한 교제도 삼가하고 있었다. 의사는 물약이며 간유며 달걀이며 냉수마찰 등을 권장하였다.

무엇 하나 효험이 없다는 것은 이상한 일이 아니었다. 건강한 생활에는 내용과 목표가 있어야 하는데, 젊은 기벤라트에겐 그것이 상실되어 있었다. 많은 생각 끝에 아버지는 한스를 서기書記로 만들거나 수공업이라도 배우게 하려고 결심하였다.

그러나 소년은 아직 병약했으므로 무엇보다도 먼저 몸에 원기를 돋아 주지 않으면 안 되었지만, 그러나 그의 앞날을 위해서 미리 생각해 두어야만 했다.

처음에 그의 마음을 흔들어 놓았던 자살 기도는 스스로 포기하게 되었다. 이제 자신도 자살을 믿지 않게 된 그 이후부터 한스는 흥분하고 변하기 쉬운 불안한 상태로부터 외곬으로의 우울증에 빠져 있었다. 그리하여 부드러운 진흙탕에 빠져들어 가는 것처럼 서서히 무기력하게 그 속으로 가라앉아 갔다.

지금 그는 가을 들판을 방황하며 계절의 영향에 굴복하고 말았다. 추락해 가는 가을, 고요한 낙엽, 갈색으로 물들어 가는 초원, 짙은 아침 안개, 말라 나뒹구는 마른 잎새 등이 환자의 입장에서 보면 무거운 절망적인 기분과 슬픈 생각으로 그를 휘몰아 가고 있었다.

한스는 그들과 함께 소멸하고, 또 함께 잠들고 함께 죽고 싶다는 감정을 느끼는 것이었으나, 자신의 젊음이 그것을 거부하고 끊임없는 인내로 삶에 집착했기 때문에 더욱 고통스러웠다.

그는 나무들이 노랗게 되고 갈색이 되고 서서히 멀어져 가는 것을 바라보았고, 또 숲속으로부터 피어오르는 안개를 바라보았다.

이제 마지막 과일을 수확한 후에는 생명을 포기한 채 그 누구도 시들어가는 과꽃을 돌아다보려고도 하지 않는 뜰을 바라보았으며, 수영이나 낚시질마저도 끝나고 피혁 공장의 직공들만이 아직도 그 추운 냇가에서 참고 견디며 일하고 있는 둑을 바라보았다.

강기슭에는 며칠 전부터 과즙을 짜느라고 모두가 바쁘게 움직이고 있었기 때문에 어느 거리에서도 과즙 냄새를 맡을 수가 있었다.

아랫마을 물방앗간에서는 구두방 플리크 아저씨도 작은 착즙기를 빌려와 과즙을 짜면서 한스를 불렀다.

물방앗간의 작은 앞뜰에는 크고 작은 착즙기, 손수레, 과일을 가득 담은 광주리와 부대, 물통, 들통, 양철통, 단지, 산더미 같은 갈색의 찌꺼기, 나무 지게, 운반구 등이 어지럽게 널려 있었다. 착즙기가 움직이고 있어 삐걱거리고 찍찍 소리를 내기도 하고 앓는 소리, 떠는 소리를 내기도 하였다.

착즙기는 녹색의 래커칠이 칠해져 있었는데, 그 녹색은 찌꺼기의 황갈색과 사과 광주리의 색깔, 담록색의 마을, 맨발의 어린이들과 맑은 가을 하늘의 햇빛과 어울려서 환희와 삶의 쾌감, 만족감과 매혹적인 인상을 보는 사람에게 가져다주었다.

압축되면서 바스러지는 사과가 내는 소리는 신맛으로 식욕을 돋우는 것 같았다. 통 속에서는 물줄기를 이루며 짜낸 달고 청신한 과즙이 적황색으로 햇빛을 받으면서 흘러나왔다.

이곳에 와서 그 광경을 보는 사람은 누구나 한 잔을 청해서 맛을 보지 않을 수 없는 충동을 느꼈다. 그러고는 그 자리에 조용히 서서 눈물을 글썽이며 달콤하고 상쾌한 흐름이 몸속으로 흘러 내려가는 황홀함을 맛보았다.

끝내 이 달콤한 과즙은 즐겁고 강렬한 감미로운 향기로써 마을을 감싸고 있는 대기에 충만되는 것이었다. 이 향기야말로 지난 1년을 두고 가장 훌륭한 것으로서 성숙과 수확의 완성이었다.

다가오는 겨울을 앞두고 그러한 향기를 들이마실 수 있다는 것은 자연의 축복이었다. 왜냐하면 거기에서 사람들은 감사한 마음을 갖고 여러 가지 많은 훌륭한 것들을 기억하기 때문이다.

포근한 5월의 비, 짙고 크게 내리는 여름비, 차가운 가을 아침의 이슬, 부드러운 봄날의 햇빛 등등. 무더운 여름의 작열, 하얗게 빨갛게 빛을 반짝이는 꽃, 수확 전의 완숙한 적갈색의 열매, 그리고 서서히 변하는 계절과 함께 찾아오는 모든 아름다운 것과 즐거운 것들.

그것은 누구에게나 열광의 시기였다. 돈 많은 사람이건 가난한 농부이든 간에 평민적인 마음으로 살집이 좋은 사과를 손에 들고 무게를 가늠해 보기도 하고, 사과 부대를 세어 보기도 하며 은으로 만든 잔으로 맛을 보기도 했다.

또한 과즙 속에 한 방울의 물도 들어가지 않게 하라고 두루 간섭하기도 했다. 가난한 사람들은 단 한 부대밖에 과일을 갖지 못했으나, 컵이나 질그릇으로 맛을 보기도 하고 또 맛을 보아가며 물을 타기도 했다. 그러나 만족하고 즐거운 기분은 부자와 조금도 다름이 없었다.

여러 가지 이유로 과즙을 짜지 못하는 사람들은 친지와 이웃의 착즙기를 찾아다니며 여기저기에서 한 잔씩 얻어먹고 그들이 사과를 주머니에 넣어 주면 못 이기는 체 받아두곤 했다. 그리고는 그 방면에 대해서 전문적인 용어를 써가면서 자신의 지식을 과시하였다.

또 한편에서는 가난한 집 아이건 부잣집 아이건 간에 작은 잔을 들고 돌아다녔다. 그들의 손에는 제각기 베어먹던 사과와 빵 조각을 들고 있었다. 그것은 과즙을 짤 때에 빵을 실컷 먹어두면 후에 배탈이 나지 않는다는 근거 없는 전설이 옛날부터 전해 내려오고 있기 때문이다.

어린애들의 소동은 별도로 치더라도 무수한 고함 소리가 한데 어울려 있었다. 그리고 어느 소리나 분주하고 흥분되어 들떠있었다.

"오오, 한스야, 이리 오너라! 나한테로……. 한 잔 마시지 않겠니!"

"정말 고맙습니다. 이젠 배가 아플 지경이에요."

"백 파운드에 얼마 주었나?"

"4마르크, 아주 최고급품이죠. 그럼 맛 좀 볼까요?"

이따금 귀찮은 일도 일어났다. 사과 자루가 터져서 사과가 전부 땅바닥으로 뒹굴었다.

"이거 큰일 났군. 내 사과야! 모두 좀 도와주시오."

모두들 도와서 주워 주었으나 다만, 두세 명의 개구쟁이들만이 그사이에 슬쩍 집어넣으려고 하였다.

"이놈들아, 그렇게 슬쩍 하면 안 돼! 먹으려면 떳떳하게 나에게 말하렴. 훔치는 건 나쁜 일이야. 거기 놓지 못하겠느냐, 이놈아."

"어, 이웃 친구, 너무 그렇게 재지 말게! 한 알만 줘 봐."

"야, 꿀맛이로군! 아주 달아. 도대체 얼마나 만들었나?"

"두 통뿐이야. 그렇지만 진액이야."

"한더위에 짜지 않은 게 다행이었어. 한여름이었더라면 그대로 다 마셔 버렸을 테니까."

예년이나 다름없이 서너 명의 골 사나운 노인들이 얼굴을 내밀었다. 그들은 이미 오랫동안 자신들이 과즙을 짜는 데는 직접 참여하지 않았지만, 무엇이나 잘 알고 있었다. 한참 바삐 일하는 것을 참견하면서 그냥 얻은 거나 다름없이 과일이 손에 들어왔다는 옛날이야기를 하였다.

그때는 무엇이든지 훨씬 더 값싸고 품질도 좋았으며, 설탕을 탄다든지 하는 일은 전혀 알려지지도 않았고, 그 당시에는 나무에 열매를 맺는 것부터가 지금과는 달랐다고 했다.

"그때는 정말 수확이라고 떠들 수 있었지. 나도 사과나무 한 그루를 가지고 있었는데, 그것만으로도 5백 파운드나 딸 수가 있었으니까 말이야."

그러나 시대가 달라졌지만 염치없는 노인들은 금년에도 실컷 맛보는 것을 잊지 않았다. 아직 이빨이 있는 노인들은 제각기 사과를 베어 먹으면서 열심히 돌아다녔다. 뿐만 아니라 어떤 노인은 커다란 배를 서너 개나 무리해서 먹었기 때문에 심한 복통을 일으키기까지 했다.

"정말이지……"

그 노인은 허풍을 떨었다.

"예전에는 이런 것쯤은 열 개나 거뜬히 먹었는데……"

이렇게 말하고는 한숨을 쉬면서 배를 열 개나 먹어도 배탈이 나지 않던 시절을 회상했다.

플리크 아저씨는 북적거리는 사람들 한복판에다 착즙기를 내다 놓고는 나이 든 제자의 손을 빌리고 있었다.

사과는 바덴에서 구입한 것이어서 그의 과즙은 어느 해나 상품이었다. 그는 은근히 만족해하는 눈치였고 '조금 맛보는 것'이면 어느 누구도 거절하지 않았다. 더욱 만족하고 있는 사람은 그의 두 아들이었다. 아이들은 그 일대를 뛰어다니며 기쁜 듯이 혼잡한 사람들 틈을 헤치고 다녔다.

그러나 겉으로 나타내진 않았지만 가장 만족하고 있는 사람은 그의 제자였다. 그는 두메산골에 사는 가난한 농가 출신이었는데, 오늘만큼은 밖에서 마음껏 움직이며 일할 수 있다는 것이 온몸에 배어 있어 더할 나위 없이 즐거웠다.

최상품의 과즙 맛이 그에게는 별미였다. 그의 건장한 시골 청년다운 얼굴은 다소 천박할 만큼 건강한 이빨을 드러내며 웃고 있었고, 구둣방 직공 같은 그의 손도 오늘은 어느 일요일보다도 깨끗하였다.

한스 기벤라트는 과즙 짜는 장소에 오자, 처음에는 안정할 수 있었으나 시간이 지나자 불안스러워하고 있었다.

그가 이곳에 온 것은 오고 싶어서 온 것이 아니었다. 그러나 맨 처음 착즙기에서 짜낸 과즙 잔이 내밀어졌다. 그것을 준 사람은 나숄트의 리제였다.

그는 맛을 보았다. 과즙을 마시는 동안 달콤하고 강한 과즙 맛과 더불어 유년 시절에 보냈던 가을날의 즐겁던 여러 가지 추억들이 되살아났고 동시에 그들과 같이 어울려 유쾌하게 보내고 싶다는 은근한 욕망이 생겼다.

안면이 있는 마을 사람들이 말을 걸어오고 몇 차례 과즙 잔이 내밀어져 한스가 플리크의 착즙기가 있는 곳까지 왔을 때에는 완전히 다른 사람과 함께 휩쓸려 유쾌한 기분이 되었고 과즙의 포로가 되어 기분도 전환되어 있었다.

완전히 가벼운 기분으로 구둣방 아저씨에게 인사를 하고 과즙을 짤 때의 여흥으로 두어 마디 유머를 던져보았다. 구둣방 주인은 놀라움을 감추며 기쁘게 그를 반겨 주었다.

반 시간쯤이 지났을 때 푸른색 스커트를 입은 처녀가 이쪽으로 다가와 플리크와 그의 제자에게 미소를 던지며 일을 거들기 시작했다.

"응, 그래!"

하고 구둣방 아저씨는 말하였다.

"이 아이는 하일브론에서 온 내 조카란다. 물론 얘는 이런 수확에 대해서는 익숙하지 못해. 이 아이의 고향에서는 포도가 많이 나서 우리와는 다르지."

그녀는 열여덟이나 아홉쯤 되어 보였고 저지대 지방에서 온 것처럼 몸이 가볍고 명랑하였다. 키는 크지 않았으나 훌륭했고, 균형이 잘 잡혀 있었다. 약간 둥근 얼굴에 다정스러운 검은 엠마라는 이름으로 소개되었다. 눈과 키스를 하고 싶은 예쁜 입은 쾌활하고 영리해 보였다.

어쨌든 그녀의 모습은 건강하고 명랑한 하일브론의 처녀다운 면모를 보여 주었지만, 아무래도 신앙심 깊은 구두 장수의 친척처럼 보이지는 않았다.

아무리 살펴보아도 그녀는 어디까지나 이 속세의 처녀였으며, 그녀의 눈매는 밤마다 성서나 고츠너의 『보석상자』를 읽는 것을 습관으로 삼은 그런 눈은 아니었다.

한스는 갑자기 당황한 표정이 되어 엠마가 곧 가 주었으면 하고 마음속으로 바랐다. 그러나 그녀는 그 자리를 뜨지 않고 웃고 조잘거리며 어떠한 농담에도 일일이 응수하였다. 한스는 오히려 자기 자신이 부끄러워 아무 말도 하지 않고 있었다.

상대방에 대한 예의로 '당신'이라고 불러 주어야만 할 젊은 처녀와 대화를 나눈다는 것은 그렇지 않아도 견디기 어려운 일이었는데, 이 처녀는 아주 활발하게 떠들어 댔다. 또한 그녀는 그가 수줍어하고 있다는 것은 문제도 삼지 않았기 때문에 더욱 당황하지 않을 수 없었다.

그리하여 기분이 상한 나머지, 마치 수레바퀴에 닿은 달팽이와 같이 촉각을 움츠리고 껍질 속으로 들어가 버렸다. 그는 아예 입을 다물고 싫증이 난 것같이 보이려고 했으나 잘되지 않아 마치 방금 누가 죽기라도 한 듯 얼굴을 찌푸렸다.

아무도 한스의 그런 속마음을 눈치챌 사이가 없었다. 엠마는 더욱 그랬다. 한스가 전해 들은 바에 의하면 그녀는 2주일 전부터 플리크의 집에 손님으로 와 있었으나 벌써 마을 사람들 대부분 알고 있었다.

또한 그녀는 아무한테나 쫓아다니면서 새로 짠 과즙의 맛을 보기도 하고 수다를 놀라울 정도로 부리며 웃고 열심히 일을 거드는 척하였다. 또한 어린애들을 안고서는 사과를 주기도 하며 주위에 수다스러운 웃음과 즐거운 분위기를 만들어 놓았다.

때로는 길 가는 아이를 붙잡고는 "사과 줄까?" 하며 빨갛고 큼직한 사과 하나를 집어 들고는 양손을 등 뒤로 감추고서 "오른쪽? 왼쪽?" 하면서 맞추게 하였다. 그러나 사과는 아이들의 대구에 한 번도 맞는 예가 없었고, 이에 아이들이 투덜거리기 시작하면 그때서야 겨우 사과 하나를 내주는 것이었다.

그것은 잘 익지 않는 작고 푸른 사과였다. 그녀는 한스의 이야기

도 들어서 알고 있는 것 같았다,

"당신이 늘 두통에 시달리는 분이예요?"

하고 물었으나, 한스가 대답도 하기 전에 그녀는 이미 옆에 있는 사람을 상대로 다른 이야기에 휩쓸려 들어가 있었다.

한스가 슬그머니 막 집으로 돌아가려고 하는데 플리크 아저씨가 그의 손에 착즙기의 핸들을 쥐여주었다.

"자, 좀 더 계속해 주렴. 엠마가 도울 테니까. 나는 이제 일터에 가봐야겠어."

구둣방 주인은 가버리고 말았다. 제자에게는 아주머니와 함께 과즙을 운반해 오라고 일렀다. 그래서 한스는 엠마와 단둘만 착즙기 옆에 남게 되었다. 그는 일을 악물고 적을 대하고 있는 것처럼 일을 하였다.

왜 이렇게 핸들이 무거운가 싶어 이상하게 생각하며 한스가 얼굴을 쳐들자 엠마가 큰 소리로 웃어대는 것이었다. 그녀가 반대쪽을 잡고 있었던 것이다. 한스가 화가 나서 다시 잡아당기자, 그녀는 또 버티었다.

한스는 아무 말도 하지 않았다. 그렇지만 반대편에서 그녀가 핸들을 잡고 있는 동안 갑자기 한스는 부끄러움을 느끼며 당황했다. 그러는 동안 핸들 돌리는 일을 완전히 그만두고 말았다. 그는 달콤한 불안에 사로잡혔다.

젊은 처녀가 대담하게도 그의 얼굴에 웃음을 던졌을 때에는 웬일인지 다정스러워 보이기까지 했다. 그와 동시에 다소 서먹서먹한 기분이 들기도 했다. 그때 그도 약간 웃었다. 그러나 어딘지 좀 부자연스러웠다.

그래서 핸들은 완전히 멎어버렸다. 그러자 엠마가 "너무 힘들게 일하지는 말아요."라고 말하면서 그녀가 막 입을 대고 마시다 만 반쯤 찬 컵을 그에게 내밀었다.

이 한 모금은 상당히 강하고 전에 마셨던 것보다 더욱 단 것처럼 생각되어 컵 속을 들여다보았다. 그러자 심장의 고동이 빨라지며 호흡이 답답해지는 것을 느꼈다.

그리고 두 사람은 다시 일을 했다. 그러나 지금 자신이 무슨 일을 하고 있는지 얼떨떨했으며, 그때 스커트가 자기 곁을 스치며 엠마의 손이 자기의 손과 닿을 수 있는 위치로 가까이 옴을 느꼈다.

그러자 그의 심장은 두근거림 속에 불안한 환희로 숨이 막혔고 흐뭇하고 달콤한 현기증이 엄습하여 무릎이 약간 떨렸으며 머릿속은 핑핑 돌고 귀에서 윙윙 소리가 나면서 어지러웠다.

자기가 무슨 이야기를 하고 있는지 자신도 알 수가 없었다. 그러나 그녀의 이야기를 듣고 대답하면서 그녀가 웃으면 자기도 따라 웃었다. 그런 다음에 그녀의 손에서 두 번째 컵을 받아 과즙을 마셨다. 동시에 숱한 추억이 그의 머릿속을 스쳐 지나갔다.

저녁 무렵이 되면 남자들과 어울려 문간에 서 있었던 가정부들의 모습, 이야기책 속에 나오는 기억할 만한 문장, 헤르만 하일너에게서 받은 키스, 거기에 "애인이 생긴다면 어떤 여자일까"라고 한 많은 이야기와 소설, 학생들 간의 애매한 회화 등이 머릿속을 오고 갔다. 그리고 그는 산을 올라가는 노새처럼 가쁜 숨을 몰아쉬었다.

모든 것이 변했다. 주위 사람들도, 분주한 움직임도 화려하게 웃는 구름과 같은 것에 모두 녹아들고 말았다. 하나하나의 목소리며 욕지거리며 웃음소리가 하나의 혼잡 속으로 사라져 버렸고, 강이며 낡은 다리는 멀리 한 폭의 그림처럼 보였다.

엠마의 모습도 달리 보였다. 한스는 더 이상 그녀의 얼굴을 보고 있는 것은 아니었다. 검고 맑은 눈과 붉은 입술과 그 속에 드러난 하얀 이빨 외에는 아무것도 보이지 않았다. 그녀의 겉모습은 전혀 보이지 않았다. 오직 그의 눈에 보이는 것은 하나하나의 그녀의 부분뿐이었다.

검은 양말을 신은 낮은 구두가 보였고, 목덜미에 흐트러진 곱슬머리가 보였으며, 푸른 스카프 속에 감추어진 햇볕에 그을린 둥근 목덜미가 보였고, 건강한 어깨와 그 밑에서 크게 내쉬고 있는 숨결과 빨갛게 비치는 귀가 보일 뿐이었다.

그때 그녀는 컵을 물통 속에 떨어뜨렸다. 그리고 그것을 주우려고 허리를 굽혔다. 그러자 물통 모서리에 그녀의 무릎이 그의 손목을 눌렀다. 그도 느린 동작으로 허리를 굽혔다. 하마터면 그의 얼굴이 그녀의 머리카락에 닿을 뻔했다. 그녀의 머리에서는 향내가 약간 풍기고 있었다.

그 아래로 흘러내린 곱슬머리의 그늘 속에 아름다운 목덜미가 갈색으로 빛나고 있었고 파란 겉저고리 속에 감추어져 있었다. 그 저고리는 유리 단추가 단단히 채워져 있었으며 그 틈 사이로 목덜미가 조금 들여다보였다.

엠마가 다시 몸을 일으켰을 때, 그녀의 무릎이 그의 팔을 스쳤고 머리카락이 한스의 뺨에 가볍게 닿았다. 허리를 굽히고 있었기 때문에 그녀의 얼굴은 약간 상기되어 있었다.

한스는 온몸이 떨리는 것을 느꼈다. 그의 얼굴은 창백해졌고, 순간 깊은 피로감을 느꼈으며 착즙기의 손잡이에 매어 달리지 않으면 안 되었다. 심장은 경련을 일으키듯 두근거렸고 팔은 힘이 빠지고 어깨는 아팠다.

그때부터 그는 거의 한마디의 말도 하지 않았고 애써 그녀의 눈을 피했다. 그 대신 그녀가 다른 데로 시선을 돌리면 아직껏 맛보지 못한 쾌감과 비굴한 양심이 뒤섞인 기분으로 그녀를 훔쳐봤다.

이때 그의 가슴 속에서는 무엇인가가 끊어지는 듯하면서 길게 뻗친 푸른 해안이 있는 이국적이고 신기하며 매력적인 새로운 세계가 그의 영혼 앞에 열려지는 것이었다.

이 불안함과 달콤한 고통이 무엇을 의미하는지 그는 깨닫지 못했다. 그저 막연하게 느낄 뿐이었다. 고통과 쾌감의 무분별함 때문에 어느 편이 더한 것인지 알지 못했다.

그러나 그러한 쾌감은 그의 젊음에 넘친 사랑의 승리와 생명의 최초의 예감을 의미하는 것이었다. 그리고 그 고통은 아침의 평화가 깨어지고 두 번 다시 찾아볼 수 없는 어린이의 세계가 그의 영혼으로부터 떠났다는 것을 의미하고 있었다.

최초의 난파를 간신히 면한 그의 조각배는 이제야 비로소 새로운 폭풍의 거대한 위력과 기다리고 있는 심연과 위험하기 그지없는 암초로 접근해 들어간 것이다. 최상의 지도자를 가진 청년도 이 길을 뚫고 나가는 안내자를 만난다는 것은 불가능하다. 자기 자신의 힘으로 활로를 찾아내지 않으면 안 되었다.

때마침 구둣방 제자가 돌아와서 착즙기의 작업을 교대해 주었다. 한스는 잠시 동안 그대로 있었다. 다시 한번 엠마와 접촉해 보거나 친절한 말 한마디라도 걸어주기를 바라는 마음에서였다.

엠마는 다른 곳으로 돌아다니면서 일을 시작했다. 한스는 잠시 후에 인사도 하지 않고 슬그머니 집으로 돌아갔다.

모든 것이 이상스럽게 변하여 그의 마음을 사로잡고 있었다. 가을 추수철에 살찐 참새들이 짹짹거리며 날고 있는 하늘이 이토록 높고 푸르렀던 적이 한 번도 없었고, 냇물이 이처럼 깨끗한 청록색으로 빛난 적이 없었다. 또 방파제가 눈이 부시도록 하얗게 거품이 일던 적도 없었다.

어느 것이나 모두가 방금 그린 그림처럼 환하게 비치는 새로운 유리판 뒤에 서 있는 듯이 깨끗하게 보였다. 모든 것이 큰 축제를 기다리고 있는 것같이 보였다. 자신의 가슴 속에도 신기할 만큼 대담한 감정과 황홀한 희망이 가슴을 조이는 듯이 강렬하고 불안하게 그러나 달콤하게 파도치고 있는 것이 느껴졌다.

하지만 이것은 엷은 꿈에 지나지 않으며 결코 진실이 될 수 없다고 하는 의아스러운 불안이 따르고 있었다. 이 분열된 감정은 몰래 끊임없이 솟아오르는 샘이 되었다. 그리고 무엇인가 아주 강렬한 것이 그의 가슴 속에서 자유롭게 되어 날개를 펼치려고 하는 듯한 기분이 들었다.

어쩌면 그것은 흐느낌이거나 노래이거나 통곡, 커다란 웃음이었을 것이다. 이 흥분은 집에 돌아와서야 비로소 진정되었다. 물론 집안은 모든 것이 평소와 다름없었다.

"어디에 갔었니?"

아버지가 물었다.

"구둣방 플리크 아저씨한테요."

"그 사람은 몇 통이나 짰니?"

"두 통쯤 되나 봐요."

아버지에게 과즙을 짤 때 플리크 아저씨의 아이들을 불러 줄 것을 부탁드렸다.

"물론이지."

아버지는 중얼거렸다.

"다음 주일에 하자. 그때에는 모두 데리고 오너라."

저녁 식사를 하려면 거의 한 시간가량이 남아 있었다.

한스는 뜰로 나갔다. 두 그루의 전나무 외에는 푸른 빛깔이라곤 거의 없었다.

무심코 그는 개암나무 가지 하나를 꺾어서 그것을 공중으로 휘둘러 마른 잎사귀들을 떨어뜨렸다. 해는 이미 서산에 숨어 버렸다.

산의 검은 윤곽은 희미하게 가느다란 선을 이룬 뾰족뾰족한 전나무 끝에서 초록색이 감도는 파란 색깔이 맑게 개인 저녁 하늘을 갈라놓고 있었다.

잿빛으로 길게 뻗은 구름이 노란 갈색을 띤 저녁노을을 비추면서 희미한 황금빛 대기를 누비고 마치 귀향을 재촉하는 배처럼 천천히 한가롭게 골짜기 쪽으로 흘러갔다.

저녁 무렵의 풍만하고 무르익은 아름다움에 이상스럽게도 마음을 빼앗긴 한스는 뜰 안을 별 볼일 없이 거닐고 있었다. 이따금 걸음을 멈추고 눈을 감으며 엠마의 모습을 그려보기도 하였다.

착즙기 옆에서 자기와 마주 서 있던 모습, 그녀의 잔에 남아 있던 과즙을 자기에게 마시게 해주었던 일, 통 위에 엎드렸다가 얼굴이 빨갛게 상기되어 일으켰을 때의 모습을 다시 그려보려고 노력하였다.

그녀의 머리카락, 꼭 째이는 옷을 입은 자태, 검은 머리카락 때문에 갈색으로 그늘진 목덜미가 그의 눈앞에 떠올랐다. 그 모든 것이 쾌감과 전율로써 그의 마음을 가득 채웠다. 다만 그녀의 얼굴만은 아무리 해도 윤곽을 잡을 수가 없었다.

해가 이미 기울었는데도 그는 찬 기운을 느끼지 못했다. 점점 더 깊어가는 황혼은 이름 부를 수 없는 비밀로 가득 찬 면사포처럼 느껴졌다. 그것은 하일브론의 처녀에게 사랑의 마음을 품고 있다는 것을 알고 있으면서도, 그의 핏속에 남성이 눈을 뜨고 약동하기 시작한 것을 그는 단지 막연하고 기이한 상태로 밖에는 풀지 못하였기 때문이었다.

저녁 식사 때, 옛날부터 그는 변함없는 환경의 한복판에서 이제는 완전히 변해 버린 자신이 앉아 있다는 것이 이상하게 느껴졌다.

아버지, 늙은 가정부, 식탁, 세간살이까지 방안의 모든 것이 갑자기 낡았거나 퇴색하여 버린 것처럼 보였다.

그는 이제 막 긴 여행에서 돌아오기라도 한 것처럼 놀라움과 서먹서먹함과 그리움을 갖고 바라보았다.

지난날 무서운 나뭇가지에 추파를 던지고 있던 그 당시처럼 똑같은 사람들과 똑같은 사물을, 이별을 하는 사람의 애상이 뒤섞인 우월감을 갖고 바라보고 있었으나, 지금은 놀라고 미소 짓고 또다시 자신의 소유물이 된 것 같은 기분이었다.

저녁 식사를 마치고 한스가 막 자리를 일어서려고 할 때 아버지는 거리낌 없이 다음과 같이 말하였다.

"한스야! 너 기계공이 되고 싶은 생각은 없니? 그렇지 않으면 서기가 되어보던지?"

"왜요?"

한스는 소스라치게 놀라며 되물었다.

"내주 말에는 기계공 슐러와 만나기로 했다. 또 그다음 주에는 읍사무소 서기 견습생으로 들어갈 수 있으니까 잘 생각해 보아라. 내일 또 이야기하자."

한스는 일어나 밖으로 나왔다. 갑작스러운 질문에 혼란이 왔다. 수개월 전부터 떠나 있었던 하루하루의 활발하고 생기있는 생활이 뜻밖에도 눈앞에 나타나서 유혹하는 얼굴과 위협하는 듯한 얼굴을 갖고, 무엇인가를 약속하기도 하고 요구하기도 했다.

하지만 그는 진심으로 기계공도 서기도 되고 싶지 않았다. 수공업의 가혹한 육체노동을 그는 두려워하고 있었다. 그러자 학교 시절의 친구였던 아우구스트의 생각이 머리에 떠올랐다. 그는 지금 기계공이 되어 있으므로 그에게 물어보면 좋을 듯싶었다.

그 일에 대해 곰곰이 생각하고 있는 동안 그의 얼굴은 점점 흐려져 갔다. 이런 문제는 그토록 서두를 만큼 중요한 일은 아닌 것 같았다. 지금 그에게는 마음을 사로잡고 있는 무엇인지 모를 어떤 다른 것이었다.

그는 초조한 발걸음으로 현관 앞을 어슬렁거렸다. 그러다가 갑자기 모자를 집어 들고 집을 나와 서서히 거리로 나섰다. 어떻게 해서든지 엠마를 한 번 더 만나보아야만 되겠다는 결심을 한 것이다.

벌써 어둠이 짙었다. 근처 요릿집에서는 고함소리와 목쉰 노랫소리가 들려왔다. 불이 켜진 창문들이 이곳저곳에 희미하고 약한 빨간 불빛을 어두운 밖으로 비쳤다.

젊은 처녀들의 긴 행렬이 손에 손을 잡고 큰소리로 웃기도 하고 떠들면서 가벼운 발걸음으로 작은 골목길을 내려가 희미한 불빛 속에 흔들리면서 청춘과 환희의 따뜻한 파도처럼 거리를 지나갔다.

한스는 오랫동안 그들을 바라보며 전송하고 있었다.

그의 심장의 맥박이 목구멍까지 고동쳐 왔다. 저쪽 어디선가 커튼이 드리워진 창문 안에서 바이올린을 켜는 소리가 들렸다.

우물가에서는 한 여인이 상치를 씻고 있었고 다리 위에는 두 사람의 젊은이가 각각 애인을 데리고 산책하고 있었다. 한 사람은 처녀의 손을 가볍게 잡고 팔을 흔들면서 여송연을 피우고 있었고 또 한 쌍은 바싹 달라붙어서 천천히 옆으로 걸어가고 있었다. 그 젊은이는 처녀의 허리를 감고 있었는데 여자는 어깨와 머리를 그의 가슴에 파묻고 있었다.

그런 광경은 한스도 헤아릴 수 없을 만큼 많이 보았기 때문에 그리 관심을 갖지 않았으나 지금에 와서는 그것의 숨은 의미를 알 것도 같았고 분명치는 않으나 마음을 끄는 달콤한 의미를 갖고 있었다.

그의 시선은 두 쌍의 남녀에게 쏠렸다. 그의 공상은 황홀한 예감을 갖고 어디로인가 달려가고 있었다. 안타깝도록 마음속 깊숙이까지 동요를 일으켜 그는 자기가 어떤 커다란 비밀에 접근해 있음을 느꼈다. 그 비밀이 감미로운 것인지 무서운 것인지는 그 자신도 알 수 없는 혼돈이었으나 그 뭔가 한끝을 떨면서 느낄 수가 있었다.

그는 얼마 동안을 걷다가 플리크 아저씨의 집 앞에 멈춰 섰으나 안으로 들어갈 용기는 나지 않았다. 안에 들어가서 무엇을 하고 무슨 얘기를 해야 좋을지, 그는 열한 두어 살 되던 소년 시절에 자주 놀러 왔던 일을 회상하지 않을 수 없었다.

그 무렵 플리크 아저씨는 그에게 성경 이야기를 들려주었으며, 지옥이며 악마며 성령에 관해서 꼬치꼬치 묻는 그의 질문에 대해서 자세히 대답해 주었던 것이다. 그것은 아름답지 못한 추억으로써 그의 마음을 어둡게 하였다.

자기 자신이 무엇을 하고 싶어 하며, 정말 자신이 원하고 있는 것이 무엇인지 전혀 알 수가 없었다. 그러나 자신이 무엇인가 비밀스러운 것, 금지당한 일 앞에 서 있다는 것만은 부정할 수 없었다. 정정당당 하게 안으로 들어가지 않고 어두운 문 앞에 서 있는다는 것은 플리크 아저씨에 대해서도 옳지 못한 일인 것 같았다.

만일 자기가 이곳에 서 있는 것을 본다든지, 지금이라도 플리크 아저씨가 문을 열고 나온다든지 하면 아마도 그를 꾸짖지 않고 조소를 할 것이다. 한스는 그것이 제일 두려웠다.

그는 발소리를 죽여 집 뒤로 갔다. 그곳에서는 울타리 너머로 불이 켜진 방안이 보였다. 주인은 보이지 않았다. 부인은 무엇인가 바느질이나 뜨개질을 하고 있는 것 같았으며, 큰아이들은 아직도 자지 않고 책상에 앉아 공부를 하고 있었다.

엠마는 설거지를 하고 있는지 왔다 갔다 하고 있었기 때문에 잠깐씩 보일 뿐이었다. 주위는 아주 고요했다. 이따금 먼 곳으로부터 거리의 발자국 소리가 들렸고, 뜰 저편으로부터는 개울의 낮은 물소리가 똑똑히 들려왔다. 어둠과 밤의 냉기는 급속도로 더하여졌다.

거실로 통하는 캄캄한 복도에는 작은 창문이 있었다. 한참 후에 이 작은 창에 분명치 않은 그림자가 나타나더니 몸을 밖으로 내밀고 어둠 속을 바라보고 있었다. 한스는 그 그림자 같은 모습이 엠마라는 것을 알았다. 불안한 기대로 해서 그의 심장이 멎어버릴 것 같은 벅참을 느꼈다.

그녀는 창가에 서서 오랫동안 조용히 이쪽을 바라보고 있었다. 그녀에게 자기가 보이는지 또 알고 있으면서도 모른 체 하고 있는지 한스로서는 알 수 없는 일이었다. 그는 꼼짝도 하지 않고 그녀를 뚫어지게 쳐다보았다. 그리고 불안함을 느끼면서 그녀가 자기라는 것을 알아주었으면 하고 안타깝게 바라면서도 동시에 그것을 두려워하고 있었다.

곧이어 희미한 그림자가 창문으로부터 사라지자 조그만 뜰의 문이 열리더니 엠마가 밖으로 나왔다. 한스는 너무 당황해서 달아나고 싶었으나 엉거주춤한 채 그대로 울타리 곁에 서 있었다. 그리고 그녀가 어두운 뜰을 지나 천천히 그에게로 걸어오고 있는 것을 보았다.

그녀가 한 발짝 가까이 다가올 때마다 한스는 달아나려고 마음이 조급했으나 무엇인가 한층 더 강한 힘에 붙잡혀 있었다.

엠마는 바로 그의 앞에 섰다. 낮은 담장이 두 사람 사이에 있을 뿐 그들은 반 발짝의 간격도 되지 않았다. 그녀는 그를 의아스러운 표정을 지우며 뚫어지게 쳐다보았다. 그러면서 둘은 꽤 오랫동안 아무 말도 하지 않았다. 이윽고 그녀가 낮은 목소리로 말했다.

"당신 무슨 일이에요?"

"아무것도 아냐."

그가 말했다.

그녀가 그를 '당신'이라고 다정스럽게 부른 것이, 마치 자신의 살결이라도 어루만져 주는 것처럼 느껴졌다.

엠마는 울타리 너머로 손을 내밀었다. 한스는 수줍은 듯이 그러나 정답게 그녀의 손을 잡고 약간 힘을 주었다.

그녀가 손을 빼려고 하지 않는다는 것을 안 한스는 용기를 내어 처녀의 따뜻한 손을 조심스럽게 어루만졌다. 그래도 그녀가 아무런 동요 없이 가만히 있자, 그는 그녀의 손을 자기의 뺨에 갖다 댔다. 스며드는 듯한 쾌감과 체온이 전해져 오는 야릇하면서도 행복한 피로가 그를 에워쌌다.

이제 그의 주위의 공기는 따뜻하고 남풍과 같은 습기로 차 있었다. 그에게는 길도 뜰도 보이지 않았고, 다만 자기 앞에 있는 얼굴과 검은 머리카락의 흐트러짐만이 보일 뿐이었다.

그때 여자의 아주 낮은 소리가 아련히 들려왔다.

"내게 키스해 주시지 않겠어요?"

마치 그 소리는 아주 머나먼 밤하늘의 어디선가 울려오는 것 같았다.

하얀 얼굴이 바싹 가까이 왔다. 몸무게 때문에 담장의 판자가 약간 밖으로 밀려났다. 향긋한 내음이 풍기는 헝클어진 머리카락이 한스의 이마를 스쳤다. 눈꺼풀과 까만 속눈썹이 그녀의 감은 눈이 바로 한스의 눈앞에 있었다.

두려움에 떨고 있는 입술이 그녀의 입술에 닿았을 때 격렬한 전율이 그의 온몸을 휩쓸었다. 그는 순간적으로 떨려서 뒤로 엉거주춤했다. 그녀는 두 손으로 그의 머리를 부여잡고 자기 얼굴을 한스의 얼굴에 내리누르면서 입술을 놓아주지 않았다.

순간 한스는 그녀의 입술이 불타오르는 것을, 또 그의 입술을 내리누르면서 마치 그의 생명을 들이마셔 버리기라도 할 듯 빨아들이는 통증에 온몸이 나른해짐을 느꼈다.

여자의 입술이 떨어지기 전의 떨리는 쾌감은 정신이 흐려지는 피로와 고통으로 변하였다. 엠마가 입술을 떼었을 때, 그는 비틀거리면서 경련을 일으키듯 손가락으로 울타리를 단단히 붙들었다.

"내일 밤에 또 와요."

엠마는 이렇게 말하고 서둘러 집 안으로 들어갔다.

그녀가 들어간 지 채 5분도 지나지 않았는데, 한스에게는 꽤 오랜 시간이 흘러간 것 같았다.

그는 흐린 눈빛으로 그녀를 지켜보면서 여전히 담장을 붙잡은 채 너무나 피로한 나머지 한 걸음도 걷지 못할 것 같은 황홀한 환각 속에서 자신의 피가 흐르는 소리를 들었다.

피는 그의 머릿속에서 방망이질을 하며 고르지 못한 괴로움의 거센 파도를 일으키면서 심장을 넘나들며 그의 호흡을 멎게 하였다.

어둠의 건너편, 밝은 불빛이 있는 방안에서는 문이 열리고 주인이

들어오는 것이 보였다. 그는 조금 전까지도 일터에 있었을 것이다. 한스는 눈에 띌지도 모른다는 공포심에 사로잡혀 황급히 자리를 떴다.

약간 취한 사람처럼 중심을 잡지 못하고 위험스럽게 걸었다. 한 발자국 걸음을 옮겨 놓을 때마다 무릎이 꺾일 것 같은 기분이었다. 졸리는 듯한 꿈속에 음침한 붉은 창문이 있는 어두운 길이 색이 바랜 무대의 배경처럼 그의 눈앞을 흘러 지나갔다. 다리와 시냇물과 집뜰과 정원이 환상처럼 지나갔다.

게르바 소로의 분수가 이상스럽게 높은 소리를 울리면서 물을 뿜어내고 있었다.

여전히 한스는 꿈속 같은 기분으로 문을 열고 어두운 마루를 지나 층계를 올라갔다. 그리고는 문을 하나하나 열고는 조심스럽게 닫은 뒤 계속 그 자리에 있는 책상 위에 앉았다. 그리고 한참이 지난 후에 자기가 방으로 돌아와 있다는 것을 깨달았다. 옷 벗을 생각을 한 것은 또 얼마 동안의 시간이 걸렸다.

그는 방심한 채 옷을 벗고는 벌거벗은 채로 창가에 앉아 있었다. 잠시 후 그는 갑자기 가을밤의 찬바람에 몸을 떨며 이불 속으로 기어들었다.

그는 곧 잠들 수 있으리라고 믿었으나 약간 몸이 따스해지자 다시 가슴의 고동이 일기 시작하여 피가 고르지 못하게 끓어오르기 시작하였다. 눈을 감으니 아직도 엠마의 입술이 그의 입술에 붙어 있어 영혼을 빨아 당기며 괴로운 열로써 그의 몸을 가득 채우고 있는 것 같았다.

늦게서야 잠이 들었으나 그는 꿈에서 꿈으로 쫓겨 다녔다.

한스는 깊은 어둠 속에 서서 주위를 살피며 엠마의 팔을 더듬자 그녀는 그를 껴안았다. 두 사람은 천천히 따뜻한 깊은 물결 속으로 가라앉았다.

그때 갑자기 구둣방 주인이 서서 왜 너는 요즘 찾아오질 않느냐고 물었다. 한스는 웃지 않을 수 없었다. 그는 플리크 아저씨가 아닌 마울브론의 기도실에서 같은 창가에 나란히 앉아 익살을 부리던 헤르만 하일너라는 것을 알았기 때문이다. 그러나 그것도 곧 사라져 없어졌다.

그는 과즙 착즙기 옆에 서 있었다. 엠마가 핸들을 거꾸로 잡고 버티고 있어 그는 있는 힘을 다해 저항하였다. 그러자 그녀는 한스 쪽으로 엎드리며 그의 입술을 찾았다. 주위가 조용해지고 깊은 어둠으로 둘러싸이자, 그는 따뜻하고 깊은 심연으로 가라앉아 현기증과 죽음의 공포로 정신이 흐려졌다. 동시에 교장의 훈시가 들렸다. 무슨 이야기를 하는 것인지 그로서는 알 수 없었다.

그는 아침 늦게까지 잠을 잤다. 눈부시게 맑은 날씨였다. 그는 오랫동안 정원을 서성거리면서 머릿속을 맑게 하려고 애를 썼으나 역시 짙은 잠의 안개에 싸여 있었다.

뜰에는 아직까지 홀로 남아 있는 보라색 과꽃이 양지바른 곳에서 아름답게 방긋 웃고 있었다. 또한 따뜻하고 포근한 햇살이 이른 봄날처럼 귀엽게 어루만지듯 시든 크고 작은 가지들과 잎이 떨어진 덩굴 주위에 내리비치고 있었다.

그러나 그는 그것을 흐린 눈빛으로 바라보고만 있을 뿐 실감 있게 느끼지는 못했다. 그는 아무것에도 관심이 없었다. 그런데 갑자기 뜰 안에서 토끼가 뛰어다니고 그의 물레방아며, 절구 장치가 움직이고 있던 무렵의 뚜렷하고 강한 추억이 그를 사로잡았다.

그는 3년 전 9월의 어느 날을 머릿속에 떠올려 보았다. 그때는 스당 전승 기념 축제의 전날이었다. 아우구스트가 담쟁이를 가지고 한스를 찾아왔다. 둘은 깃대를 깨끗이 씻어서 그 깃대의 황금빛 꼭지에 담쟁이를 달아매고 축제일을 이야기하면서 내일을 손꼽아 기다렸다.

단지 그 일뿐이었고, 다른 일은 아무것도 없었으나 둘은 축제에 대한 기대와 커다란 기쁨으로 가득 차 있었다. 그때 안나 아주머니는 밤을 넣은 과자를 굽고 있었다. 밤에는 높은 바위 위에서 제단의 불이 피워지기로 되어 있었다.

한스는 왜 하필이면 오늘, 그때의 일을 생각하지 않을 수 없는 것일까! 또 그 추억이 그렇게도 아름답고 강렬한지, 왜 그를 그렇게도 비참하고 슬프게 하였는지 알 수가 없었다.

이 추억의 옷을 접어 놓고 그의 유년 시절과 소년 시절이 이별을 고하고, 다시 돌아오지 않는 커다란 행복의 흔적을 남기기 위해서 다시 한번 즐겁게 웃으면서 그의 앞에 되살아났다는 것을 그는 깨닫지 못하였던 것이다.

이 회상은 엠마나 어젯밤의 기억과는 조화되지 않는, 그 옛날의 행복과 맺어지지 않는 무엇인가가 마음속에 나타난 것을 느낄 뿐이었다. 황금빛 깃대가 번쩍번쩍 빛나는 것이 보이고 친구 아우구스트의 웃음소리가 들리고 갓 구워 놓은 과자 냄새가 풍기는 것 같았다.

또한 그것이 모두 명랑하고 행복하게 멀리 떨어져 인연이 없는 것으로 생각되었기 때문에 그는 커다란 전나무의 꺼칠꺼칠한 기둥에 기대어 절망적으로 흐느껴 울기 시작하였다. 그것으로써 그는 잠시 위안을 얻고 구원을 받은 기분이었다.

정오 무렵, 그는 아우구스트를 찾아갔다. 그는 이미 숙련공이 되어 있었으며 틀이 잡혔고 키도 상당히 컸다. 한스는 기계공이 되기 위한 자기의 소망을 그에게 이야기하였다.

"그것은 쉬운 일이 아니야."

아우구스트는 말하며 세상 물정에 익숙한 표정을 지었다.

"그것은 생각처럼 쉬운 일이 아니야. 어쨌든 너는 너무 약해. 처음 1년 동안은 쇠를 다루는 데 싫증이 나도록 줄곧 망치질을 하지 않으면 안 돼. 망치질은 수프를 먹는 숟가락과는 다르니까. 그리고 또 쇠를 들어 나르고 일이 끝나면 뒤치다꺼리를 하지 않으면 안 돼. 줄을 미는 데도 힘이 들어. 처음 얼마 동안 숙달될 때까지는 낡은 줄밖에 주지를 않지. 그런데 이것은 날이 없어서 원숭이의 궁둥이처럼 미끈미끈하거든."

한스는 갑자기 주눅이 들고 말았다.

"그래. 그럼 그만두는 게 좋단 말이지."

한스가 주저하며 그에게 물었다.

"왜 그래. 그런 뜻으로 말한 것은 아니야! 처음에는 춤추는 것과는 다르다고 말한 것뿐이야. 그러나 그 이외의 점에서는 기계공이란 아주 근사한 일이야. 머리도 좋지 않으면 안 돼. 그렇지 않으면 그저 대장장이가 되고 말 테니까. 자, 한 번 봐!"

그는 번쩍번쩍 빛이 나는 강철제의 정밀한 작은 기계 부속품 두서너 개를 가지고 와서는 한스에게 보여 주었다.

"반 밀리라도 오차가 생기면 못써. 나사까지 전부 손으로 만들지. 눈을 크게 뜨고 보고 있지 않으면 안 돼. 이것을 갈아서 단단하게 만들어야 비로소 물건이 되는 거야."

"아주 깨끗하구나. 그런 줄 알았으면……"

아우구스트는 웃었다.

"걱정되니? 물론 견습공은 구박받기 마련이지. 그것은 어찌할 수 없는 일이야. 그러나 나도 있고 하니까 도와주지. 네가 다음 금요일에 일을 시작한다면, 나는 꼭 2년째의 견습을 마치고 이번 토요일에 처음 주급을 받기로 되어 있어. 일요일에는 축하 파티가 열리게 돼. 모두 참석하니까 너도 왔으면 좋겠다. 그러면 우리들의 사정을 알 수 있을 거야. 거기에다 우리는 친한 친구였으니까 말이야."

한스는 식사 때 아버지에게 기계공을 선택할 작정이며, 1주일 후에 시작해도 좋으냐고 물었다.

"좋은 일이야."

아버지는 이렇게 말하고는 그날 오후에 한스와 함께 슐레 공장으로 가서 신청했다.

그러나 저녁 무렵이 되자, 한스는 그런 것들은 거의 잊어버리고 엠마가 기다리고 있는 생각에 들떠 있었다. 벌써 숨이 차고 시간이 매우 길게 생각되기도 하고 짧게 생각되기도 하였다. 그는 뱃사공이 급류를 만난 기분으로 약속한 장소로 달음질쳤다.

저녁 식사 같은 건 문제가 되지 않았다. 밀크 한 잔을 겨우 마시고 뛰어나갔다. 모든 것이 어제와 같았다. 무엇 하나 달라진 것이 없었다. 어둡고 졸린 듯한 작은 길, 불빛이 밝은 창문, 가로등의 흐린 불빛, 목적 없이 거닐고 있는 연인들.

그는 구둣방 주인집 뜰 울타리 옆에 서 있으려니까 커다란 불안에 휩싸였다. 부스럭 소리가 날 때마다 깜짝 놀라곤 했다. 어둠 속에 주위를 살피고 있는 자신이 도둑놈인 것같이 생각되었다. 1분도 채 안 되어 엠마가 그의 앞에 나타나 양손으로 그의 머리카락을 쓰다듬으며 문을 열어 주었다. 그는 조심스럽게 정원 안으로 들어갔다.

그녀는 덤불로 둘러싸인 좁은 길 사이를 지나 뒷문에서 어두운 복도로 그를 끌고 들어갔다. 그곳에서 두 사람은 지하실의 맨 위 층계에 나란히 앉았다. 얼마 동안 잠잠히 있자 두 사람은 어둠 속에서 간신히 서로의 얼굴을 알아볼 수 있었다. 그녀는 대단히 기분이 좋아서 소곤거리는 소리로 쉴새 없이 지껄였다.

그녀는 이미 몇 번이나 키스를 해 본 일이 있어서 그에 대해서는 이미 터득하고 있는 것 같았다. 내성적이며 귀여운 이 소년은 그녀에게는 꼭 알맞은 상대였다.

그녀는 한스의 가느다란 얼굴을 두 손으로 잡고 이마며 눈이며 뺨에 입을 맞추었다. 입술 차례가 되어 오늘도 처녀에게 길고 빨아당기는 듯한 강렬한 키스를 받자 소년은 현기증에 휩싸였다. 그는 힘을 잃고 처녀에게 기대였다. 그녀는 소리를 낮추어 웃으면서 그의 귀를 잡아당겼다.

그녀는 쉴 사이 없이 지껄였다. 그는 귀를 기울이고 있었으나 무슨 말을 듣고 있는지는 알 수 없었다. 그녀는 손으로 그의 팔이며 머리카락이며 목이며 두 손을 쓰다듬었고 자기의 뺨을 그의 뺨에 댔고 머리를 그의 어깨에 기댔다.

그는 가만히 입을 다문 채 여자가 하는 대로 몸을 맡기고 달콤한 전율과 깊고 행복한 불안에 이따금 열병 환자처럼 살짝 몸을 움직였다.

"무슨 애인이 이래요!"

하며 그녀는 웃었다.

"왜 반응이 없죠."

그녀는 한스의 손을 잡아 자기의 목덜미며 머리카락 속으로 넣었고, 가슴 위에 올려놓고는 꽉 눌렀다. 한스는 부드러운 형체에 감미로움을 느끼며 눈을 감자 끝을 모르는 심연 속으로 빠지는 것을 의식하였다.

"그만! 그만둬요!"

그는 엠마가 또 키스를 하려고 하자 손으로 황급히 막으면서 말했다.

그녀는 웃었다. 그리고 나서는 그를 끌어안으면서 그의 옆구리를 자기의 옆구리에 꽉 눌러 댔다. 그는 그녀의 육체의 감촉에 완전히 당황하여 아무 말도 할 수 없었다.

"당신도 내가 좋아요?"

그녀는 이렇게 물었다.

그는 "응!"하고 대답하려고 했으나 고개만 끄덕거릴 뿐이었다.

그리고 잠시 동안 그대로 있었다.

그녀는 또다시 그의 손을 잡고 장난을 하면서 자기의 코르셋 밑으로 집어넣었다. 그러자 그는 다른 사람의 육체의 맥박과 호흡을 뜨겁게 너무나 가까이에서 느꼈기 때문에 그의 심장은 멎고 금방 죽기나 할 것처럼 호흡이 가빠졌다. 그는 손을 잡아당기며 신음 소리를 냈다.

"이제는 집에 가야 돼."

하고 그가 일어섰을 때 하마터면 중심을 잃고 지하실 층계 밑으로 굴러떨어질 뻔하였다.

"왜 이래요?"

엠마가 놀라며 물었다.

"웬일인지 무척 피로해."

정원 울타리까지 가는 도중 그녀가 그를 부축하고 바싹 달라붙어 있는 것조차 그는 느끼지 못하였다. 그녀의 인사도, 그의 뒤에서 작은 문을 닫는 소리도 그의 귀에는 들려오지 않았다. 마치 커다란 폭풍우가 그를 휩쓸고 거센 물결이 그를 삼켜 버린 것만 같았다.

얼마를 걷다 보니 좌우에는 희미한 형체의 집들이 그 위의 높은 산등성이며 우뚝 솟은 전나무 끝이며 밤의 어둠이며 별이 보였다. 그리고 작은 시냇물 속에는 뜰이며 가로등이며 바람이 불고 있는 것이 느껴지고 냇물이 다리 기둥에 부딪히는 소리가 들렸다.

그는 다리 위에 주저앉아 버렸다. 몹시 지쳐 있어 집으로 돌아갈 기운이 없었다. 그는 다리의 난간에 기대어 철썩거리며 물레방아를 돌려서 오르간을 치는 것 같은 소리에 귀를 기울였다.

이미 그의 손은 차디차게 식어 있었다. 가슴과 목구멍에서는 피가 막히기도 하고 갑자기 밀치고 내려가기도 하여 그의 눈앞을 어둡게 하는가 하면 또 갑자기 심장이 멎어버리는 듯 머리를 어지럽게 하였다.

겨우 그는 집으로 돌아와 자기 방에 눕자마자 바로 잠이 들었다. 꿈속에서 그는 굉장히 넓은 공간으로 점점 깊이 빠져들어 갔다. 한밤중에는 너무 괴로워하다가 눈을 떴다. 목이 말라 죽을 듯한 기분과 억제할 수 없는 힘에 의해서 아침까지 몽롱한 꿈속에서 누워 있었다.

이윽고 새벽녘에는 밤을 지새운 고뇌와 번민은 기나긴 오열로 변하였다. 그리고 나서 그는 눈물에 젖은 이불 위에서 또다시 잠이 들고 말았다.

기벤라트 씨는 과즙 착즙기 옆에서 제법 어른다운 위엄을 보이며 일하고 있었다. 한스도 일을 도왔다. 구둣방 주인의 두 아들이 부름을 받고 와서 과일 나르기에 바삐 뛰어다녔다. 둘은 작은 시음용 컵을 함께 쓰면서 손에는 큼직한 검은 빵을 쥐고 있었다. 그런데 엠마는 오지 않았다.

아버지가 통을 가지러 가서 반 시간쯤이나 자리를 비우게 되자 비로소 한스는 겨우 용기를 내어 그녀에 대해서 물었다.

"엠마는 어디 있지? 같이 오겠다고 하지 않든?"

그들의 입 안에는 빵이 들어 있었기 때문에 조금 후에야 그녀에 대한 대답을 들을 수 있었다.

"엠마는 떠났어."

두 아이가 동시에 말하였다.

"떠났다구? 어디로?"

"집으로."

"갔다구? 기차로?"

아이들은 열심히 고개를 끄덕였다.

"도대체 그게 언제였는데?"

"오늘 아침에."

아이들은 또 사과에 손을 내밀었다. 한스는 착즙기로 짜면서 과즙통 속을 응시하였다. 그 이유를 알 수 있을 것 같았다. 그때 아버지가 돌아왔다. 모두들 일을 하며 웃기도 하였다. 얼마 후에 두 아이들은 인사를 하고 달음질쳐 사라졌다. 저녁때가 되자 모두 집으로 돌아갔다.

저녁 식사를 마치고 한스는 자기 방에 홀로 앉아 있었다. 밤 10시가 되고 11시가 되었으나 불은 켜지 않았다. 그리고 그는 한참 동안 푹 잤다.

여느 때보다 늦게 눈을 떴을 때, 그는 불행과 손실을 동시에 어렴풋이 느낄 수 있었다. 또 엠마가 머릿속에 떠올랐다. 그녀는 인사도 하지 않고 이별도 하지 않고 그냥 떠나가 버렸다.

마지막 밤에 그녀한테 갔을 때, 그녀는 이미 출발하리라는 것을 확실히 결심하고 있었다. 그녀의 웃는 얼굴이며 열정적인 키스며 대담하게 몸을 맡기던 것을 회상하였다. 그녀는 그를 진심으로 대하고 있지는 않았다.

그것에 대한 분노의 고통과 흥분과 진정되지 않는 사랑의 힘이 뒤얽혀서 슬픈 번민이 되어 괴롭혔다. 이러한 자신의 고통에 못 이겨 그는 집안으로부터 정원으로 거리로 숲으로 방황하였다.

그리하여 그는 그가 맛보아야 할 사랑의 비밀을 너무나 일찍 알게 되었다. 하지만 그에게 사랑의 감미로움은 아주 조금밖에 포함되어 있지 않은 쓰디쓴 것이었다.

부질없는 한탄과 그리운 추억과 하염없는 번민으로 보내야 하는 나날, 가슴의 고동과 답답증으로 잠을 이루지 못하는 무서운 꿈속, 그 꿈속에서 피가 끓어올라 무서운 괴물이 되기도 하고 껴안아 죽이려고 하는 거대한 팔이 되기도 했다.

또한 눈에서 시퍼런 불을 뿜어내는 괴수가 되기도 하고 까마득한 심연이 되기도 하며 불타오르는 커다란 눈이 되기도 하였다.

그러다가 잠에서 눈을 뜨면 홀로 이 싸늘한 가을밤의 고독에 휩싸인 자신을 발견하고 사랑하는 사람을 그리워하고 번민하며 눈물에 젖은 베개에다 얼굴을 파묻고 있는 자신을 발견하는 것이다.

기계공장의 일터로 가야 될 금요일이 다가왔다. 아버지는 한스에게 푸른색 작업복과 반 모직 모자를 사 주었다. 한스는 그것을 입어 보았다.

작업복을 입으니 그는 마치 다른 사람처럼 보였다. 학교와 교장 선생이나 수학 선생의 집, 플리크 아저씨의 구둣방, 목사의 사제관을 지날 때에는 비참한 기분이 들었다. 그토록 심혈을 기울였던 자랑도 자만심도 희망에 날뛰던 몽상도 그 모든 것이 이제는 허사가 되었다.

결국 그는 모든 친구들보다 뒤떨어져 조소를 받으며 이제서야 겨우 맨 꼴찌의 견습공이 되어 일터로 들어가게 된 결과를 가져온 것이다.

하일너가 이 사실을 안다면 무엇이라고 할 것인가?

그러나 모든 것을 체념하고 작업복을 처음으로 입게 될 금요일이 얼마간은 마음속에 기다려지기도 했다. 그렇게 되면 또 무엇인가를 맛볼 수 있는 기회가 될 수 있을 것이라는 생각이 들었다.

그러나 그러한 생각도 검은 구름 속의 순간적인 섬광과 별 차이가 없었다. 그는 떠나간 그녀를 잊을 수가 없었다. 또한 그의 피는 지난 며칠간의 자극으로 인하여 잊을 수도, 억제할 수도 없었다. 그의 피는 더욱 많은 것을 원하고 솟아올라 갈망의 구원을, 자기 혼자서는 풀기 어려운 수수께끼를 풀 수 있도록 도와줄 사람을 찾았다. 이리하여 숨막히고 괴로운 시간의 흐름이 계속되었다.

가을은 부드러운 햇살에 어느 때보다도 아름다웠다. 이른 아침에는 은빛으로, 대낮에는 화창하게 웃고 노을 속에서는 맑게 개어 있었다. 먼 산들은 부드럽고 깊은 하늘색을 띠고 밤나무들은 황금빛으로 빛나고, 담장과 울타리 위에는 포도 잎이 보랏빛으로 드리워져 있었다.

한스는 마음이 안정되지 않아 초조하게 혼자서 다녔다. 온종일 그는 마을과 들판을 뛰어다녔다. 그리고 진정시킬 수 없는 자신의 사랑의 번민을 다른 사람들이 눈치채는 것을 두려워하며 피해 다녔다.

그러나 밤에는 길에 나가 젊은 하녀를 눈여겨보기도 하고 연인끼리의 남녀가 지나가면 초라한 언짢음을 느끼면서도 뒤를 따랐다. 엠마와 함께 온갖 욕망과 인생의 매력이 그에게 다가왔으나 그녀와 함께 원망스럽게도 도망쳐 버린 것 같았다.

그는 이제 엠마에 대해서 느꼈던 괴로움이나 안타까움을 생각하지 않기로 했다. 다시 한 번 그녀를 손에 넣을 수 있다면, 이제는 수줍어 하지도 않고 그녀로부터 모든 비밀을 빼앗아 마술에 걸린 사랑의 동산으로 망설이지 않고 끌고 갈 수 있다고 생각하였다.

그러나 지금은 그 동산의 문이 그의 코앞에서 닫혀 버리고 말았다. 그의 온갖 공상은 울적하고 위험한 덤불에 걸려서 비틀거리며, 그 속을 헤매이고 있었다. 그리고 완고하게 자신을 학대하면서 이 좁은 마술의 바깥에는 얼마든지 아름답고 넓은 세계가 밝고 다정스럽게 기다리고 있다는 것을 무시하려고 하였다.

처음에는 불안스럽게 기다려지던 금요일이 드디어 다가오자, 오히려 그는 기쁜 마음이 되었다. 아침 일찍이 푸른 작업복을 입고 모자를 쓰고 좀 주저하다가 게르바 소로의 슐레 씨 집으로 향했다. 길가의 아는 사람이 그를 이상스럽게 바라보고 있었다.

"어떻게 된 일이냐? 대장장이라도 되었느냐?"

하고 묻기까지 하였다.

작업장에서는 벌써 일을 하고 있었다. 주인은 막 쇠를 달구어 치고 있는 중이었다. 그는 뻘겋게 달군 쇠를 모루 위에 올려놓고 직공들은 그것을 마주 서서 무거운 망치질을 하고 있었다. 주인은 이리저리 모양을 만들면서 치고 불집게를 놀리며 모루를 치며 박자를 맞추었다. 그 소리는 상쾌하게 활짝 열어젖힌 문으로 아침 거리에 울려 퍼졌다.

기름과 줄밥으로 까맣게 된 긴 작업대를 향해서 나이 든 직공과 아우구스트가 나란히 서서 자기 바이스에서 일을 하고 있었다. 천장에서는 선반이며 숫돌이며 풀무며 천공기를 돌리는 벨트가 급하게 돌면서 웅웅거리고 있었다. 여기서는 수력을 이용하고 있었다.

아우구스트는 공장 안으로 들어온 친구를 향해서 고개를 끄덕여 아는 체를 하고는 주인이 틈이 날 때까지 문간에서 잠시 기다리라고 하였다.

한스는 풀무기에 일고 있는 불이며, 요란스럽게 돌고 있는 벨트며, 공전반 등을 놀라서 쳐다보고 있었다. 주인은 조금 전에 하던 일을 마치고 한스가 서 있는 곳으로 와서는 두터운 큰 손을 내밀었다.

"거기에 네 모자를 걸어라."

하고 말하며 벽에 있는 못을 가리켰다.

"그럼 이리 와. 이것이 네 자리와 바이스다."

그러고 나서 한스를 맨 뒤에 있는 바이스로 데리고 가서는 우선 그것을 사용하는 방법과 여러 가지 도구며 작업대를 정돈하는 방법을 가르쳤다.

"네 힘이 장사가 아닌 줄은 아버지한테 들었다. 내가 보기에도 그렇구나. 자, 좀 더 힘이 날 때까지는 망치질은 하지 않아도 좋아."

주인은 작업대 밑에 거친 손을 넣어서 무쇠로 만든 자그마한 톱니바퀴를 끄집어냈다.

"자, 그러면 이것으로 시작해 봐라. 이 톱니바퀴는 아직 달군 그대로 완성품이 아니야. 여기저기 모가 나 있어. 그것을 잘 갈아서 없애지 않으면 안 돼. 그렇지 않으면 나중에 정밀한 부품이 못 되지."

주인은 톱니바퀴를 바이스에 끼어서 낡은 줄을 쥐고 가는 방법을 가르쳐 주었다.

"그럼 계속해서 해보렴. 다른 줄을 사용해서는 안 된다. 알겠지. 그것으로 점심때까지는 충분할 거다. 끝나거든 나에게 보여다오. 일을 하고 있을 때에는 다른 데에 정신을 써서는 안 돼. 견습공이란 주어진 일만 열심히 하면 되니까."

한스는 줄로 갈기 시작하였다.

"멈춰."

주인은 소리를 질렀다.

"그렇게 하는 게 아냐. 왼손은 줄 위에 이렇게 놓는 법이야. 너 혹시 왼손잡이냐?"

"그럼 좋아. 이젠 해봐라."

주인은 입구 옆에 있는 자신의 첫 번째 바이스로 갔다. 한스는 어떻게 하면 잘 할 수 있을까 신중히 했다. 처음 두서너 번 밀어보니 의외로 톱니바퀴는 쉽게 밀어졌으므로 그는 의아하게 생각되었다.

그리고 잘 떨어져 나가는 것은 표면의 껍질뿐이고, 정작 반들반들하게 밀어야 하는 단단한 쇠는 그 안에 있다는 것을 알았다. 그는 정신을 집중해서 열심히 일을 계속하였다.

소년 시절 장난에 열중하던 것을 그만둔 이래로 자신에 의해서 무엇인가 보이는 물건, 쓸만한 물건이 만들어지는 것을 보는 기쁨을 지금껏 맛본 적이 없었다.

"좀 천천히 해라."

주인이 한스 쪽을 곁눈으로 살피며 소리 질렀다.

"줄을 밀 때는 하나, 둘, 하나, 둘하고 박자를 맞춰가면서 밀고 당겨야 해. 그렇지 않으면 줄이 못 쓰게 된단다."

저쪽에서는 제일 나이 많은 직공이 선반 앞에서 무슨 일인가를 하고 있었다. 한스는 그쪽을 곁눈질해 보지 않을 수 없었다. 강철 쐬기를 선반에 끼고서 벨트를 돌렸다. 그러자 쐬기는 급속도로 회전하면서 불꽃을 튀기며 요란한 소리를 냈다. 그 사이에 직공은 털같이 얇은 반짝거리는 쇳조각을 끄집어냈다.

작업장 구석구석에는 연장이며 쇳덩어리, 강철과 놋쇠, 완성을 기다리는 일감들과 번쩍거리는 작은 바퀴, 끌, 천공기, 둥근 줄, 가지가지 모형의 송곳이 널려 있었다.

작은 용광로 옆에는 맞받이 망치며 모루 덮개, 불집게, 땜질 인두가 걸려 있었다. 벽을 따라서는 줄이며 삭절기가 놓여 있었다. 또한 낮은 선반 위에는 기름걸레며 작은 빗자루, 금강석 줄, 쇠톱, 기압 펌프, 산소 병마개, 못 상자, 나사못 상자 등이 얹혀 있었다. 그리고 숫돌이 끊임없이 사용되고 있었다.

한스는 자기의 손이 벌써 까맣게 된 것을 보고 유쾌한 마음이 되었다. 다른 사람들의 헝겊을 대고 기운 시꺼먼 기름때 묻은 작업복에 비해서 자신의 옷은 어울리지 않게 새것이었고 푸르게 보였으므로 곧 낡고 달아서 헌 옷이 되었으면 좋겠다고 생각하였다.

아침나절의 시간이 지나자 작업장에 활기가 더해졌다. 그러자 근처의 기계 편물 공장에서 부러진 기계 부속을 갈러 오기도 했으며 수선을 하러 직공들이 찾아오기도 했다.

그리고 한 농부가 찾아와서 수선해 달라고 맡겨 놓은 세탁기는 어떻게 되었느냐고 물었다. 너무 일이 밀려서 아직 안 되었다고 하니까, 그는 욕설을 퍼부었다.

다음에는 점잖게 생긴 공장 주인이 왔다. 주인은 옆방에서 그와 상담을 하였다.

그러는 동안에도 사람들은 계속해서 작업을 서둘렀고 바퀴며 벨트는 여전히 돌고 있었다. 한스는 태어나서 처음으로 노동의 찬미가를 듣고 맛보았다. 그것은 신참자에게 있어서는 마음을 사로잡았으며 기분을 좋게 하는 힘을 가지고 있었다. 그는 자기와 같은 하찮은 인간의 보잘것없는 생활이 커다란 리듬에 조화되고 있음을 느꼈다.

10시가 되자 15분간의 휴식이 있었다. 각자에게 빵 한 조각과 과일 주스 한 잔이 돌려졌다. 그때에 처음으로 아우구스트는 새로 들어온 견습공에게 인사를 하였다. 그는 한스를 격려하였다. 그리고 처음 받게 될 주급을 동료들과 함께 재미있게 쓸 다음 일요일에 대해서 정신없이 지껄이기 시작하였다.

한스는 지금 자기가 줄질을 하고 있는 톱니바퀴가 무엇에 쓰일 것인가를 물어보았다. 그것은 탑 시계의 부속품이라고 알려주었다. 아우구스트는 한스에게 그것이 나중에 어떻게 움직일 것인가를 가르쳐 주려고 하였으나, 마침 그때 작업반장이 다시 줄질을 시작하자 휴식 시간이 끝났음을 알고 모두 서둘러서 자기 자리로 돌아갔다.

11시가 가까워 오자, 한스는 지치기 시작하였다. 먼저 무릎과 오른팔이 약간 쑤셨다. 발을 바꾸어 딛고 몰래 기지개를 폈으나 별로 효과가 없었다. 그래서 잠깐 동안 옆에 줄을 놓고 바이스에 몸을 기대었다. 그에게 주의를 기울이고 있는 사람은 없었다.

그는 가만히 선 채로 쉬고 있으려니까 벨트가 울리는 소리에 현기증이 날 것 같아 눈을 감고 있었다. 1분쯤 되었을까, 공장 주인이 그의 뒤에 와서 물었다.

"애! 왜 그러느냐? 벌써 지쳤니?"

"네, 좀."

한스는 솔직히 피로한 기색으로 말했다.

직공들은 모두 웃었다.

"곧 괜찮아질 것이다."

하며 주인은 다정하게 말했다.

"이번에는 납땜질하는 법을 가르쳐 주지. 이쪽으로 와."

한스는 신기한 듯이 주인이 납땜질하는 것을 옆에서 지켜보고 있었다. 먼저 땜질 인두를 불에 달구고 땜질할 곳에 염산을 칠했다. 그런 다음에는 불에 달군 땜질 인두에서 하얀 금속이 녹아내리면서 부드럽게 '칙'하는 소리를 냈다.

"걸레를 가지고 와서 잘 닦아라. 염산은 금속을 썩게 하니까, 금속에다 묻혀 두면 안 돼."

그런 다음 한스는 또 바이스 앞에 서서 줄로 톱니바퀴를 쓸었다. 팔이 아팠다. 줄을 꼭 누르고 있던 왼손은 약간 빨갛게 부어올라 쓰리고 아프기 시작했다.

정오 무렵 반장이 줄을 놓고 손을 씻으러 가자, 한스는 자기의 일감을 가지고 주인에게 갔다. 주인은 그것을 힐끔 보았다.

"잘했어, 그렇게 하면 돼. 네 자리 밑의 상자 속에 작은 톱니바퀴가 있으니, 오후에는 그것을 가지고 해 봐."

그리고 한스도 손을 씻고 집으로 갔다. 한 시간 동안은 점심 식사 시간이었다.

옛날 같은 학교 친구였던 상점 견습생들이 그의 뒤를 따라오며 빈정거렸다.

"주 정부 시험 대장장이!"

그중 한 놈이 소리쳤다.

한스는 못 들은 척 발걸음을 빨리하였다. 사실 그는 정말로 이 일에 만족하고 있는지 그렇지 않은지 자신도 잘 몰랐다. 공장은 마음에 들었지만 너무 피곤했다.

집으로 돌아와 현관을 들어서니 몸이 더 나른해졌다. 식탁에 앉자 별안간 엠마의 일이 생각났다. 오전 내내 그녀의 일을 잊고 있었는데 어제와 엊그제의 고통이 그를 다시 괴롭혔다. 여느 때와 다름없는 괴로움이었다.

그는 슬그머니 자기 방으로 올라가 침대에 몸을 던지고 깊은 번민으로 신음하였다. 울고 싶었으나 그의 눈은 메말라 있었다. 그의 몸을 불태우는 그리움의 목표는 그에게도 분명치가 않았다. 그것은 오직 잔혹한 병처럼 그를 좀먹고 괴롭힐 뿐이었다. 머리는 미칠 듯이 아팠으며 흐느낌으로 목까지 아팠다.

점심 식사 시간은 고통이었다. 아버지는 기분이 좋아 보였으므로 그는 아버지의 물음에 여러 가지 대답을 해주고 쓸데없는 잔소리를 달게 듣지 않으면 안 되었다.

식사가 끝나자 그는 뜰로 나가 양지바른 곳에서 15분쯤 막연한 시간을 보냈다. 그러는 동안 공장에 갈 시간이 다가왔다.

이미 오전 중에 그의 두 손에 붉은 물집이 생겨 아픔을 참고 일을 했으나 작업이 끝날 무렵에는 심하게 부풀어 올라 어떤 것도 손에 쥘 수가 없었다. 하루 일이 끝나 집으로 돌아가기 전에 아우구스트의 지시로 작업장을 말끔히 정리하지 않으면 안 되었다.

이튿날이 되자 양손은 타는 듯이 더 아팠고 물집이 생겼다. 주인은 기분이 좋지 않아 극히 사소한 일에도 욕을 퍼부었다. 아우구스트는 물집 같은 건 2, 3일 지나면 저절로 딴딴해져서 아무 감각도 없게 된다고 하면서 그를 위로해 주었다.

한스는 너무 비참한 기분이 들어 온종일 시계를 훔쳐보면서 될 대로 되라는 식으로 아무렇게나 톱니바퀴를 쓸었다.

일이 끝나고 뒷정리를 할 때 아우구스트는 낮은 목소리로 한스에게 내일 몇 사람의 동료들과 함께 브라하에 가서 멋지고 유쾌하게 한 잔 낼 터이니 꼭 오지 않으면 안 된다고 하면서 2시까지 오라고 하였다.

한스는 일요일엔 온종일 집에 누워있고 싶었으나 기꺼이 동의 하였다. 그는 완전히 지쳐서 비참한 심정이었다. 집으로 돌아오자 안나 아주머니는 상처가 난 손에 고약을 발라 주었다. 그는 8시가 되자 잠자리에 들었다. 그리고 아침 늦게까지 꽤 많은 잠을 잤기 때문에 아버지와 함께 교회에 가는 것을 서두르지 않으면 안 되었다.

점심 식사 때 그는 아우구스트의 이야기를 끄집어내며 오늘 그와 함께 외출하고 싶다고 말하였다. 아버지는 그것을 반대하지 않았을뿐더러 그에게 50페니히를 주었다. 다만 저녁 식사 때까지는 돌아와야 한다고 다짐했다.

한스는 고운 햇살을 받으면서 거리를 한가하게 거닐고 있으려니까 몇 달 만에 처음으로 일요일의 기쁨을 맛볼 수 있었다. 평일에는 두 손이 까맣게 기름때가 묻어 있고 온몸이 지치도록 일을 하였으므로 공장에 가지 않는 일요일의 거리는 별안간 새로워진 느낌이 들고 태양도 한층 화창하게 비치고 모든 것이 화려하고 아름다웠다.

양지바른 벤치에는 씩씩하고 명랑한 얼굴을 하고 있는 고기 장수가 앉아 있으며, 그 옆에 피혁공이며 빵장수, 대장장이 등등 모두가 밝은 얼굴을 하고 있는 것을 보니 그들의 기분을 알 수 있었다. 이들이 결코 비천한 직업을 가진 불쌍한 사람으로 보지 않기로 했다.

그는 노동자와 직공들, 어린 견습공들이 모자를 약간 비뚤게 쓰고 하얀 칼라 셔츠를 입고, 나들이옷에 주름을 세워 입고 줄을 지어 거리를 활보하거나 술집에 드나드는 것을 구경하였다.

꼭 그렇다는 것은 아니지만, 대개 목수는 목수끼리, 미장이는 미장이끼리, 이런 식으로 같은 직업인들이 함께 어울려서 각각 자기 직업의 명예를 지키고 있었다.

그중에서도 대장장이는 가장 엄격한 동업조합으로, 그 우두머리는 기계공이었다. 그러한 일에는 그들만의 어떤 유대관계를 가지고 있었다.

그 가운데에는 다소 유치하고 우스운 점도 없지 않았으나 직업인 기질의 현명함과 긍지가 있었다. 오늘도 여전히 기쁨과 믿음직스러움을 나타내고 있었으며, 보잘것없는 양복점의 어린 직공까지도 공장 노동자나 상인이 갖고 있지 않은 나름의 현명함과 긍지를 갖고 있었다.

슐러의 집 앞에는 젊은 기계공들이 뽐내면서 통행인들을 향해서 아는 체를 하기도 하고, 이야기를 주고받고 있는 것으로 보아 그들은 확실한 단체를 만들고 있어 일요일을 함께 즐길 때는 타인을 필요로 하지 않는다는 것을 알 수 있었다.

한스도 그것을 느끼고 그 일원임이 기뻤다. 그러나 기계공들이 일단 향연을 베풀면 정력적이어서 여간해서는 만족하지 않는다는 것을 한스는 이미 알고 있었기 때문에 오늘의 오락에 대해서 다소 불안을 느끼고 있었다.

물론 춤도 출 것이다. 한스는 아직 춤을 출 줄 몰랐다. 그러나 한스는 될 수 있는 대로 용감하게 행동을 해서 필요하다면 이틀쯤 취해 떨어지는 것도 사양하지 않을 작정이었다. 그는 맥주를 많이 마시지는 못했다. 시거 한 개피를 조심해서 끝까지 피우는 것으로도 벅찼다. 그렇지 않으면 비틀거려서 수치를 당할 정도였다.

아우구스트는 축젯날 기분으로 한스를 맞아 주었다. 나이 많은 직공은 오지 않으나 그 대신 다른 동료가 한 사람 오게 되어 적어도 네 사람은 되니까, 마을 하나쯤 뒤집어놓는 데에는 충분하다고 그는 말하였다. 그리고 오늘은 모두 맥주를 마시고 싶은 대로 마셔도 좋다고 말했다. 전부 자기 혼자서 부담할 것이라고 장담까지 했다.

그는 한스에게 시거를 권하였다. 그러고 나서 네 사람은 시내를 향해 으스대면서 걸어갔다. 아랫마을에 있는 보리수 광장에서부터는 발걸음을 빨리해 일찍 브라하에 도착하려고 서둘렀다.

강의 수면은 푸르게 때로는 황금빛으로 어느 때는 하얗게 빛나고 있었다. 거리에는 거의 잎이 다 떨어진 단풍나무며 아카시아나무 사이로부터 10월의 태양이 따뜻한 햇살을 던지고 있었으며, 높은 하늘은 구름 한 점 없이 맑게 개어 있었다.

조용하고 깨끗한 가을날이었다. 이런 날에는 지난 여름의 아름다움이 즐거운 추억처럼 부드럽게 공기를 가득 채우는 것이었다.

또 이런 날이면 마을 아이들은 계절을 잊고 꽃을 찾으러 들판과 숲을 찾아다녔고, 할아버지나 할머니들은 그 시절의 추억뿐만 아니라, 흘러간 정다운 삶이 맑게 개인 푸른 하늘에 깃들어 있듯이 생각에 잠긴 눈으로 창이며 집 앞의 의자에 앉아 공중을 쳐다보고 있었다.

그러나 젊은이들은 들뜬 기분으로 각자 타고난 재능이며 성질을 쫓아 배불리 마시거나 먹고 노래를 부르거나 춤을 추며 그것도 모자라면 큰 싸움판을 벌여 아름다운 날을 찬미했다. 집집마다 과일과 과자가 구워져 있고 막 익어가는 사과주나 포도주가 지하실에 풍요롭게 쌓여지고 있었다.

술집 앞이며 보리수 광장에서는 바이올린이나 하모니카가 1년 중의 마지막 아름다운 날을 축하하듯 춤이며 사랑의 노래로 사람들을 불러들였다.

젊은이들은 걸음을 재촉했다. 한스는 아무렇지도 않은 듯이 여송연을 피웠는데 그것이 입에 맞는 것이 자신도 의외로 여겨졌다. 한 직공은 객지에서 품팔이하던 일에 관해서 이야기하였다. 그가 아무리 허풍을 떨어도 어느 누구도 이상하게 생각지 않았다. 그런

애기란 언제나 따라다니는 것이었기 때문이다.

아무리 겸손한 직공이라 할지라도 혼자서 밥벌이를 하는 사람이라면 목격자가 없는 것이 확실할 경우, 자기가 객지에서 품팔이하던 시절의 일을 과장하고 재미있게 말할 뿐만 아니라 전설 같은 어조로 이야기하는 법이었다.

젊은 직공이 경험한 생활의 훌륭한 시詩는 민족의 공유 재산과 같은 것으로서 그 하나하나에서 전통적인 모험을 아라비아 무늬처럼 채색되어 새로이 창작하는 것이다. 유랑의 거지일지라도 이야기를 시작하기만 하면, 누구든지 불멸의 익살꾼 오일렌슈피겔이며 유랑의 노동자의 한 단면을 보여 주게 마련이다.

"몇 해 전에 내가 머물렀던 프랑크푸르트에서는 그래도 산 보람이 있었지! 좀 기분 나쁜 자식이었는데, 어느 부자 상인 주인의 딸과 결혼하려고 했었지. 그런데 딸은 그를 거절했어, 오히려 내게 마음이 있었던 모양이야. 그녀는 4개월 동안 나의 애인이었지. 주인 영감하고 싸움만 하지 않았더라면, 지금쯤은 그곳에 주저앉아 그의 사위가 되어 있었을 텐데."

그리고 계속해서 그 잔인한 영감이 자기를 딸과 떼어버리려고 강압적으로 손을 뻗쳤을 때 아무 말도 하지 않고 단지 망치를 휘두르며 노려보자 겁이 난 늙은이가 슬그머니 도망쳤는데, 그 비겁한 바보 녀석은 나중에 서면으로 그를 해고시키더라는 이야기를 해 주었다. 또 오펜부르크에서의 큰 싸움 이야기를 들려주었다.

그때에는 자기를 포함한 세 사람의 대장장이가 일곱 명의 공장 직공을 때려눕혔는데, 오펜부르크에 가서 키다리 쇼트슈에게 물어보면 안다고 했다. 그는 아직 그곳에 살고 있으며, 그도 한패에 들어 있었다는 것이었다.

이와 같은 이야기를 하나하나 냉담하고 거친 어조로, 그러나 아주 열심히 기분이 좋은 듯이 이야기하였다. 모두들 감동하듯 만족스럽게 듣고, 언젠가는 이 이야기를 다른 동료들에게 이야기해 주리라 마음먹었다.

그래야만 보잘것없는 대장장이라도 주인 딸을 애인으로 가진 일이 있었고, 망치를 가지고 나쁜 주인에게 덤벼든 일이 있으며, 7명의 직공을 모조리 때려눕힌 일이 있었던 것이 되기 때문이다.

이런 이야기는 때로는 바덴에서, 헤센에서, 스위스에서 되풀이되고 있었다. 그리고 어떤 때는 망치 대신에 줄, 혹은 불에 달군 쇠붙이였고, 직공 대신에 빵 굽는 사람, 혹은 양복점의 재단사로 꾸며지기도 했다.

이것은 언제나 변화 없는 낡은 이야기였다. 사람들은 그것을 재미로 몇 번이고 즐겨서 들었다. 그것은 낡고 재미있으며 동료 직공들의 명예가 되는 일이기 때문이다. 그렇다고 해서 경험에 있어서의 천재, 혹은 자랑거리로 꾸며대는 데 있어서의 천재가 오늘날의 직공들 안에서 없어졌다는 것은 아니다.

누구보다도 아우구스트는 이 이야기에 쏠려 기분이 좋았다. 그는 끊임없이 웃으며 맞장구를 쳤다. 그리고 벌써 숙련공이라도 된 것처럼 건방진 건달패의 얼굴을 하고 담배 연기를 길게 공중으로 내뿜었다. 이야기를 맡은 직공은 자기의 소임을 계속해 나갔다.

이야기는 계속되었다. 하지만 그는 숙련공으로서 체면상

일요일에 견습공과 어울려서는 안 되었고 풋내기의 잔돈으로 한 잔 얻어먹는다는 것 또한 부끄러운 노릇이었기 때문에 오늘 함께 온 것만으로도 호의를 베푼 것임을 알려줄 필요가 있었던 것이다.

국도를 따라 얼마동안 강 아래를 향해서 걸었다. 거기서부터 완만한 오르막길이 되어 있는 차도나, 그렇지 않으면 지름길로 가는 험준한 오솔길, 둘 중에 어느 것인가를 택해야 했다. 조금 멀고 먼지가 일기는 했지만, 차도를 택하기로 했다.

오솔길은 모두들 직장에 나간 후에 산보하는 신사들에게 알맞았다. 보통 시민들은 일요일이 되면 시적인 매력을 지니고 있는 국도를 좋아하였다.

가파른 오솔길을 걷는다는 것은 농부들이나 도시의 자연 애호가들에게 알맞은 노동이나 운동이기는 하지만, 보통 서민들에게 있어서는 오락은 아니다. 이와 반대로 국도에서는 걸으면서 함께 이야기도 주고받을 수 있으며 신발이며 외출복도 망치지 않았다.

거기에서는 마차와 말도 볼 수 있고 산보객과 부딪치기도 하고 치장한 처녀와 노래 부르는 젊은이들도 만날 수 있었다.

누가 뒤에서 농을 걸면 이쪽에서도 웃으면서 맞장구를 칠 수 있었다. 또 멈춰 서서 지껄일 수도 있고, 혼자라면 처녀의 꽁무니를 뒤쫓으며 웃어 줄 수도 있었다. 혹은 사이좋은 친구와의 개인적인 불화를 주먹다짐으로 한바탕 싸움을 벌이고 나서 화해할 수도 있었다.

그래서 모두들 국도로 갔다. 그 길은 크게 산기슭을 끼고 돌아 멀기는 했으나 땀을 흘리는 것을 좋아하지 않는 사람처럼 천천히 기분 좋은 오르막길로 되어 있었다.

오늘의 선임자인 숙련공은 겉저고리를 벗어서 어깨에 걸쳤다. 그는 이야기 대신에 이번에는 마음껏 명랑한 음조로 휘파람을 불기 시작하여 브라하에 도착할 때까지 계속해서 불었다.

한스에게도 몇 번인가 조롱의 말이 던져졌으나 그다지 심한 것은 아니었다. 아우구스트가 더 열심히 그것에 응수하였다. 그러는 동안 마침내 이들은 브라하 마을에 이르렀다.

그 마을은 울창한 산림을 배경으로 하고 가을빛이 깃든 과수원 사이에 자리 잡고 있으며, 붉은 기와 지붕과 은빛 나는 회색 지붕이 곳곳에 있었다.

젊은이들은 어느 술집으로 들어가야 좋을지 의견이 일치되지 않았다. '닻집'에는 가장 좋은 맥주가 있었으나, '백조'에는 훌륭한 케이크가 있었고, '골목집'에는 아름다운 주인집 딸이 있었다.

결국 아우구스트가 우긴 나머지 닻집으로 가기로 했다. 다른 곳 몇 군데를 들려 나중에 골목집에 갈 수 있다고 눈짓으로 알렸다. 그래서 모두들 이에 따르기로 했다. 그리고는 이들은 마을로 들어가 마구간 옆과 제라늄 화분을 가득 올려놓은 낮은 농가의 창턱 옆을 지나서 닻집으로 함께 몰려 들어갔다.

그 집의 황금빛 간판이 건강하게 자란 두 그루의 어린 밤나무 너머로 햇볕에 반짝반짝 빛나면서 손님을 부르고 있었다. 홀 안은 손님들로 가득 차 뜰에다 자리를 잡지 않으면 안 되었다.

손님들의 말을 빌자면 닻집은 고상한 술집으로서 낡은 농부들의 요리집이 아닌 창문이 많은 현대식 벽돌집이었다.

그곳은 긴 의자 대신에 혼자서 앉을 수 있는 의자와 양철에 색칠을 해서 만든 간판도 있었다. 그 집 여급은 도시의 옷차림을 하고 주인도 멋진 갈색 옷을 단정히 입고 있었다.

원주인은 거의 파산 상태인 탓에 맥주 공장 경영자인 채권자 대표로부터 지금은 그 집을 세로 빌려 쓰고 있었는데, 한층 더 고급스러웠다. 정원은 아카시아나무와 커다란 철제 격자로 이루어져 있고 야생 포도나무로 반쯤 덮여 있었다.

"제군들의 건강을 축복한다."

그 숙련공은 소리치며 다른 세 사람과 컵을 부딪치며 자기의 실력을 보이기 위해 술을 단숨에 들이켰다.

"이봐요. 아가씨, 잔이 비었어요. 또 한 잔 갖다줘요."

하고 그는 여급을 향하여 소리 지르며 테이블 너머로 컵을 내밀었다.

맥주는 훌륭했고 시원했으며, 그다지 쓰지 않았다. 한스는 명랑한 기분으로 즐겁게 술을 맛보고 있었다. 아우구스트는 마치 주당 같은 표정을 지으며 술을 마시면서 혀로 맛을 감정하면서 이따금 담배를 피웠다. 한스는 그것을 마음속으로 감탄하였다.

이와 같이 젊음이 있는 유쾌한 일요일을 즐기며, 당연히 그런 자격이라도 있는 사람처럼 인생을 터득하고 유쾌하게 놀 줄 아는 사람들과 어울려 술집 테이블에 마주 앉은 것 역시 나쁘지 않았다.

같이 웃고 때로는 농담을 던져보는 것도 신나는 일이었다. 가져온 맥주를 쭉 들이켜고는 빈 컵으로 테이블을 딱딱 치면서 거리낌 없이 "아가씨, 한 잔 더" 소리치는 것도 신이 났고 젊은이다웠다.

다른 테이블에 앉아 있는 안면이 있는 사람을 향해서 축배를 든다거나, 다른 사람들과 같이 꺼진 여송연의 꽁초를 왼손가락에 끼우고 모자를 목덜미 뒤로 젖히는 모습도 기분 좋은 일이었다.

함께 온 다른 공장 직공들도 흥에 겨워 이야기를 시작했다. 그가 알고 있는 대장장이는 고급 울름 맥주를 스무 잔이나 마실 수 있다고 했다. 그는 그것을 마시고 난 다음에 입을 쓱 문지르면서 "그럼 이번에는 고급 포도주를 작은 것으로 한 병 더."하고 주문했다.

또 예전에 알고 지낸 간슈타트의 화부는 돼지 순대 열두 덩이를 한자리에서 먹는 내기에서 이겼다는 얘기를 했다. 그러나 두 번째의 내기에서는 졌다는 것이다.

그는 무모하게도 음식점의 메뉴를 빠짐없이 먹으려고 했던 것이다. 사실 전부를 먹어 치웠으나 메뉴의 맨 마지막에는 여러 가지 종류의 치즈가 나왔다. 세 번째의 것이 나왔을 때 그는 접시를 밀어붙이면서 "이 이상 먹느니보다 차라리 죽는 것이 낫겠다."고 말하였다는 것이다.

이러한 이야기도 대단한 갈채를 받았다. 누구나가 다 이런 호걸이나 상상을 초월하는 이야깃거리를 갖고 있었기 때문에 세상에는 어느 곳에나 지독한 주객이며 식충이가 있구나 하는 것을 알았다.

어느 사람이 이야기한 호걸은 '슈루트가르트의 한 사나이'였고, 또 다른 사람의 경우는 '루드비히스부르크의 용기병'이었다. 먹어 치운 것만 하여도 삶은 감자가 17개였고, 또 한 사람은 사라다가 곁든 계란 과자 11개를 먹었다고 했다.

모두들 그러한 사건을 구체적으로 열심히 이야기하였으므로 홀륭한 재주가 있는 사람과 기묘한 인간과 엉뚱하고 괴벽스러운 사람도 있다는 것을 알고 즐거웠다.

이 쾌감과 현실성은 술집 단골들의 속된 예찬론으로, 예로부터 존경할 만한 유산이 되어 음주며 정담이며 담배며 결혼에 대한 과장된 이야기는 젊은 사람들에 의해 널리 퍼지고 있었다.

석 잔째에 한스는 케이크를 주문했다. 여급은 "네, 케이크는 없습니다."라고 대답하였기 때문에 모두가 무섭게 화를 냈다.

그러자 아우구스트는 케이크가 없다면, 다른 집으로 가야 하겠다고 말했다. 다른 직공은 별 볼 일 없는 술집이라고 주정을 부렸다.

오직 프랑크푸르트의 사나이만이 그대로 있자고 고집을 부렸다. 왜냐하면 그는 벌써 여급과 약간 가까워진 사이로 이미 여러 차례 손장난을 하고 있었기 때문이다. 한스는 훔쳐보듯 그것을 바라보고 있었던 것이다. 맥주와 함께 그 광경은 그를 이상한 기분으로 흥분하게 해주었다.

모두가 이 집을 나가게 되어 그는 기뻐했다. 계산을 끝내고 일행이 밖으로 나오자, 한스는 석 잔의 맥주로 약간 취기가 오르는 것을 느꼈다. 그 기분은 지친 것 같았고 절반은 무엇인가 저지르고 싶은 유쾌한 기분이었다.

그때 무엇인가 엷은 베일 같은 것이 눈앞에 어려 있는 것 같아 마치 꿈속에서처럼 모든 것이 멀어져 보이고 현실이 아닌 것처럼 보였다.

그는 막연하게 웃지 않을 수 없었다. 그리고 모자를 당돌하게 비뚤게 쓰고 진짜 건달과 같은 기분이 되었다. 프랑크푸르트의 사나이는 다시 용감하게 휘파람을 불었다. 한스는 그것에 박자를 맞추어 걸으려고 하였다.

주점 '골목집'은 아주 조용하였다. 몇 사람의 농부가 포도주를 마시고 있었다. 생맥주는 없고 병에 넣은 것뿐이었다. 주문도 하기 전에 각자 앞에 한 병씩 놓여졌다.

다른 공장 직공은 자기의 배짱을 과시해 보이기라도 하듯 사람 수대로 커다란 사과 케이크를 주문하였다. 한스는 갑자기 심한 시장기를 느꼈기 때문에 계속해서 그것을 몇 조각 먹었다.

낡고 갈색이 된 객실의 딱딱하고 넓은 벽에 붙은 의자에 앉아 있으려니까 꿈을 꾸는 듯한 기분에 젖었다. 고대식 카운터며 커다란 난로는 어둠 속으로 사라져 버리고, 나무 살을 댄 커다란 새장 속에서 두 마리의 곤줄박이가 날개를 파닥거리고 있었다. 그 새장 창살 사이에는 새 모이인 빨간 열매가 가득 붙어 있는 마가목 가지가 꽂혀 있었다.

술집 주인이 테이블 앞으로 와서 손님들을 환영하였다. 그러고 나서 잠시 후 이야기가 다시 시작되었다.

한스는 병에 든 맥주를 두 모금 마시자, 한 병을 다 마실 수 있을지 없을지 호기심이 생겼다.

프랑크푸르트의 사나이는 라인 지방의 포도밭 축제며, 유랑자의 품팔이며, 값싼 여인숙 생활에 대해서 상상할 수 없는 허풍을 떨었다. 모두들 즐겁게 듣고 있었으며, 한스도 웃음을 참을 수 없을 만큼 흥겨웠다.

그런데 갑자기 그는 몸이 이상해지는 것을 느꼈다. 테이블, 병, 컵, 친구들이 부드러운 갈색 구름 속에 희미하게 휩싸였다. 정신을 차려 긴장할 때만 여러 가지 것들이 확실한 형태로 되돌아왔다.

때때로 이야기 소리와 웃음소리가 높아지면 그도 함께 큰소리로 웃기도 하고, 무엇인가 말하기도 하였으나 무엇을 말하였는지 곧 잊어버리고 말았다. 잔이 서로 부딪칠 때에는 그도 따라 부딪쳤다. 얼마 후에 자기 앞에 놓여 있는 병이 비어 있는 것을 보고 한스는 놀랐다.

"잘하는데. 한 병 더 하겠어?"

아우구스트가 말했다.

한스는 맥없이 웃으면서 고개를 끄덕거렸다. 한편 그는 이렇게 과음을 하는 것은 아주 위험한 짓이라고 생각하고 있었다. 그때에 프랑크푸르트의 사나이가 노래를 부르기 시작하자, 모두가 박자를 맞춰 노래를 따라 불렀다. 한스도 목청을 높여 같이 불렀다.

술집은 점점 손님이 늘어났다. 여급을 돕기 위해 주인 딸도 나왔다. 그녀는 아름다운 몸매에 키가 큰 처녀였고 건강하고 혈색 좋은 얼굴과 침착한 갈색 눈을 가지고 있었다.

그녀가 한스 앞에다 새 병을 갖다 놓자 옆에 앉아 있던 직공이 곧바로 그녀에게 매우 능숙한 추파를 보내었으나 그녀는 아무런 동요도 보이지 않았다.

그 직공에게 관심이 없다는 것을 보이기 위함인지 혹은 곱상스럽게 생긴 소년의 천진스런 얼굴이 마음에 들어서인지 그녀는 한스 쪽을 보며 재빨리 자신의 머리를 매만졌다. 그런 다음 카운터로 돌아갔다.

벌써 세 병째를 마시고 있는 직공은 그녀의 뒤를 따라가서 얘기를 걸려고 무척 애를 썼으나 아무런 효과가 없었다. 키 큰 처녀는 냉담하게 그를 쳐다보며 대답도 하지 않은 채 등을 돌려 버렸다.

그래서 직공은 할 수 없이 테이블로 돌아와서 빈 병으로 테이블을 두드리며 미친 듯이 소리 질렀다.

"기분 좋게 놀자, 모두들 술잔을 들자."

그리고 이번에는 음탕한 여자에 관한 이야기를 했다. 이제 한스에게 들리는 것은 불분명한 소리뿐이었다. 두 번째의 병이 거의 비워지자, 한스는 말하기가 힘들 정도로 혀가 꼬부라지고 웃는 것까지도 어려워졌다. 그는 곤줄박이의 새장 쪽으로 가서 새를 좀 놀려볼까 생각했지만, 두 발짝도 못 가서 쓰러질 것 같아서 조심스럽게 되돌아왔다.

그때부터 한스의 기분도 몸도 차츰 풀어지기 시작하였다. 술에 취하였다는 것을 알게 되자 곧 과음한 것이 기분 나빴다. 아주 먼 곳에서 갖가지 불길한 일이 그를 기다리고 있는 듯하였다. 집으로 돌아가는 길이며, 아버지와의 충돌, 내일 아침 또 일터에 나가지 않으면 안 되는 일 등등 이런 생각으로 차츰 머리가 아프기 시작하였다.

다른 사람들은 만족하고 있었다. 약간 술이 깨자 아우구스트는 계산을 치르려고 얼마냐고 물었다. 1달러를 지불하고도 거스름 돈은 얼마 남지 않았다. 와자지껄하게 웃고 떠들며 거리로 쏟아져 나오자 밝은 석양으로 눈이 부셨다.

이제 한스는 거의 똑바로 설 수가 없었으므로 비틀거리면서 아우구스트에게 기대어 끌려갔다.

다른 공장 대장장이는 감상적이 되어서 "내일은 이곳을 떠나야 한다."면서 노래를 부르며 눈물을 흘리고 있었다.

곧장 집으로 돌아갈 작정이었으나 백조집 앞에 이르자, 그 직공은 이곳에도 들어가자고 고집을 부렸다. 입구에서 한스는 몸을 뿌리쳤다.

"나는 집에 가지 않으면 안 돼."

"너 혼자서는 걸을 수 없잖아."

직공은 웃었다.

"걸을 수 있어, 난 걸을 수 있단 말야. 나는 꼭 집에 돌아간다."

"그럼 브랜디라도 한 잔 더하고 가, 이 꼬마야. 한 잔 더하면 설 수 있고 위도 가라앉아. 바로 직통이야."

한스의 손안에 작은 컵이 들려진 것을 느꼈다. 그는 그것을 거의 엎질렀다. 그러고는 나머지를 마시자 목구멍이 불처럼 타는 것 같았고 심한 구역질이 나며 몸이 떨렸다.

혼자서 그는 문간의 층계를 비틀거리면서 내려와 정신없이 마을 밖으로 나왔다. 집이며 울타리며 정원들이 옆으로 기울어져서 그의 곁을 빙빙 지나쳤다.

그는 사과나무가 있는 젖은 풀밭에 드러누웠다. 온갖 불쾌한 감정과 괴로운 불안과 걷잡을 수 없는 생각 때문에 눈을 감을 수가 없었다. 그는 더럽혀지고 모욕을 당한 것 같은 불쾌함을 되씹었다.

어떻게 해서 집에 돌아갈 수 있을까? 아버지에게는 뭐라고 말할까? 내일 나는 어떻게 될 것인가? 이제 그는 영원히 쉬어야 할 것 같고 부끄러워하지 않으면 안 될 것처럼 완전히 의기소침하여 비참한 기분이 들었다. 머리와 눈이 아팠고, 도저히 일어서서 더 이상 걸어갈 기운조차 없어져 버렸다.

갑자기 눈 깜짝할 사이에 밀려오는 파도와도 같이 조금 전의 환락의 포말이 되돌아왔다. 그는 얼굴을 찡그리며 멍청히 흥얼거렸다.

아, 내 사랑하는 아우구스틴
아우구스틴, 아우구스틴이여.
아, 내 사랑하는 아우구스틴
모든 것은 끝나고 말았다.

한스는 노래를 끝마치자 무엇인가 가슴이 아파왔고 불분명한 영상이며 기억, 수치감, 자책의 물결이 그에게로 몰려들었다. 그는 큰소리로 신음하고 흐느끼면서 풀숲에 넘어졌다. 날은 이미 어두워져 있었다. 다시 그는 정신을 차려 일어서서 비틀거리며 언덕을 내려왔다.

아들이 식사 때까지 돌아오지 않자 기벤라트 씨는 몹시 욕설을 퍼붓고 있었다. 밤 9시가 되어도 끝내 돌아오지 않자, 그는 오랫동안 사용하지 않던 단단한 등나무 지팡이를 꺼내 들었다.

'그놈이 이제는 아버지의 매를 맞지 않을 나이가 되었다고 생각하고 있는 것은 아닐까. 돌아오기만 하면 가만두지 않겠다. 밤놀이를 하겠다고 하면 어디서 밤을 새워야 하는지 보여 주겠어?'
라고 생각하며 그는 10시가 되자 현관문에 자물쇠를 채웠다. 그래도 그는 자지 않고 더욱더 화를 내면서 한스의 손이 현관 손잡이를 돌리고 두려움에 주저주저하며 벨의 줄을 잡아당기는 것을 기다리고 있었다.

그는 그 장면을 상상하였다.

'할 일 없이 건달처럼 싸돌아다니는 자식놈에게 맛을 보여 주어야 해. 틀림없이 술에 취해 곯아떨어졌을 거야. 그러나 술도 깨겠지. 못난 놈, 거지 같은 놈! 뼈가 산산이 부서질 때까지 두들겨 패 주어야지.'

마침내 그의 분노도 잠에는 별수 없었다.

바로 그 무렵, 그렇게 위협을 받고 있었던 한스는 싸늘한 시체가 되어 조용하게 천천히 냇물을 따라 아래로 흘러가고 있었다. 구역질도 부끄러움도 괴로움도 그에게서 모두 떠나갔다. 어둠 속을 흘러 내려가고 있는 그의 허약한 몸을 푸른 가을밤만이 내려다보고 있었다.

또한 그의 손, 머리카락, 창백해진 입술을 짙은 물결이 희롱하고 있었다. 날이 새기 전에 먹을 것을 잡으러 나오는 겁쟁이 물개가 곁눈질을 하며 소리 없이 스쳐 지나가지만 않았다면, 아무도 한스를 본 사람은 없었을 것이다.

어떻게 하여 그가 물속에 빠졌는지 아무도 몰랐다. 아마도 길을 잃고 험준한 장소에서 발을 헛디딘 것인지, 혹은 물을 마시려다 몸의 균형을 잃었을지도 모르고, 아니면 아름다운 물을 보고 마음이 끌려 그 위에 엎드렸을지도 모른다.

어쩌면 평화와 깊은 휴식으로 가득 찬 밤과 달의 창백한 빛이 그를 바라보았기 때문에 그는 피로와 불안 때문에 죽음의 그늘 속으로 끌려 들어갔을지도 모른다.

한낮이 되어서야 그는 발견되어 집으로 운반되었다. 놀란 아버지는 지팡이를 곁에다 놓고 쌓이고 쌓인 분노를 억제하지 못하고 있었다. 그러나 그는 울지도 않고 무표정한 얼굴을 하고 있었으며, 다음날 밤에도 자지 않고 이따금 문틈 사이로 한마디의 말도 하지 못하게 된 아들을 바라보았다.

깨끗한 침대에 누워있는 아들은 여전히 고운 이마와 창백하고 영리하게 생긴 얼굴로 무엇인가 특별한 것으로 다른 사람과는 틀리는 운명을 가지고 태어나면서부터 천부의 권리를 가지고 있는 것처럼 보였다.

아들의 이마와 양손의 피부는 약간 보라색으로 벗겨져 있었고 그 창백한 얼굴은 살짝 잠들어 있는 것 같았다.

눈에는 하얀 눈꺼풀이 덮여 있었고 꼭 다물고 있지 않은 입은 만족한 듯이 거의 명랑하게까지 보였다. 소년은 한창 좋은 꽃다운 시절에 별안간 꺾여 즐거운 행로로부터 억지로 잡아당겨 떨어진 것같이 보였다.

소년의 아버지도 피로와 외로운 슬픔 때문에 그러한 자연스런 착각에 사로잡혔다.

장례식에는 조합원을 비롯하여 많은 누군가에 의해서 구경꾼이 몰려들었다.

한스 기벤라트는 유명한 인물이 되어 모든 사람들의 흥미를 끌었다. 선생들이며, 교장 선생이며, 고을의 목사도 또다시 한스의 운명에 관심을 가졌다.

그들은 모두 프록 코트를 입고 엄숙한 실크햇을 쓰고 장례 행렬을 뒤따르며 서로 이야기를 주고받으면서 잠시 무덤가에 멈추어 섰다. 라틴어 선생은 어느 누구보다도 우울해 보였다.

교장 선생은 그를 향하여 조용히 말했다.

"선생님, 정말 저 아이는 훌륭하게 될 인물이었는데, 가장 우수한 학생들 가운데서 불운한 결과를 보는 것은 비참한 일이 아닙니까?"

아버지와 쉴 사이 없이 울고 있는 안나 아주머니와 함께 플리크 아저씨가 무덤 곁에 남았다.

"정말 이건 너무 괴로운 일이에요. 기벤라트 씨."

하고 그는 동정하며 말했다.

"나도 그 아이를 사랑하고 있었는데."

"아무래도 이유를 모르겠어"

하며 기벤라트는 절망에 가까운 한숨을 내쉬었다.

"그처럼 천성이 착하고…… 학교도 시험도 잘 되어 나갔는데…… 그리고는 별안간 불행이 뒤따르다니!"

구둣방 주인은 묘지문을 나가는 프록 코트를 입은 사람들의 일행을 손으로 가리켰다.

"저기 가는 놈들도 한스를 이런 지경으로 만든 데 조력한 거야."

그는 낮은 소리로 이렇게 말했다.

"뭐라고?"

하며 기벤라트 씨는 펄쩍 뛰며 구둣방 주인을 놀라서 의아스러운 듯이 바라보았다.

"천만의 말씀. 도대체 왜 그래요?"

"진정하십시오, 기벤라트 씨. 나는 단지 학교 선생들을 말했을 뿐입니다."

"어째서? 도대체 왜요?"

"아닙니다, 이젠 아무 말도 하지 않겠어요. 당신이나 나나 어쩌면 이 아이를 위해 여러 가지로 소홀한 점이 있었을지도 몰라요. 그렇게 생각하지 않습니까?"

고을 상공에는 한가로이 푸른 하늘이 펼쳐져 있었고 골짜기에는 개울이 반짝이며 빛나고 있었다. 변함없이 전나무 산은 부드럽고 동경하는 듯이 멀리 저편까지 푸른색을 던져주고 있었다.

플리크 아저씨는 슬픔에 잠긴 미소를 짓고 동행자의 팔을 잡았다.

기벤라트 씨는 이 한때의 정적과 이상스럽게 괴로운 갖가지의 추억으로부터 떠나 뭔가 머뭇거리다가 결심한 듯 지향 없이 정든 생활의 골짜기를 향해 걸음을 옮겼다. 〈끝〉

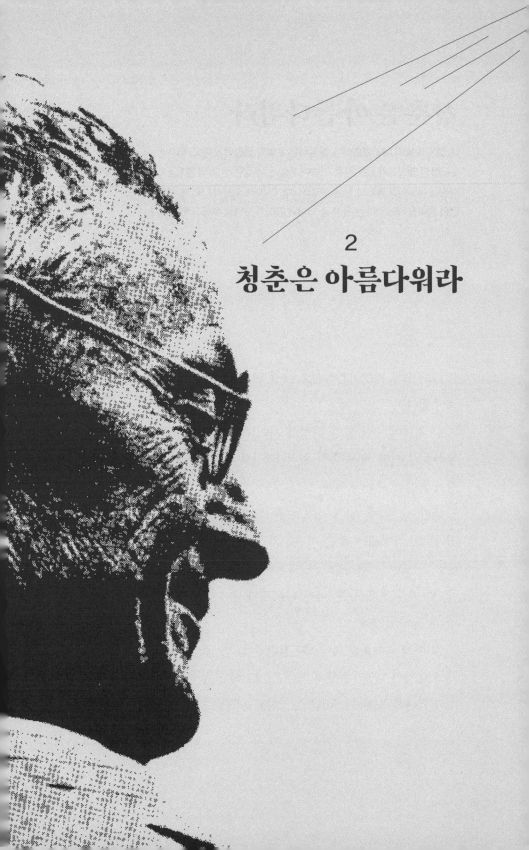

2
청춘은 아름다워라

청춘은 아름다워라

내 젊은 꽃밭의 나라였습니다. 풀밭에는 은빛의 샘물이 솟아오르고
고목들의 옛이야기 같은 푸른 그늘이 거칠은 내 젊은 날 꿈의 열정을 식혀주었습니다.
갈증에 허덕이며 불볕의 길을 걸어갑니다. 이제 내 젊음의 나라는 닫혀 있고
나의 방황을 어리석다는 듯이 울 너머의 장미가 고개를 쳐들고 있습니다.

나의 숙부 마토이스까지도 나를 다시 보게 되자, 그의 식대로 기뻐
해 주었다.

한 청년이 수년 동안 타향에 가 있다가 어느 날 갑자기 성공하여
돌아오게 되면, 무뚝뚝한 친척일지라도 미소를 띠우며 즐겁게 손을
잡고 흔들어 주는 법이다.

내가 소지품을 넣어 가지고 온 소형의 갈색 트렁크는 아주 새것이
었다. 그 가방에는 좋은 자물쇠와 번쩍이는 가죽끈이 붙어 있었다.
또한 그 속에는 산뜻한 두벌의 옷과 세탁할 내의와 새 장화가 한 켤
레, 몇 권의 책과 사진, 예쁜 파이프가 두 개, 그리고 회중 피스톨이
한 개 들어 있었다.

그 밖에 바이올린 케이스와 잡다한 물건들을 가득 넣은 배낭과 두
개의 모자와 단장, 우산과 가벼운 망토와 고무 구두 한 켤레를 가지
고 있었는데, 모두 새것이었고, 모양도 괜찮은 것들이었다.

그뿐만 아니라, 이백 마르크가 넘는 저금통장을 포켓 속에 넣고 꿰매어 가지고 있었고, 가을에는 외국에서 좋은 자리를 주겠다고 약속한 편지도 가지고 있었다.

이 모든 짐을 잔뜩 끌고 지금. 나는 오랫동안 방랑한 후 수줍이 하고 부모에게 근심을 끼치는 소년으로서 떠나갔던 고향에 신사가 되어서 다시 돌아온 것이다.

기차는 천천히 조심스럽게 커다란 커브를 그리면서 언덕을 돌아 내려갔다. 그리고 커브를 돌 때마다 아래쪽에 아련히 누워있는 읍내의 많은 집들과 거리와 강물, 과수원 등이 더욱 가깝게 보이기 시작하였다.

드디어 지붕들을 분간할 수 있게 되자, 그 속에서 눈에 익은 지붕을 찾아낼 수 있었다. 이제는 창문도 셀 수 있었고, 황새 집도 찾아낼 수 있었으며, 유년 시절과 소년 시절, 그리고 헤아릴 수 없이 많은 값진 고향의 기억이 골짜기로부터 밀려오자, 저 아래 고향 사람들을 아주 감탄케 하려던 나의 자랑스러운 귀향의 감정과 기쁨은 점점 사라지고, 감사와 외경의 마음이 일어나는 것이었다.

세월이 흐름에 따라 내게서 떠나갔던 향수는 최후의 십분 간을 앞두고 나에게서 힘차게 솟아났다. 역 구내에 있는 등나무 덩굴도, 낯익은 정원의 담도 모두 나에게는 놀랍도록 귀하게 여겨지는 것들이었다.

그리하여 나는 내가 지금까지 그렇게 오랫동안 그것들을 잊은 채 그대로 지낼 수 있었던 것에 대해 용서를 구하는 마음이 되는 것이었다.

기차가 우리 집 문 앞을 지날 때, 낡은 우리 집 맨 꼭대기 창에 누군가 서서 큰 손수건을 흔들고 있었다. 그것은 분명 아버지임이 틀림없었다.

그리고 베란다에는 어머니와 심부름하는 여자가 수건을 흔들고 서 있었고, 제일 높은 굴뚝에서는 커피를 끓이는 보랏빛 연기가 온화한 하늘로 올라가 시가지 위로 멀리 퍼지며 사라지고 있었다.

이제 이 모두가 나를 위한 것이었고, 나를 기다리고 환영하여 주는 것이었다.

역에서는 수염이 덥수룩한 늙은 역원이 옛날과 다름없이 흥분해서 돌아다니며 사람들을 선로 밖으로 내보내고 있었다. 그 사람들 틈에 끼어서 나의 누이동생과 아우도 초조하게 기다리며 내 쪽을 바라보고 있는 것이 보였다.

아우는 내 짐을 운반하려고 조그만 손수레까지 가지고 와서 기다리고 있었다. 그 손수레는 우리가 어렸을 때 늘 자랑스러워하던 손수레였다. 트렁크와 배낭을 그 위에 싣고, 동생 프리쯔가 그것을 끌었다.

나는 누이동생과 함께 그 뒤를 따랐다. 누이동생은 내가 머리를 너무 짧게 깎았다고 탓했지만, 수염은 보기 좋다고 하였고, 내 새 트렁크가 아주 훌륭하다고 하였다.

우리는 웃고 서로 눈을 마주 쳐다보면서 가끔 손을 잡았고, 손수레를 끌고 앞서가면서 가끔 뒤를 돌아다보는 프리쯔에게 고개를 끄덕여 주곤 하였다. 프리쯔는 이제 나만큼 큰 것 같았고 어깨도 떡 벌어져 있었다.

그가 앞을 걸어가고 있는 것을 보니, 어릴 때 그와 종종 싸움을 하면서 때려 주곤 하던 생각이 났다. 그러자 화가 치밀던 것이 풀리면 언제나 느끼곤 하던 그 아픈 후회의 감정이 되살아나는 것이었고, 그의 울던 어린 얼굴과 슬픈 눈이 되살아오는 것이었다.

그런 프리쯔가 이제는 어른 걸음으로 걷고 있었고, 어른처럼 커가지고 턱 주위에는 벌써 노란 솜털이 수염으로 변해 가고 있었다.

우리는 벚나무와 마가목나무의 가로수가 있는 길을 지나서 왼쪽 다리를 건넜다. 그리고 새로 난 상점과 옛날부터 변함없이 있어 온 여러 집 앞을 지나쳤다.

그리하여 다리 한끝에 이르자, 거기에는 언제나 다름없이 우리 집이 창문을 열려진 채 서 있었다.

그리고 열려진 창문으로 앵무새 우는 소리가 들려오자 내 가슴은 추억과 기쁨으로 세차게 뛰는 것이었다. 서늘하고 어둠침침한 뜰 안의 길을 걸어 큰 돌로 지은 현관을 지나 계단을 서둘러 올라가려니까 아버지가 마중을 나오고 있었다.

아버지는 나에게 키스를 해주며 웃는 얼굴로 내 어깨를 두드려 주었다. 그리고는 내 손을 아무 말 없이 잡고 이층 복도 문이 있는 곳까지 데리고 갔다. 거기에는 어머니가 서 있다가 나를 껴안아 주었다.

그러자 심부름하는 크리스티가 달려 나오며 손을 내밀었다. 커피가 준비되어 있는 거실로 들어가서는 앵무새 폴리와 인사를 나누었다.

앵무새는 곧 나를 알아보고는 새장 윗쪽 받침에서 내 손가락 위로 내려와 쓰다듬어 주기를 바라는 듯이 예쁜 회색 머리를 조아렸다.

방은 새로 도배질을 한 것 이외에는 할아버지 할머니의 초상이며, 유리에 고풍의 리라꽃이 그려 있는 탁상시계에 이르기까지 모두 옛날 그대로였다.

찻잔들은 준비된 탁자 위에 놓여 있었고, 나의 찻잔에는 작은 레제대의 꽃다발이 꽂혀 있었다. 나는 꽃 한 송이를 집어 단추 구멍에 끼웠다.

어머니는 바로 내 앞에 앉아서 나를 바라보며 밀크빵을 건네주면서 이야기를 하느라고 먹는 것을 잊어서는 안 된다고 충고해 주었다.

그러나 어머니가 이것저것을 묻는 바람에 나는 그 하나하나에 대답을 하지 않을 수 없었다. 아버지는 잠자코 귀를 귀울이면서 이제 회색이 된 수염을 쓰다듬으며, 안경 너머 따뜻한 눈길로 나를 살피고 있었다.

나는 지나친 겸손을 떨쳐 버리고 내가 지금까지 겪은 경험이며, 그동안의 일들을 자세히 들려드렸다. 그러면서 세상에서 가장 감사해야 할 것은 부모라는 것을 절실히 느꼈다.

이 첫날에는 그리웠던 우리 집 외엔 아무것도 보고 싶지 않았다. 그 밖의 다른 모든 것은 내일도 모레도 시간이 있었다. 그래서 커피를 마신 후 우리들은 모든 방과 부엌, 복도, 골방 등을 돌아다니며 둘러보았다.

모두가 거의 옛날과 같았고, 내가 발견한 몇 가지 새로운 것도 다른 사람들에게는 벌써 오래된 것이었고 익숙한 것이어서, 이전에도 그랬던 것이라고 하며 장난 섞인 언쟁을 하곤 했다.

산 언덕 기슭 담쟁이덩굴로 뒤덮인 담으로 둘러싸인 작은 정원에는 오후의 태양이 깨끗이 쓴 길과 종유석과 반쯤 찬 물통과 색색의 빛깔로 빛나고 있는 화단을 비추고 있어 그 모두가 웃고 있는 것 같았다. 우리는 베란다로 가서 제가끔 편안한 의자에 앉았다.

거기에는 쥐방울 나무의 널따랗고 투명한 잎사귀를 통해 들어온 햇살이 따뜻했고 연초록빛을 발하고 있었으며, 몇 마리의 벌이 붕붕거리며 길을 잃고 있었다. 그러자 아버지는 나의 귀향을 감사드리기 위해 모자를 벗고 기도를 올렸다. 우리들도 일어서서 조용히 두 손을 모았다.

그 엄숙함이 나에게는 이제 많이 낯설어져서 나를 억압하기는 하였지만, 나는 이 오래된 성스러운 말들을 즐겁게 듣고 감사한 마음으로 다른 사람들과 같이 '아멘'을 외었다.

그리고 나서 아버지는 서재로 들어갔고 동생들은 밖으로 달아나 버렸다. 다시 주위는 조용해지고 어머니와 나만이 탁자 앞에 마주 앉게 되었다. 이것은 내가 오랫동안 즐겨 기다려 왔고, 또 두려워한 그 순간이었다.

왜냐하면 나의 귀향은 퍽이나 반갑게 환영을 받는 편이기는 했지만, 나의 지난 몇 해 동안의 생활은 전적으로 깨끗하고 완전무결했다고는 할 수 없었기 때문이었다.

어머니는 아름답고 따뜻한 눈으로 나를 바라보며 내 안색을 주의 깊게 살폈다. 그러면서 이제부터 무얼 말하고 물어볼 것인가를 생각하는 것 같았다.

나는 붙잡힌 사람처럼 조용히 앉아 손가락을 매만지며 시험을 치를 것을 각오하고 있었다. 시험 전체를 가지고는 그렇게 걱정할 것이 없었지만, 그래도 그 몇 개에 대해서는 대단히 부끄러운 결과를 초래하게 되고 말 것 같은 기분이 들었기 때문이었다.

어머니는 한동안 내 눈을 잠잠히 들여다보더니 그 보드랍고 작은 손으로 내 손을 잡았다.

"넌 아직도 기도는 자주 하겠지?"

어머니가 나직이 물었다.

"요즘에는 기도를 한 적이 별로 없었어요."

나는 이렇게 대답할 수밖에 없었다. 어머니는 좀 걱정스러워하는 눈으로 나를 바라보고 있었다.

"다시 시작하게 되겠지."

하고 어머니가 말했다.

그래서 나는,

"그럴지도 모르지요."

하고 막연하게 대답하였다.

어머니는 한동안 아무 말이 없다가 다시금 입을 열었다.

"그래도 착한 사람이 될 생각이기는 하겠지, 안 그러냐?"

그래서 나는 "네."라고 말할 수 있었다.

그러자 어머니는 어려운 질문을 하는 대신에 내 손을 만지며 내가 고백하지 않아도 나를 믿을 수 있다는 듯 고개를 끄덕여 보였다.

그러고 나서 어머니는 나의 의복과 세탁물에 관해서 물었다. 그것은 지난 이 년 동안 내 옷에 대해서는 내 스스로가 처리하면서 세탁물이나 꿰맬 것을 일체 집으로 보내지 않은 까닭 때문이었다.

"내일 함께 짐을 살펴보자꾸나."

그리하여 모든 시험이 끝났다.

그러자 곧 누이동생이 와서 나를 데리고 집 안으로 들어갔다. 누이동생은 우리가 늘 예쁜 방이라고 부르는 곳으로 나를 끌고 들어가더니 피아노 앞에 앉아 악보를 펼쳤다. 그것은 오랫동안 듣지도 않았고 부르지도 않은 것이었으나, 나로서는 결코 잊혀지지 않는 음률이었다.

우리는 슈베르트와 슈만의 가곡을 노래하고, 다음엔 『질헤르』를 꺼내 가지고 저녁 식사를 할 때까지 독일과 외국 민요를 불렀다.

누이동생이 식사 준비를 하고 있는 동안은 나는 앵무새와 노닥거렸다. 폴리라는 이름은 여자 이름임에도 불구하고 놈은 숫놈으로 취급되어 '데어 폴리'라는 남성 이름으로 불리어지고 있었다. 놈은 여러 가지 말을 할 줄 알았고, 우리의 목소리나 웃음까지 흉내 낼 수 있어서, 우리들 가족 개개인과 또 다른 계층의 우정을 지니고 있었다.

놈이 가장 좋아하는 것은 아버지였고, 무엇이나 아버지가 하자는 대로 하였다. 그다음에는 내 아우, 그리고는 어머니, 나 이러한 순서였다. 그 맨 마지막이 누이동생이었는데, 누이 동생에게는 그 무슨 불신감을 품고 있었던 것이다.

폴리는 우리 집에 있는 유일한 동물로, 이십 년간을 우리 가족과 함께 살아왔다. 놈은 말과 웃음과 음악을 사랑했지만, 누구든 너무 가까이 있는 것은 좋아하지 않았다.

놈은 종종 아무도 자기를 개의치 않으므로 그래서 횃대에 호젓하게 앉아 있을 수 있었고, 사방이 조용하고 따뜻한 햇볕이 방안으로 비쳐들 때면, 놈은 깊고 행복한 소리로 마치 삶을 노래하고 신을 찬양하는 것처럼 노래를 시작한다.

그 소리는 마치 피리 소리와도 흡사하였으며, 혼자 놀고 있는 어린아이가 자기도 모르게 부르는 노래와도 같이 아늑하고 따뜻하며 숭고하기까지 하였다.

저녁을 먹은 뒤, 나는 삼십여 분 동안을 정원의 꽃들에게 물을 주면서 보냈다. 그래서 젖고 지저분해진 모습으로 집 안으로 들어가자 복도 끝 쪽에서 잘 알 듯한 여자의 말소리가 들려왔다. 나는 수건으로 손을 서둘러 닦고 거실로 들어갔다.

거기에는 연보랏빛 옷을 입고 차양이 넓은 밀짚모자를 쓴 키가 큰 아름다운 처녀가 앉아 있었다. 그녀는 나를 보더니 일어나면서 손을 내밀었다. 나는 그녀가 누이동생의 친구이며, 내가 한때 연모한 적이 있었던 헤레네 쿠르쯔라는 것을 단번에 알아볼 수 있었다.

"아직도 절 알아보겠습니까?"

나는 느긋한 마음을 가지며 물었다.

"돌아오신다는 말을 로떼에게서 들었어요."

그녀는 상냥하게 말했다. 그때 그녀가 그냥

"네."

라고 대답하였더라면, 나는 더욱 기뻤을 것이다. 그녀는 몰라보게 성숙해졌을 뿐만 아니라, 매우 아름답게 변해있었다.

나는 더 이상 할 말을 몰라서 그녀가 어머니와 로떼와 이야기를 나누는 사이 창가에 놓여 있는 화분 앞으로 갔다.

나의 눈은 거리를 내다보고 있었고, 내 손가락은 화분의 제라늄 꽃잎을 매만지고 있었지만, 생각은 그런 데에 있지 않았다. 나는 어느 추운 겨울의 어둠이 깔린 저녁 무렵을 떠올리고 있었다.

강변에는 높다란 참나무들이 그림자처럼 서 있었고 꽁꽁 얼어붙은 강 위에서 한 소녀가 불안하게 스케이팅을 하고 있었다. 나는 멀리서 그 소녀를 뒤쫓고 있었다. 소녀는 아직 스케이팅이 미숙하여 친구의 도움을 받고 있었다.

이때 바로 가까이에서 그 여자의 목소리가 들려왔다. 그러나 그 목소리는 거의 나와는 인연이 먼 것처럼 들렸다. 옛날보다 훨씬 폭이 넓고 세련된 목소리였다.

그녀는 이미 당당한 숙녀가 되어 있는데 반해, 나는 그녀가 거기에는 결코 맞먹을 수 없는 열다섯 배기 나이로 여전히 남아 있는 듯한 느낌이었다.

나는 그녀가 돌아갈 때 다시 손을 내밀었다. 그리고는 허리를 굽히면서 우습게 저음을 내면서 말했다.

"안녕히 가십시요, 쿠르쯔 양."

그러고 나서 누이동생이 집 앞까지 배웅을 해주고 돌아오자, 이렇게 물었다.

"그 여잔 집으로 갔니?"

"집으로 가지, 그럼 어디로 가겠어요?"

하고 로떼가 대답했다. 나는 더 이상 그녀에 관한 이야기를 하고 싶지 않았다.

우리 집은 정각 열 시에 문이 닫혔고 양친은 잠자리에 들었다. 잘 자라는 키스를 하면서 아버지는 팔을 나의 어깨에 걸치고 나직이 말했다.

"네가 집에 다시 와서 참 좋구나. 너도 기쁘냐?"

모두들 잠자리에 들었다. 하녀도 조금 전에 잘 자라는 인사를 하고 갔고, 문 여닫기는 소리가 두세 번 나고는 온 집안이 밤의 깊은 적막 속에 잠겼다.

내가 미리 작은 병에 든 맥주를 찬물에 채워둔 것이 내 방 책상 위에 놓여 있었다. 그리고 우리 집에서는 거실에선 담배를 피울 수 없는 탓에 나는 마음 놓고 파이프에 담배를 담아 불을 당겼다.

내 방의 두 창문은 어둡고 적막한 정원을 향해 나 있었다. 돌층계가 뻗어 있는 산언덕 쪽에는 우거진 참나무와 느티나무가 하늘로 치솟아 있었고 그 위에서는 수많은 별들이 반짝이고 있었다.

나는 한 시간 이상 잠을 못 이룬 채 깨어 있었다. 작은 털이 보르르한 나방이가 램프 주위를 날고 있는 것을 바라보며 담배 연기를 열려 있는 창문 쪽으로 천천히 내뿜었다.

소리 없는 기다란 행렬을 지으면서 옛날 나의 소년 시절의 수 없는 갖가지 장면이 내 머릿속을 스쳐 지나가고 있었다.

그것은 소리 없는 거대한 집단으로 마치 바다 표면의 물결과도 같이 치솟으며 반짝이고는 다시 사라지는 것이었다.

아침에 일어나자 나는 내 옷 가운데서 가장 좋은 것으로 말끔 갈아입었다. 그것은 내 고향의 거리와 예전부터 아는 많은 친지들 앞에 잘 보이고 싶어서인 것이며, 또 나 자신 초라한 모습으로 고향에 돌아온 것이 아니라는 것을 명백히 보여 주기 위한 것이었다.

우리 읍내의 좁은 계곡 위로 하늘은 푸르렀고 하얀 거리에는 먼지가 가볍게 일고 있었다. 또 이웃에 있는 우체국 앞에는 여러 산마을에서 온 우편 마차들이 서 있었으며, 길 한쪽에서는 어린이들이 털실로 만든 공을 가지고 즐겁게 놀고 있었다.

내가 맨 처음 간 곳은 우리 읍내에서 가장 오래된 건축물인 돌다리였다. 나는 이전에 몇천 번이나 그 옆을 지나다닌 작은 고딕풍으로 지은 다리 옆의 교회를 바라보았다. 그리고는 난간에 기대어 서서 급히 흘러가는 푸른 물을 아래위로 살펴보았다.

바람벽엔 바퀴가 그려 있고 기분 좋던 낡은 물방앗간은 이미 없어지고, 그 자리에 새로이 큰 벽돌집이 서 있었다. 그밖에는 아무것도 달라진 것이 없었다. 이전과 같이 거위와 오리들이 물 위와 언덕 근처에서 떠돌고 있었다.

다리를 건너서 제일 먼저 만난 사람은 피혁공이 된 동창생이었다. 그는 번쩍이는 오렌지빛의 앞치마를 걸치고 의아스러운 듯이 나를 훑어보고 있었으나 잘 몰라보는 모양이었다. 나는 기분 좋게 그에게 머리를 끄덕이고 그냥 천천히 걸어갔다.

그는 내 뒤를 물끄러미 바라보며 아직도 모르겠다는 듯이 생각하고 있었다. 대장간에 이르러서는 창을 통해 수염이 허연 대장장이 영감에게 인사를 하고, 동시에 선반공에게도 아는 체를 했다. 그는 바퀴를 윙윙 소리 나게 돌리며 나에게 담배를 권했다.

다음에 나는 큰 분수와 우리 고장의 관청이 있는 광장으로 나갔다. 거기엔 작은 책방이 하나 있었다. 늙은 주인은 몇 해 전에 내가 하이네의 작품을 주문한 것을 가지고 나쁘게 말한 적이 있었지만, 나는 그 집에 들어가 연필 한 자루와 그림엽서를 샀다. 여기에서 학교까지는 그리 멀지 않았다.

지나가면서 오래된 학교 건물을 바라보며, 교문 앞에서 감회 깊고 불안스러운 학교의 냄새를 맡고는, 교회와 목사님의 집이 있는 곳은 피해 갔다. 그리고 숨을 깊게 내쉬었다.

이제 토이스 숙부댁을 찾아갈 시간이 되어 있었다. 나는 그의 집의 훌륭한 정원을 지나 아담한 집으로 들어섰다. 서늘한 현관에서 양복바지의 먼지를 털고 나서 거실의 방문을 노크했다.

방안에는 숙모와 두 딸이 바느질을 하고 있었고, 숙부는 벌써 출근을 하고 집에 없었다. 이 집 사람들은 모두 깨끗하고 옛날부터 근면한 기질이 있어 좀 엄격하고 확실하고 실질적이었다. 그러면서도 또한 명랑하고 착실하였다.

이 집에서는 언제나 무엇을 쓸고, 옮겨 놓고, 세탁하고, 꿰매고, 뜨고, 짜고 했다. 그러면서도 딸들은 좋은 음악을 즐길 수 있는 시간을 가졌다.

두 딸은 모두 피아노를 쳤고, 노래도 잘 불렀다. 그들은 새로운 작곡가들은 모르는 반면, 헨델, 바하, 하이든, 모차르트와는 친숙하였다.

숙모는 뛰어나오며 나를 맞아 주었고, 두 딸은 바느질하던 것을 치우고 나에게 손을 내밀었다. 놀랍게 나를 아주 귀빈으로 대우하여 훌륭한 응접실로 안내하였다.

그뿐 아니라, 숙모 베르타는 내가 자꾸 그러지 말라고 하는데도 포도주 한 잔과 과자를 내놓았다. 그리고 나서 숙모는 훌륭한 의자에 나와 마주 앉았다. 딸들은 바깥방에서 그대로 일을 계속하고 있었다.

　나의 선량한 어머니가 어제 면제해 준 그 시험의 일부가 다시금 내 앞에 닥쳐왔다. 그러나 나는 이번에도 역시 부족한 사실을 좋은 표현으로써 빛을 내게 하려는 생각은 하지 않았다.

　숙모는 유명한 설교사들에 대해서 많은 흥미를 가지고 있어서, 내가 지나온 거리의 교회와 설교자들에 관한 일을 자세히 물었다. 몇 가지의 마음 아픈 작은 사실에 대해서는 우린 선의로써 참고 견디어 냈다.

　그리고는 십 년 전에 죽은 유명한 설교사의 죽음을 같이 애도하기도 했다. 그가 아직 살아 있었다면, 나는 슈루트가르트에서 그의 설교를 들을 수 있었을 것이다.

　그리고는 이야기가 나의 운명, 경험, 희망 등으로 화제가 바뀌어 내가 운이 좋으며 순탄한 길을 걷고 있다는 것을 우리는 함께 확인하였다.

　"육 년 전에야 누가 생각이나 했었겠니!"

　숙모가 말했다.

　"제가 그때엔 그처럼 비관적이었나요?"

　나는 이렇게 물을 수밖에 없었다.

　"꼭 그렇지는 않았지. 그러나 늘 부모님의 속을 썩인 것은 사실이야."

　"저도 또한……"

　속을 썩였다고 말하고 싶었지만, 어쨌든 숙모의 말이 옳았고 옛날의 논쟁을 다시 끄집어내고 싶지는 않았다. 그래서,

"저도 그렇게 생각합니다."

하고 공손히 머리를 숙였다.

"여러 가지 일을 해보았겠구나."

"네, 숙모님. 하지만 거기에 대해 후회하지는 않습니다. 그리고 지금 하는 일도 오래 계속할 생각은 아니예요."

"그건 안 된다! 그 말 진정이냐? 그렇게 좋은 직업을 가지고, 있다면서? 한 달에 이백 마르크라니 젊은 사람에게는 훌륭하지 뭐냐."

"얼마나 더 있게 될진 아무도 모릅니다, 숙모님."

"그런 말이 어디 있나. 너만 착실하면 오래 있게 될 거다."

"네, 그렇게 해보지요. 그럼, 전 윗층 리디아 백모님을 올라가 뵙고, 그리고 숙부님 사무실에도 좀 들려보겠습니다. 안녕히 계십시요, 베르타 숙모님."

"응, 잘 가거라. 기쁘다, 또 오너라."

"네, 오구말구요."

방에 있는 두 이종 동생에게도 잘 있으라고 말하고 숙모에게는 문 밖에서 인사를 드렸다. 그러고 나서 넓고 밝은 층계를 올라갔다.

이때까지 옛날 공기를 마시는 것 같은 기분이었는데, 지금은 더욱 그러한 기분이었다.

위층의 두 방을 차지하고 팔십 세에 가까운 백모가 있었다. 백모는 옛날식의 애정과 은근한 태도로 나를 맞아 주었다.

방에는 백모의 부모님을 수채화로 그린 초상, 수놓은 방석, 꽃다발과 풍경을 그린 주머니, 타원형의 사진들 등이 있었고, 백단白壇의 향기와 오래된 부드러운 향료 냄새가 풍기고 있었다.

리디아 백모는 아주 단순한 형식의 진한 자줏빛 옷을 입고 있었다. 근시안이고 머리가 조금씩 흔들리는 것 이외에는 놀랄 정도로 건강하고 젊어 보였다. 리디아 백모는 작은 소파로 나를 끌고 가서 앉히더니 백부 때의 일은 아무것도 말하지 않고, 나의 생활과 이상을 물으며 거기에 주의를 집중하고 흥미를 느끼는 것이었다.

나이가 많아 윗 조상님 같은 느낌을 주는 분이지만, 2년 전까지도 종종 여행을 다니셨고, 현실이 만족스럽지는 않아도 비교적 긍정적인 생각으로 사시는 분이었다. 또한 능숙한 말솜씨도 있으셨다.

그래서 그 옆에 앉아 있으면 말이 잘 나오고 언제나 무엇인지 재미있고 그럴듯했다. 돌아올 때에 백모는 나에게 키스를 하고 누구에게서도 볼 수 없었던 축복하는 태도로 보내주었다.

잠시 후 마토이스 숙부의 사무실로 찾아갔더니, 숙부는 신문과 카탈로그를 보고 있었다. 나는 의자에 앉지도 않고 그냥 곧 갈 생각이었으므로, 숙부도 그렇게 하도록 내버려 두었다.

"응, 돌아왔구나?"

그는 말했다.

"네, 또 왔습니다. 오래간만에 뵙겠습니다."

"그래, 요즈음 잘해 나가고 있다고?"

"네, 염려해 주시는 덕분예요."

"숙모한테도 인사를 해야지?"

"벌써 갔다 왔습니다.

"그래, 잘했다. 그럼 일 다 보았구나."

그러면서 숙부는 다시 장부를 들여다보며 손을 내밀었다. 손이

제대로 내 쪽을 향하였기에, 나는 얼른 악수를 하고는 밖으로 나왔다.

이로써 공식적인 방문은 모두 끝난 셈이었다. 나는 식사를 하려고 집으로 돌아왔다. 빵과 송아지 불고기가 기다리고 있었다.

식사 후에 동생 프리쯔가 나를 데리고 자기 방으로 끌고 갔다. 거기에는 옛날 내가 채집했던 나비들이 유리 상자에 넣어져 벽에 걸려 있었다.

누이동생도 한몫 끼려고 문틈으로 머리를 들이밀었지만, 프리쯔는 의미심장하게 안 된다는 손짓을 하며 말하는 것이었다.

"안돼. 이건 남자들만의 비밀이라서."

그러고 나서 그는 내 눈치를 보는 듯이 나를 쳐다보았다. 그러더니 내 얼굴에 만족할 만큼 긴장의 빛이 떠올랐다고 생각되자, 그는 침대에서 상자 하나를 끄집어냈다. 양철 뚜껑이 덮였고, 그 위에는 큼직한 돌로 눌려 있었다.

"형, 이 안에 무엇이 들었는지 맞혀 봐."

그는 낮은 목소리로 교활하게 말했다.

나는 이전에 장난치고 놀던 것을 생각하면서 말했다.

"도마뱀?"

"아니."

"뱀?"

"천만에."

"송충이?"

"아니야? 그럼 왜 그렇게 상자에 넣고 요란스럽게 닫아 두었지?"

"송충이보다 위험한 것도 있는 거 아니겠어, 형?"

"위험하다고? 아아, 화약이구나?"

그는 대답 대신 뚜껑을 열었다. 그 속에는 여러 가지 모양의 화약 봉지, 목탄, 도화선, 유황 덩어리, 초선과 쇳가루가 들어 있는 종이 뭉치 등이 있었는데 훌륭한 무기고 같았다.

"그래, 이것으로 무엇을 하려는 거냐?"

이러한 물건이 든 상자가 아들 방에 있다는 것을 아버지가 알았다면, 분명 아버지는 밤에 잠을 잘 수 없었을 것이다. 그러나 프리쯔는 나를 놀라게 한 기쁨과 좋아서 얼굴을 환히 빛나 있는 만큼, 나는 그러한 생각을 조심해서 피력해야 하겠다고 속으로 염려했다.

그리고 나 자신도 이미 도덕적으로는 공범자인 것이 분명했고, 견습 직공이 일요일을 좋아하듯이 나 자신도 불꽃놀이라면 미치게 좋아하는 터였다.

"형, 같이 할래?"

프리쯔가 물었다.

"물론, 저녁이 되면 우리 뜰에서 한 번 해보자. 되겠니?"

"그럼, 요전에 바깥 잔디밭에서 화약을 반 파운드 써 가지고 쏘아 올렸었어, 꽝! 하는 소리가 지진처럼 났지 뭐야. 그런데 돈을 다 써 버렸거든. 여러 가지가 필요한데."

"그럼 내가 일 타일러를 줄게."

"정말이야, 형! 그럼 로켓을 만들어 가지고 몟자를 쏘아 올릴 수 있어."

"하지만 조심해야 된다."

"조심하라구? 난 아직 한 번도 실수한 적이 없어."

그것은 내가 열네 살 때에 불꽃 장난을 하다가 하마터면 눈과 생명을 잃을 뻔한 재앙을 암시하는 말이었다.

그리고는 그는 여러 가지 저장품과 손을 대기 시작한 물건을 가리켜 보이며, 새로 시험하고 있는 몇 가지와 발명한 것의 비밀에 대해 말하여 주며, 그 나머지 것에 대해서는 실험해 보이기까지 당분간 비밀로 하여 두겠다고 하면서 나의 호기심을 동하게 하는 것이었다.

그러는 동안에 점심시간이 지나서 그는 학교로 또 달려가야 했다. 프리쯔가 나간 후 나는 그 비밀 상자의 뚜껑을 다시 덮고 침대 밑에 넣어 두었다.

그때 로떼가 와서 아버지와 산책을 가려고 하는데 같이 가자는 것이었다.

"프리쯔는 어떻더냐?"

하고 아버지가 물었다.

"꽤 컸지? 안 그러냐?"

"네, 컸구 말구요."

"그리고 아주 점잖아졌지. 안 그렇든? 그놈두 이젠 어린 티를 벗었어. 그래서 이제 난 어른이 된 아이들만 거느리게 됐단 말이다."

그렇다고 생각하면서도 나는 화약 때문에 좀 부끄러운 생각이 들었다. 오후의 날씨는 화창하였다. 들판에는 꽃이 만발하여 웃고 있었고, 우리들은 그 옆을 천천히 걸으며 아주 즐거운 일들만 이야기하였다.

낯익은 길, 숲 언저리, 과수원 등이 나를 반기듯 했고, 어린 시절이

다시 떠올랐다. 그때는 모든 것이 좋았고 부족한 점이 없었던 것처럼 느껴졌다.

"저, 나 오빠에게 물어볼 것이 있는데."

로떼가 입을 열었다.

"다른 일이 아니구. 내 친구를 몇 주일 동안 집에 와 있으라고 하고 싶어, 오빠."

"그래? 어디 사는 친군데?"

"누릅에. 그 아이는 나보다 두 살 위야. 오빤 어떻게 생각하지? 지금은 오빠가 왔으니까 오빠가 제일 중요해. 내 친구가 오는 것이 오빠에게 방해가 된다면 그렇다고 말해 줘."

"대체 어떤 처년데?"

"여교사 시험에 합격한 애야."

"아, 그래!"

"아, 그래가 아니야. 그 아인 아주 귀여워. 공부밖에 모르는 할머니 같은 애가 아니란 말야. 그리고 아직 선생도 되지 않았어."

"왜 안 됐지?"

"그건 오빠가 직접 그 애한테 물어봐요."

"그럼 벌써 오게 되어 있단 말이구나?"

"애개개, 그건 오빠에게 달렸다구 했잖아. 오빠가 우리끼리만 있자고 하면 나중에 오라고 해도 좋아. 그래서 오빠에게 물어보는 것 아냐."

"단추를 세어서 결정하도록 할까?"

"그럼 그냥 좋다고 해요."

"그럼, 그렇게 하자."

"좋아요. 오늘 곧 편지를 쓰겠어."

"편지에 내 얘기도 좀 써라."

"그 애가 그런 것 좋아하는 줄 알아요?"

"대체 처녀의 이름은 뭐니?"

"안나 암베르그야."

"암베르그는 괜찮군. 하지만 안나는 신성한 이름이긴 해도 좀 낡은 이름이지. 우선 애칭으로 잘라 부를 수가 없거든."

"오빠에게는 아나스타시아가 좋지?"

"그럼, 그러면 스타지라든가 스타젤이라고 할 수 있을 테니까."

그러는 동안에 우리는 마지막 산마루에 다다랐다. 거기에서는 맞은편의 산마루가 가깝게 보였지만, 실제로는 상당히 멀리 떨어져 있었다.

우리는 바위 위에서 우리들이 올라온 급경사진 들을 지나 멀리 깊은 골짜기에 놓여 있는 거리를 바라다보았다.

우리 뒤쪽으로는 굽이치는 언덕 너머로 꽤 멀리까지 검은 전나무 숲이 이어져 있었고, 이곳저곳 좁은 목장과 들판으로 인해 중단되면서 검푸른 빛으로 빛나고 있었다.

"정말이지, 여기보다 더 아름다운 곳은 없어."

나는 감개무량해서 말했다.

아버지는 웃으며 나를 바라다보았다.

"여기가 네 고향이니까. 정말 아름다운 곳이다."

"아버지. 고향은 다 아름다운가요?"

"그렇지야 않지. 하지만 어릴 때 있었던 곳은 모두 아름답고 신성한 법이지. 그런데 넌 고향 생각이 안 나든?"

"왜요, 간간이 생각났어요."

가까운 곳에는 내가 어렸을 때에 지경새를 잡던 숲이 있었다.

그리고 그보다 좀 떨어진 곳에는 우리가 어렸을 때에 쌓은 돌성石城(석성)의 폐허가 있을 것이다. 그러나 아버지가 피로해 있었기 때문에 잠시 쉬고는 다른 길로 해서 귀로에 올랐다.

나는 누이동생에게 헤레네 쿠르쯔에 관해서 몇 가지 묻고 싶었으나 마음이 들여다보일까 봐 약간 머뭇거리다가 끝내 말을 꺼내지 못하고 말았다.

아무 일도 하는 것 없이 한가롭게 고향에 있게 되고, 몇 주일 동안 게으름을 피우며 휴가를 즐기게 되었던 만큼, 나의 젊은 마음은 누를 수 없는 사랑의 동경과 계획으로 동요되기 시작하고 있었다. 그리하여 그 실현에는 그저 적당한 출발점만 있으면 되는 것이었다.

그러나 나에게는 그것이 결여되어 있었다. 마음속에 아름다운 소녀의 상을 그리면 그릴수록 헤레네와 그녀의 근황에 대해 자세하게 물어볼 수가 없었다.

천천히 집으로 돌아오며 우리들은 들판 언저리에서 꽃을 꺾어 꽃다발을 만들었다. 그것은 내가 오랫동안 하지 못했던 즐거움이다.

우리 집에서는 어머니 때부터 습관적으로 방마다 화병이 놓여 있었다. 그리고 책상이며 옷장 위에는 언제나 새로운 꽃을 꽂아 두곤 하였다.

해를 거듭할수록 단순한 꽃병, 유리그릇, 단지 같은 것이 많이 모였고, 우리 형제들이 소풍을 갔다 돌아올 때에는 꽃이나 고사리, 나뭇가지 같은 것을 가지고 돌아오지 않은 때가 거의 없었다.

오랫동안 들의 꽃을 보지 못한 느낌이 들었다. 이 들꽃은 천천히 걸어가면서 회화적인 쾌감을 가지고 푸른 대지의 빛깔의 섬으로 볼 때와 꿇어앉아 허리를 굽히고 하나하나 조사하여, 그중에서 제일 아름다운 것을 찾아서 꺾을 때와는 전혀 다르게 보였다.

나는 숨어 있는 한 작은 꽃을 발견했는데, 그 꽃은 학생 시절에 소풍을 갔다가 발견한 적이 있는 꽃이었다. 어머니는 그 꽃을 보고 대단히 기뻐하며 어머니 나름대로의 특별한 이름을 지어 주기도 했다.

그랬기 때문에 그 꽃은 나의 추억을 되살려 주었고, 푸르고 노란 그 꽃받침에서 나는 말할 수 없이 그리운 어린 시절을 가깝게 느끼고 있었다.

우리 집에서 소위 살롱이라고 불리우는 방에는 가공되지 않은 전나무로 만든 높은 책상이 있었다. 그 속에는 조부 때부터 내려오는 장서가 정돈되지 아니한 채로 여기저기 마구 꽂혀 있었다.

나는 어릴 때 여기서 재미있는 목판화가 들어 있는 황색으로 변한 『로빈슨 크루소』와 『걸리버 여행기』를 찾아내서 읽었다.

그다음에는 옛날의 항해가와 탐험가의 이야기며, 『지그바르트 어느 수도원 이야기』『신 아마다소』『젊은 베르테르의 슬픔』, 그리고 오시안의 문학 작품 등을 읽었었다.

그리고 나서는 쟌 파울, 슈틸링, 월터 스코트, 플라톤, 발작,

빅토르 위고를 읽었고, 또한 라파테르의 관상학에 관한 소책자, 몇 년 분의 아름다운 연감, 포켓판의 책들, 민담 설화 등을 읽었다.

그런데 오래된 민담 설화집에는 코도비에키의 동판화가 들어 있었고, 새로운 것에는 루드비히 리히테르의 삽화가 들어 있었다. 그리고 스위스판에는 디스텔리의 목판화가 있었다.

음악을 듣지 않을 때든가, 또는 프리쯔와 같이 화약 장난을 하지 않는 저녁에는 이 장서에서 아무 책이나 한 권을 뽑아가지고 방으로 가서, 나의 조부가 탐독하고 한숨을 쉬고 생각에 잠겼던 누렇게 된 책장 위에 파이프 담배 연기를 내뿜곤 하였다.

쟌 파울의 『거인』 중의 한 권은 내 동생이 불꽃 장난을 하느라고 뜯어서 다 써버리고 말았다. 처음의 두 권을 읽고 나서 제 삼권을 찾았더니, 그때서야 동생은 그것을 고백하며 그 책은 전부터 흠이 있었다고 변명을 늘어놓았다.

우리 집의 저녁은 언제나 즐겁고 명랑했다. 나는 노래를 불렀고, 로떼는 피아노를, 프리쯔는 바이올린을 그리고 어머니는 우리들의 어릴 때의 이야기를 들려주곤 하였다.

폴리는 새장 속에서 지저귀며 자려 들지를 않았다. 그리고 아버지는 창가에서 쉬거나, 어린 조카의 그림책을 뒤적거리는 데 열중하셨다.

어느 날 저녁, 헤레네 쿠르쯔가 반 시간가량 놀러 왔었는데, 나는 그것이 결코 우리에게 방해가 된다고는 느끼지 않았다.

나는 그녀의 아름답고 성숙한 모습에 너무 매혹당해 있었기 때문이다. 그녀가 왔을 땐 아직 피아노 위의 촛불이 그냥 타고 있어서, 나는 그녀와 함께 이중창을 했다.

그러나 나는 그녀의 깊은 음성의 모든 소리를 들으려고 아주 낮은 소리로만 불렀다. 나는 그녀의 뒤에 서서 그녀의 갈색 머리를 통해 촛불이 금색으로 빛나는 것을 지켜보았다.

노래 할 때 그녀의 어깨가 고요히 물결치고 있었다. 나는 그때 손으로 그녀의 머리를 쓰다듬어 주었으면 얼마나 좋을까 하고 생각했다.

나는 그녀와 아주 오래전부터 어떤 확고한 추구를 통해 서로 결합되어 있다는 느낌을 내 나름대로 가지고 있었다. 견신성사堅信聖事를 올릴 나이 때부터 나는 이미 그녀를 사랑하고 있었으므로, 그녀의 무관심한 우정은 나에게 작은 실망을 주었다.

사실은 그러한 관계는 내 쪽에만 있었고, 나는 그녀가 전혀 모르고 있다는 것을 미처 깨닫지 못하고 있었던 것이다.

나중에 그녀가 돌아갈 때 나는 내 모자를 집어 들고 문까지 따라갔다.

"안녕히 계세요."

그녀가 말했다.

그러나 나는 내민 그녀의 손을 잡지 않고 이렇게 말하였다.

"집까지 바래다 드리지요."

이에 그녀가 웃으며 대꾸하였다.

"아니에요. 그럴 필요 없어요. 여기서는 그게 유행이 아니니까요."

"그렇습니까?"

나는 그녀가 내 옆을 지나가는 대로 내버려 두는 수밖에 없었다. 그러자 그때 내 누이동생이 푸른 리본이 달린 밀짚모자를 손에 들고나오며 소리쳤다.

"나도 같이 가요."

그래서 우리 세 사람은 계단을 내려갔고, 나는 분주히 무거운 현관문을 열었다.

우리는 온화한 황혼의 거리로 나서서 다리와 시장터를 천천히 지나 헤레네의 부모가 사는 교외의 언덕진 곳을 향해 걸어갔다. 두 처녀는 참새같이 재잘거렸다. 나는 다만 그 소리를 들으며, 또 그녀들 곁에 있는 것만도 행운으로 생각하면서 유쾌한 기분이 되어 있었다.

때때로 나는 하늘을 바라보는 척하고 천천히 걸어 한 걸음쯤 떨어져서 그녀의 갈색 머리가 긴 목 위에 놓인 모양이며, 발걸음을 맞추어 성큼성큼 멋지게 걸어가는 뒷모습을 보았다.

집 앞에 이르자, 그녀는 우리와 악수를 하고 안으로 들어갔다. 문을 닫기 전에 그녀가 모자를 어둑어둑한 현관 안에서 잠시 흔들고 있는 것이 보였다.

로떼가 말했다.

"예쁜 애야. 그렇지, 오빠? 그리고 어딘가 사랑스러운 데가 있어."

"그래. 그런데 네 친구는 어찌 됐니, 곧 오냐?

"어제 편지를 냈어요."

"그랬니. 우리 왔던 길로 되돌아갈까?"

"정말, 숲길로 갈 수도 있는데, 그리로 해서 갈까, 오빠?"

우리는 나무 울타리 사이로 난 오솔길을 걸었다. 그곳은 이미 어두워져 있었고, 썩은 통나무들과 못 쓰게 된 담의 판자들이 많이 흩어져 있어 조심조심 걸어야 했다.

우리 집 뜰에 가까이 이르니 방 안에 램프 불이 켜져 있는 것이 보였다.

그때,

"쉬, 쉬잇!"

하는 낮은 음성이 들렸다. 그만 누이동생도 그 소리에 놀랐다. 그러나 그것은 그늘 속에 숨어서 우리를 기다리고 있던 프리쯔였다.

"조심해, 거기서!"

그는 우리 쪽을 향해 소리쳤다. 그러고 나서 성냥으로 심지에 불을 붙이고 우리 쪽을 향해 달려왔다.

"또 불꽃 장난이야?"

로떼가 핀잔을 주었다.

"싱겁게 터지진 않을 거야."

프리쯔는 단언했다.

"정신 차리구 잘 보라구. 내가 만든 거야."

우리는 잠시 동안 심지가 다 타기를 기다렸다. 그랬더니 푸식 소리를 내기 시작하면서 젖은 성냥마냥 볼품없는 불꽃을 픽픽 떨어뜨리기 시작하였다. 프리쯔는 기대에 이글거렸다.

"이제 봐. 처음엔 흰 불꽃이 튕기다가 작은 폭발이 있으면서 불꽃이 퍼질 테니. 다음엔 아름다운 푸른 불꽃이 터져 나오는 거야."

그러나 그가 말한 대로 되지는 않았다. 몇 번인가 번쩍이며 불꽃이 인다 싶더니 별안간 힘찬 폭음과 함께 일대의 공간을 진동시키면서 커다란 연기가 되어 공중으로 올라가 맥없이 흩어지고 말았다.

로떼는 픽 웃었고, 프리쯔는 매우 실망한 얼굴이 되었다. 내가 그를 위로하려고 하는 동안에 진한 화약 연기는 유유히 어두운 정원 위로 떠 올라가고 있었다.

"푸른 불꽃이 조금은 보였지?"

하고 프리쯔가 입을 열었다.

나는 그가 너무 실망할까 봐 그렇다고 인정해 주었다. 그러자 그는 울상을 하면서도 자신의 불꽃에 관한 전체 구조와 그리고 어떻게 될 것이었다는 것을 아주 상세하게 설명하는 것이었다.

"한 번 더 해보렴."

하고 내가 말했다.

"내일?"

"아니, 다음 주일쯤에."

내일도 좋다고 할 수는 있었다.

그러나 나의 머릿속은 헤레네 쿠르쯔의 생각으로 가득 차 있었다. 그리고 내일은 어쩌면 행복한 일이 생길지도 모른다는 생각에서였다.

어쩌면 그녀가 저녁에 다시 찾아올는지도 모른다. 그리고 나를 갑자기 좋아하게 될는지도 모른다는 망상에 사로잡혀 있었기 때문이다.

요컨대 나는 전 세계의 모든 불꽃 장난보다도 더 중대하고 흥분할 수 있는 일에 열중하였다.

정원을 지나 집안으로 들어섰더니 아버지와 어머니는 방에서 장기를 두고 계셨다. 이러한 일은 모두가 단순하고 당연하며 지금까지 변함이 없는 하루의 일과였다.

그러나 나는 그러한 것들이 오늘따라 나와는 아무 인연이 없는 무한히 먼 것으로만 느껴졌다.

　내가 자란 오랜 집도, 정원도, 베란다도, 낯익은 방도, 가구와 그림도, 커다란 새장 안의 앵무새도, 사랑스러운 옛날의 거리도, 골짜기도 모두 낯선 것이 되어 이미 나에겐 필요치 않은 것 같았다.

　어머니와 아버지도 돌아가시고, 옛날 어린 시절의 고향은 추억과 향수로 변해 버렸으며, 이제 나를 그곳으로 인도해줄 길은 한 가닥도 없는 듯싶었다.

　밤 열한 시경, 쟌 파울의 두터운 책을 읽고 있으려니까 작은 석유 램프가 흐려지기 시작했다. 램프는 일렁거리며 불안스러운 작은 소리를 내더니 심지가 빨갛게 타들어 갔다.

　나는 그것을 보고 심지를 돋우었으나 석유가 없었다. 읽고 있던 아름다운 소설을 더 못 읽게 되어 섭섭하였으나 캄캄한 집안을 헤매며 석유를 찾을 수도 없었다.

　그리하여 나는 불을 끄고 할 수 없이 자리에 누웠다. 밖에는 훈훈한 바람이 전나무와 라일락 숲속으로 불고 있었고, 정원 수풀에서는 귀뚜라미 한 마리가 울고 있었다.

　나는 잠을 이루지 못하고 다시금 헤레네를 생각했다.

　이 아름답고 황홀한 처녀를 나는 그저 동경하며 바라보는 수밖에 아무런 도리가 없다고 그녀의 얼굴, 그윽한 목소리, 그리고 오늘 저녁 거리와 광장을 걸어가던 때의 그 단정하고 힘이 있는 걸음걸이를 생각하니 가슴이 타는 듯한 안타까움을 어찌할 수가 없었다.

　결국 나는 다시 일어나고야 말았다. 너무도 덥고 속이 답답하여 잠을 이룰 수가 없었다.

나는 창가로 가서 밖을 내다보았다. 새털 같은 엷은 구름 사이로 달이 창백하게 떠 있고, 정원에서는 귀뚜라미가 여전히 울고 있었다. 나는 얼마 동안을 다시 밖으로 나가 돌아다니고 싶었다.

　그러나 우리 집은 열 시가 되면 대문을 잠그고, 이 시간 후에 대문을 연다는 것은 큰일이 나는 것으로 온 식구가 알고 있기 때문이다. 그뿐 아니라, 열쇠를 어디 두었는지도 전혀 알 수 없었다.

　그러자 문득 내가 성인이 못 되었던 시절, 양친 슬하의 가정생활이 한때 노예와 같이 느껴져서 밤이 되면 술집에 가서 맥주를 마시고 싶은 충동에 양심의 가책을 받으면서도 모험적인 반항심을 품고 몰래 집을 빠져나가곤 하던 옛날이 새삼 생각났다.

　그때 나는 빗장만 질러놓은 뒷문을 이용해 담을 넘어 이웃집 과수원 사이의 좁은 길을 지나서 거리로 나가곤 했었다.

　나는 바지를 주워 입었다. 밤이 아직도 더워 옷을 더 입을 필요가 없었다. 구두를 손에 들고 가만가만 집을 나가서 정원 담장을 넘었다.

　잠든 거리를 지나 강가 골짜기를 향해 천천히 걸었다. 강물은 소리 내며 흐르면서 떨고 있는 약한 달빛과 희롱하고 있었다.

　묵직한 밤하늘을 바라보면서 조용히 흘러가는 강을 따라 걷는다는 것은 언제나 신비스러운 일이며, 오랫동안 잠자고 있던 영혼을 밑바닥으로부터 뒤흔들어 놓았다.

　그때 우리는 우리의 본원本源으로 돌아가서 동물과 식물과의 혈연을 느끼며 집도 거리도 고향도 없이 유랑하고 있던 사람이 수풀과 강물과 산과 이리, 매를 동류同類로서, 혹은 동등한 친구로서,

혹은 원수로서 사랑하고 미워하던 태고의 생활을 어렴풋이 연상해 보게 되는 것이다. 또 밤은 우리들로부터 공동생활이라는 습관적이며 허위적인 감정을 멀리해 준다.

이미 하나의 등불도 켜져 있지 않고, 사람의 소리도 들리지 않을 때 혼자 눈을 뜬 사람은 고독을 느끼며 외계로부터 단절된 고립무원孤立無援한 자기 자신을 느낄 것이다.

그러한 때에는 언제나 자신은 피할 수 없이 고독하며, 또한 고독 속에 살고 고독 속에서 고통과 공포와 죽음을 겪고 견디지 않으면 안 된다는 가장 무서운 인간의 감정이 떠나지 않는 것이다.

그래서 건강한 젊은이에게는 일말의 그림자가 되고 경고가 되며, 약한 자에 대해서는 하나의 전율이 되는 것이다.

또한 나에게도 그러한 느낌이 들었다. 그러나 나의 우울한 기분은 차츰 조용한 관조하는 자세로 변하여 갔다. 저 아름답고 매혹적인 헤레네는 아마도 내가 그녀를 생각하는 거와 같은 심정으로 나를 생각하지 않을 것이라는 생각이 나를 슬프게 했다.

그러나 보답 없는 사랑의 괴로움으로 인하여 내가 파멸되지는 않을 것이라는 생각이 들기도 했다. 그리고 신비에 가득 찬 한 청년의 휴가 중의 사랑은 괴로움보다도 더 어두운 심연과 진지한 운명을 지니고 있으리라는 막연한 예감을 느끼게 해주었다.

아직도 나의 흥분된 피는 그대로 뜨거웠다. 그리고 이 신선한 바람을 마시고 있노라니 마치 그 바람이 그녀의 부드러운 숨결과도, 또는 갈색 머리카락과도 같이 느껴지는 까닭에 으슥한 밤의 산책에도 불구하고 나는 피로하지도 않았고 졸리지도 않았다.

그리하여 나는 창백하게 보이는 풀밭을 걸어 강으로 내려가서 가볍게 입은 옷을 벗어 버리고 찬 물속으로 뛰어들었다. 물속에서 나는 급히 흐르는 물결과 싸우며, 힘을 다해 대항할 수밖에 없었다. 한 십오 분간 강의 상류로 헤엄쳐 올라갔더니, 신선한 강물에 더위와 적막한 기분이 씻기우고 말았다.

나는 몸이 차지고 가벼운 피로를 느끼며 다시 옷을 찾아 입었더니 얼마간 위로를 받은 듯 기분이 안정되어 집으로 돌아가 편히 잘 수가 있었다.

처음 며칠을 즐거운 가운데서 보내고 난 뒤 나는 차츰 평온을 되찾았고 여유로운 고향 생활로 들어갔다.

도회에서 도회로 여러 사람들 틈에 끼어 일과 몽상과 공부와 음주의 밤을, 또 잠시 빵과 밀크로서, 또 얼마 동안은 독서와 담배로 지내면서 매달 다른 사람이 되는 것처럼 나는 얼마나 많은 시간을 타향에서 방황하였던가.

그러나 여기서는 십 년 전이나 이십 년 전이나 마찬가지였다. 이곳에서는 하루와 한 주일이 조용하고 명랑하게 한결같이 지나갔다. 객지 사람이 되었고, 때때로 변하는 다채로운 체험에 익숙해진 나였건만, 지금은 한 번도 고향을 떠났던 적이 없었던 것같이 다시 고향에 익숙해졌다.

그리고 몇 해 동안 전혀 잊었던 사람들과 사건들에 다시 흥미를 가지게 되었는데 객지에서 얻은 것이 다 없어져야 아무 부족함이 없을 것 같았다.

시간은 여름의 구름과도 같이 가볍고 흔적도 없이 흘러갔다.

그날그날이 한 폭의 색깔 있는 그림이었으며, 표류하는 감정이었다. 소란스럽게 용솟음치며 빛나가는가 하면 다음 순간에는 꿈과 같은 여운을 남기면서 사라져가는 것이었다.

나는 일과처럼 정원에 물을 주었고, 로떼와 같이 노래를 했으며, 또 프리쯔와는 불꽃놀이를 즐겼다. 어머니와는 타향에 관한 이야기를 했고, 아버지와는 최근의 세계 정세를 이야기했다.

또한 나는 괴테를 읽었고 야곱센을 읽었다. 그리고 모두가 서로 서로 조화를 이루어 어느 것이 더욱 중요하다는 법은 없었다.

그러나 그것 또한 다른 것과 마찬가지로 잠시 동안 나를 동요시 키는가 하면, 다시금 사라지는 것이었다. 다만 변함이 없는 것이란 즐겁게 호흡하는 나의 생활 감정뿐이었다.

그것은 조용히 흐르는 수면을 유유히 목적도 없이, 근심도 없이 헤엄치는 유영자遊泳者의 심정이었던 것이다.

수풀 속에서는 뭇 새들이 울었고, 멋대로 자란 나무에는 열매들이 익었다. 뜰에서는 장미꽃과 타오르는 듯한 맨드라미꽃들이 활짝 피어 있었다.

나는 그것들과 함께 세상의 화려함을 느끼며, 나도 이제 정말로 어른이 되고 늙어서 현명하게 될 때에는 그것들이 어떻게 보일까 하는 생각이 들었다.

어느 날 오후, 큰 뗏목이 우리 읍내 한가운데를 질러 흐르는 강 물을 타고 떠내려왔다. 나는 그 위로 뛰어올라 쌓여진 판자 위에 한가롭게 누워 집들과 마을과 다리 아래를 지나 한 시간 넘게 하류로 떠내려갔다.

머리 위에는 공기가 가볍게 떨고 있었고, 무더운 구름이 우리와 함께 비등沸騰하며, 나의 발밑에서는 차가운 강물이 거품을 일으키고 선명하게 물결치며 웃고 있었다.

그때 나는 쿠르쯔가 옆에 있었으면 하는 마음으로 손에 손을 잡고 도망쳐서 화란까지 내려가면서 세상의 아름다움을 서로 지적하고 감상하였으면 하는 생각을 했다.

골짜기를 쭉 내려가다가 뗏목을 버리고 뛰어내린다는 것이 그만 헛디뎌, 나는 가슴까지 차는 물속으로 떨어지고 말았다. 그러나 날씨가 더워서 옷을 입은 채 집으로 돌아오는 동안 증발해서 다 말라버렸다.

오랫동안 걷고 피로하고 먼지투성이가 되어 읍내로 다시 돌아왔을 때 거리의 입구에서 빨간 블라우스를 입은 헤렌네 쿠르쯔를 만났다. 모자를 벗었더니 그녀도 인사를 하였다.

그 순간 나는 그녀와 뗏목을 타고 손에 손을 잡고 강을 내려가며 그녀가 나에게 정다운 얘기를 해주던 꿈을 다시 상기시켰다. 그리고 오늘 저녁에 나는 다시금 모든 희망을 잃고 어리석은 설계사와 점성사가 될 것이라는 절망적인 생각을 하고 있었다.

그러나 나는 자기 전에 풀을 먹는 두 마리 사슴이 그려 있는 파이프로 담배를 피우며 열한 시가 넘을 때까지 『빌헤름 바이스터』를 읽었다.

그다음 날 저녁 여덟 시 반경에 나는 프리쯔와 함께 바위산에 올랐다. 우리는 무거운 상자를 서로 교대로 가지고 올라갔는데, 그 속에는 강렬한 불꽃놀이 화약이 한 다스, 로켓이 여섯 개, 올려치기 큰 불꽃이 세 개, 그 밖에 여러 가지 잔 도구가 들어 있었다.

따뜻한 저녁이었다. 푸른 공기는 부드럽고 가볍게 떠 있는 엷은 구름에 가득 차 있었고, 구름은 교회의 탑과 산꼭대기 위에 떠 있어 차차 빛나기 시작하는 별빛을 가리곤 하였다.

우리가 처음에 잠깐 쉰 바위산에서는 좁은 골짜기가 푸른 저녁 빛에 싸여 있는 것이 보였다.

거리와 이웃 마을과 다리, 수차水車의 제방, 숲으로 언덕이 된 좁은 강을 바라보고 있으려니까. 다시금 아름다운 여자에 관한 생각이 저녁의 어스름과 함께 스며들었다.

그리하여 될 수 있으면 혼자 꿈꾸며 달이 뜨는 것을 기다리고 싶었다. 그러나 그렇게 할 수는 없었다.

동생은 벌써 상자를 열고 내 뒤쪽에서 두 개의 불꽃을 올리어 나를 놀라게 했다. 불꽃놀이 화약을 노끈으로 묶어서 막대기에 비끄러 맨 후, 바로 내 귀밑에서 폭발시켰다.

나는 짜증이 바짝 났으나 프리쯔가 너무 좋아서 웃으며 만족하고 있었기 때문에 나도 곧 동감이 되어 같이 시작하였다. 우리는 아주 강렬한 세 개의 폭발 불꽃 화약에 차례차례로 불을 붙였다.

그러자 강렬한 폭음이 골짜기 아래로 메아리를 울리며 전파되는 큰 소리가 들렸다. 뒤를 이어 여러 가지 불꽃이 올려지고, 나중에는 천천히 아름다운 로켓 불꽃을 어두워진 밤하늘을 향해 하나씩 올려보냈다.

"형, 이렇게 좋은 로켓 불꽃은 하나님께 예배를 드리는 것 같아."

비유하기를 좋아하는 프리쯔가 이렇게 말했다.

"아니면 아름다운 노래를 부를 때와도 같고, 안 그래 형? 아주 엄숙하거든."

마지막으로 남은 내려치기 불꽃은 돌아오는 길에 나무껍질 지붕을 한 집의 성질 못되고 사나운 개에게 터뜨렸다. 그랬더니 그놈은 깜짝 놀라 십오 분 동안이나 우리들 뒤에서 미친 것처럼 짖어대는 것이었다.

우리 형제는 황홀한 기분으로 손가락을 시커멓게 한 채로 무슨 재미있는 장난을 몰래 저지른 두 개구쟁이처럼 집으로 돌아왔다. 그리고 부모에게 즐거웠던 저녁 산책과 산골짜기의 경치와 밤하늘의 아름다움을 예찬하면서 들려주었다.

어느 날 아침, 창가에서 파이프 소제를 하고 있는데 로떼가 달려와서 소리로 말했다.

"오빠, 열한 시에 내 친구가 와요!"

"그 안나 암베르그?"

"물론이죠. 마중 가지 않겠어요?"

"그래도 좋지."

전혀 생각지도 않던 사람이 손님으로 온다는 것은 나를 기쁘게 해주지는 못했다.

그러나 지금에 와서는 어쩔 수도 없는 일이여서 열한 시경에 누이동생과 함께 역으로 나갔다. 우리는 좀 일찍 나왔기 때문에 역 앞을 한동안 서성거려야만 했다.

"어쩌면 그 앤 이등을 타고 올 거야."

로떼가 말했다.

나는 그러는 누이동생을 믿을 수 없다는 듯한 얼굴로 바라보았다.

"정말이에요. 그 앤 가정이 아주 좋거든요. 물론 소박하기는 하지만—."

왜 그런지 나의 기분은 그리 유쾌하지 못했다.

나는 대단히 고상한 숙녀가 큰 여행 가방을 들고 내리는 것을 상상해 보았다. 그녀는 이등칸에서 내린 다음 우리의 즐거운 집 같은 것은 빈약하게 볼 것이며, 나 자신도 대단치 않게 볼 것이 아닌가.

"2등으로 온다면 차라리 그냥 지나가 버렸으면 좋겠다. 알겠니?"

그러자 로떼는 기분이 상해서 나를 책망하려 들었다. 그러나 그때 기차가 들어와 멎었으므로 로떼는 그쪽으로 급히 달려가야 했다.

나는 로떼의 뒤를 천천히 따라갔는데, 로떼의 친구가 3등 칸에서 내리는 것이 보였다. 그녀는 쥐색 파라솔과 소박한 손가방을 들고 있을 뿐이었다.

"안나, 우리 오빠야."

"안녕하십니까."

하고 내가 먼저 인사를 했다. 그녀가 3등으로 오기는 했지만, 우리가 어떻게 생각할지 몰라서였는지 가방이 가벼웠는데도 따로 짐꾼을 불렀다.

그러고 나서 나는 두 처녀 옆에 서서 거리를 지나오며 둘이 서로 말이 많은데 놀랐다.

하지만 암베르그 양은 내 마음에 들었다. 뛰어나게 예쁘지 않다는 것에 약간 실망을 했으나, 그 대신 얼굴이나 목소리에 어딘지 끌리는 점이 있어 그것이 기분을 좋게 하여 주고 신뢰감을 가지게 해주었다.

헤세 일가가 1886년부터 1893년까지
살았던 건물로 칼브출판사의 서점이 있었다.
이곳이 헤세의 대표작인『데미안』
『어린 영혼』 등과 같은 작품의
무대가 된 곳이다.

나는 지금도 어머니가 문에서 두 사람을 맞던 것을 기억하고 있다.

어머니는 사람을 알아보는 눈을 가지고 있어서 웃으면서 맞는 사람이라면 우리와 함께 즐겁게 매일을 보낼 수 있는 사람인 것이다.

난 지금도 어머니가 암베르그의 눈을 들여다보고 나서 고개를 끄덕이며 두 손을 내밀어 말없이 반기며 친밀하게 대하던 모습을 기억할 수 있다.

그래서 이제부터는 미지의 사람에 대한 나의 여러 가지 불안감도 말끔히 사라졌다. 그것은 어머니의 내민 손과 호의를 그녀가 마음으로 받아들여서 첫 시간부터 한 식구같이 되어 버린 까닭이었다.

너무 젊은 탓으로 나의 지혜와 생활의 지식으로 보아 첫날에 벌써 이 기분 좋은 처녀는 악의 없는 자연스러움과 명랑성을 가지고 있어서 생활의 경험은 적었으나 어쨌든 좋은 벗이라고 생각하게 되었다.

높고 귀한 명랑성이라는 것은 곤란과 괴로움에서 얻는 사람도 있고 전혀 얻지 못하는 사람도 많다는 것을 어렴풋이 느꼈으나, 나는 아직 그런 경험은 가져보지 못하였다.

그런데 우리의 손님이 이 귀중한 부드러운 명랑성을 가지고 있다는 사실을 나는 한동안 못 보고 지냈다.

친구로 교제하며 인생과 문학에 관해서 말을 나눌 수 있는 여자란, 그때의 나의 생활 환경에 있어선 매우 드물었다. 누이동생의 친구들이란 지금까지 연애의 대상이 되던가 그렇지 않으면 나와는 무관한 평범한 존재들이었다.

그런데 지금 젊은 숙녀와 기탄없이 교제하여 자기와 동등한 사람으로서 여러 가지로 말할 수 있다는 것은 신기하고 기꺼운 일이었다. 그것은 동등하다고는 하나 음성, 말씨, 생각하는 것에 따뜻하고 부드럽게 느껴지는 동등함이었다.

또한 안나가 조용하고 익숙하게, 그리고 눈에 띄지 않게 우리의 생활에 들어와 우리의 가풍에 따라 행동하는 것을 보고 나는 좀 부끄러운 생각이 들었다.

왜냐하면 내 친구로 휴가 동안을 우리 집 손님이 되어 본 친구들은 모두가 얼마간은 양보를 하는 자세를 취했던 것이고, 어딘지 어색스러웠던 까닭이다.

나 자신도 집에 돌아와서 처음 며칠간은 그런 기색을 분석할 수가 없었던 것이다.

그리고 종종 안나가 나를 허물없이 굴도록 아주 내버려 두는데 대해 나는 놀라지 않을 수 없었다. 말을 하다가 실수를 하여도 그녀가 기분 나빠하는 기색을 전혀 볼 수 없었던 것이다.

거기 대해 헤레네 쿠르쯔를 생각한다면! 이 여자에 대해서는 아무리 열중해서 말을 할 때라도 조심성이 있고 정중한 말밖에는 할 수가 없을 것 같았다.

어쨌든 헤레네는 그동안 종종 우리 집에 와서 내 누이동생의 친구가 되어 주었다. 한 번은 우리들 전부가 마토이스 숙부의 정원에 초대를 받아 갔었다. 커피, 과자, 그리고 나중엔 양딸기로 담은 술이 나왔다.

그런 동안 우리는 놀이도 하고 정원을 점잖게 걸어 다니기도 했다. 정원이 너무 깨끗해서 자연히 조심스런 행동을 하게 되었다.

헤레네와 안나를 동시에 바라보며, 두 여자를 상대로 이야기를 나눈다는 것이 나에게는 기이한 느낌을 주었다. 경탄스럽게 보이는 헤레네 쿠르쯔와는 중요해 보이지 않는 이야기밖에 할 수가 없었고, 그것 역시 말을 할 때는 정중한 태도로 하게 되는 어색함이 뒤따랐다.

그러나 안나와는 가장 흥미 있는 것을 얘기할 때는 아무 흥분도 긴장도 느끼지 않고 말할 수 있었다. 나는 그러한 그녀에게 고마움을 느꼈고, 또한 그녀와 이야기를 나누는 데서 안정감을 얻었음에도 불구하고 내 눈길은 그녀에게서 떠나 몰래 아름다운 쿠르쯔를 향하곤 하는 것이었다.

그러나 그녀를 보는 것이 즐겁기는 했지만, 그 즐거움은 언제나 미흡감을 동반하고 있었다.

내 아우 프리쯔는 재미가 없는 모양이었다. 그는 과자를 배불리 먹고 나서 몇 가지 난폭한 놀이를 제의했지만, 그것은 동의 되지 않거나 또는 곧 제재를 당하고 말았다.

그러자 그는 나를 자기 곁으로 끌고 가서 재미없는 오후라고 불평을 잔뜩 늘어놓았다. 내가 어깨를 추켜 올렸더니, 그는 내려치기 불꽃을 주머니에 가지고 있다고 고백하여 또 한 번 나를 놀라게 해주었다.

그는 나중에 여자들이 여느 때와 같이 헤어져서 오랫동안 서서 시간을 끌 때 그것을 폭발시킬 계획이라고 하였다.

나는 그에게 그러한 행동을 하지 말라고 간곡히 타이를 수밖에 없었다. 그랬더니 그는 넓은 정원의 한구석에 누워버리고 말았다.

나는 그가 불쌍하기도 해서 이해할 수 있었지만, 그의 어린애다운 불평을 다른 사람들과 같이 가볍게 넘겨 버림으로써 그를 배반하고 말았던 것이다.

그러나 두 종자매從姉妹를 상대하기는 어렵지 않았다. 그들은 벌써 옛날이야기가 되어 버린 말을 해도 좋다고 감사했으며 재미있게 듣고 있었다.

숙부는 커피를 마시고 안으로 들어갔다. 베르타 숙모는 거의 로떼 옆에만 앉아 있었는데, 꽃을 만드는 말에 내가 한 몫 끼자 만족한 모양이었다.

나는 두 소녀 옆에 앉아 말이 끊어지는 순간마다 왜 사랑하는 여자와 말하는 것이 다른 여자와 말하는 것보다 훨씬 어려운 것일까 하고 순간적으로 생각하였다.

나는 헤레네에게 무슨 사랑의 표적이 될만한 것을 주고 싶었으나, 아무것도 생각이 나지 않았다. 결국 나는 많은 장미 중에서 두 개를 꺾어서 하나는 헤레네에게 주고, 다른 하나는 안나 암베르그에게 주었다.

이날이 나의 휴가 중에 전혀 고통 없이 지낼 수 있었던 마지막 날이었다.

다음날 나는 그렇게 친하지도 않은 사람으로부터 최근에 헤레네 쿠르쯔가 곧 약혼을 하게 될 것이라는 말을 들었다.

그는 여러 가지 색다른 사실에 관해 얘기하면서 나에게 그 말을 전해 주었는데, 그때 나는 나의 표정이 변하지 않도록, 그리고 속마음이 드러나지 않도록 각별이 주의해야 했었다.

그 말이 단순히 뜬소문에 불과하다 하더라도, 또 내가 헤레네에게 거의 희망을 두고 있지 않았다 할지라도, 나는 이제 그 처녀를 잃어버렸다는 사실을 뚜렷이 느꼈다.

그리하여 나는 미친 듯한 심정이 되어 집으로 돌아가 내 방으로 도망치듯 들어갔다.

사정이야 어찌 되었든 간에 나의 경솔한 청년 시절에 있어서 슬픔이란 그리 오래 가지는 않았다. 그러나 며칠간은 아무 기쁨도 없이 지냈다.

숲속의 작은 길을 걷기도 하고, 또한 오랫동안 멍하니 방안에서 뒹굴다가 저녁 무렵이면 창문을 닫고 바이올린을 켜며 공상에 잠기곤 하였다.

"어디가 아프냐?"

하고 물으며, 아버지는 나의 어깨에 가볍게 손을 얹었다.

"잠을 제대로 못 잤습니다."

나는 바른대로 대답하였다. 그 이상은 아무 말도 하지 않았다. 그러나 아버지는 내가 그 후에 종종 생각해 보곤 한 말을 하셨다.

"잠이 안 오는 밤은 말이다."

하고 아버지는 말을 하셨다.

"언제나 기분이 깨끗하질 못하지. 그러나 어떤 좋은 생각을 한다면 그것을 견디어 낼 수가 있단다. 누워서도 잠이 오지 않으면 공연히 화가 나기도 하지만, 자기의 의지로 좋은 일을 생각할 수도 있는 거란다."

"정말 그럴 수가 있습니까?"

하고 내가 물었다.

최근 몇 년 동안 나는 인간의 자유 의지라는 것의 존재를 의심해 왔기 때문이다.

"물론 가능하지."

아버지는 힘을 주어 말씀하셨다.

나는 묵묵히 며칠 동안을 괴로운 가운데 보냈고, 다시금 나의 괴로움을 잊고, 다른 사람들과 함께 즐겁게 지내게 된 때의 일을 아직도 분명히 기억할 수 있다.

우리들은 모두 오후에 방에서 커피를 마셨는데, 프리쯔만이 그 자리에 없었다. 모두들 명랑하게 이야기의 방향을 바꾸고 있었으나, 나만은 입을 다문 체 대화 속에 끼이지 못했다.

어렴풋이나마 다시 이야기에 끼이고 싶은 욕망을 느끼고 있기는 하였으나, 젊은 사람들간에 자주 있듯이 나는 자신의 슬픔을 침묵과 외고집이라는 방벽防壁으로 고수하고 있었다.

우리 집의 다른 사람들은 우리 집만의 습관에 따라 나를 가만히 내버려 두고, 눈에 띄는 나의 불유쾌한 감정을 존중해 주었다.

그러나 나는 그 방벽을 깨뜨릴 결심을 하지 못했고, 나 자신에 권태를 느낀 나머지, 고뇌의 시간이 짧은 것을 부끄러워하면서도 지금까지 할 수 없이 하던 행동을 그대로 나의 사명인 것처럼 계속하였다.

그때 갑자기 우리의 조용한 커피 시간을 깨뜨리는 요란한 나팔 소리가 들려왔다. 대담하고 공격적으로 부는 전격적인 나팔 소리였다. 그 소리가 계속해서 들려오자, 우리는 모두 의자에서 벌떡 일어났다.

"불이 났나 봐요!"

누이동생이 놀라면서 말했다.

"불난 신호로선 조금 이상한데?"

"그럼 군대가 야영을 어디서 하게 된 건가?"

그러는 동안에 우리들은 모두 창가로 달려갔다. 바로 우리 집 앞 큰길로 애들이 몰려오는 속을 큰 백마를 타고 불과 같은 붉은 옷을 입고, 나팔을 햇빛에 번쩍이며 다가오는 나팔수가 보였다.

이 기묘한 사나이는 나팔을 불며 거리의 집을 쳐다보면서, 그 큰 항가리식의 콧수염이 있는 갈색의 얼굴을 번득이고 있었다.

그는 여러 가지 신호와 즉흥적인 생각에 따라 열광적으로 나팔을 불고 있었으므로, 근처 창가마다에는 호기심으로 가득 찬 사람들이 서로 밀치며 내다보고 있었다.

이윽고 그는 악기를 입에서 떼고 콧수염을 만지며 왼손을 허리에 대고, 오른손으로 서투르게 말을 몰며 연설을 시작하였다.

여행 도중에 오늘 하루만 세계적으로 유명한 자기네 일행이 이 거리에 머물게 되었는데, 여러분의 간절한 청에 의하여 오늘 저녁 브류엘에서 「화려한 곡마, 고답적인 줄타기, 그와 동시에 대 무언극」을 보여 주기로 했으며, 입장료는 어른이 이십 페니, 아이들은 그 반액이라는 것이었다.

우리들이 그 소리를 듣고 모든 것이 이해가 되었을 때에 나팔수는 다시금 번쩍이는 나팔을 불며 어린이들과 함께 뽀얀 흰 먼지 속으로 그곳을 떠나갔다.

곡마사의 예고로 우리들에게 일으킨 웃음과 기쁜 흥분은 나에게 좋은 기회를 주었다. 난 그 순간을 이용하여 나의 우울한 침묵을 깨뜨리고 다시금 유쾌한 사람들 틈에 끼기로 했다.

나는 오늘 밤의 흥행에 두 처녀를 초대하였다. 아버지는 약간 꺼렸으나 허락해 주어서, 우리 셋은 흥행 장소를 미리 보아두고자 브류엘을 향해 산책을 나섰다.

거기에는 두 사나이가 원형의 노천극장을 만들려고 말뚝을 박고 줄을 치고 있었다. 그러고 나서 높은 가설무대를 만들기 시작했다.

그동안 옆에 있는 녹색 포장마차의 흔들리는 층계 위에는 무섭게 뚱뚱한 노파가 앉아 뜨개질을 하고 있었는데 귀여운 삽살개가 그 노파의 발밑에 누워있었다.

우리가 구경하고 있는 동안에 그 나팔수는 거리를 돌고 돌아와서 마차 뒤에 백마를 비끄러 매고 붉은 화려한 옷을 벗어 버리고 팔을 걷더니, 동료들의 극장 세우는 일을 돕는 것이었다.

"불쌍한 사람들이에요!"

하고 안나 암베르그가 말하였다.

그러나 나는 그 여자의 동정을 물리치고 연예인들의 편이 되었다. 그리고 그들의 자유스러운 공동적인 방랑 생활을 소리 높여 찬미하였다.

될 수 있으면 나 자신도 그들과 같이 여행을 하며 높은 줄을 타고 흥행이 끝나면 그릇을 들고 관객들 사이를 돌아다녀 보고 싶다고 말했다.

"그 모습 한번 보고 싶네요."

안나는 즐거운 듯이 웃으며 말했다.

그래서 나는 그릇 대신에 모자를 손에 들고 돈을 거두고 돌아다니는 광대의 흉내를 내며 점잖게 흥행사를 위하여 약간의 회사를 구했다.

안나는 호주머니에 손을 넣고 뭔가를 찾더니 일 페니를 꺼내어 모자 속에 던져주었다.

나는 "고맙습니다." 하며 그것을 호주머니에 집어넣었다.

잠시 동안 눌리었던 기쁨이 온몸에 젖어들었다. 나는 그날 아이처럼 기뻐했다.

어쩌면 나 자신이 변하기 쉽다는 것을 인식한 까닭일 것이다.

저녁에 우리는 프리쯔와 함께 구경을 떠났는데, 그는 도중에서 이미 기뻐서 어쩔 줄을 몰라 했다. 벌써부터 브류엘에는 군중이 까맣게 모여 물결치고 있었다.

어른들은 기대에 찬 큰 눈으로 점잖게 기뻐하며 서 있었다. 장난꾸러기 아이들은 아무에게나 집찍거리며 서로 밀치면서 앞으로 나가려고 하였다.

공짜로 보려는 친구들은 밤나무에 올라가 진을 치고 경관은 헬멧을 쓰고 인파를 정리하고 있었다.

가설극장 주위에는 좌석이 즐비하게 만들어져 있고, 원형 무대 중앙에는 네 개의 손잡이가 붙은 기둥이 서 있었고, 손잡이엔 석유램프가 걸려있었다.

이 램프에 불이 켜지자, 손님들이 밀려와 좌석은 점점 만원이 되었다. 장내 사람들의 머리 위에는 붉은 연기를 내며 석유 불이 흔들리고 있었다.

우리들은 객석 한곳에 앉을 자리를 발견하자 곧 자리를 잡았다.

이윽고 바이올린을 켜는 소리가 나면서 단장이 검은 작은 말을 끌고 무대 중앙에 나타났다.

어릿광대 한 명도 같이 나타나 단장과 말을 시작하였는데, 종종 귀를 쥐어박히고 그때마다 박수갈채가 터져 나오곤 하였다.

익살극은 처음에 어릿광대가 함부로 질문을 하는 데서 시작되었다. 그러자 단장은 귀를 쥐어박는 것으로 대답을 대신 하면서 이렇게 되물었다.

"넌 그래, 날 낙타독일에서는 이 말이 바보를 의미하기도 한단인 줄 아는 거냐?"

어릿광대는 이에 대답했다.

"아니지요, 단장님. 저는 단장님과 낙타의 구별쯤은 잘합니다."

"그래? 그게 어떻게 다르냐?"

"단장님, 낙타는 아무것도 먹지 않고도 여드레 동안 일을 할 수 있습니다. 그러나 단장님은 아무 일도 하지 않으면서 여드레 동안 먹을 수가 있지요."

다시금 그의 귀를 쥐어박히자 박수갈채가 일어났다. 이렇게 연기는 계속되었다.

나는 기지의 소박함과 그것을 좋아하는 관중들의 단순성을 재미있고 우아하게 생각하는 동안에 나 역시 웃어 버리고 말았다.

망아지는 뜀박질을 하면서 벤취를 넘어 뛰고 열두 개의 수를 센 다음 죽는 흉내를 냈다. 다음에 삽살개가 들어와서 바퀴 속을 뛰어나가고, 두 발로 춤을 추며 군대식 교련을 하였다.

그러는 동안 어릿광대가 가끔 나타났다. 다음에는 대단히 귀여운 산양山羊이 나타나 의자 위에 두 발로 서서 균형을 취하였다.

마지막으로 어릿광대가 대체 당신은 여기저기 돌아다니며 농담밖에 할 줄 모르냐고 질문을 받자, 곧 그 큰 못난이 양복을 벗어버리고 붉은색 내의 바람으로 높은 줄을 타고 올라갔다.

그는 사람도 좋고, 줄도 잘 탔다. 그러지 않아도 불빛에 비치는 빨간 모습이 검푸른 밤하늘에 높이 떠 움직이는 모습은 별처럼 아름다웠다.

흥행 시간이 너무 지나서 무언극은 상연되지 못했다. 우리들은 또한 여느 때보다 늦게까지 외출해 있었으므로 서둘러 집으로 돌아왔다.

구경을 하고 있는 동안 우리는 너무 말이 많았다. 나는 안나 암베르그 옆에 앉아 있었는데, 서로 우연한 이야기밖에 하지 못하였으나, 지금은 돌아오는 길이라 그녀의 따뜻한 곁을 떠나게 된 것이 좀 섭섭하였다.

나는 침대에 누웠으나 오랫동안 잠을 이룰 수가 없어 또다시 생각에 빠져들었다.

그때 나는 내가 절조가 없다는 생각이 들어 대단히 부끄러웠다. 어떻게 나는 그 아름다운 헤레네 쿠르쯔를 그렇게 빨리 단념할 수 있었을까?

그러나 나는 궤변을 가지고 그날 밤과 다음 수일 동안에 모든 것을 깨끗이 청산하고 일체의 의식적인 모순을 만족하게 해결했다.

또한 그날 밤에 나는 불을 켜고 안나가 농으로 준 일 페니히를 주머니에서 찾아내어 그것을 뚫어지게 바라보았다. 그 돈에는 1877년이란 연호가 적혀 있었으니, 나와 같은 나이를 먹는 것이었다.

나는 그것을 백지에 싸서 그 여자 이름의 첫 글자 A·A와 오늘 날짜를 쓴 다음, 행운의 돈이라고 하여 지갑 속에 가장 깊이 쓸어 넣었다.

나의 휴가의 반—휴가는 언제나 그 절반이 긴 것이다—은 벌써 지나가 버리고 한 주일 동안 심한 폭풍우가 있은 여름은 점점 사라져가고 명상적인 계절이 다가오기 시작하였다.

그러나 나는 다른 아무것도 중요하지 않다는 듯이 알지 못하게 지나가는 하루하루를 돛대에 깃발을 날리며 키를 잡고 돌진하듯이 전진하는 데 여념이 없었다.

매일매일 금빛 찬란한 희망에 차서 그날그날이 찾아와 빛나고 사라지는 것을 바라보면서, 별로 그것을 붙잡으려거나 애석하게 생각하는 일도 없었다.

이 호탕한 기분은 젊은이만이 가지고 있는 불가사의한 방심성放心性에 의한 것이었으나, 얼마간은 사랑하는 어머니에게도 책임이 있었다.

그것은 어머니가 거기에 대해 한 말씀도 하지 않은 데서 안나와 나와의 우정에 불만이 없다는 것을 안 까닭이었다. 영리하고 예의 바른 처녀와의 교제는 사실 나를 기분 좋게 해주었고, 그리고 좀 더 깊고 가까운 관계를 맺어도 어머니의 승낙을 얻을 수 있을 것 같았다.

그러므로 아무 불안도 비밀도 없이 나를 사랑하는 누이동생과 살듯이 실제에 있어서 나는 안나와 같이 살았던 것이다.

물론 그것으로써는 내 소망의 목표에는 아직 먼 것이었다. 얼마 후에 이 변함 없는 친구로서의 교제는 때때로 나에게 고통 비슷한 것을 주기도 했다.

나는 분명하게 담을 쌓은 우정의 뜰로부터 사랑이라는 넓은 자유스러운 땅으로 들어가려고 했으나, 어떻게 하면 무심한 여자 친구를 그 길로 인도할 수 있을지 알 수가 없었다.

그러나 실로 그렇기 때문에 휴가가 다 지날 무렵 만족한 상태와 그 이상을 바라는 마음 사이에 즐겁고 자유스러운 부동상태浮動狀態가 생겼다. 그것은 곧 행복과 같이 아직도 나의 기억 속에 남아 있었다.

이렇게 우리들은 행복스러운 집에서 즐거운 한여름을 보냈다. 어머니에게 대하여서는 그동안 옛날의 어렸을 때의 관계로 돌아가 있었으므로 나는 기탄없이 나의 생활을 말하고, 나의 과거를 고백하고 장래의 계획을 의논할 수 있었다.

나는 지금도 어느 날 오전에 어머니와 둘이서 베란다에 앉아 실을 감던 일을 기억한다. 나는 하나님에 대한 신앙의 상태를 말하고, 내가 다시금 신앙을 갖게 되려면, 나를 설복시킬 수 있는 누군가가 먼저 나타나야 한다는 주장으로 말을 맺었다.

그러자 어머니는 웃는 얼굴로 나를 바라보며 잠시 생각에 잠기는 듯하더니 입을 열었다.

"너를 설복시킬 사람은 아마 결코 나타나지 않을 게다. 그러나 너는 너 스스로 신앙 없이는 살 수 없다는 것을 차차 알게 될 거다. 지식은 아무 소용이 없는 것이란다. 모든 것을 잘 안다고 하는 사람은 진실로 무엇을 잘 안다든가 확실하게 아는 것이 아무 소용 이 없다는 것을, 사람에게 보여 주는 일이 매일같이 일어나고 있다.

그리고 바램은 신뢰와 안심이 필요한 법이란다. 그래서 교수나 비스마르크, 그 밖에 누구에게로 가는 것보다도 구세주에게로 가는 것이 언제나 훨씬 나은 법이란다."

"왜요?"

하고 내가 물었다.

"구세주에 관해서 그렇게 확실한 것을 많이 모르지 않아요."

"원, 그야 너무 잘 알고 있지. 그리고 오랜 세월이 흐르는 동안 자신을 가지고 불안 없이 죽은 사람도 때로는 있었지. 소크라테스와 그밖에 몇 사람이 그렇다고 말들 하지. 그러나 많지는 않아. 소수라고 하지만 조용히 안심하고 죽는다면, 그것은 영리해서가 아니고 마음과 양심이 깨끗해서 그런 법이란다. 이 몇 사람은 그래서 훌륭하단다. 각각 바르게 살았으니까.

그러나 우리들 중에 누가 그들과 같으냐? 이 소수의 사람들에 비해서 한편 무수한 불쌍하고 평범한 사람들이 있지 않으냐. 그들은 그들대로 구세주를 믿어서 기쁘게 안심하고 죽을 수가 있는 것이란다.

내 조부는 구원을 받기 전에 열넉 달 동안이나 고통과 비참한 가운데 누워있었다. 그러나 마침내 구세주로부터 위로를 받아서 나중엔 아무 불평도 없이 고통과 죽음을 기쁘게 맞았었단다."

그리고 마지막으로 어머니는 이렇게 말했다.

"이런 말을 해도 네가 설복되지 않는다는 것을 난 잘 알고 있다. 신앙이라는 것은 사랑과 같이 분별에서 오는 것이 아니다. 그러나 너도 언제든지 분별로 모든 것이 다 되는 것이 아니라는 것을 알게 될 것이다. 그럴 때가 오면 너는 괴로운 가운데서 위로가 될 것같이 보이는 것이면 무엇이나 붙잡으려 들 것이다. 아마, 그때 너는 오늘 우리가 나눈 얘기를 생각하게 될 게다."

나는 정원에서 아버지를 도왔다. 그리고 산책하러 나가게 되면 숲속의 흙을 작은 봉지에 넣어 아버지가 화분 갈이에 쓸 수 있도록 가지고 왔다.

프리쯔와는 새로운 불꽃을 만들어 올리다가 내 손가락을 데었다.

나는 또한 로떼와 안나 암베르그와 반나절 숲속에서 지내며 산딸기를 따고, 꽃을 찾는 것을 도와주고, 책을 읽어 주고 새로운 산책로를 발견하기도 했다.

아름다운 여름날은 하루하루 지나갔다.

이제 나는 안나 곁에 있는데 아주 익숙해졌으나, 이것도 곧 끝나리라고 생각하니 나의 휴가의 푸른 하늘 위에 무거운 구름이 덮이는 것 같았다.

모든 아름다운 것, 가장 가치 있는 것까지도 다만, 일시적이고 일정한 종점이 있는 것같이 추억 속에서 나의 청춘의 막이 아주 내려 버리는 것 같은 이 여름도 하루하루 지나가 버렸다.

우리는 가까이 다가오는 나의 출발에 대하여 말하기 시작했다.

어머니와는 다시 한번 내의, 겉옷 등 나의 물건을 들춰보고 몇 군데는 꿰매고 짐을 싸는 날에는 어머니가 손수 짠 좋은 회색 털양말을 두 켤레 넣어 주었다. 그것이 어머니의 마지막 선물이 되리라고는 어머니도 나도 전연 알 수 없었다.

오랫동안 두려워하던 마지막 날이 급하게 찾아왔다. 연푸른 늦은 여름의 하루였다.

하늘에는 솜털 같은 부드러운 구름이 떠 있었고, 온화한 동남풍이 뜰에 가득 피어 있는 장미꽃을 희롱하더니 무거운 향기를 머금고 피로하여 잠들어 버렸다.

오늘 하루를 몽땅 써 버리려고 저녁 늦게 출발하기로 하고, 우리 젊은 사람들끼리 오후에 즐거운 산책을 하기로 하였다. 오전 중은 부모를 위해 보내기로 하였다.

나는 아버지 서재의 긴 의자로 가서 양친 사이에 앉았다. 아버지는 약간의 선물을 준비하였다. 그것을 친절하게 익살 섞인 채로 마음의 동요를 감추며 나에게 주었다.

그것은 몇 다알러 들어있는 옛날식의 작은 돈 주머니와 주머니에 넣어 가지고 다닐 수 있는 펜과 튼튼한 수첩이었다. 수첩은 아버지가 손수 만든 것으로, 엄격한 나전어 문자로 열두 개의 훌륭한 처세에 관한 교훈이 적혀 있었다.

돈을 절약하여 쓰되 인색하지 말라고 하였고, 펜으로는 집에다 종종 편지를 쓰고, 만일 새로운 좋은 교훈을 얻거든 함께 적어 둘 것이며, 그리고 거기 적혀 있는 교훈은 당신 생활에 유용했고 참된 것들이었다고 하였다.

나는 두세 시간 이상을 같이 앉아 있었다. 아버지와 어머니는 나의 어린 시절의 이야기이며, 당신들 자신과 당신들 양친의 생활 등에 관하여 여러 가지 이야기를 했는데, 하나같이 새롭고 의미심장하게 들리는 내용들이었다.

그러나 나는 그중에서 많은 부분을 잊어 버렸다. 이야기를 들으면서도 생각이 자꾸만 안나에게로 쏠렸던 까닭이었다. 하지만 서재에서 지낸 이날 아침의 일은 기억에 잘 남아 있었다. 그리고 양친에 대한 감사와 존경의 마음이 그대로 전해져 있어, 오늘에 와서는 다른 어떤 사람에게도 볼 수 없는 신성한 빛에 싸여 있는 것을 보게 되었다.

그때는 오후에 떠나야 하는 일이 나에게 더욱 중요하였다. 점심을 먹자, 나는 곧 두 처녀와 함께 산책을 떠나 산 너머 아름다운 숲이 우거진 골짜기에 있는 험한 시냇가로 갔다.

처음에는 나의 무거운 기분으로 하여 두 처녀를 우울하고 말 없게 만들었다.

그러나 높은 은송銀松 사이로 좁고 좁은 골짜기와 먼 푸른 숲이 우거진 언덕이 보이고, 대가 긴 촛꽃이 바람에 나부끼는 산마루턱에 이르게 되자, 나는 비로소 환성을 올리며 사로잡혔던 기분에서 벗어날 수 있었다.

처녀들은 웃으며 곧 나그네의 노래를 부르기 시작하였다.

그것은 '아아, 먼 골짜기여 산꼭대기여!' 하는 옛날부터 어머니가 좋아하는 노래였다.

나도 함께 부르는 중에 어린 시절과 지나간 이 여름의 휴가 동안에 즐거웠던 숲속의 산책 등등 여러 가지 일이 생각났다.

마지막 귀절을 부르고 나자마자 우리들은 약속이나 한 듯이 과거의 소풍과 어머니에 관한 일을 얘기하기 시작하였다. 우리들은 그때의 일을 감사와 자랑삼아 말하였다.

그것은 멋진 청춘 시절과 고향의 생활을 우리가 가질 수 있었던 까닭이었다.

내가 로떼의 손을 잡고 걸어가자, 안나도 웃으며 가담하였다. 그래서 우리들은 산등을 타고 뻗어 있는 길을 끝까지 손을 저으며 셋이서 춤을 추듯이 걸어갔다. 그것은 참으로 기꺼웠다.

다음에 우리는 험한 샛길로 들어가 시내가 흐르는 그늘진 골짜기로 내려갔다. 자갈과 바위 위로 흐르는 시냇물 소리는 멀리까지 들려왔다.

시냇물 윗쪽 멀리엔 물건을 파는 산속의 아담한 가게가 있어, 나는 거기서 두 처녀에게 커피와 아이스크림과 과자를 한턱내기로 했다. 그러기 위해서는 골짜기를 내려가 냇가로 걸어가야만 되었다.

나는 안나의 뒤에 서서 그녀의 뒷모습을 바라보며, 오늘 그녀와 단둘이 얘기를 나눌 수 있는 기회를 만들려고 생각했다.

결국 나는 한가지 술책을 썼다. 우리는 이미 목적지에 가까운 시냇가 풀밭에 이르렀는데, 거기에는 석죽石竹이 많이 피어 있었다. 거기서 나는 로떼에게 먼저 가서 커피를 주문하고 좋은 테이블을 하나 잡아두라고 일렀다.

그 사이 안나와 함께 이렇게 아름다운 꽃이 많이 피어 있으니 큰 꽃다발을 만들겠다고 하였다. 로떼는 이 제안이 좋다고 하며 먼저 떠나갔다. 안나는 이끼 낀 바위 위에 올라앉아 꽃을 꺾기 시작하였다.

"결국 마지막 날이 됐습니다."

내가 먼저 입을 열었다.

"네, 섭섭해요. 그러나 곧 다시 돌아오시게 되겠지요?"

"누가 알겠습니까? 어쨌든 내년까지는 어려울 것 같습니다. 그리고 돌아온댔자 모든 게 이번과 같지는 않을 겁니다."

"왜 같지가 않다는 거죠?"

"같지가 않죠. 그때도 당신이 여길 와 준다면 몰라도……"

"그거야 아주 불가능한 건 아니겠지요. 하지만 이번만 하더라도 저 때문에 돌아오신 건 아니잖아요?"

"그야 당신을 전혀 몰랐으니까요, 안나."

"그건 그렇지요. 하지만 좀 도와주세요. 거기 있는 석죽을 몇 가지 꺾어 주세요."

나는 정신을 가다듬었다.

"나중에 그런 건 얼마든지 꺾어 드리지요. 그러나 지금은 더 중요한 일이 있습니다. 보십시요. 나는 지금 몇 분 밖에는 당신과 같이 있을 시간이 없습니다. 나는 종일 그것을 기다렸어요. 왜냐하면 그것은 내가 오늘 떠나야 하니까요. 아시겠습니까? 간단히 말씀드리면, 안나! 묻고 싶은 것이 있습니다."

순간 그녀는 나를 쳐다보았다.

그녀의 영리한 얼굴은 정색을 하고 있었고, 거의 슬픈 얼굴을 하고 있었다.

"기다려 주세요!"

그녀는 나의 망설이는 말을 끊었다.

"무슨 말씀을 하시려는 것인지 다 알겠어요. 하지만 제발 지금은 그 말만은 말아 주세요!"

"하지 말라구요?"

"네, 헤르만. 왜 말씀하시면 안 되는지 지금은 말할 수 없어요. 그러나 아시고 싶으시겠지요. 나중에 언제든 누이 동생에게 물어봐 주세요. 하지만 오늘 전 슬퍼하고 싶지 않아요. 자, 로떼가 돌아오기 전에 꽃다발을 만들도록 해요. 그리고 우리는 언제나 좋은 친구가 되어요. 또 오늘은 서로 유쾌하게 지내요. 네?"

"물론 그렇게 하겠습니다. 그렇게 할 수만 있다면."

"그럼 들어주세요. 저도 당신과 같아요. 어떤 사람을 사랑하고 있는데, 그 사람을 내 것으로 할 수가 없어요. 그러나 그러한 운명을 가지고 있는 사람은 모든 우정과 선과 기쁨을 든든히 유지할 줄 알아요. 그렇지 않아요? 그래서 우리는 서로 좋은 친구가 되자는 거잖아요. 그래서 오늘 하루만이라도 서로 기쁜 얼굴을 하고 지내고 싶은 거예요. 그렇게 하시지 않겠어요?"

그러자고 나는 나직이 대답하였다. 그리고 서로 손을 내밀어 악수를 나누었다.

바위 사이로 흐르는 물소리는 요란하였고, 우리의 꽃다발은 점점 커지면서 화려해져 갔다.

얼마 후에 로떼가 노래를 부르면서 우리를 데리러 왔다.

로떼가 우리 옆까지 왔을 때, 나는 냇가에 가서 엎드려 물을 마시고 이마와 눈을 식혔다. 그러고 나서 꽃다발을 손에 들고 함께 지름길로 해서 그 가게로 갔다.

그곳 단풍나무 밑엔 우리들을 위한 테이블이 준비되어 있었고, 아이스크림, 커피, 비스킷이 놓여 있었다. 상점 여주인이 우리에게 환영의 인사를 했다.

나 역시 놀란 것은 마치 모든 일이 순조로웠던 것처럼, 내가 말도 하고 대꾸도 하고 또한 먹을 수도 있었다는 일이다.

나는 그러는 동안 기꺼워서 간단한 연설도 하고, 둘이 웃을 때는 나도 아무 거침없이 따라 웃을 수도 있었다.

그날 오후 안나가 아주 간단히 사랑스럽고 위로하는 듯이, 나를 굴욕과 슬픔에서 구원해 준 것을 나는 평생 잊지 않을 것이다.

그녀는 나와의 사이에 무슨 일이 있었다는 것을 아무에게도 눈치 채이지 않게 했고 아름다운 우정으로 나를 대해 주었다.

그것은 내가 침착한 태도를 유지하는 데 도움이 되었고, 그리고 나보다 더 오래고 깊은 괴로움과 그것을 명랑하게 참아가는 그녀의 태도를 존경하지 않을 수 없게 되었다.

우리들이 돌아올 때는 벌써 숲속 좁은 골짜기에는 저녁 빛이 깃들고 있었다.

그러나 빨리 올라간 산마루에서 우리는 다시금 넘어가는 석양을 쫓아 거리로 내려오기까지 한 시간 동안을 따뜻한 볕 속을 걸을 수가 있었다. 나는 검은 전나무 가지 사이로 석양이 크고 붉게 보이는 것을 바라보며, 내일이면 여기서 멀리 떨어진 타향 땅에서 다시금 저것을 보려니 하고 생각하였다.

저녁에 나는 집안사람들에게 작별 인사를 하였다. 로떼와 안나는 나와 함께 역까지 따라와 주었다.

내가 기차를 타고 다가오는 어둠을 향해 달리기 시작하자, 그들은 나를 향해 손을 흔들어 주었다.

나는 차창에 서서 가로등과

밝은 창이 빛나는 거리를 내다보았다. 그리고 우리 집 정원 가까이서 밝고 강렬한 붉은 빛을 보았다. 그것은 내 동생 프리츠가 거기서 양손에 신호용의 불꽃을 들고 서 있었던 것이다.

내가 손짓을 하고 그의 옆을 지나가는 순간, 그는 똑바로 불꽃을 쏘아 올렸다. 나는 차창으로 몸을 내밀고 불꽃이 올라가 공중에 머물렀다가 다시 부드러운 곡선을 그리며 비 오듯 떨어져 사라지는 것을 바라보았다. 〈끝〉

3

방랑자 크눌프

방랑자 크눌프

밤에 산을 내려와 어슴푸레한 목장 곁을 지나고 잘 보이지 않는 숲의 부드러운 그늘을
지나나는 열려 있는 옛 도시의 문으로 왔다. 나는 길고 좁은 거리를 천천히 걸었다
어두운 창문 어디서나 맞이해 줄 불빛 하나 비쳐 오지 않았다.
모두가 잠들어 있었고, 깊은 어둠이 내리고 있었다.

이른 봄

1930년대 초에 우리들의 절친한 친구 크눌프는 몇 주 동안을
병원에 누워있을 수밖에 없었다.

지금은 퇴원했지만, 2월 중순경의 몹시 추운 날이었으므로 며칠을
방랑하자, 또다시 열이 올라서 편히 쉴 곳을 찾지 않으면 안 되었다.

그가 친구가 없는 것은 아니었다. 이 지방 어느 거리를 가더라도
그를 반겨 맞아 줄 곳은 쉽게 찾을 수 있었던 것이다.

그러나 그는 친구에게 어떤 신세를 질 때에는 그것이 명예에라도
관계되는 것처럼 생각하는 이상한 자부심을 가지고 있었다.

이번에 그의 머리에 떠올라 문을 두드린 곳은 레히슈뎃텐에 살고
있는 피혁공 에밀 로트프스의 집이었다.

서풍이 부는 비 오는 날 저녁 무렵이라, 이미 문은 닫혀 있었다.

피혁공은 위층의 창문을 반쯤 열고,

"거기 누구요? 내일 밝거든 만나면 안 되겠소?"

하고 어두운 거리를 향해 소리를 질렀다.

크눌프는 옛 친구의 반가운 목소리를 듣자, 몹시 지쳐 있던 피로가 가시는 듯 기운을 얻었다.

그는 갑자기 몇 해 전에 4주일 동안을 에밀 로트프스와 같이 여행할 때에 지은 시가 생각나서 위층을 향해 그 시를 읊었다.

주막에 앉아 있는 피로한 나그네

누군가 하였더니

잊혀진 그대 방랑자

깜짝 놀란 피혁공은 황급히 덧문을 열어젖히고 창문으로 몸을 내밀었다.

"크눌프! 자넨가, 유령인가?"

"날세!"

하고 크눌프는 반가운 표정으로

"그런데 자네, 윗층에서 내려오려나 창문으로 뛰어 내리려나?"

하고 외쳤다.

친구는 급히 내려와 문을 열고는 그을음 나는 램프를 눈이 부시도록 친구의 얼굴에 비췄다.

"자, 어서 들어오게!"

하며 흥분한 그는 친구를 집 안으로 끌어들였다.

"이야기는 나중에 천천히 하기로 하고, 남은 저녁이 있을 걸세. 그리고 잠자리도 마련되어 있으니 염려 말게. 하나님 맙소사. 왜 이렇게 날씨가 사나운지! 아, 이 사람, 그 장화가 참 좋으이."

크눌프는 그가 이것저것 묻거나 놀라거나 내버려 둔 채 층계에서 걷어 올린 바지를 조심스럽게 내리고, 4년 동안이나 와 본 적이 없는데도 어두운 계단을 거침없이 척척 걸어 올라갔다.

방문 앞 복도에서 그는 잠시 발을 멈추고 방으로 들어가자고 권하는 피혁공의 팔을 잡으며

"그런데 자네 결혼하지 않았던가?"

하고 귓속말을 했다.

"그래, 물론 그랬지."

"그래서 말인데, 자네 부인은 나를 모르지 않는가. 친구라곤 도통 모르지 않겠는가. 내가 방해가 되지 않겠나?"

"방해가 된다고!"

로트프스는 껄껄 웃으면서 문을 활짝 열어젖히고 크눌프를 밝은 방으로 맞아들였다.

방안에는 세 가닥으로 매단 램프가 있었고, 그 밑에 큰 식탁이 놓여 있었다. 가벼운 담배 연기가 공중으로 떠돌아 엷은 선을 긋고 뜨겁게 달은 등피로 끌려가 빙빙 돌다가 사라져 버리는 것이었다.

식탁 위엔 신문과 돼지 오줌통으로 만든 담배쌈지가 놓여 있었다. 그리고 벽 옆에 기대어 놓은 좁고 조그마한 소파에서 젊은 부인이 놀라며 일어났다. 그녀는 자다가 놀라 깨어난 모양이었으나 그 빛을 감추려 하지 않았다.

크눌프는 강한 불빛에 잠시 눈이 부시었으나 한순간 눈을 깜박거리고는 부인의 회색빛 눈을 들여다보며 공손히 인사를 하고 손을 내밀었다.

"내 아낼세."

하고 웃으며 소개하고는, 다시

"이 사람은 친구인 크눌프야. 왜 언젠가 이야기한 일이 있지. 물론 우리 집 손님으로 여기서 묵을 거야. 마침 일꾼의 침대가 비었지. 어쨌든 과일주나 한 잔 같이 마시기로 하세. 크눌프에게 무엇인가 먹을 것을 줘야 해! 소시지가 남았지?"

젊은 아내는 급히 밖으로 나갔다. 크눌프는 서두르는 그녀의 뒷모습을 바라보았다.

"좀 놀라신 모양이지?"

하고 조용히 속삭였으나 로트프스는 그렇지 않다고 했다.

"아이는 아직 없나?"

크눌프가 물었다.

그때 부인이 벌써 소시지를 담은 접시를 들고 다시 들어왔다.

접시에는 소시지와 칼이 가지런히 놓여 있고, 그 옆에는 반쪽의 검은 호밀빵이 칼자루 밑에 놓여 있었다.

빵을 써는 칼 가장자리에는 '오늘도 우리에게 양식을 주옵소서.'라는 문구가 새겨 있었다.

"리스, 지금 크눌프가 무어라고 했는지 알겠어?"

"어이, 이 사람! 가만히 좀 있게."

하고 크눌프는 미소를 지으며 부인을 향하여

"제가 실례를 했습니다, 아주머니."

하고 정중하게 말하였다.

그러나 로트프스는 가만히 있지 않았다.

"이 친구가 우리들에게 아이가 없느냐고 묻지 않겠어."

"어머나!"

하고 소리를 지르더니 웃으면서 황급히 도망치듯 밖으로 나갔다. 부인이 밖으로 나가자, 크눌프는 다시 물었다.

"아직 없어?"

"아직 없네. 좀 참으라는 거야. 결혼 초기에는 사실 그렇게 하는 것이 좋아. 자, 그건 그렇구, 이제 맛있게 좀 들겠나, 어서!"

그러자 부인은 청회색의 과일주 병을 들고 들어왔다. 그리고는 술잔을 세 개 나란히 내려놓더니 가득 술을 부었다. 그 솜씨가 아주 능숙해 보였다.

크눌프는 그녀의 솜씨를 바라보며 미소 지었다.

"친구의 건강을 위하여!"

주인은 큰소리로 외치며 크눌프에게 잔을 권했다. 그러나 크눌프는 겸손한 태도로 그녀를 향하여

"먼저 부인의 건강을 위하여! 그리고 옛 친구를 위하여 건배!"

하고 축하했다.

그들은 술잔을 서로 부딪치며 건배한 후 마셨다.

그러자 로트프스는 기쁨에 넘쳐 자기의 아내를 향하여 지금 자기의 친구가 얼마나 조심성이 있는가를 알 수 있느냐고 눈짓으로 물었다.

그녀는 벌써 그것을 알고 있었다.

"보세요. 크눌프 씨는 당신보다 훨씬 고상하세요."

하고 부인은 말했다.

"천만예요. 그거야 누구나 배운 대로 하는 것이지요. 예의를 들고 나오신다면 곤란한데요. 그런데 부인의 그 멋진 솜씨는 정말 훌륭하십니다. 꼭 일류 호텔에 온 것 같은 기분을 줍니다."

하고 크눌프는 말했다.

"그렇다네, 그 솜씨는 그런 데서 익혔다네."

하고 주인은 웃었다.

"그러십니까? 어디서요? 아버님이 호텔 주인이신가요?"

"아니예요. 아버지는 오래전에 세상을 떠나셨는걸요. 제 기억에도 없을 정도예요. 다만 옥센이라는 호텔에서 몇 년 일했지요. 옥센을 알고 계시지요?"

"옥센이라구요? 알구 말구요. 한때 레히슈뎃텐에서는 제일가는 호텔이었지요."

하고 크눌프는 그곳을 칭찬해 주었다.

"지금도 마찬가지지요. 에밀, 그렇지요? 그곳에 숙박할 수 있는 분은 큰 상사의 해외 주재원이나 관광하는 사람들이 많이 드나드는걸요."

"그럴 겁니다. 아주머니, 거기라면 재미도 많이 보시고 돈도 많이 받으셨겠지요! 그러나 가정을 가지는 것만이야 못하지요. 안 그렇습니까?"

그는 천천히 부드러운 소시지를 빵에 끼워 얌전하게 벗긴 껍질을 접시 끝에 놓고 질 좋은 사과주를 한 모금씩 마셨다.

　주인은 크눌프가 섬세하게 생긴 아름다운 손으로 열심히 먹는 것을 만족스럽게 바라보았다. 부인 또한 그 모습이 마음에 드는 모양이었다.

　"자네의 얼굴이 좋은 것 같지 않은데?"
하고 에밀 로트프스는 질문조로 말하기 시작했다.

　크눌프는 최근 몸이 나빴던 일, 그래서 병원에 입원해 있었던 일들을 고백하지 않을 수 없었다. 그러나 그 밖의 일들은 모두 비밀로 하였다.

　친구는 그 말을 듣자, 이제부터 어떻게 하려느냐고 물으면서 식사와 지낼 곳은 염려하지 말라고 진심으로 말했다.

　이 말은 실로 그가 절박한 가운데 기다리던 말이었으나, 막상 그 말을 듣게 되니 부끄러운 생각이 앞서 대답을 피하고 거기에 대한 말은 내일로 미루려고 생각했다.

　그리하여 지나가는 말로,

　"그런 말이야, 내일도 모레도 할 수 있지 않나. 날은 얼마든지 있으니까. 어차피 나는 잠시 동안 폐를 끼쳐야 되겠네."

　하고 말하였다.

　그는 언제나 앞날의 일을 생각하고 계획하거나 약속하는 것을 좋아하지 않았다. 그날그날을 마음 내키는 대로 보내지 않으면 기분이 나지 않는 그였다.

　"만일 당분간 나를 자네 집에 머무르게 하려거든, 나를 자네의 직공으로 채용해 주게."

하고 크눌프는 정색을 하며 말했다.

"어떻게 그럴 수 있겠나!"

하고 친구는 껄껄 웃었다.

"자네가 직공이라구! 대체 자네가 가죽을 다룰 줄이나 아느냐 말일세."

"상관없지 않은가. 그 일이 아무리 훌륭한 일이라고 할지라도 나에 겐 자네와 같은 재주가 없어서 걱정이네. 그러나 나의 여행 신분증이 거기에 적당하단 말일세. 그렇게 되면 치료비라도 보증이 될 것이니 말이야."

"어디, 자네 신분증이나 좀 보세."

크눌프는 새로 맞추어 입은 것 같은 양복 안주머니에 손을 넣어 증명서를 꺼냈다. 신분증은 유지油紙로 된 케이스에 깨끗하게 간직되어 있었다.

피혁공은 그것을 바라보고 웃으며

"언제나 자넨 깔끔하지! 어제 아침에 어머니 곁을 떠나온 사람 같군 그래."

하고 말하였다.

그리고 다시 그는 증명서에 기재된 사항과 검인을 자세히 들여 다보고 나서 감탄하듯 고개를 끄떡였다.

"차근차근하기는! 자네 가진 것은 모두 이렇게 말끔하다니까."

여행 신분증 같은 것을 이렇게 잘 간수하는 것은 크눌프의 취미 중의 하나였다. 그 증명서의 여백에는 아름답고 즐거웠던 일과 멋진 시구들이 씌어 있었다.

그리고 숙소 이름을 써 놓은 곳에는 유명한 사람들이 드나드는 격있는 호텔의 이름들이 적혀 있었다. 또 이곳저곳 돌아다니기를 좋아한 탓에 여러 곳에서 숙박했던 장소의 이름들도 적혀 있었다.

이 아담한 증명서에 증명된 그의 생활은 크눌프 스스로가 꾸민 것이며, 이렇게 겉치레만 하고 다니는 일도 남다른 노력이 있어야만 가능한 일이었다. 그러나 법에 어긋나는 일은 한 번도 없었다.

하지만 한 가지 결점은 직업을 잃고 떠돌아다니기 때문에 남들로부터 경멸을 받는 일이었다. 물론 모든 일에 시골의 순경들이 호의를 베풀지 아니하였던들, 그의 낭만적이며 시적인 방랑 생활은 성공할 수 없었을 것이다.

가끔 경찰들은 이 명랑하고 재미있는 사람의 정치적 우월성과 때때로 보여 주는 성의에 존경을 표하여 될 수 있으면 편히 쉬도록 호의를 베풀어 주었다.

그에게 호의를 베푸는 이유 중에 한가지는 죄를 지어 전과 사실이 있거나, 절도를 한 일도, 남에게 구걸 같은 일을 한 사실이 없었기 때문이었다. 그는 어디를 가나 좋은 친구를 만날 수 있었다.

마치 애완용 고양이나 짐승들이 그저 하는 일 없이 살아가듯이 그렇게 크눌프도 넉넉하지 못한 살림을 하는 사람들 틈에 끼어서 아무 걱정 없이 우아하고 점잖게 무위도식하는 것같이 하루하루를 그는 그렇게 지냈다.

크눌프는 신분증을 다시 받으며

"내가 오지 않았던들 지금은 잠이 든 지가 오랬을 터인데……"

하고 말하며, 부인에게 눈짓을 하면서

"자, 로트프스. 나에게 잠 잘 자리를 좀 마련하여 주지 않겠어."

하고 말했다.

주인은 램프를 들고 좁은 층계를 올라가 직공이 자는 방으로 그를 안내하였다.

바로 벽 앞에는 쇠로 만든 빈 침대가 놓여 있었고, 그 옆의 목제 침대에는 침구가 놓여 있었다.

"더운 물주머니가 필요하겠지?"

하고 피혁공은 마치 아버지가 아들에게 묻듯 물었다.

크눌프는 웃으며 대답했다.

"물론 필요하지. 자네는 어여쁜 부인이 있으니까 필요 없겠지만."

"그건 그렇군."

하고 로트프스는 정색을 하며 다음과 같이 말했다.

"다락방의 침대에서 자게 돼서 말일세. 하지만 자넨 이보다 더 좋지 못한 곳에서 잘 때도 많았을 거야. 아마 마른 풀밭에서도 많이 자 보았겠지? 그러나 나에겐 행복한 가정이 있고 직업도 있으며, 어여쁜 아내도 있네. 이 사람, 자네도 그렇게 하려고 했으면, 벌써 나보다 훨씬 형편이 나은 처지가 되었을 것일세."

크눌프는 옷을 벗어 던지고 부르르 몸을 떨며 차가운 이불 속으로 기어들어 갔다.

"로트프스, 아직도 할 말이 많이 남아 있는가? 난 누워서 편히 듣기로 하겠네."

하고 크눌프는 말했다.

"이 사람, 농담이 아니란 말야."

"로트프스, 나도 그러하이. 그러나 이 사람, 세상에서 자네만 결혼한 것같이 생각해선 안 되네. 그건 그렇구, 편히 쉬게!"

그다음 날 아침이 되었는데도 크눌프는 일어날 생각을 하지 않고 그냥 자리에 누워있었다. 아직 몸도 완치된 상태가 아니고 날씨도 춥고 해서 외출할 수가 없었다.

그는 아침나절에 나타난 주인에게 편히 누워있게 해 달라고 하면서 점심때 수프나 한 접시 갖다 달라고 부탁하였다.

그리고는 그는 온종일 조용하고 편안한 자세로 어두컴컴한 다락방에서 마음 편하게 보낼 수 있었다. 오슬오슬 떨리던 몸도 방랑에 지친 피로도 차츰 가시는 것 같았다. 그는 따뜻하고 아늑한 안도감에 사로잡혔다.

음산한 바람 소리와 함께 지붕에서 끊임없이 떨어지는 빗방울 소리에 가만히 귀를 기울였다. 그러다가 반 시간가량을 자고 나서 여행할 때 늘 가지고 다니던 책을 꺼내 들여다보았다.

그것은 그가 손수 책에서 옮겨 쓴 시와 격언을 모은 노트로 신문에서 필요한 곳을 오려낸 기사들과 주간지에서 오려 모아놓은 사진들이 붙어 있는 스크랩북이었다.

그 속에 있는 사진 중의 두 장은 그가 좋아하기 때문에 자주 꺼내 보아 보풀이 일고 찢어져 있었다. 또 한 장은 여배우 엘레오노라 두제의 사진이었고, 또 한 장은 순풍에 돛을 달고 먼바다에 떠 있는 배의 사진이 있다.

크눌프는 어렸을 때부터 북극과 바다를 강렬히 동경하고 있었다. 그리하여 여러 번 북쪽으로 여행을 떠나서 한 번은 브라운슈바이그

『청춘은 아름다워라』에
나오는 물방앗간.
헤세는 소년 시절 대부분을
이곳에서 보냈다.

지방까지 간 적도 있었다.

그러나 언제나 떠돌아다니며 한곳에 오래 머물러 있을 줄 모르는 이 철새 같은 사내는 항상 이상한 불안과 향수에 젖어 황급히 남독일로 돌아오는 것이었다.

언어와 습관이 다른 지방에 갔을 때 아는 사람도 없고 하니, 그 가공의 여행 신분증을 꾸며댈 수 없는데 불안을 느끼는 까닭도 있었을 것이다.

점심때가 되어서 피혁공이 수프와 빵을 가지고 올라왔다. 로트프스는 어렸을 때 소아마비로 누워있어 본 이후로는 지금까지 낮에 누워있어 본 일이 없었기에 크눌프가 아파 누워있는 것이라고 생각하여 가만가만히 올라와서 귓속말을 하였다.

그러나, 크눌프는 그의 염려와는 달리 기분이 좋아져서 내일이면 회복이 되어 일어날 수 있다고 장담하였다.

정오가 훨씬 넘어서까지 계속 침대에 누워있는데 노크 소리가 들렸다. 선잠이 든 생태여서 그는 잠자리에 그대로 누워있었다.

방안으로 살며시 들어선 친구 부인은 빈 수프 접시를 손에 들고 밀크를 섞은 커피잔을 대신 침대 옆 탁자 위에 놓았다.

크눌프는 부인이 들어온 것을 알고 있었으나 피로하기도 하고 계면쩍어 그냥 눈을 감고 자는 척했다.

부인은 빈 그릇을 손에 들고 자고 있는 크눌프를 힐끔 바라보았다. 그는 푸른색 잠옷을 입고 팔을 베고 누워있었다. 그리고 아름다운 검은 머리와 어린애 같은 순진한 얼굴이 눈에 뜨이자, 그녀는 잠시 서서 아름다운 젊은이를 물끄러미 바라다보았다.

이 청년이 특이한 사람이라는 것은 남편을 통해서 여러 번 들은 바가 있었다. 그의 모든 것, 감은 눈 위의 짙고 검은 눈썹, 환한 이마, 여윈 듯한 가무잡잡한 볼과 붉게 물든 아름다운 입술, 가냘픈 목, 모든 것이 마음에 들었다.

그녀는 갑자기 옥센에서 심부름하던 때의 일이 생각났다.

그녀는 그때 젊고 아름다웠기 때문에 이와 같이 낯선 젊은이들로부터 많은 사랑을 받았었다. 그럴 때면 그녀는 정신을 잃고 가벼운 흥분에 빠져 있곤 하였다.

그리하여 크눌프의 얼굴을 자세히 들여다보려고 허리를 구부리는 찰나 구리 스푼이 그릇에서 미끄러져서 마루 바닥에 떨어졌다. 조용하고 좁은 곳이라서 소리가 너무 크게 들리는 듯해서 그녀의 가슴은 한층 더 뛰었다.

바로 그때서야 크눌프는 깊은 잠에서 깨어난 듯 아무것도 모른다는 듯이 눈을 뜨며 웃는 얼굴로 말했다.

"아, 아주머니세요? 커피를 가지고 오셨군요. 지금 막 꿈속에서도 뜨겁고 맛있는 커피를 마셨는데요. 고맙습니다. 잘 마시겠어요. 로트프스 아주머니! 지금 몇 시나 됐습니까?"

"네 시예요."

하고 재빨리 대답하고는 덧붙여 말했다.

"식기 전에 마시세요. 찻잔은 있다가 가져가겠어요."

하고 말하였다.

그러고 나서 그녀는 황급히 밖으로 나가 버렸다.

크눌프는 그녀의 뒷모습을 바라보면서 사라져 가는 발자국 소리에 귀를 기울였다.

그리고 무엇을 생각하는 듯 눈을 뜨고 몇 번이나 머리를 저었다. 그러고 나서 새 소리와 같은 휘파람을 나직하게 한 번 불고는 따뜻한 커피잔 쪽으로 몸을 기울였다.

어둠이 스며든지 한 시간쯤 되자, 크눌프는 권태를 느꼈다. 기분도 좋아지고 편히 쉬었기에 아는 사람이라도 찾아보고 싶은 생각이 들었다.

경쾌한 동작으로 옷을 입고 컴컴한 층계를 조심성 있게 내려와 아무도 모르게 집을 빠져나갔다. 남서풍이 그대로 세차게 불고 땅이 축축하게 젖어 있었지만, 하늘은 훤하게 개어 있었다.

크눌프는 한가로운 저녁 거리와 장터를 천천히 걸어서 문이 열려 있는 어느 대장간 앞에서 걸음을 멈추었다. 그는 하루 일을 마치고 그 뒷정리를 하고 있는 어린 견습공 아이와 말을 나누면서 빨갛게 달은 화덕에 찬 손을 쬐었다.

그리고는 견습공 아이에게 이 거리에 살고 있는 아는 사람들에 관한 소식을 하나씩 물어보았다. 그중 어떤 사람은 벌써 이 세상 사람이 아닌 경우도 있었고, 결혼한 사람도 있었다.

견습공 아이에게는 자기도 이런 일에 종사하고 있는 사람처럼 수공업에 관한 말과 같은 직업에 종사하는 사람으로 믿게끔 하였다.

이러는 동안에 로트프스 부인은 저녁 수프를 만들고 있었다. 쇠고기를 잘게 썰고, 감자를 벗기고 하여 수프를 불 위에 올려놓고 부엌에서 쓰고 있는 램프를 손에 들고 방으로 들어가 거울에 자신의 몸을 비춰보았다.

거울 속에는 자기의 모습이 그대로 비쳤다. 포동포동한 볼, 푸른 빛이 도는 갈색 눈, 약간 흩어진 머리카락. 그녀는 머리를 능숙한 솜씨로 매만졌다.

그러고 나서 깨끗하게 씻은 손을 앞치마 자락에 다시 한번 문지르고는 한 손에 램프를 들고 종종걸음으로 그가 잠들어 있을 지붕 밑 다락방으로 올라갔다.

조용히 문을 두들겼다. 대답이 없자, 다시 한번 더 세게 두드려 보았으나 안에서는 아무런 소리가 없었다.

그녀는 램프를 마루 위에 내려놓고, 두 손으로 문을 소리 나지 않게 조용히 열고 발끝을 세워 사뿐사뿐 들어섰다. 침대 옆에 의자만이 희끄무레하게 보였다.

"주무세요?"

하고 그녀는 조용히 물었다.

"주무시나 보죠? 커피잔을 가지러 왔어요."

다시 한번 말하였다.

조용했다. 숨소리조차 들리지 않았다. 그녀는 침대를 더듬어 보았지만, 이상한 기분이 들어 램프를 다시 들고 와서 자세히 침대를 살펴보니, 베개와 이불이 잘 정돈이 되어 있고 침대에는 아무도 없었다.

그녀는 불안과 실망감이 엄습해 와서 부엌으로 황급히 돌아와 버렸다.

한 삼십 분쯤 지난 후 피혁공이 저녁을 먹으러 왔다. 식사는 이미 준비되어 있었다. 그녀는 다락방에 올라갔었던 일을 남편에게 말할까

했으나 입이 떨어지지 않아 망설였다.

그때 문이 열리는 소리와 함께 층계를 올라오는 발자국 소리가 들리더니 크눌프가 나타났다.

그는 멋진 갈색 모자를 벗으면서 인사를 하였다.

"아니! 어디 나갔다 오는 거야?"

피혁공이 놀라며 물었다.

"아직도 다 낫지 않았을 텐데, 그렇게 돌아다녀도 되나! 그러다가 죽으면 어떻게 하려구 그래?"

"옳은 말일세. 그런데 아주머니, 시간을 맞추어 돌아왔지요? 아주머니가 만드신 맛 있는 수프 냄새가 글쎄 시장에까지 풍겨 오더군요. 수프를 먹어야지. 이제 겨우 살았습니다."

하고 크눌프가 말하면서 자리에 앉았다.

식사가 시작되었다. 주인은 기분이 좋아져서 여러 가지 이야기를 늘어놓았다. 자기 집안일과 직공을 거느리는 주인으로서의 위치 등을 자랑했다.

그는 친구에게 농담을 하다가 다시 정색을 하면서 무위도식하며 하는 방랑 생활은 이제 그만하라고 충고하는 것이었다.

크눌프는 묵묵히 말을 듣고 있을 뿐 아무런 대답이 없었다. 그리고 부인도 한마디의 말이 없었다.

부인은 남편에 대하여 화가 나 있었다. 예의 바르고 신사다운 크눌프에 비하여 남편이 무식하고 우직스러워 보였던 것이다. 그리하여 그녀는 크눌프를 친절히 대접하는 것으로써 자기의 뜻을 알리려고 하였다.

열 시를 알리는 시계 소리가 나자, 크눌프는 자겠다고 하면서 친구에게 면도칼을 좀 빌려 달라고 하였다.

로트프스는 면도칼을 건네주며 말했다.

"수염도 없으면서 면도를 하려고 그러나? 어쨌든 잘 자게. 춥지 않게 이불을 잘 덮고 자게나."

크눌프는 침실로 올라가기 전에 층계 위에 있는 작은 창문으로 밖을 내다보았다. 바깥 날씨와 주위도 살펴보기 위해서였다.

이제 바람은 거의 잠잠해져 있었고, 지붕과 지붕 사이로 보이는 검은 하늘 한 모퉁이에는 별들이 젖은 빛을 반짝이고 있었다.

머리를 들고 창문을 닫으려는 데 맞은편 이웃집 작은 창가에 갑자기 불이 켜졌다.

그러자 방이 보이고, 그의 방과 똑같은 방에 일하는 처녀가 문을 열고 들어섰다. 오른손에는 놋쇠로 만든 촛대를 들고, 왼손에는 큰 물항아리를 들고 들어와서 마루에 내려놓았다. 그러고 나서 촛불로 좁고 긴 침대를 비춰보는 것이었다.

검소하나 아담하고 빨간 무명 이불이 펴져 있었다. 그녀는 촛불을 한구석에 놓더니 녹색 트렁크 위에 주저앉았다.

크눌프는 전혀 생각지 않았던 한 여성을 보게 되자, 이쪽이 보이지 않도록 불을 끄고 조용히 서서 창문으로 옆집을 계속 살피고 있었다.

이 젊은 여자는 그가 좋아하는 타입의 여자였다. 그녀의 나이는 십 팔구 세 가량 되어 보였고, 그렇게 크지 않은 키와 갈색 눈과 진하고 검은 머리카락을 가진 아름다운 얼굴이었다.

그러나 이 조용한 얼굴에는 밝은 빛이라곤 하나도 없고, 녹색 트렁크에 주저앉아 있는 그녀는 슬픈 생각에 잠겨 있는 것같이 보였다.

이미 세상을 알고 젊은 여인을 아는 크눌프는 그녀가 트렁크를 들고 고향을 떠나온 지 얼마 안 되어 집 생각에 잠겨 있다는 것을 알 수 있었다.

그녀는 여윈 가냘픈 손을 무릎 위에 올려놓고 자신의 유일한 소유물인 트렁크 위에 앉아 잠들기 전에 잠깐 동안 고향을 생각하는 것이 일시적인 위안인 모양이었다.

그녀는 부동의 자세로 언제까지나 움직이지 않고 앉아 있었고, 크눌프는 창을 통해 이 낯선 여인의 긴장해 있는 모습을 바라보고 있었다.

그러나 아름다운 그 여인은 자기의 촛불에 비친 모습을 누군가가 훔쳐보고 있으리라고는 생각도 못 했을 것이다.

크눌프는 그녀의 선량한 눈동자가 무엇인가 깊이 생각하고 있는 듯이, 그리고 홍조를 띤 볼이 가볍게 떨리는 것을, 또한 피로에 지친 듯한 가냘픈 손을 보았다.

그녀는 진한 청색 무명옷 위에 손을 얹고 잠옷으로 바꾸어 입는 일을 잠시 미루고 있는듯 했다.

드디어 젊은 여인은 한숨을 내쉬고 머리를 들었다. 머리는 뒤로 올려서 그물을 씌워 놓았다. 깊은 생각에 쌓이어 꽤나 슬픈 표정으로 허공을 쳐다보고는 구두를 벗기 위해 허리를 굽혔다.

크눌프는 자리를 뜨기 싫었으나 가련한 그녀가 옷을 갈아입는 것을 본다는 것은 신사로서 옳지 못한 행동이라고 여겨졌다. 그는 될 수 있으면, 그녀와 대화를 나누고 싶은 심정이었다.

그래서 그녀의 우울한 기분을 좀 덜어주고 싶었다. 그러나 여기서 부른다면 깜짝 놀라서 불을 꺼버리고 말 것 같았다.

그리하여 소리를 지르는 대신 그의 여러 가지의 재주 중에 하나를 이용하기로 마음먹었다. 휘파람 소리를 아름답고 부드럽게 마치 멀리서 들려오는 것같이 은은하게 불었다.

그 곡조는 '물레방아 도는 시원한 골짜기'였다.

그가 너무나도 아름답고 고요히 불기 때문에 그녀는 잠시 동안 그 노랫소리에 빠져 있는 것 같았다. 노래의 삼절을 부를 무렵에야 비로소 그녀는 창가로 다가왔다.

처녀는 머리를 창밖으로 내밀고 주위를 두리번거리며 살폈다. 크눌프는 계속해서 나직이 불렀다. 그녀는 머리를 흔들며 서너 번 멜로디에 박자를 맞추더니, 갑자기 머리를 치켜들면서 어디서 그 노래가 들려오는지 알아차렸다.

"거기 누구 있어요?"

그 여자는 나직이 물었다.

"가죽집 직공입니다."

크눌프도 작은 소리로 대답하였다.

"주무시려는데 방해를 해서 정말 미안합니다. 고향 생각이 나서 그만 한 곡조 불렀지요. 명랑한 곡도 부를 수 있지요. 그런데 아가씨도 다른 지방에서 오셨나요?"

"슈바르쯔발드에서 왔어요."

"네? 슈바르쯔발드에서요! 나도 그렇습니다. 그럼 동향 사람

들이네요. 이곳 레히슈텟텐은 마음에 드시는지요? 나는 그리 좋은지
모르겠는데요."

"뭐, 이제 여기에 온 지 겨우 한 주일 지난걸요. 그렇게 썩 마음에
드는 편은 아니예요. 그래, 선생님은 이곳에 오신 지 오래되셨어요?"

"아닙니다. 적도 이제 겨우 사흘째입니다. 우리 서로 같은 고향
사람끼리인데 존댓말보다는 허물없이 터놓고 이야기하는 것이 좋지
않을까요?"

"아니예요. 어떻게 그렇게 할 수가 있겠어요. 서로 알지도 못하는
사이인데요."

"이제 곧 알게 될 겁니다. 산과 들이라면 서로 가까워질 수 없지만,
그러나 사람들 사이가 아닙니까? 그런데 아가씨가 사는 곳은
어디지요."

"말씀드려도 모르실 곳이에요."

"모르는 곳이라구요? 그럼 비밀이란 말인가요?"

"아흐트하우젠이에요. 아주 작은 시골이지요."

"하지만 좋은 곳이지요. 그 마을 한쪽 끝에는 예배당이 하나 서
있고 물방앗간인가 무언가 있지 않아요? 그리고 그곳에 누런 큰
베른하르트 개가 한 마리 있었지요. 어떻습니까. 제 말이 맞습니까?
틀렸습니까?"

"아주 잘 아시네요."

여자는 그가 자기네 고향을 알고 있을 뿐 아니라, 그곳에 살았던
것 같은 기분이 들어서 의심할 생각도 경계하는 마음도 다 사라지고
아주 기분이 좋아졌다.

"그렇다면 아드레스 플릭크라는 사람도 아세요?"

하고 여자는 성급하게 물었다.

"전혀 모르겠는데요. 그곳에 아는 사람은 아무도 없어요. 그런데 그분이 아버지이신가요?"

"네."

"그렇다면 플릭크 양이시군요. 이왕이면 이름까지 알았으면…… 다시 아흐트하우젠에 갈 때에는 엽서라도 하나 부쳐드릴 텐데."

"그럼 여길 다시 떠나시나요?"

"떠나고 싶지는 않습니다만, 이름을 좀 알고 싶어서요."

"나도 당신의 이름을 모르는걸요."

"미안합니다. 그저 카알 에벨하르트라고 부릅니다. 혹시 낮에라도 뵙게 되면, 아가씨는 제 이름을 부르시겠지만 전 뭐라고 부르지요?"

"바바라입니다."

"이젠 됐습니다. 정말 고맙습니다. 그런데 이름을 부르기가 좀 힘들군요. 집에선 아마, 베르벨레라 했겠지요? 꼭 맞았지요? 내기 할까요?"

"그래요. 무엇이나 잘 아시는군요. 그런데 왜 자꾸 물으세요? 아, 참 주무셔야죠. 안녕히 주무세요."

"편히 주무십시오. 베르벨레! 잘 주무시도록 한 곡조 더 불러드리지요. 도망가지 마세요. 무료이니까요."

그러고 나서 곧 휘파람을 불기 시작하였다. 밝고 속도가 빠른 요들식 노래로 무도곡처럼 명랑한 노래였다. 그녀는 이 기교가 풍부한 곡에 감탄하며 마음속 깊이 들었다.

곡이 끝나자 여자는 덧문을 가만히 끌어당겨 꽉 닫아버렸다. 크눌프는 불도 없는 차가운 방에 홀로 남았다.

그 이튿날 아침 크눌프는 적당한 시간에 일어나 피혁공의 면도칼로 수염을 깎으려고 했다. 그러나 로트프스는 몇 년 동안이나 수염을 깎지 않고 내버려 두었기 때문에 반 시간 동안이나 혁대에 문지르고 나서야 겨우 사용할 수 있었다.

면도를 하고 나서 웃옷을 입고 장화를 손에 들고 부엌으로 내려갔다. 부엌은 따뜻하고 커피 끓는 냄새가 아련했다.

그는 장화를 깨끗이 닦기 위하여 솔과 약을 빌려 달라고 부인에게 말하였다.

"아이구 참! 그런 건 남자가 하는 일이 아니예요. 허락하신다면 제가 닦아드릴게요."

하고 부인은 말하였다.

그러나 그는 그녀에게 신을 건네주지 않았으므로 여자는 쓴웃음을 지으며 구두 닦는 도구를 내주었다.

그는 깨끗해질 때까지 열심히 닦았다. 장난삼아 닦는 듯한 몸가짐이며, 때때로 수공업을 하는 사람이 정성껏 일하는 듯이 닦는 것이었다.

"참, 잘도 닦으시네요. 번쩍번쩍하는데요. 애인을 만나시려는 모양이군요."

부인은 칭찬하며 바라보고 있었다.

"그렇다면 좋겠습니다."

"꼭 애인이 한 분 있을 것 같아요."

이렇게 말하며 여자는 깔깔대며 웃었다.

"어쩌면 하나만도 아니실 거예요. 제 말이 맞지요?"

"제가 그렇게 보입니까? 천만예요. 뭐, 그렇게 나쁜 사람은 아닙니다."

크눌프는 정색을 하며 약간 꾸짖듯이 말하였다.

"사진을 하나 보여드리지요."

여자는 호기심에 끌리어 가까이 왔다.

크눌프는 양복 주머니에서 유지로 된 지갑을 꺼내어 두제의 사진을 보여 주었다. 여자는 그 사진을 웃으며 보았다.

"참 멋있게 생기셨네요. 품위가 있어 보이고 몸이 너무 날씬한 편인데 건강하시죠?"

하고 조심스럽게 물었다.

"내가 알고 있기로는 건강합니다. 그건 그렇고, 주인은 어디 계신가요? 방에 있나요?"

크눌프는 방으로 올라가 피혁공에게 아침 인사를 하였다. 그의 방은 잘 정돈되어 있고 깨끗이 닦여진 마루며 시계, 거울, 벽에 걸린 몇 개의 사진이 친근하고 아늑하게 보였다.

이런 깨끗한 방은 아늑하므로 겨울을 지내기엔 나쁘지 않을 것이라고 크눌프는 생각했다.

그러나 이런 가정의 편안함이나 안락함을 위하여 결혼을 한다는 것은 그리 좋게 생각되지 않았다.

그에게는 부인이 베푸는 호의가 달갑지 않았다.

밀크커피를 마시고 난 후에 로트프스를 따라나섰다. 피혁에 관한 일에 좀 관심을 가져 보기 위하여 앞마당에 있는 헛간으로 들어갔다.

주인은 크눌프가 수공업에 관한 일을 너무나 잘 알고 있어서 놀라지 않을 수 없었다.

"어디서 그렇게 배웠나?"

하며 로트프스는 성급히 물었다.

"여행을 하면 다 배우게 되지."

크눌프는 이렇게 대답하고 다음과 같이 덧붙여 이야기하기 시작했다.

"그리고 이 사람, 가죽에 관한 것은 우리가 6, 7년 전에 같이 여행을 다닐 때, 자네가 모두 가르쳐 주지 않았나, 벌써 잊었어."

"하나도 잊지 않고 다 기억하고 있군 그래."

"난 그저 조금은 기억하지. 그러나 일하는 데 방해가 되지 않을까? 미안하네. 자네 일을 좀 도와주었으면 좋겠는데. 이런 곳은 습기가 차고 가슴이 답답해서 기침이 더 자주 나온단 말야. 자, 잘 있게. 비가 오기 전에 난 읍내를 좀 다녀옴세."

집을 나서자 크눌프는 모자를 약간 기웃이 쓰고 피혁공집 옆길로 읍내를 향하여 천천히 걸어가고 있었다.

로트프스는 문밖으로 나와서 가볍고 즐겁게 걸어가는 그의 뒷모습을 바라보았다.

구두는 깨끗이 닦여 있었고 여기저기 흙탕물을 피하며 경쾌하고 즐겁게 걸어가고 있었다.

'참으로 행복한 사내야.'

하고 로트프스는 부럽게 생각하였다.

그리고 토굴 같은 헛간 안으로 들어가면서도 인생을 관찰하는 이 괴상한 친구를 생각하는 것이었다. 그리고 그가 과욕하다고 할지 욕심이 없다고 해야 할지 도무지 알 수가 없었다. 어쨌든 열심히 일하여 기반을 쌓는 사람이 그보다 나을 것이다.

그러나 일만 아는 자기는 그와 같은 가냘픈 아름다운 손을 가지고 가볍고 산뜻한 걸음걸이를 가질 수는 없었다.

'그래, 크눌프는 간섭을 하는 것보다 자기가 하고 싶은 대로 내버려 두는 게 좋아.'

그는 자기 성격대로 살기 때문에 어느 누구도 그를 흉내 낼 수 없다. 어린아이같이 모든 사람에게 말하여 호감을 사며, 처녀들과 부인들에게 아름다운 이야기를 들려주면서 매일을 휴일같이 즐겁게 지내고 있지 않은가. 그가 하는 대로 내버려 두자.

그리고 몸이 아파서 쉴 곳을 찾을 때는 그의 뒤를 돌보아주는 것은 유쾌하고 명예로운 일로 생각하는 것이었다. 또한 사람들은 그가 오면 집안 분위기가 즐겁고 명랑해져서 오히려 고맙게 생각하는 형편이 아닌가.

그런 동안에 크눌프는 호기심에 끌려 유쾌하게 이빨 사이로 행진곡을 불며 걸어가고 있었다. 그러면서 그는 옛부터 알고 지내던 사람들을 찾고 있었다.

그는 맨 먼저 거리 끝의 고개 마루턱에 있는 양복 수선업을 하는 친구를 찾아갔다. 이 양복 수선공은 장소가 좋아 한때는 새 양복 주문도 많아 장사가 잘되어 희망이 있었는데, 지금은 헌 바지를 꿰매는 데 불과하다는 것은 불행한 일이었다.

그러나 결혼을 일찍 해서 이미 어린애가 몇 명이나 있었다. 그런데 부인은 집안일에 대하여서는 별로 소질이 없었다.

크눌프는 이 슐롯테베르크 재봉사가 거리 끝에 있는 뒷집 4층에 살고 있는 것을 알았다.

이 작은 집은 계곡 쪽에 새집 모양의 허술하기 짝이 없이 벼랑 끝에 매달린 듯한 집이었다.

창을 통하여 아래를 내려다보면 삼층뿐 아니라, 집 밑에 작은 정원과 풀밭이 있는 언덕이 내려다보였다. 그리고 그 밑에는 집 뒤뜰과 양계장, 산양과 토끼 기르는 회색 우리가 혼란하게 보였다. 그러나 수선공장은 햇빛도 잘 들고 바람도 잘 통하고 있었다.

부지런한 슐롯테베르크는 창가의 넓은 탁자 위에 쪼그리고 앉아 마치 등대지기와도 같이 세상을 시원하게 내려다보고 있었다.

"안녕하시오?"

크눌프는 안으로 들어서며 말했다.

주인은 햇빛에 눈이 부시어 실눈을 뜨고 문 쪽을 바라보았다.

"여어! 이거 크눌프 아닌가!"

그는 기쁜 표정으로 말하며 손을 내밀었다.

"또 이곳에 왔네 그려. 웬일로 여기까지 올라오셨나?"

크눌프는 삼각의자를 끌어다 놓고 그 위에 앉았다.

"바늘과 실을 좀 빌려주게. 좋은 갈색 실하고 말야. 옷을 좀 고쳐 보려고 그러네."

그러면서 그는 웃옷과 조끼를 벗은 다음 실을 바늘에 꿰더니 옷을 여기저기 자세하게 살펴보는 것이었다. 옷은 아직 좋아서 새것이나 마찬가지로 보였다.

그는 뜯어진 곳과 떨어지려는 단추 등을 일일이 꼼꼼하게 손끝을 부지런히 놀려가면서 손볼 곳을 고쳐 나갔다.

"그런데 어떻게 지내나?"

슐롯테베르크가 물었다.

"날씨가 좋지 못해서. 그러나 집 없는 사람이란 몸이나 건강하면 되지."

크눌프는 마음에 거스리는 듯 기침을 했다.

"그야 그렇지."

그는 성의 없이 말했다.

"하나님은 착한 사람이거나 나쁜 사람이거나 다 함께 비를 주시는데, 자네만 메마르단 말인가? 슐롯테베르크, 자네는 아직도 불평이 많은가?"

"아! 이 사람, 불평이라곤 없네. 그러나 저 애들 떠드는 소리를 좀 들어보게. 다섯이라네. 그래서 밤낮없이 일해도 부족하다네. 자네는 정말 팔자가 좋아. 하는 일 없이 이곳저곳을 다닐 수 있으니 말이야."

"이 친구야, 잘못 알았네. 난 4, 5주일 동안 노이슈타드트 병원에서 꼼짝도 못하고 누워있었다네. 그곳에서는 꼭 필요한 동안만 붙잡아두지, 그 이상 오래 두진 않데 그려. 그냥 오래 있어야 할 사람도 없겠지만, 하나님의 뜻은 알 수 없단 말이야."

"그런 쓸데없는 소린 말게!"

"그럼, 자네 신앙심이 없어졌나? 난 이제부터 믿으려고 자네를 찾아왔는데 어떻게 된 거야, 이 사람."

"신앙심에 관해서는 말도 말게! 그런데 자네가 병원에 있었다구. 거참, 안 됐구만."

"뭐, 벌써 지난 일인걸. 그건 그렇구, 자네 이야기를 좀 해주겠나. 복음서의 계시에 관해서 말이야. 병원에 있는 동안 심심도 하고 해서 거기 있는 성경을 쭉 읽어 보았다네. 그래서 이젠 같이 대화도 할 수 있게 됐다네. 성경이란 기묘한 책이더구먼."

"자네 말이 옳아. 기묘하지. 그러나 반은 거짓말 같아. 너무도 앞과 뒤가 잘 맞는단 말야. 자네는 그전에 라틴어 학교도 다녔으니까 나보다 더 잘 이해할 것일세."

"그렇게 기억에 남는 것이 별로 없는데."

"그거 보게, 크눌프!"

하며, 수선공은 열려 있는 창문 밖으로 침을 뱉고 계곡 밑으로 멀리 떨어지는 것을 눈을 크게 뜨고 내려다보며 얼굴을 찡그렸다.

"알겠나? 크눌프, 신앙이란 아무것도 아니야. 소용이 없어. 분명히 말하겠네 마는, 정말 소용이 없단 말일세."

크눌프는 생각하듯이 물끄러미 그를 바라다보았다.

"그래, 그러나 그건 너무 심한 말 같은데… 내가 보기에 성경에는 좋은 말이 많이 적혀 있더군."

"그러나 그다음 한 페이지를 더 펼쳐보면, 어디서나 그와 반대되는 말이 나오거든. 아니, 그만 하세. 그 문제에 대해서는 그만 말하는 것이 좋겠어."

크눌프는 벌써 일어서서 다리미를 들고 있었다.

"이 속에 숯을 좀 넣어 주겠나."

하고 크눌프는 주인에게 청했다.

"무엇하려고?"

"조끼를 좀 다릴까 하네. 그리고 비 온 뒤끝에는 모자도 다리는 게 좋지."

"자넨 언제 보아도 고상하단 말야."

슐롯테베르크는 약간 소리를 높여 말했다.

"배고픈 녀석이 백작같이 멋을 부리면 무엇하겠나?"

크눌프는 픽 웃었다.

"다려서 입는 것이 보기도 좋고 또 마음을 흐뭇하게 해주거든. 정 믿을 수 없다면 옛친구에 대한 호의로 사정 좀 봐주게."

이 말을 들은 수선공은 밖으로 나가더니 뜨거운 다리미를 가지고 다시 들어왔다.

"고맙네, 이제는 됐어."

크눌프는 모자의 차양을 다리기 시작했다. 바느질같이 익숙하지는 못했다. 수선공은 크눌프의 손에서 다리미를 뺏더니 익숙한 솜씨로 다리기 시작했다.

"야! 좋은데."

크눌프는 감사해하며 말했다.

"이제 다시 좋은 모자가 되었네. 그런데 자넨 성경에 대해 너무 기대가 커. 인생에 있어서 참된 것이라든가, 혹은 인생이란 무엇이냐 하는 것 같은 문제는 자기 스스로가 생각해야지 책에서 배워서 얻어 지는 거라고 나는 생각하지 않네.

이제 성경은 너무 오래 됐어. 옛날 사람들은 모르는 것이 너무 많았기 때문에 성경에서 배웠지. 그러나 오늘에 와서는 우리가 다 잘 알고 있는 일이지. 정말이야, 그러니까 오히려 아름다운 것, 훌륭한 것, 또한 참된 것이 많이 있다고 할 수 있지 않나. 알다시피 성경에는 이곳저곳 그림과 같이 아름다운 장면들이 많이 있단 말일세. 루트가 밭에 나가서 이삭을 줍는 장면 같은 것은 얼마나 아름다운가?

또한 아름다운 뜨거운 여름 풍경도 있고, 예수가 어린애들 속에 둘러싸여 교만한 어른들보다 너희들이 훨씬 사랑스럽다고 말하는 장면도 있지 않나! 난 그가 옳다고 생각하네. 그런 점으로 보더라도 그에게서 분명히 배울 것이 있다고 생각하네."

"그야, 그렇지."

하면서도 슐롯테베르크는 그의 말을 모두 시인하려고 들지 않았다.

"남의 아이들인 경우에는 그렇게 말할 수 있겠지. 그러나 아이들이 다섯이나 되고 기를 수 없게 되어보게."

그의 얼굴에는 다시 괴로운 빛이 떠돌았다.

크눌프는 차마 정면으론 대할 수가 없었다. 떠나기 전에 그에게 좀 도움이 될 말을 하나 남기고 싶었다.

그래서 잠시 생각하고 나서 수선공에게 감사하는 뜻으로 허리를 굽히고 나직이 말하였다.

"그러면 자네는 어린 것들이 귀엽지 않단 말인가?"

수선공은 놀라며 눈을 크게 뜨며 말하였다.

"그야, 물론 사랑스럽지. 특히 제일 큰 녀석이 그래."

크눌프는 그럴 것이라는 듯이 고개를 끄덕였다.

"그럼 난 가겠네. 슐롯테베르크! 정말 감사하이. 이제 조끼도

갑절이나 멋있게 되었네. 그리고 어린 자식들을 사랑하며 재미있게 살아야 하네. 그렇게 되면 벌써 반은 산 보람이 있는 것일세. 잘 듣게. 자네에게 할 말이 있네. 아무도 모르는 일이니 다른 사람에게는 절대로 말하지 말게."

주인은 그를 유심히 보았으나 그가 너무도 심각한 표정을 하기 때문에 시선을 돌려버렸다.

크눌프는 너무나도 작게 말해서 수선공은 간신히 들을 수가 있었다.

"나를 좀 보겠나! 자네는 내가 가족도 없고 자식도 없어서 편안 하겠다고 부럽게 생각할지 모르지만, 나에게도 아들이 한 명 있다네. 두 살 된 어린 것인데, 지금 남의 손에서 자라고 있지. 아버지가 누구인지 모른 체 말일세. 엄마라는 여자는 애를 낳자마자 곧 죽어 버렸어. 내 아들이 살고 있는 곳을 말할 수는 없지만, 나는 알고 있네. 그래 가끔 그곳에 가면 그 집 근처로 가서 담 밑에서 기다리곤 할 뿐일세. 우연하게 그놈을 본다고 해도 손목도 잡아보지 못하고, 키스도 해주지도 못하고 기껏해야 그 근처를 지나가며 휘파람이나 불어줄 정도라네. 자, 이제 말을 다 했으니 나는 가겠네. 잘 있게. 애가 있는 것을 기뻐해야 하네."

크눌프는 거리를 걸어갔다. 그리하여 어떤 선반공장에 이르러 창 너머로 잠시 동안 잡다한 이야기를 하며 대패밥이 둘둘 말리어 떨어지는 것을 보았다.

그리고 길거리에서 호의를 보이는 경찰관을 보고 인사를 하니 경찰관은 버드나무로 만든 담뱃갑을 꺼내어 담배를 권하는 것이었다.

그는 이곳저곳을 돌아다니며 아는 사람들의 안부와 지금의 생활 정도, 또 장사가 잘되는지 어떤지 등등과 동사무소 수납계원의 젊은 부인이 사망했다는 소식과 더불어 동회장의 방탕한 아들 소식을 들었다. 그리고 또 다른 곳의 새로운 소식도 들었다.

그는 아는 사람으로서, 친구로서, 동지로서 이 거리에 거주하는 사람들과 또한 명망가들에게 인연을 맺어준 미약하나마 즐거운 관련을 기쁘게 생각했다.

그날은 토요일이었다. 어떤 양조장에 들러 문간에 서 있는 종업원들에게 오늘 저녁이나 내일 밤 어디서 무도회가 있느냐고 물어도 보았다. 몇 군데 있었다.

그러나 제일 좋다고 생각되는 곳은 반 시간을 가야만 되는 게르텔핀겐의 사자정에서 열리는 무도회였다.

크눌프는 어제 저녁에 알게 된 옆집의 젊은 베르벨레를 데리고 가기로 결심하였다.

정오가 넘어서 크눌프는 로트프스의 집 층계를 올라가고 있었다. 부엌에서 맛있는 냄새가 몹시 코를 찔렀다. 그는 발을 멈추고 어린애처럼 기뻐하며 호기심을 가지고 코를 벌름거리면서 음식 냄새를 맡았다.

그렇게 조용히 올라왔는데도 부인은 벌써 알아차리고 부엌문을 열고 김에 싸인 기쁜 얼굴을 환한 문 쪽으로 내밀고 내다보는 것이었다.

"어머, 크눌프 선생님."

부인은 반가운 표정으로 말했다.

"마침 잘 돌아오셨어요. 지금 간 요리를 하고 있어요. 좋으시다면 간을 특별히 구워 드리려고 하는데, 어떠세요. 즐겨 하시나요?"

크눌프는 수염을 매만지며 공손히 허리를 굽혔다.

"저에게는 그렇게 특별한 음식은 필요 없습니다. 그저 수프만 있으면 그만입니다."

"아니죠. 앓고 난 후에는 몸조리를 잘해야만 해요. 어디서 힘이 납니까. 아마 요리가 싫으신가 보군요. 싫어하는 사람도 더러는 있으니까요."

그는 가볍게 웃어 보였다

"아닙니다. 간 요리 한 접시면 상당하지요. 일요일마다 먹을 수 있다면 저에게는 큰 환대지요."

"불편한 것이 있으시면 언제라도 사양치 마시고 말씀해 주세요. 무엇 하려고 요리를 배웠겠어요. 선생님 드리려고 간을 좀 남겨두었는데, 어떻게 할까요? 몸에 좋을 것 같은데."

부인은 가까이 다가오며 매력 있게 웃는 것이었다. 그는 여자의 마음을 잘 읽을 수 있었다. 부인은 꽤 예쁜 여자이기도 했다.

그러나 모르는 척했다. 가난한 수선공이 매만져 준 반듯한 모자를 손에 쥐고 만지작거리며 여자를 쳐다보았다.

"고맙습니다. 부인의 호의에 감사드립니다. 사실 저는 간 요리를 무척 좋아합니다. 너무 지나친 대접을 받는 것 같습니다."

그녀는 곤혹스러운 미소를 지으며 사랑스럽다는 듯 크눌프의 옆구리를 찌르는 것이었다.

"사양하실 것 없어요. 뭐 해드린 것이 있어야지요. 그럼 볶아드리겠어요! 양파도 좀 넣고서, 좋지요?"

"좋고 말고요."

그녀는 무엇을 잊은 듯이 냄비가 있는 곳으로 다가갔다.

크눌프는 이미 식사 준비가 되어 있는 방으로 들어가 주간 신문을 읽었다. 그때에 주인인 로트프스가 들어오고 수프가 따라 들어왔다. 그리고 곧 식사가 시작되었다.

식사를 마친 후 세 사람은 약 십오 분가량 카드놀이를 했다. 그때에 크눌프는 카드를 가지고 새롭고 신기한 요술을 몇 번 하여서 부인을 놀라게 하였다.

그는 또 장난삼아 카드를 섞어가지고 재빨리 다시 맞추기도 하였다. 아니면 아주 익숙한 솜씨로 카드 장을 책상 위에 던지기도 하고 엄지손가락으로 이따금 카드 끝을 척척 쓰다듬기도 하였다.

주인은 노동자나 직공들이 밥도 생기지 않는 이러한 놀이를 즐기듯이 눈을 크게 뜨고 재미있게 바라보고 있었다. 부인은 자기도 그러한 데는 흥미가 있다는 듯 크눌프의 사교성과 처세술에 능한 모습을 눈여겨 보고 있었다.

그리고 그녀는 크눌프의 여자처럼 부드럽고 길며, 아름다운 손을 유심히 바라보고 있었다.

작은 유리창을 통해 엷고 희미한 햇볕이 흘러들어 그릇과 카드 위까지 비추고, 그 그림자가 푸른 천정에 반사되어 가늘게 떨고 있었다.

크눌프는 빛이 눈에 부신 듯 눈을 가늘게 뜨고 이 모든 광경을 바라다보았다.

2월의 태양의 희롱거림과 이 조용한 평화의 방과 친구의 극진하고 부지런한 직업인으로서의 표정, 아름다운 부인의 의미 있는 듯한 눈초리, 그러나 이 모든 것은 그에게 무슨 목적이나 행복을 심어 주는 것은 아니었다.

만일에 자신이 건강하고 겨울이 아닌 여름이라면, 이런 곳에 더 이상 머무르지 않았을 것이라고 생각했다.

로트프스가 카드를 모으며 시계를 쳐다볼 때에 그는 말했다.

"햇빛이나 좀 쐬일까."

그는 피혁공과 같이 계단을 내려가 그를 습기 가득한 피혁 공장에 그대로 남겨 놓고 인적 없는 좁은 잔디밭으로 발걸음을 옮겨 놓고 있었다.

잔디밭은 피혁 공장에서 사용하는 물통을 갖다놓아 잔디가 끊기곤 하였으나 작은 시냇가까지 연결되어 있었다. 그곳에다가 피혁공은 조그마한 다리를 놓았다. 그리고 그곳에서 가죽을 씻곤 하는 것이었다.

크눌프는 작은 외나무다리 위에 앉아 소리 없이 빨리 흐르는 물 위에 신바닥을 닿게 하여 철썩철썩 소리를 내었다.

발밑으로 검은빛을 띤 물고기들이 빠르게 헤엄쳐 다니는 것을 재미있게 바라보았다. 그리고 주위를 호기심 깊게 두리번거렸다.

어젯밤에 이야기를 나눈 이웃집 처녀와 다시 만날 기회를 찾으려는 이유에서였다.

두 집 사이에는 정원에 목책을 쌓아놓아 자연스레 담이 되어 있었다. 그리고 냇가 가까이에 있는 목책은 썩어 없어져서 자유롭게 왕래할 수 있는 통로가 되어 있었다.

피혁공 집의 뜰이 황폐해서 형편없는 데 비하면 옆집 정원은 깨끗이 가꾸어져 있었다. 네 줄로 된 화단은 마른 풀이 덮여 있고 겨울 내내 가꾸지 않아 지저분한 그대로였다.

겨울을 지낸 시금치가 길 양쪽에 흩어져 있고 작은 장미 몇 그루가 땅에 넘어져 있었다. 또한 아름다운 소나무 몇 그루로 인하여 집은 가리워져 있었다.

크눌프는 낯선 정원을 돌아보고 나서 소나무가 서 있는 곳으로 가볍게 발걸음을 옮겼다.

소나무 사이로 집이 보이고 뒤 끝에 부엌이 있었다. 얼마 기다리지도 않아서 부엌에서 일하고 있는 처녀를 발견할 수 있었다.

그 옆에 주인인 듯한 여자가 무엇인가 이것저것 가르쳐 주고 있었는데, 마치 일 잘하는 아이를 두면 월급을 더 많이 주어야 하기 때문에 일부러 칭찬을 안 하는 타입의 여성처럼 보였다.

그러나 그녀의 괴벽성에는 별다른 악의는 있어 보이지 않았다. 그래서 처녀도 그런 감정에는 개의치 않고 명랑하게 일하는 것 같았다.

침입자인 크눌프는 나무 뒤에 기대어 서서 머리를 옆으로 내밀고 사냥꾼 같은 호기심과 주의 깊게 인내심을 가지고, 그들 하나하나의 행동을 살피고 있었다.

시간이야 가든 말든 상관없이 생을 관찰하거나 타인을 구경하는

데는 익숙해진 완전히 인생을 방관하는 사내였다.

부엌 창문으로 그녀의 모습이 나타날 때마다 그의 마음은 기뻤다. 그리고 이 집의 여주인은 말투로 보아 이곳 레히슈뎃텐 사람은 아니고, 이곳에서 몇 시간 걸리는 시골에서 온 사람이라는 것을 알 수 있었다.

크눌프는 향기가 나는 소나무 가지를 붙들고, 주인 여자가 방으로 들어가서 부엌이 조용해지기까지 반 시간가량을 끈기 있게 엿보고 있었다.

크눌프는 부엌이 조용해진 후에도 그냥 잠시 기다렸다가 가만히 걸어가서 마른 나뭇가지로 부엌 창문을 두드렸다. 그러나 처녀는 그것을 알아차리지 못했다. 그리하여 다시 두어 번 두드렸다.

그때서야 문이 반쯤 열려 있는 창문으로 와서 문을 활짝 열어젖히고 밖을 살펴보는 것이었다.

"어머나, 거기에서 무엇을 하고 계셔요?"

처녀가 나지막하게 말했다.

"놀라지 마시오!"

크눌프는 웃으며 말했다.

"염려 마세요!"

처녀도 웃으며 대답했다.

"어떻게 지내는지 보려고 왔지요. 그리고 오늘은 토요일이니까 내일 오후에 산책할 시간이 있으실는지 물어보려고 왔습니다."

처녀는 그를 바라다보더니 머리를 흔들었다. 그리고 크눌프가 낙망하여 슬픈 표정을 짓는 것을 보자, 그녀의 마음 또한 몹시 슬펐다.

그래서 친절히 말했다.

"내일 오전 중에 교회에 가야 하니까 시간이 없어요."

"그래요? 그러면 오늘 저녁에는 같이 외출할 수 있을까요?"

크눌프는 약간 퉁명스런 어조로 물었다.

"오늘 저녁예요? 지금부터 별로 할 일은 없습니다만, 집에다가 편지를 쓸까 하는데요."

"그렇습니까? 그런 것은 조금 늦어도 괜찮지 않겠어요. 아무래도 오늘 갈 것은 아니고, 당신과 다시 한번 대화를 나누고 싶어서 왔습니다. 오늘 저녁에 비가 오지 않으면 산책이라도 했으면 하고 생각했었는데요. 좋으시죠, 네? 나를 경계할 필요는 없으실 겁니다!"

"선생님에 대해 경계할 필요는 조금도 없어요. 그러나 그렇게 할 순 없어요. 남자와 같이 산책하는 것을 누가 보면 어떻게 해요."

"이봐요, 베르벨레! 이곳에는 당신을 아는 사람이 없지 않아요. 그리고 뭐 나쁜 일입니까? 아무도 뭐라고 하지 않을 겁니다. 그리고 여학생도 아닌데 무슨 상관이 있습니까? 자, 잊지 마시고 여덟 시에 저 아래 운동장 옆의 우시장 목책 있는 곳에서 기다리고 있겠습니다. 좀 더 이른 것이 좋을까요? 전 아무래도 좋습니다."

"아니예요. 너무 빠르면 곤란해요. 그리고 오지 마세요. 안 돼요. 그렇게 할 순 없어요……"

크눌프는 다시 어린애 같은 슬픈 표정을 지었다.

"정 안 된다면 할 수 없지만!"

그는 슬픈 표정으로 말하였다.

"나는 혼자 이런 생각을 했습니다. 당신은 이곳에 아는 사람도 없고 해서 외로울 것이라고. 그래서 종종 고향 생각을 할 것이라고, 나 또한 그래서 아흐트하우젠 이야기라도 하려고 했습니다. 그곳에는 나도 한번 가 본 일이 있으니까요. 결코 강제로 만나자는 것은 아닙니다. 나쁘게 생각지는 마십시요."

"천만에요, 나쁘게 생각하다니요! 그저 갈 수 없다는 것뿐이지요."

"오늘 저녁에 시간은 있어도 나갈 생각이 없다는 거죠? 베르벨레, 그러나 잘 생각해 보십시오. 자, 이제 나는 그만 가야겠습니다. 오늘 저녁에 운동장 목책이 있는 곳에서 기다리겠습니다. 만일 그래도 오지 않으시면 혼자 산책을 하며 당신을 기다리면서 지금쯤 아흐트하우젠으로 편지를 쓰고 있겠지 하고 생각하렵니다. 자, 안녕히 계십시요. 나쁘게 생각하지 마십시요, 네!"

그가 무어라고 중얼거리며 돌아서 버렸기 때문에 처녀는 말할 틈도 없었다.

여자는 나무 뒤로 멀리 사라지는 그의 뒷모습을 바라다보더니 쓸쓸한 표정을 지었다. 그러고 나서 그녀는 다시 일을 시작하였다.

주인 여자는 벌써 외출을 하였기 때문에 갑자기 소리 높여 노래를 부르기 시작하였다.

그녀의 노랫소리는 크눌프의 귀에도 잘 들려왔다.

그는 다시금 다리 위에 앉아서 친구 집에서 식사할 때에 넣어 두었던 빵조각으로 작은 알맹이를 빚었다.

그는 그것을 하나하나 연달아 물에 던지며 가라앉는 것을 바라다보았다. 그것들은 잠시 물결에 휩쓸리며 시커먼 물속으로 가라앉는가 하면, 유령 같은 물고기들이 와서 삼켜 버리는 것을 무심히 바라보았다.

저녁 식사 때 피혁공이 말했다.

"아! 오늘이 토요일 저녁이지. 한 주일간 열심히 일한 사람에겐 토요일이 얼마나 기쁜 날인지, 자넨 아마도 모를 걸세."

"이 사람아, 나도 잘 아네."

크눌프는 웃으며 말했다. 그러자 부인도 역시 같이 웃으며 그의 얼굴을 빤히 쳐다보았다.

"오늘 저녁엔……"

하고 로트프스는 우쭐대며 말을 계속했다.

"오늘 저녁엔 맥주 한 잔 나누세. 우리 집사람이 가져올 것일세. 그리고 내일 날씨가 좋으면 세 사람이 함께 소풍이라도 갔으면 하는 데, 어떤가? 친구."

크눌프는 피혁공의 어깨를 툭 쳤다.

"자네 집은 정말 즐거워. 소풍은 찬성일세. 그러나 오늘 저녁은 안 되겠는걸. 저 건너 대장간에서 일하는 내 친구가 하나 있는데, 내일 여행을 떠난다니까 좀 만나봐야 되겠네. 참, 안 됐네마는 그 대신 내일은 종일 같이 즐기겠네. 그렇지만 않다면, 오늘 저녁도 같이 지낼 수 있을 텐데……"

"아직 몸도 성하지 않은데 밤바람을 쐬고 돌아다니려는 것은 아니겠지."

"천만에. 그건 그렇구, 너무 몸을 돌봐도 못 쓴다네. 늦게 오지는 않겠네. 열쇠는 어디에 놓아두겠나?"

"자네는 언제나 자기 마음대로 하는 사람이니까. 그럼 다녀오게나. 열쇠는 지하실 층계 뒤끝에 놓아두지. 어딘지 알겠지!"

"그럼 다녀오겠네. 날 기다리지는 말고 잘 자게. 아주머니도 안녕히 주무시고요."

크눌프가 발을 옮기어 문 입구에 내려섰을 때에 부인이 재빨리 따라 내려왔다. 부인은 우산을 가져왔다. 크눌프는 할 수 없이 그 우산을 가지고 가야 했다.

"몸을 조심하셔야 해요, 선생님! 열쇠 두는 곳을 알려 드리겠어요."

그녀는 이렇게 말하며 그의 손을 잡고 어둠 속으로 집 모퉁이를 돌아 덧문이 닫힌 작은 창가로 가서 멈췄다.

"이 덧문 뒤에 열쇠를 놓아둔답니다."

이렇게 말하는 그녀의 목소리는 엷은 흥분에 떨고 있었다. 부인은 크눌프의 손을 만지며 말하였다.

"창문 한쪽 끝에 두니까, 덧문 옆으로 손을 넣으면 돼요."

"고맙습니다."

크눌프는 대답하며 손을 살며시 뺐었다.

"돌아오실 때까지 맥주를 남겨둘까요?"

부인은 다시 말을 걸며 가만히 그에게 몸을 기댔다.

"아닙니다. 고맙습니다만, 저는 술을 잘 못 합니다. 안녕히 계십시오. 로트프스 부인, 고맙습니다."

"그렇게 바쁘신가요?"

부인은 정답게 속삭이며 크눌프의 팔을 붙잡았다. 이미 여자의 얼굴이 그의 얼굴 가까이에 와 있었다. 그는 억지로 밀어버릴 수도 없어 당황하며 손으로 여자의 머리를 쓰다듬어 주었다.

"자, 이젠 가 봐야겠습니다."

그는 갑자기 목소리를 높이며 뒤로 물러섰다.

여자는 입술을 반쯤 열고 그에게 미소를 보냈다. 어둠 속에서 여자의 하얀 이빨이 번득이는 것이 보였다. 그리고 여자는 낮은 목소리로 말했다.

"돌아오실 때까지 기다리겠어요. 나는 당신이 좋아요."

크눌프는 우산을 옆에 끼고 어두운 저녁 거리를 걸어 어리석게도 설레이는 가슴을 진정시키기 위하여 거리의 첫 번째 모퉁이를 돌아갈 때 휘파람을 불기 시작하였다.

그것은 이러한 곡조였다.

함께 나갈 줄 생각하는가
그러나 그것은 어리석은 일
그대와 함께 사람들 앞에 나서면
나는 부끄러워 어떻게 하지

덥고 짜증스런 바람이 불고 검은 하늘에는 이따금 별이 보였다. 한 술집에서는 토요일 저녁이라 많은 사람이 모여 벅적거리고 있었다.

그리고 보올링장에 이르니 창문을 통해 젊은이들이 런닝을 하고 있는 것이 보였고, 시가를 입에 물고 몇 사람이 서 있는 것도 보였다.

운동장이 있는 근처에 와서 크눌프는 걸음을 멈추고 주위를 둘러보았다. 낙엽이 떨어진 밤나무 사이로 습기 찬 바람이 고요히 불고 있었다.

깊은 강은 검은빛을 띠고 소리 없이 흘렀고, 창에서 비친 몇 개의 불빛이 물속에서 희롱거렸다.

고요한 밤이 방랑자의 마음을 한없이 즐겁게 했다.

그리고 냄새를 맡듯이 숨을 깊이 들이마시니 봄의 따뜻한 기운이, 메마른 거리가, 방랑의 생활이 은은히 온몸을 휘감는 것 같았다.

그의 풍부한 기억을 통하여 거리와 계곡과 이 지방 전체의 인상을 그려보았다. 모든 것이 눈에 익었다.

큰길, 작은 길, 거리, 마을, 친밀한 집들이 눈에 선하였다.

찬찬히 생각한 후 다음 여정을 세웠다. 레히슈텟텐에는 더 이상 머무를 수가 없었다. 친구 부인이 이상하게 자신을 괴롭히지만 않는다면 친구와 며칠이라도 지내고 떠나련만.

그는 친구 로트프스에게 부인한테 충고를 하도록 이야기하고 싶었다. 그러나 다른 사람의 괴로운 일에 참견하기 싫었고, 사람이 선하게 되든 악하게 되든 참견할 필요가 없다고 생각했다.

어쨌든 현재의 상황은 슬플 뿐이라고 생각했다. 옥센에서 여급으로 일하던 친구 부인을 호의적으로만 대할 수는 없었다. 그러나 친구가 가족이니 결혼의 행복이니 하고 떠들던 일이 생각나서 경멸하고 싶었다.

자기가 자신의 행복이나 미덕에 관해서 자랑하며 떠들어도 그것이 아무 소용이 없다는 것을 그는 잘 알고 있었다.

또 양복 수선소 주인의 신앙심에 관해서도 마찬가지였다. 다른 사람의 어리석은 일을 보고 웃거나 동정할 수는 있을 것이다. 그러나 자기가 걸어가는 길이 잘못됐다 해도 어떻게 고쳐 줄 수 없기 때문에 그냥 놓아둘 수밖에 없는 것이다.

깊은 생각에 잠겨 있던 크눌프는 한숨을 쉬며 우울한 감정을 떨쳐 버리려고 애를 썼다. 늙은 밤나무에 몸을 기대고 다리 쪽으로 향해 서서, 다음엔 어디로 갈 것인가를 다시 생각해 보았다.

될 수 있으면 슈바르쯔발드 지방을 넘어가고 싶었으나 그곳은 높은 지대이기 때문에 아직 추울 것이고, 지금도 눈이 많이 쌓여 있을 것이다. 아마 장화도 신을 수 없게 될 것이고, 또한 잠잘 곳도 멀리 가야 있을 것이다. 따라서 계곡을 따라 이 거리 저 거리에서 묵으면서 가야 할 일이었다. 강을 따라 네 시간쯤 내려가면 힐쉔밀레에 닿을 수 있음으로 그곳을 안전한 첫 번째 휴식처로 정해도 좋을 것이다.

만일 날씨가 나빠서 다른 곳에 가지 못하더라도 그곳에서 하루 이틀가량 머물다가 떠날 수도 있을 것이다. 이런 생각에 잠기어 사람을 기다린다는 생각도 잊고 있을 무렵에 바람이 부는 어두운 다리 위에 희미한 형체가 나타나더니 주저하며 가까이 걸어오는 것이 보였다.

금방 그 여자라는 것을 알 수 있었다. 그리하여 기쁨에 넘쳐 그쪽으로 달려가 반기며 모자를 흔들었다.

"베르벨레! 와 주어서 정말 고맙습니다. 나는 거의 단념하고 있었는데."

크눌프는 여자의 왼쪽에 서서 강 윗쪽을 향해 숲속 길을 걸어갔다. 여자는 수줍음에 부끄러워하고 있었다.

그녀는 몇 번이나 되풀이하여 말했다.

"이건 좋은 방법이 아니에요. 제발 남의 눈에 띄지 않았으면 좋겠어요!"

크눌프는 이것저것을 물어보았다. 그동안에 그녀의 마음도 안정을 되찾아서 발걸음이 가벼워진 듯 보였다. 그리하여 나중에는 옛날부터 알고 지내던 다정한 친구처럼 바로 옆에 서서 가벼운 마음으로 유쾌히 걸어갔다.

크눌프의 여러 가지 질문과 거기에 대한 항의 비슷한 말과 고향에 관한 부모, 그리고 형제, 조모에 관한, 오리와 닭에 관한, 우박과 병에 관한, 결혼식과 교회 창립기념식에 대해서 흥겹게 이야기를 나누었다.

이렇게 아름다웠던 지난날들의 이야기를 계속하고 나니 생각했던 것보다 모든 감정이나 생각이 풍부하다는 것을 여자는 느꼈다.

그리하여 나중에는 고향을 떠나와 일하게 된 이야기며, 현재 어떻게 지내고 있고, 또 지금 일하고 지내는 주인집 형편까지도 순순히 말하는 것이었다.

이제 그들은 거리에서 멀리 떨어져 있는 곳까지 와 있었다. 그러나 베르벨레는 그곳을 모르고 있었다. 여자는 낯선 고장에 와서 몇 주일 동안 말할 상대자도 없이 외롭게 지내다가 마음을 터놓고 이야기하게 되니 기쁜 모양이었다.

"어머나, 여기가 어디예요."

그녀는 놀라며 소리쳤다.

"어디까지 가는 거예요?"

"좋으시다면 게르텔핀겐까지 가 봅시다. 괜찮겠죠. 이제 거의 다 왔습니다."

"게르텔핀겐엔 가서 뭘 하게요? 어서 돌아가요. 너무 밤이 깊었어요."

"몇 시까지 돌아가면 됩니까?"

"늦어도 열 시까지는 가야만 해요. 시간이 다 된 것 같아요. 정말 좋은 산책이었어요."

"열 시까지라면 아직 멀었습니다. 그 시간까지는 꼭 돌아가시도록 해드리겠습니다. 이렇게 젊어서는 두 번 다시는 못 만날 것이니까, 오늘 우리 두 사람이 멋지게 춤을 추어 보았으면 하는데 어떻습니까? 춤추기 싫으신가요?"

그녀는 놀라며 긴장해서 말했다.

"춤이라면 언제라도 상관없어요. 하지만 춤추는 곳이 어디 있어요? 이렇게 추운 바깥에서 춤을 출 수는 없지 않아요?"

"이제 곧 게르텔핀겐에 도착합니다. 그리고 그곳 사자정에는 멋진 음악도 있어요. 들어가서 한 번 추고 돌아오면 유쾌한 하룻저녁을 지냈다고 생각될 겁니다."

그때 베르벨레는 망설이고 서 있었다.

"유쾌할 것입니다."

여자는 조용히 입을 열었다.

"하지만 사람들이 우리를 보고 어떻게 생각할까요? 나를 그런 여자로 볼까 봐 싫어요. 그리고 우리 두 사람이 서로 그렇고 그런 사이라고 생각하는 것도 싫고요."

그러고 나서 아주 유쾌하게 웃으며 소리 높여 말하였다.

"하지만, 후에 애인이 생긴다고 해도 가죽 일을 하는 피혁공은 싫어요. 선생님께는 미안하지만, 가죽 일은 그렇게 깨끗한 직업이 아닌 것 같아요."

"그럴지도 모르지요."

크눌프는 편하게 대답하였다.

"당신은 나 같은 사람과 결혼해서는 안 됩니다. 거기서는 아무도 나를 피혁공이라는 것을, 그리고 당신이 자부심이 강한 여자라는 사실을 모를 것입니다. 난 이미 손을 깨끗이 씻었습니다. 그러니까 당신만 좋으시다면 한 번 같이 춤을 출까 하는데 어떻습니까. 그럼 그냥 돌아가실까요?"

밤이 깊었는데도 거리의 입구에 있는 낡은 지붕이 나무 사이로 보였다.

크눌프는 갑자기 "저것 봐!"하고 손가락으로 가리켰다. 그때 그곳에서 아코디언과 바이올린의 무도곡이 들려왔다.

"그럼 가세요!"

여자는 웃으며 말하였다. 그리하여 그들은 빠른 걸음으로 걸어갔다.

무도장에는 순진하게 생긴 젊은 청춘 남녀가 너덧 패로 짝이 되어 춤을 추고 있었다. 크눌프는 아무도 아는 사람이 없었다. 모두 점잖고 조용하게 춤을 추고 있었다. 새로 낯설은 한 쌍이 들어왔는데도 이상히 여기지 않았다.

다음에는 느린 랜들러를 추고 폴카를 같이 추었다. 그다음에는 왈츠가 나왔다. 베르벨레는 왈츠를 출 줄 몰랐다.

그래서 두 사람은 자리에 남아서 구경을 하며 맥주를 마셨다.

크눌프에게는 그 돈밖에 없었다.

베르벨레는 춤을 추는 동안에 몸이 더워져 있었다. 빛나는 눈동자로 작은 홀 안을 두리번거렸다.

"돌아갈 시간이 되었는데요."

아홉 시 반이 되었을 때에 크눌프는 이렇게 말하였다.

그러자 여자는 벌떡 일어나서 좀 섭섭한 표정을 지으며 나직이 말하였다.

"아! 참 안 됐어요."

"좀 더 있어도 됩니까?"

"아니에요, 가야만 해요. 너무 재미있었어요."

자리에서 일어나 문밖으로 나올 때 여자는 말했다.

"악사들에게 아무것도 주지 못했어요."

크눌프는 당황하며 말했다.

"이십 페니짜리라도 한 푼 주었어야 했었는데, 그만 가진 것이 없어서……"

그러자, 여자는 정색을 하며 호주머니에서 지갑을 꺼냈다.

"왜 말씀하시지 않았어요, 자, 여기 있어요. 이십 페니 갖다주고 오세요!"

크눌프는 동전을 받아가지고 악사들에게 갖다주었다.

그리고 그들은 무도회장 문밖으로 나서자, 잠시 어둠 속에서 갈 길을 찾기 위해 머뭇거렸다. 바람이 전보다 세차게 불고 빗방울이 떨어지기 시작했다.

"우산을 쓰실까요?"

크눌프가 물었다.

"아니예요. 바람이 너무 세게 불어서 우산을 쓰면 망가질 거예요. 무도회는 정말 좋았어요. 그런데 선생님은 너무 춤을 능숙하게 잘 추세요."

여자는 기쁜 표정으로 마구 지껄이고 있었다. 그러나 크눌프는 아무 말 없이 잠자코 있었다. 아마도 곧 나누게 될 이별을 염려하고 있는 듯했다.

갑자기 여자가 노래를 부르기 시작하였다.

때로는 네카 강변에서
때로는 라인 강변에서 김을 매지요.

여자의 목소리는 부드럽고 맑았다. 다음 소절부터는 크눌프도 따라 불렀다. 그의 낮은 목소리는 정확하고 깊고 감미로워 여자는 하던 노래를 멈추고 듣고 있었다.

"자, 이젠 고향 생각이 나지 않죠?"

노래를 끝내고 크눌프가 물었다.

"네……"

여자는 명랑하게 웃었다.

"우리 언제 또 와요. 네?"

"미안합니다. 아마 이것이 마지막이 될 것입니다."

크눌프는 힘없이 대답하였다.

그러자 여자는 갑자기 발걸음을 멈추었다.

그녀는 무심코 듣고 있었으나 크눌프의 슬픈 듯한 젖은 음성이 그녀의 마음을 두드린 것이다.

"아, 뭐라구요."

여자는 놀라며 곧 다시 물었다.

"제가 뭐 잘못했나요?"

"아닙니다, 베르벨레. 나는 내일 이곳을 떠날까 합니다. 벌써 친구에게 말해 두었습니다."

"정말이세요? 아이, 난 싫어요."

"나를 위해서 슬퍼할 필요는 없습니다. 아무래도 오래 이곳에 머무를 수 없는 몸입니다. 또 나는 피혁공이지요. 그러니 당신에게는 곧 멋있는 애인이 생길 겁니다. 그러면 고향 생각도 잊게 될 것입니다. 두고 보십시요."

"어쩌면 그렇게 말씀하실 수 있어요. 당신이 제 애인은 아닐지 몰라도 제가 당신을 좋아한다는 사실만은 아시겠지요."

두 사람은 서로 말이 없었다. 바람이 그들의 얼굴을 스쳤다. 크눌프의 발걸음이 점점 느려졌다.

그들은 벌써 강가의 다리 근처에까지 와 있었던 것이다. 마침내 그는 발걸음을 멈추었다.

"자, 여기서 헤어집시다. 이젠 혼자 가셔야만 좋을 것입니다."

베르벨레는 정말 헤어지기 싫은 슬픈 표정으로 크눌프의 얼굴을 쳐다보았다.

"그 말이 정말인가요? 그럼 새삼스럽게 감사의 말씀을 드리겠어요. 그리고 잊지 않을게요. 또한 행복하시기를 바라겠어요!"

크눌프는 갑자기 여자의 손을 잡아 힘껏 끌어안았다. 여자가 놀라며 불안스러운 듯 그의 눈을 보는 동안에 그는 양손으로 비에 젖어 흩어진 그녀의 머리를 감싸고 이렇게 중얼거렸다.

"안녕히 계시오, 베르벨레. 당신을 영원히 잊지 않도록 키스를 허락해 주시오."

여자는 순간 경련을 일으키며 뒤로 물러서려 했다. 그러나 크눌프의 눈을 보니 악의가 없었고 슬픔에 젖어 있었다.

그 순간 그녀는 비로소 그의 눈이 아름답다는 것을 알게 되었다. 여자는 눈도 감지 않고 그의 키스를 진실된 마음으로 받았다.

그리고 그가 미소 띤 얼굴로 주저하며 서 있는 것을 보자, 눈물 어린 눈으로 진실한 키스를 해주었다.

그러고 나서 그녀는 재빨리 달아나 어느 사이에 다리에 갔는가 했더니 다시 돌아오는 것이었다. 크눌프는 그 자리에 움직이지 않고 서 있었다.

"베르벨레, 웬일입니까? 돌아가셔야만 합니다."

"네, 네. 돌아가겠어요. 절 나쁘게 생각하셔서는 안 돼요!"

"결코 그렇게 생각하진 않을 것입니다."

"그리고 그건 어떻게 되지요? 조금 전에 돈이 한 푼도 없다고 하셨잖아요? 떠나시기 전에 월급이라도 받으시나요?"

"아니요. 월급은 더 받을 것이 없습니다. 그러나 괜찮습니다. 어떻게 될 것입니다. 조금도 염려 마십시오."

"아니예요, 주머니에 얼마라도 있어야 해요. 자, 이것을!"

그녀는 큰 은전 한 개를 크눌프의 손에 쥐여주었다. 크눌프는 그것이 일 탈레르짜리 은전이라는 것을 알 수 있었다.

"언젠가 만나면 주시든지, 아니면 나중에 보내주시든가 하면 돼요."

크눌프는 여자의 손을 놓지 않았다

"안 됩니다. 그렇게 당신의 돈을 쓸 순 없어요. 이것은 일 탈레르나 되는 돈입니다. 그냥 넣어 두십시오. 아니 그렇게 해야 됩니다. 이렇게 철없는 일을 하면 안 됩니다. 한 푼도 없으니까, 잔 돈이 있으시다면 오십 페니라면 몰라도 더는 싫습니다."

그들은 다시 몇 걸음을 걸었다. 베르벨레는 일 탈레르짜리 밖에 가진 것이 없다는 것을 알리기 위해서 지갑을 보여주어야만 했다.

크눌프는 그녀의 지갑을 보았으나 일 마르크짜리와 그때에도 아직 사용되던 20페니짜리 은전이 있었다.

크눌프는 20페니짜리 은전을 가지려고 했으나 그녀는 그것은 너무나도 적다는 것이었다. 그래서 크눌프는 한 푼도 가지지 않고 떠나려 했으나, 여자는 그에게 일 마르크짜리를 쥐여주고 집 쪽을 향하여 빠른 걸음으로 달아났다.

돌아가는 도중에 여자는 왜 그가 한 번 더 키스를 해주지 않았을까 생각하여 보았다.

한편으로는 몹시 섭섭했고, 다른 한편으로는 그것이 예의였으며 좋은 일이라고도 생각되었다. 그리하여 결국 그가 잘한 행동이라 여겨졌다.

한 시간가량 지나서 크눌프는 집으로 돌아왔다.

방에는 불이 켜져 있었다. 아직도 부인이 자지 않고 그가 돌아오

『크눌프, 삶의 세 가지』
이야기 표지.

기를 기다리고 있는 모양이었다. 그는 화가 나서 침을 땅에 뱉었다. 될 수 있다면 당장 이 밤중에 떠나 버리고 싶었다.

그러나 몸이 피로하였고 비가 올 것 같았다. 무엇보다도 그렇게 해서 친구를 괴롭히고 싶지는 않았다. 그뿐 아니라, 오늘 밤엔 좀 장난을 하고 싶은 생각도 들었다.

그리하여 열쇠를 숨긴 곳까지 조심조심 걸어가서 문을 열고 들어가서 가만히 닫았다. 그리고는 소리 나지 않게 자물쇠를 잠그고 살그머니 열쇠를 제자리에 놔두었다. 그러고 나서 신을 손에 들고 층계를 올라갔다.

열린 문틈으로 불빛이 새어 나오고 기다리다 지쳐서 소파에 그냥 잠들어 버린 부인의 숨소리가 들렸다. 그는 조용하게 자기 방으로 올라가서 안으로 문을 꽉 잠그고 잤다.

그 이튿날 마음먹은 대로 그는 길을 떠났다.

크눌프에 대한 추억

그때는 가장 즐거웠던 젊은 날의 시절이었고, 크눌프도 아직 살아 있을 때였다.

우리들 즉, 그와 나는 뜨거운 여름날의 태양 아래 아무 걱정도 없이 비옥한 지방을 여행하고 있었다.

낮에는 황금색의 논밭을 거닐거나 서늘한 호두나무 그늘이나 숲속에 누워있다가 저녁이 되면 크눌프가 농부들에게 여러 가지 이야기를 하는 것을 듣곤 하였다.

크눌프는 어린아이들에게 손그림자를 만들어 보여주기도 하고, 여자아이들에게는 여러 가지 노래도 들려주었다. 나 역시 기쁜 나머지 질투도 하지 않으며 듣는 것이었다.

그러나 그가 소녀들에게 둘러싸여 갈색 얼굴을 번득이고, 또한 소녀들이 웃으면서 야유할 때나, 눈을 한곳에 집중시키고 조용히 들을 때에는 종종 그를 행운아라는 생각이 들었다.

그와 반대로 나는 아무짝에도 쓸데없는 놈이라는 생각이 들어 그곳을 떠나 목사님을 찾아가서 유익한 이야기를 듣고, 그 집에서 자게 해달라거나, 그렇지 않으면 간이음식점에 들러 혼자 술을 마시기도 했다.

어느 날 오후의 일이었다.

우리들은 조그마한 예배당에 속해 있는 공동묘지를 지나가고 있었다. 공동묘지는 그 마을에서 멀리 떨어진 밭 가운데 돌담으로 둘러싸여 있었고, 잡초가 우거져 뜨거운 햇볕을 받으며 고요히 쉬고 있어 그곳은 마치 평화스러운 고향 같았다. 그리고 들어가는 철문 옆에 두 그루의 밤나무가 서 있었다.

문이 잠겨 있어서 나는 그냥 지나치려고 했다. 그러나 크눌프는 돌담을 넘어가려고 서성거렸다.

나는 물었다.

"또 쉬고 싶은가?"

"물론이야! 그렇지 않으면 발바닥이 부르터서 걸을 수 없을 것 같아."

"그렇다면 하필 공동묘지에서 쉴 것이야 없지 않나?"

"그것이 참 좋다네. 자, 이리 따라오게. 내가 알기로는 농부들은 세상에서는 편하게 지내지 못하니까 지하에 가서나 편히 쉬려고 힘든 것도 불구하고 묘지 근처에는 아름다운 꽃을 심어 둔다네."

할 수 없이 나도 그와 함께 담을 뛰어넘었다. 그의 말이 옳았다. 담을 넘어갈 만한 가치가 있는 곳이었다.

그곳에는 무덤이 반듯이 줄을 지어 자리 잡고 있었고, 무덤 앞에는 나무로 만든 십자가가 세워져 있었다.

또한 근처에는 푸른 초목과 울긋불긋한 꽃들이 심어져 있어 활짝 핀 메꽃과 제라니움이 있었다. 녹음 밑에는 늦게 핀 골들락이 있는가 하면 장미가 가득 피어 있는 장미 덩굴 옆으로는 정행나무가 밀생하여 잎이 무성하게 자라고 있었다.

이러한 광경을 잠시 둘러본 후에 풀밭에 앉았다. 여기저기에는 잡초가 무성하고 들꽃이 만발했다. 우리들은 편히 쉬며 더위를 잊고 만족감을 느꼈다.

크눌프는 가장 가까운 십자가에 쓰여 있는 이름을 읽으며 이렇게 말했다.

"이 사람은 엔겔베르트 아우에르라는 사람으로 육십 년 이상을 살았군. 그 대신 지금은 아름다운 향나무 밑에 편히 쉬고 있지. 나도 죽으면 이런 꽃 밑에 묻히고 싶어. 그건 그때 일이구. 이 향나무 가지를 꺾어 가기로 하면 어떨까?"

나는 말하였다.

"그것은 그만두고, 다른 것을 고르게. 향나무는 곧 시들어 버린다네."

그러나 그는 그것을 한 가지 꺾어서 옆의 풀숲에 놓았던 자신의 모자에 꽂았다.

"매우 조용한 곳이군!"

내가 이렇게 말했더니, 그는

"참, 그렇군. 조금만 더 주위가 조용하다면 땅속에서 하는 말이 들릴 것 같은데."

하고 말하는 것이었다.

"이 사람아, 땅속에서 무슨 말을 한단 말인가?"

"거야 알 수 없지. 죽음은 잠자는 것이라고 말하지 않는가. 그런데 때로는 잘 때에도 말을 하고 종종 노래를 부를 적도 있거든."

"자네가 그렇겠지."

"왜 아니야? 그리고 내가 죽으면 무덤에 묻혀 일요일에 처녀들이 와서 내 무덤 근처에서 작고 예쁜 꽃을 꺾어 가길 기다리고 있을 것일세. 그들이 꽃을 꺾으면 그때 나는 낮은 목소리로 노래를 불러 줄 것일세."

"그래, 무슨 노래를 불러 주겠나?"

"무슨 노래? 그렇구 그런 노래지."

그는 풀밭 위에 벌렁 누워 두 눈을 감더니 곧 어린애 같은 낮은 목소리로 노래를 부르는 것이었다.

나는 일찍 죽었으니
젊은 여자들이어
한 곡조 노래를 불러 다오

이별의 노래를

내가 올 때에는

내가 다시 올 때에는

아름다운 소년이 되어 오리라

노래는 마음에 들었으나 웃지 않을 수 없었다. 그는 아주 아름답고 부드럽게 불렀다.

때때로 말이 잘되지 않을 경우도 있었으나 노래를 잘 부르는 까닭에 오히려 그것이 더 아름답게 들리기도 하였다.

"크눌프."

하고 나는 그를 불렀다.

"자네는 여자들과 약속을 하지 않는 편이 더 좋을 것일세. 그렇게 하지 않으면 자네 노래를 듣지 못하게 될 것일세. 이 세상에 다시 오는 것은 좋지만, 그걸 누가 아나? 또 자네가 아름다운 소년이 될지 그것 역시 모르는 일이 아닌가."

"거야 알 수 없는 일이지. 그러나 그렇게 된다면 좋을 것일세. 그저께 우리가 길을 묻던 그 소년 기억하나? 황소를 끌고 가던 소년 말일세. 나는 그 소년같이 한번 아름다웠으면 좋겠어. 자넨 그렇지 않은가?"

"아니, 난 그렇지 않네. 언젠가 칠십이 넘은 노인과 사귄 적이 있었지. 노인의 눈은 조용하고 착하게 생겼었어. 그는 선하고 지혜롭고 조용한 사람같이 보였지. 그래서 그때부터 종종 나도 한 번 그런 사람이 되었으면 좋겠다고 생각하곤 했네."

"그러나 그건 좀 잘못 생각한 것이 아닐까? 대체 사람의 소원이라는 것이 좀 우스운 것이란 말일세. 가령 내가 잠깐 잠드는 사이에 아름다운 소년이 되고, 자네가 잠깐 잠드는 동안 훌륭한 착한 영감이 된다고 하세. 그러나 아마 자네나 나나 잠들려고 하지는 않을 것일세. 오히려 지금 이대로 있는 것을 더 좋아할 것일세."

"그야 그렇지."

"좋아. 그리고 또 달리 생각해 보면 어떨까. 나는 종종 이런 생각도 한다네. 무엇보다도 아름답고, 무엇보다도 훌륭한 것은 몸이 가냘픈 금발 미인이라고. 그렇지 않고 때로는 검은 머리를 가진 소녀가 더 예뻐 보일 때도 있단 말이야. 그뿐 아니라, 또 이렇게 생각할 때도 있다네. 무엇보다도 아름답고, 모든 것 중에서 가장 훌륭한 것은 하늘 높이 자유자재로 날아다니는 아름다운 새라고, 그런가 하면 때로는 나비를 말할 수 있겠지. 예를 들면 날개 위에 붉은 무늬가 있는 흰나비보다 더 아름다운 것은 없다고 생각한단 말이야. 그리고 어떤 때는 저녁노을이 참 좋아 보이기도 하단 말일세. 모든 것이 빛나나 눈이 부시지 않고, 모든 것이 기뻐하고 순결하게 보이는 그 저녁노을이 좋을 때도 있다네."

"참 옳은 말일세, 크눌프! 무엇이나 잘 어울릴 때 보면 온 세상에는 아름답지 않은 것이란 없지."

"그러나 나는 다르게 생각할 때도 있다네. 즉 가장 아름다운 것은 기쁨을 주는 동시에 또한 슬픔과 불안을 동시에 안겨줄 때라고 생각하네."

"왜 그런가?"

"아무리 아름다운 여성이라 할지라도 그때가 지나면 늙어서 죽지 않으면 안 된다네. 그러니까 사람들은 아름다운 소녀를 보고 사랑하게 되는 것이라고 나는 생각하네. 만일에 아름다운 것이 영원히 변하지 않는 것이라고 하면, 처음에는 그것을 보고 기뻐할는지 모르지만, 점점 그것에 관하여 호기심이 없어져서 언제나 늘 옆에 있는 것이라고 생각하고는 새삼스럽게 새로운 것이라고 믿지 않을 걸세. 이에 반하여 나약한 것, 변하는 것을 볼 때마다 기쁨을 느낄 뿐만 아니라 비애도 함께 느끼게 된다네."

"뭐, 그야 그렇지."

"그래서 나는 밤하늘에 올려지는 불꽃을 볼 때처럼 더 아름다운 것을 알지 못하네. 캄캄한 밤중에 공중으로 떠올라가는 강렬한 푸른 불빛이 너무 아름다워서, 꺼질 무렵에는 작은 활 모양을 그리며 없어져버리는 것일세. 그것을 보고 있노라면 기쁨과 불안을 동시에 느끼게 되거든. 기쁨과 슬픔은 서로 결합되어 있기 때문에 그것이 오래지 않고 순간적일수록 아름다운 것일세. 그렇지 않나?"

"그건, 그래. 그러나 어느 경우에나 다 그렇다고 할 수는 없을 것일세."

"왜 그렇지 않은가?"

"예를 들면 두 사람이 서로 좋아져서 결국 결혼을 하거나 또는 서로 마음이 맞아서 친구가 되는 것은 바로 그런 관계가 오래 지속되어 더욱 아름답게 느껴지는 것이 아닌가 말일세."

크눌프는 나를 얼마 동안 쳐다보더니 그 검은 속눈썹을 깜박이며 생각에 잠긴 듯한 태도로 이렇게 말하였다.

"그 말 역시 틀린 이야기는 아니야. 그러나 그것도 언젠가는 한 번 끝장이 나는 것이 아닌가. 우정이니 사랑이니 하는 것을 파멸시켜 버리는 일은 얼마든지 있지 않은가?"

"옳은 말일세. 그러나 당장 그런 일이 닥쳐오지 않으면 사람들은 그렇지 않을 것같이 생각들 하지."

"난 도무지 알 수 없단 말일세. 보게, 난 지금까지 두 번 연애를 하였지만, 두 번 다 진정한 사랑이었다고 생각하네. 두 번 다 영원히 계속되어 죽으면 죽었지 변치 않을 줄로 여겼거든. 그런데 두 번 다 실패하고도 아직 살아 있지 않은가 말야. 또한 고향에 절친한 친구도 한 사람 있었다네. 일생 동안 우정이 변하지 않을 줄 여겼지만, 그러나 벌써 오래전에 서로 헤어졌다네."

크눌프는 무엇을 생각하는지 말을 잃고 있었다. 나는 무슨 말을 해야 좋을지 몰랐다.

아직 나는 사람과 사람 사이의 인간관계에서 슬픔이 있다는 것을 체험하지 못하던 때였고, 사람들 사이에 아무리 밀접한 관계가 맺어져도 언제나 그사이에는 심연이 있어 시시각각으로 애정이라는 가교假橋를 통해 거래된다는 것을 경험하지 못하였던 때였다.

나는 친구가 한 말을 회상하였다. 그중에서도 불꽃에 대한 이야기가 제일 마음에 와닿았다.

그것은 여러 번 내가 스스로 체험했던 지난날의 추억이 있었기 때문이다.

하늘 높이 떠올린 은은한 매력 있는 불꽃, 올라가자 꺼지는 광경은 아름다우면 아름다울수록 빨리 사라지는 인간관계의 사랑의 상징같이 보였다.

나도 그것을 크눌프에게 말하지 않을 수 없었다.

그러나 그는 거기에 대하여 동의하지 않았다.

"응, 응!"

하고 대답만 할 뿐이었다.

그러고 나서 조금 있다가 나지막하게 말하였다.

"심사숙고한다고 해서 무슨 가치가 있는가. 사람은 계획한 대로 모든 것이 되는 것이 아니고, 사실은 자기 마음 내키는 대로 자기의 길을 걸어가는 것일세. 그러나 우정이라든가 연애라는 것은 내가 생각한 그대로일 것일세. 끝에 가서는 사람들은 각자 자기의 세계를 가지고 다른 사람과 공동의 세계를 가질 수 없게 되는 것이지. 그 일은 사람이 죽는 경우에도 마찬가지야. 울고불고할 것일세. 하루, 한 달, 일 년 동안은 그렇게 하겠지. 그러나 결국은 다 잊어버리고 죽은 사람이 관 속에서 고향도 잊고 아는 사람도 없는 어린 직공같이 누워있게 되는 것이 아닌가 말일세."

"크눌프, 자네 그런 기분 나쁜 소리는 제발 그만두게. 우리들은 종종 이런 이야기를 하지 않았나. 인생은 의미를 지녀야 한다고 말야. 악한 생활을 하든가 남과 원한을 품는 대신에 착하고 친절하게 굴면 그 생은 가치 있게 된다고. 만일 지금 자네 말대로라면 도둑질을 하거나 사람을 죽여도 결국은 마찬가지란 말이 아닌가?"

"아니, 그건 그렇지 않지. 만약에 만나는 대로 닥치는 대로 몇 사람을 죽여 보게! 노랑 나비를 보고 파랑 나비가 되라고 해보게. 자네는 웃음거리가 될 것일세."

"나도 그렇게 생각하진 않네. 그러나 모든 것이 다 같은 것이라면, 착하게 살거나 성실하게 살아가거나 아무 의미를 발견하지 못하지 않나. 황도 청도 같고, 선도 악도 다 마찬가지라면 도대체 선한 것이 뭣이 있겠나. 따라서 모든 숲속의 짐승처럼 자연의 섭리대로 살면 아무런 죄도 없게 될 것이 아닌가?"

크눌프는 한숨을 쉬었다.

"아! 그렇다면 무어라고 말했으면 좋을까! 아마 자네가 말하는 대로일 것일세. 의욕 같은 것은 아무 가치가 없고, 모든 것은 전혀 우리와 상관없이 진행되어 가는 것을 느끼지 않을 수 없지만, 사람들은 거기에 대하여 종종 어리석게 고민하는 때가 있다네. 그러나 그렇게 해서 할 수 없는 경우라도 죄는 죄라네. 그 이유는 바로 우리 자신이 항상 마음속에 그렇게 느끼고 있기 때문이야. 그리고 우리가 선을 행하면 마음이 평안하고 양심에 흡족함을 느끼니까 선은 역시 옳은 것임에 틀림없네."

나는 그의 얼굴 표정에서 그가 이미 이런 말에 싫증이 나 있다는 것을 읽을 수 있었다. 그는 지금까지 그래왔었다.

철학적 사색을 통해 하나의 명제를 세워서 그것에 찬성하는가 하면, 또 반대하고 진지한 논의를 하다가도 갑자기 그것을 그만 두기도 하는 것이었다.

처음에는 나의 부족한 대답과 항변에 싫증이 난 줄로 알았으나 그런 것이 아니라 스스로 좋아서 사색하다가 지식과 표현 능력으로써 도달할 수 없는 경지에 이르는 까닭이었다.

그는 많은 종류의 책을 읽었다.

특히 그중에서 톨스토이가 쓴 책을 많이 읽었지만, 진리와 궤변이 어느 것인지 확실하게 구별하지 못하였다. 그러므로 그것을 그 자신도 스스로 느끼는 것이었다.

영리한 어린이가 어른에 대하여 비판하듯이 그도 그렇게 이야기하였다. 학자들이 보다 나은 힘과 수단을 가진 것은 사실이나, 그렇다고 어느 것 하나 올바르게 해 놓은 것 없고, 가진 기교를 다 부려서도 수수께끼 하나 제대로 풀어내지 못한다고 경멸하는 것이었다.

그는 두 팔로 머리를 괴고 다시 누웠다. 검푸른 나무 사이로 푸른 여름 하늘을 쳐다보며, 옛날의 라인강 민요를 부르기 시작했다.

나는 아직도 그 마지막 노래 구절을 기억할 수가 있다.

자, 붉은 옷을 입고 있었으나
이제는 검은 상복으로 갈아입어야 한다
육 년, 칠 년
나의 연인이 썩어 없어지는 날까지.

저녁 늦게까지 우리들은 숲속의 어두운 곳에서 서로 마주 앉아 있었다. 큰 빵 조각과 반 동강이의 소시지를 손에 들고 먹으면서 어두워가는 주위를 보고 있었다.

조금 전까지만 해도 저녁 노을에 반사되어 황금색으로 빛나고 새털 같이 흔들리는 엷은 햇빛에 녹아들던 산등성이는 이미 어두워 주위의 나무들, 밭두렁, 논두렁, 가시덩굴 등이 뚜렷이 나타나 보였으나 산등성이 너머로 내려앉은 하늘은 엷은 여광을 띤 채 이미 깊고 푸른 어둠의 빛에 감싸였다.

아직 빛이 조금은 남아 있는 동안에 우리들은 《독일의 손풍금 가곡집》이라는 작은 책에 수록되어 있는 우스운 노래를 부르고 있었다.

그 노래책 속에는 재미있고 우스운 속된 노래가 목판으로 인쇄된 그림과 함께 실려 있었다. 그것도 해가 져서 읽을 수 없게 되었다.

어둠이 짙어 오자, 크눌프는 음악을 들려 달라고 했다. 그래서 나는 빵부스러기가 잔뜩 묻은 하모니카를 꺼내 닦아 가지고 귀에 익숙해진 노래를 몇 곡 불렀다.

우리가 앉아 있는 곳에도 어둠이 점점 짙게 깔리고 있었다. 그리고 이 어둠은 여기저기 기복을 일으킨 대지 위에 퍼지고, 하늘도 그 광명을 잃어버리는 데서 별이 하나둘 반짝거리기 시작하였다.

우리들의 하모니카 소리는 가볍고 낮게 멀리 퍼져서 마침내 허공으로 사라지는 것이었다.

"아직 잠자기는 이르지."

나는 크눌프에게 말을 건넸다.

"이야기나 하나 더 해 주게. 사실이 아니라도 좋고 동화같은 이야기도 괜찮네."

크눌프는 뭔가 생각하는가 싶더니 "그러지."하고 말하였다.

"다만 이게 그냥 이야기라고 해야 할지, 동화라고 해야 할지 모르겠네만, 아무튼 그 둘에 속하는 건 분명하네. 작년 가을에 두 번이나 같은 꿈을 꾸었는데, 바로 그 이야기일세."

"내 고향과 같은 어떤 작은 거리의 골목길이었어. 양쪽 집에서 길 쪽으로 뻗어난 지붕과 지붕은 그전에 보아왔던 것보다도 높아 보였지.

나는 그 길을 따라서 쭉 걸어가고 있었는데, 퍽 오래간만에 고향에 돌아온 것 같았다네. 그러나 모든 것이 달라 보여서 알 수가 없었다네. 혹시 잘못 오지나 않았나 아니면, 고향이 아닐는지도 모른다는 생각에 아주 기뻐할 수도 없었네. 그러나 길모퉁이들은 이전에 보이던 모습 그대로였어. 곧 알 수 있는 집도 있었으나 모르는 집도 많이 생겼더군. 이전에 있던 다리와 시장으로 가는 길은 보이지 않고 그 대신 낯선 공원과 콸른과바젤에서 보았던 큰 탑이 두 개 붙은 교회가 있어서 그 옆을 지나가고 있었는데, 그러나 우리 고향에 있는 교회는 탑이 없었고 조잡하게 만든 탑은 작은 네모 탑에 불과했는데 임시로 지붕을 덮었더군. 지나가는 사람들의 모습도 그러했다네. 멀리서 볼 때에는 다 아는 사람들 같았거든. 이름까지도 알 수 있어서 입을 열어 그들을 부를 것만 같았네.

그러나 이름을 부르기도 전에 어떤 사람은 집 안으로 들어가고 어떤 사람은 옆길로 사라지는 것이 아닌가. 그리고 가까이 와서는 지나가는 사람들도 변하여 전혀 모르는 사람이 되어 버리고 마는 것이었어. 하지만 그들이 멀리 떠난 후에 다시 뒤돌아서 보면 역시 아는 사람들같이 보였단 말일세. 또한 어떤 상점 앞에서 몇몇 부인이 서성거리는 것이 보였네. 그중의 하나는 돌아가신 숙모님같이 보이더군. 그래서 가까이 가 보았더니 역시 알 수 없는 여자였고, 전혀 알아들을 수 없는 딴 지방 말을 하고 있지 않은가 말이야.

결국 나는 이렇게 생각하였네. 고향이든 아니든 이 거리에서 빨리 떠나야겠다고, 그러면서도 아는 집 같아서 달려가도 보고 낮이 익은 것 같아서 가까이도 가 보고 하였네. 그러나, 그들은 모두 나를 미친 사람으로 대할 뿐이야. 그런데도 나는 불쾌해하거나 화를 내는 것이 아니고, 그저 슬퍼하거나 불안에 가득 찰 뿐이었네. 그래서 나는 기도문을 읽으려고 온갖 힘을 다해서 생각하였으나 그건 전혀 생각나지 않고 아무 소용도 없는 어리석은 말, 즉 '매우 존경하는 선생'이라던가 '지금의 형편으로는' 이러한 말이 생각될 뿐이란 말일세. 그러면서도 나는 당황해하고 슬퍼하며 그것을 외우는 것이었네. 그러한 일이 두세 시간이나 계속된 것 같았지. 나중에는 전신이 활활 타며 피로해져서 정신없이 걸어가고 있었네. 아마도 저녁때가 되었을 걸세.

처음 만나는 사람을 붙잡고 여인숙이 어디 있는지 큰 길이 어디 있는지 물으려 했으나, 그냥 모두들 모르는 척하고 지나버리기에 말할 수도 없었지. 너무 피로에 지치고 자포자기 상태가 되어 울어버리고 싶은 심정이었네.

다시 어느 길모퉁이에 이르렀지. 거기에는 낯익은 옛날 길이 곧장 뻗어 있더군. 길이 좀 달라지고 잘 꾸며져 있었으나 그렇다고 당황할 정도는 아니었네. 나는 신이 나서 걸어갔지. 집이 연달아 지나치는데 꿈속에서도 완전히 분간할 수 있었네. 나중에는 내가 태어난 옛집도 보였어. 역시 부자연스럽게 집이 높아 보였으나 옛날과 조금도 다름이 없었네. 기쁨과 흥분이 나의 온몸을 감싸더군.

문 앞에는 헨리엣트라고 부르는 나의 첫 애인이 서 있었어. 그 여자는 키가 더 커져 있었고, 예전과는 훨씬 달라 보였으나 더 아름다워져 있더군. 가까이 갈수록 놀랄 정도로 아름다워서 천사 같았네. 그런데 그녀의 머리가 옛날의 헨리엣트처럼 갈색이 아니고 금발이었단 말일세. 그러나 모양은 달라도 그녀가 틀림없었네.

"헨리엣트!" 하고 멀리서 부르며 모자를 벗었네. 너무도 고상하고 아름답게 보여서 그 여자가 모르는 척하지나 않을까 생각했던 거지.

그 여자는 나 있는 쪽으로 돌아서더니 나를 똑바로 보는 것이 아닌가. 그렇게 쳐다보는 것을 본 나는 놀랄 수밖에 없었고, 한편 부끄러워졌었네. 그 이유는 내가 부른 여자는 헨리엣트가 아니고, 꽤 오래 사귀었던 두 번째 연인인 리자베트인 까닭이었지. 그래서 "리자베트!" 하고 부르며 손을 내밀었지 않았겠나. 그러자 여자는 마치 나의 마음을 꿰뚫어 보는 듯 바라보고 있었네. 그 여자의 태도는 냉정하지도 거만하지도 않고, 아주 조용하고 총명하게 보였네. 그리고 그녀는 정신적으로 너무 고상하게 보여서 거기에 비하면 나는 거리를 방황하는 개처럼 생각되었지.

그녀는 나를 보더니 점점 엄숙해지며 슬픈 빛을 띠지 않겠나. 그리고 나서는 무례한 말을 들은 것처럼 머리를 흔들더니 손을 내밀지 않고 돌아서서 집으로 들어가 조용히 문을 잠가버리고 마는 것이 아닌가. 잠그는 자물쇠 소리까지 내 귀에 들리더군.

마침내 나는 그곳을 떠났네. 눈에는 눈물이 고였고 너무 섭섭하여 눈앞이 보이지 않는 것 같았지. 거리는 다시 변하였으나 그래도 난 알 수 있었다네. 모든 집과 거리가 이전과 꼭 같아졌고, 조금 전과 같은 혼란한 상태는 사라졌었네. 지붕은 그리 높아 보이지 않았고, 빛깔도 옛날 그대로였지. 사람들도 옛날과 같이 보였고, 나를 보고 기뻐하는 사람도 있었지. 그리고 의아하게 생각하는 사람도 있었고, 나를 알아보고 이름을 부르는 사람도 있었네. 나는 대답도 할 수 없었고, 그렇다고 걸음을 멈출 수도 없었지. 그 대신 힘을 다하여 다리를 건너서 고개를 지나 낯익은 길을 그냥 달리는 것이었네. 눈물 어린 눈에는 모든 것이 슬프게만 보이더군. 왜 그런지는 알 수 없으나 나는 모든 것이 나를 버린 것같이 생각되어 부끄러움에서 이곳을 빨리 떠나버려야 한다는 생각을 했거든. 그러고 나서 백양나무가 늘어선 교외로 나와 숨이 차서 잠시 쉴 수밖에 없었네.

그때에야 비로소 내가 고향 집 옆에 서 있으면서도 부모, 형제, 친구들을 도무지 생각하지 않았었다는 것이 생각났네. 그러자 여지껏 느껴 보지 못한 낭패와 비애와 부끄러움이 내 마음에 가득 찼었지. 그렇다고 다시 돌아가서 그렇게 할 수도 없었네. 그때엔 이미 꿈에서 깨어났으니 어떻게 하느냐 말일세.

사람은 모두가 자기의 영혼을 갖고 있어서 다른 사람의 영혼과는 바뀔 수가 없는 것일세. 두 사람은 같이 걸어갈 수 있고 또 서로 이야기하거나 앉아 지낼 수는 있지만, 우리의 영혼은 꽃과 같아서 각자 한곳에 뿌리를 박고 있기 때문에 서로 바뀔 수가 없는 것일세. 그래서 가까이하려면 뿌리를 없애야 할 것이나, 그것은 불가능한 일이지.

꽃은 자기의 향기나 씨를 보내서 서로 바꿀 수 있으나, 씨가 적당한 곳으로 가게 하는 것은 꽃이 하는 것이 아니라 바람이 하는 것이지. 바람은 자기가 가고 싶은 곳이면 어디든지 다 날아가기 때문에 할 수 있다네.”

크눌프의 말은 계속 이어졌다.

"내가 말하는 꿈도 아마 같은 의미를 가지고 있다고 봐야 해. 나는 나의 애인들이었던 헨리엣트나 리자베트에게 고의로 나쁜 일을 한 것은 아닐세. 그러나 한동안 사랑으로 나의 모든 것을 다 받아주길 원했던 까닭에 내게 대하여 두 사람이 서로 비슷하게 닮았던지, 그렇지 않으면 어느 누구도 아닌 모습으로 꿈속에 나타난 것일세. 그 모습은 내 것이었으나 이미 그것은 살아있는 물건이 아니었네. 나는 때로 나의 양친에 대해서까지도 그렇게 생각할 수밖에 없었지. 부모님은 나를 아들로 혹은 자신의 분신으로 생각하실 것일세. 그러나 내가 부모를 사랑할 의무가 있다고 할지라도 나는 그들에게 있어 이해할 수 없는 미지의 인간에 불과할 뿐이야.

그래서 나에게 있어 없어서는 안 될 즉, 나의 영혼 같은 것을 부수적인 것으로 생각해서 그 일을 나의 청춘이나 변하는 마음의 탓으로 돌리고 만다는 말일세. 그 경우에 있어서도 양친은 나를 나쁘게 하려 하고, 갖은 사랑을 다 하려고 할 것일세. 아버지는 그의 자식에게 눈, 코뿐만 아니라 이성까지도 유산으로 주고 싶거든. 그러나 영혼만은 줄 수가 없는 것일세. 영혼은 모든 인간 속에서 새롭게 창조되는 힘이라네."

그때만 하더라도 나는 아직 그러한 생각을 하지 않았었고, 또한 그렇게 생각해야 할 필요도 없었으므로 그의 말을 묵묵하게 듣고만 있었다. 그러한 이야기는 마음에 부담을 느끼게 하지 않았으므로 듣기에 매우 기분이 좋았다.

그리고 크눌프에 있어서도 그것은 어떤 투쟁이라기보다는 유희로 생각하는 것이라고 보았기 때문이다. 그뿐 아니라, 우리 두 사람은 마른 풀 위에 누워서 밤이 찾아오기를 기다리며, 좀 이르게 떠오른 별을 쳐다보고 있다는 것은 평화롭고 아름다운 장면이었다.

"크눌프, 자넨 사색하는 사람이군! 교수가 되었더라면 좋을 뻔했네."

그때 나는 이렇게 말하였다.

그는 웃으며 머리를 흔들었다.

"나는 차라리 구세군이나 되었으면 하네."

그는 생각하는 듯이 말하였으나, 그의 말은 약간 도를 벗어난 것 같았다. 그래서 나는 이렇게 말했다.

"자네 지금 농담하나? 아마, 다음에는 성직자가 되겠다고 대답하겠군?"

"왜 아닌가. 사실 나는 성직자가 되고 싶어. 자기의 생각과 행동이 성실하면 누구나 신성한 것일세. 옳다고 생각되면 행동하여야 하네. 그러므로 구세군이 되는 것이 옳다고 생각될 때에는 나는 아마 구세군이 될 것일세."

"어,— 구세군이라!"

"그래, 내가 그 이유를 말해 줄까. 나는 여지껏 많은 사람과 이야기도 나누어 보고 좋은 연설도 들었네. 목사, 선생, 시장, 사회민주당원, 자유주의자 등등 많은 사람의 연설을 들었네. 그러나 마음속으로만 진실해서 자기의 진리를 위해서는 일단 위급한 경우에는 자신을 희생하려고까지 생각하는 그러한 사람은 한 사람도 없었어. 그러나 구세군을 이끌고 시끄럽게 법석을 떠는 그의 연설을 서너 번

들었지만, 언제나 진실하였네."

"하지만, 자네가 어떻게 그것을 아나!"

"그야 알지. 예를 하나 들어볼까. 어떤 사람이 일요일에 한 농촌에서 설교를 하는데, 밖에 먼지가 많이 나서 곧 목이 쉬어 버렸지. 겉으로 보기에도 건강해 보이지 않더군. 그럴 때는 일행 세 사람에게 찬송가를 부르게 하고는 물을 한 모금 마시는 거야. 온 동네 사람들이 거의 반 수가 나와서 에워싸고 바보같이 다투어 평을 하고 있었지. 뒤에는 젊은 녀석 한 명이 회초리를 들고 서서 설교자를 곯려 주려고 그것을 가끔 돌려 왱왱 소리를 내면 모두들 웃지 않았겠나.

그러나 다른 사람들 같으면 소리를 지른다든가 화라도 낼 터인데 그 불쌍한 설교자는 웃으며 소리를 높여 설교하여 그 순간을 이겨내려고 애쓰는 것이었다네. 이런 일은 품삯이나 받는다든가 취미로선 할 수가 없는 일이란 말일세. 위대한 경건한 신념이 그 사람 마음속에 분명히 있을 걸세."

"그럴지도 모르지. 그러나 한 가지 일을 보고 모두 그렇다고 여길 수는 없지 않은가. 그리고 자네 같이 섬세하고 다감한 사람은 그런 곳에는 참가할 수 없을 것일세."

"그야 꼭 그렇지도 않지. 자상하다든가, 다감한 이상의 무엇을 알고 가질 때에는 한 가지 일이 만사가 될 수는 없지만, 그러나 진리의 경우만은 그럴 것일세."

"뭐, 진리라고! 할렐루야를 부르짖는 자들이 진리를 지녔다는 것을 어떻게 알겠나?"

"그거야 알 수는 없지. 자네 말이 옳아. 그러나 내가 말하는 중요한 점은 바로 이거야. 그들이 진리를 가지고 있는 것을 알게 되면, 나 또한 그들을 따라가겠다는 말일세."

"뭐, 알게 되면이라고! 그러나 자네는 매일 한 가지씩 지혜를 발견하지만, 그 이튿날이면 그것을 인정하는 일이 없지 않은가."

그는 당황한 얼굴로 나를 바라보았다.

"자네 말은 너무 심한 것 같은데."

나는 곧 사과하려 하였으나 그는 내 입을 막고 있었다. 곧이어 "잘 자게!"하고 나지막이 말하더니 누워버리는 것이다.

그러나 그가 잠이 들었다고 여겨지지는 않았다. 나 또한 잠이 들 수 없어서 한 시간 이상 팔을 베고 누워서 밤하늘을 바라보고 있었다.

그 이튿날 아침에 보니 크눌프는 기분이 매우 유쾌해 보였다. 그래서 내가 기분이 좋으냐고 물었더니 어린애같이 빛나는 눈으로 나를 바라보며 이렇게 말하였다.

"자네 말이 맞아. 헌데 사람이 어떤 때에 기분이 좋아지는지 아나?"

"아니, 어떤 때인데?"

"깊은 잠 속에서 좋은 꿈을 많이 꾼 날 아침이라네. 그러나 꿈을 기억해서는 안 되지. 오늘이 바로 그런 날일세. 매우 화려하고 상쾌한 꿈을 꾸긴 꾸었는데, 모두 잊어버려서 기억이 나지 않네. 다만 유쾌하고 아름다웠다는 것이 생각될 뿐이라네."

그 근처 마을로 아침 식사인 밀크를 먹으려고 떠났는데, 크눌프는 부드럽고 상쾌하고 유창한 목소리로 즉흥적인 노래를 서너 곡

부르기 시작했다.

그러나 크눌프는 위대한 시인은 아니었으나 그런대로 시인이라고 할 수 있을 만했다.

그가 즉흥적으로 불러 대는 노래가 가끔 다른 유명한 시인의 걸작과 비슷하여서 마치, 그 속편이라도 되는 것 같아 보일 때도 있었다.

내가 기억하고 있는 어떤 구절은 너무도 감미로웠다. 하지만 그의 노래는 하나도 글로 씌어진 것은 없었다.

그의 노래는 미풍같이 고요히 불어와서 아무런 피해도 흔적도 없이 흘러갔다. 그러나 그의 노래는 나뿐만 아니라 많은 어린이들과 어른들에게까지도 듣고 있는 동안 아름답고 사랑스러운 즐거움을 안겨 주었다.

화려하게 몸단장하고
문을 나서는 처녀같이
붉고도 위대한 태양이
전나무 숲 위에 불끈 솟았네
이렇게 그는 그날 아침의 태양을 노래하였다. 태양은 언제나 그의 노래에 나타나 찬미 되곤 했다.

그런데 이상한 것은 그가 말을 할 때는 언제나 명상에 잠기면서도 노래를 부를 경우에는 아름다운 여름옷을 입은 귀여운 어린아이같이 신이 나서 자제력을 잃기도 했다.

때때로 그가 부르는 노래는 아무 뜻도 없고 우스워서 다만, 자기의 들뜬 기분을 돋구는데 불과한 경우도 있었다.

그날은 나까지도 그의 기분에 말려들었다. 우리들은 거리에서 만나는 사람마다 아는 척 인사를 하고 정다운 농담을 걸었다. 그래서 그들은 뒤로 지나치면 등 뒤에서 비웃거나 욕을 하는 것이었다.

이리하여 하루 온종일 들뜬 마음으로 축제 일처럼 보내었다. 우리들은 서로 학생 시절 장난치며 즐거웠던 일, 재미있었던 일에 관하여 이야기하면서 지나가는 농부들이나 그들이 끌고 가는 말이나 소에까지도 별명을 지어 주었다.

그리고 가끔은 사람이 없는 담 옆에서 몰래 훔친 과일을 배불리 먹었다. 이렇게 걸어가며 거의 매 시간마다 한 번씩 휴식을 취하며 힘과 장화의 밑창을 아끼는 것이었다.

그때 그를 사귄 지 얼마 되지 않은 사이였지만, 그와 이렇게 깨끗하고 사랑스럽고 즐겁게 보였던 날은 없었다. 그리하여 이제부터는 재미있고 즐거운 공동생활이 시작되며, 좋은 여행과 기쁨이 있을 것이라고 믿었다.

그날의 한낮은 찌는 듯 더웠다. 길을 걷다가 몇 번이고 풀밭에 누워서 쉬어가야만 했고, 저녁때가 되자 소나기라도 쏟아지려는 듯 무더워서 하룻밤을 어떤 지붕 밑에서 자고 가기로 했다.

크눌프는 점점 말이 없어지고 좀 피로한 듯이 보였다. 그러나 나와 같이 웃으며 나를 따라 노래를 부르기도 하기에 피로를 확실하게 확인할 수는 없었다.

그런데 나 자신은 기분이 점점 더 좋아져서 가슴에서는 활활 타오르는 희열을 느꼈다. 그러나 크눌프에게 있어서는 축제 일과 같은 기분은 이미 사라지기 시작하였던 모양이다.

그때로 말하면 나는 기분이 좋은 날 밤이 되면 더욱 기뻐서 힘이 넘쳤다. 그뿐 아니라 축제 같은 기쁜 행사가 있은 뒤에는 다른 사람은 피로에 지쳐서 쓰러져도 나만은 그대로 흥분 상태가 계속되어 혼자서 밤이 새도록 걸어 다니는 경우도 있었다.

그날도 이러한 저녁에 일어나는 기쁨의 들뜸에 새삼스레 기분이 좋아짐을 느꼈다. 골짜기를 넘어 어느 훌륭한 마을에 이르렀을 때에는 하룻밤을 다시 즐겁게 지낼 것이라는 생각에서 기뻤다.

먼저 우리들은 마을 입구에 있는 출입이 편리한 빈 창고에서 그날 하룻밤을 지내기로 하였다. 그러고 나서 다음 날 마을로 들어가 어떤 아름다운 술집 정원으로 들어섰다.

오늘은 나의 친구를 손님으로 대접하는 기쁜 날이니 옴레트와 맥주를 몇 병 사리라고 생각한 까닭이었다.

크눌프는 나의 초대를 기쁘게 받아들였다. 그러나 아름다운 플라타나스 나무 밑에 놓인 술상에 자리를 잡더니 거의 당황하는 태도로 이렇게 말하는 것이었다.

"그런데 술은 너무 취하도록 많이 마시지 않는 게 좋아. 난 맥주 한 병이면 족해. 몸에도 좋고 기분이 좋아질 것일세. 그러나 그 이상은 싫어."

나는 그렇게 하기로 했으나 속마음은 달랐다. 우리들의 기분이 좋아질 때까지 마셔야 한다고 작정했다.

우리들은 뜨거운 옴레트와 영양이 풍부한 새로 만든 갈색 빵을 곁들여 먹었다. 그리고 나는 곧 맥주를 두어 병 가져오도록 하였는데, 크눌프는 아직 반병도 마시지 못하였다.

좋은 술상 앞에 신사같이 뒤로 몸을 젖히고 의젓하게 앉아 있으니 마음속에서 기쁨이 솟아나며, 오늘 저녁을 한참 즐겨야지 하는 생각이 들었다.

크눌프가 맥주를 한 병 다 마셨을 때에 내가 다시 주문을 하려니까 거절하면서 좀 더 마을 안이나 돌아본 다음 일찍 자자고 제의하는 것이었다.

그것은 나의 생각과는 전혀 다른 것이었으나 그렇다고 정면으로 반대하고 싶지도 않았다. 그리고 나의 맥주잔이 아직 비지 않았기 때문에 그가 먼저 일어서는 것을 반대하지 않았다. 아무래도 나중에 다시 만날 것이니까. 그래서 그는 먼저 일어났다.

그때 나는 가볍고 즐거운 발걸음으로 들국화 한 송이를 귀에 꽂고 넓은 계단을 몇 걸음 내려서서 마을로 천천히 걸어가는 그의 뒷모습을 물끄러미 바라다보았다.

그리고 그가 맥주를 한 병도 다 마시지 못하고 가는 것을 섭섭하게 생각하면서도 그의 뒷모습을 보고 있으니 마음이 기뻐지며 정이 솟아올라서 '좋은 녀석이야.' 하고 생각되었다.

그러는 사이에 해는 서쪽으로 기울어졌는데도 더위는 여전히 극성을 부리고 있었다. 나는 이렇게 더운 날에는 찬 맥주를 마시는 것이 기뻤다. 그래서 좀 더 앉아 있을 생각이었다.

손님이라고는 나만 남게 되었으므로 여급도 한가로워져서 나의 말벗이 되어 주었다. 나는 여급에게 시가를 두 개 가져오도록 하였다. 처음 생각은 한 개비는 크눌프에게 남겨다 주려고 하였으나 나중에는 잊어버리고 그것마저 다 피워 버렸다.

한 시간쯤 지난 후에 크눌프가 다시 돌아와서 나를 끌고 가려고 하였다. 이미 나는 술에 취해 있었고 그도 피곤하여 자려고 하던 참인지라 서로 약속하여 그는 자기로 한 그곳에 가서 먼저 눕기로 하였다. 그래서 그가 먼저 갔다.

그런데 여급이 그에 대하여 이것저것 물어오는 것이었다. 그는 모든 여자들의 눈에 잘 띄었다. 그래서 나는 친구의 일이고, 그 여자가 나의 연인이 아니었기에 반대하지 않고 묻는 대로 추켜세워서 이야기해 주었다.

그것은 내가 그때 기분이 매우 좋아 있었고, 모든 사람에게 친절하게 대하여 주는 성질인 까닭도 있었다.

드디어 내가 밤늦게 일어서려고 할 때에는 천둥이 치고, 플라타나스 나무에는 가벼운 바람이 불고 있었다. 나는 계산을 하고 여급에게는 십 페니짜리 동전을 주고 천천히 한길로 나왔다.

걸어오면서 생각해 보니 맥주를 지나치게 마셨다는 생각이 들었다. 그 시절에는 폭음하는 일이 없었기 때문이다. 그러나 나는 술을 할 수 있는 편이었으므로 기분은 더욱 좋았었다. 그래서 나는 계속 노래를 부르면서 우리가 잘 장소로 돌아왔다.

그리하여 조용히 안으로 들어가니 크눌프가 바로 거기에서 잠들어 있었다. 갈색 재킷을 펴고 그 위에 팔을 베고 누워서 규칙적으로 숨을 쉬고 있었다. 그의 이마, 드러난 목덜미, 뻗쳐 있는 손이 어둠 속에서 희고 선명하게 빛나고 있었다.

나는 옷을 벗지도 않은 채 그냥 자리에 누웠으나, 가벼운 흥분으로 잠을 이루지 못하고 있다가 새벽녘에야 겨우 잠을 이룰 수 있었다. 깊이 잠들기는 했으나 기분이 상쾌한 잠은 아니었다. 괴롭고 피곤하여 뜻도 알 수 없는 어수선한 꿈을 꾸었다.

이튿날 늦게서야 깨어나니 벌써 대낮이었다. 밝은 햇빛이 눈을 부시게 하였다. 머리가 뻐근하고 사지가 노곤하였다. 길게 하품을 하려고 눈을 비비며 기지개를 켜니 관절에서 뚝뚝 소리가 났다. 하지만 피로하기는 했으나 어제 기분의 여운이 그대로 남아 있었다. 그리하여 가까운 시내에 가서 남은 취기를 깨끗이 씻어 버리고 싶었다.

그러나 그렇게 되지 않았다. 주위를 살펴보니 크눌프가 보이지 않았다. 나는 소리 높여 불렀고 휘파람을 불며 그를 찾았다. 그러나 처음에는 무심코 그랬는데 고함을 치며 휘파람을 불어봐도 아무 대답이 없을 때서야 비로소 갑자기 그가 나를 버리고 떠났다는 것을 알게 되었다.

그렇다. 그는 몰래 혼자 떠나 버린 것이다. 내 곁에 더 남아 있을 수 없었던 것이다. 아마 어제 내가 취했던 모습이 싫었던가 보다. 어제 자기의 분별 없는 행동이 부끄러웠는지도 모른다. 아니면 단순한 기분에서 떠났는지도 모른다.

그렇지 않으면 나와 같이 지내는 생활에 회의를 느꼈는지도 모른다. 혹은 갑자기 고독을 즐기고 싶었는지도 모른다. 그러나, 어쨌든 나의 취중 행동에 더 책임이 있는 듯하였다.

나는 기쁨을 잃고 부끄러움과 슬픔에 빠졌다. 나의 친구는 지금 어디에 있는가?

나는 그의 말과는 반대로 그의 심정을 다소라도 이해하며 그와 사귈 수 있을 것이라고 생각하였었다.

그런데 이제 그는 떠나고 나만 홀로 외로이 실망하여 서 있다. 크눌프보다도 나를 책망하지 않을 수 없었다.

나는 지금 고독하다. 크눌프의 말에 의하면 모든 사람들은 고독 속에서 살아간다고 하였다. 그때 나는 그 말을 이해할 수 없었지만, 이제는 나 자신이 그것을 맛보고 있는 것이다.

고독의 맛은 썼다. 첫날뿐만이 아니었다. 세월이 흐르는 동안 많이 나아지기는 했지만, 그 이후 고독이 아주 나에게서 사라진 날은 없었다.

종말

맑게 개인 10월의 어느 날이었다.

한낮의 가벼운 공기가 조금만 바람이 불어도 움직이며 밭이나 들에서는 가을의 모닥불 연기가 길게 꼬리를 저으며 몇 줄기 피어오르고 있었다. 연기는 빛나는 풍경을 덮으며, 불태우는 잡초더미와 잡목에서는 감미로운 마른 풀 향기를 내뿜고 있었다.

농가의 뜰에는 만발한 들국화와 늦게 피는 연한 빛의 장미며 달리아가 한창이었고, 담장 밑에는 또한 불같이 빨간 금잔화가 벌써 시들어 스잔한 빛을 띤 온갖 잡초 사이에서 여기저기 빛나고 있었다.

불라흐로 가는 시골길에는 의사 마홀드의 마차가 천천히 달리고 있었다. 길이 점점 언덕길로 경사져 있어 왼편에는 거두어들인 빈 밭과 지금 한창 거두고 있는 감자밭이 있고, 오른쪽에는 어린 소나무가 빽빽하게 질식 상태가 된 숲과 나무 밑동과 마른 나뭇가지들로 갈색 벽을 이루고 있었다.

그리고 그 밑의 땅 위에는 떨어진 솔잎이 쌓이어 온통 황토색이 었다. 길은 일직선으로 곧게 뻗어 푸른 가을 하늘 아래로 멀리 땅끝까지 이르는 것 같았다.

의사는 양손의 말 고삐를 늦추어 늙은 말이 마음대로 가도록 내버려 두었다. 지금 그는 어떤 여자의 임종을 보고 돌아가는 길이었다.

그녀는 더 이상 손을 쓸 수 없는 상태였다. 그러나 그녀는 최후까지 살려고 애쓰는 모습이 눈물겨웠다. 의사는 몹씨 피로했으나 쾌적한 가을 날씨를 즐기며 돌아가고 있었다.

그의 생각은 몽롱하게 잠들어 있었고 들녘에서 피어오르는 연기를 따라 회상되는 추억은 유쾌했으나, 그것은 다만 학생 시절의 가을 방학 때 느껴 본 즐거운 추억이었다.

다시 거슬러 올라가 보면 명랑하게 울려 퍼진 어린 시절에 본 아름다운 황혼을 추억하고 있는 그는 시골 태생으로, 그의 감각은 시골의 모든 계절의 변화와 풍치를 즐기며 빠져드는 일이었다.

거의 잠에 빠져 있던 그는 별안간 마차가 멈추는 바람에 깜빡 잠을 깨었다. 작은 도랑이 길을 막아 마차 바퀴가 빠지자 말은 서서 쉬고 있었다.

마홀드는 마차 바퀴가 멎자 깜짝 놀라며 말고삐를 잡아당겼다.

잠시 동안 졸았지만, 여전히 숲과 높은 하늘이 태양 빛에 반짝거리고 있는 것을 보고 빙긋이 웃으며 다시 말을 몰아 고개를 올라가기 시작했다. 그러고 나서 몸을 곧게 세우고는 시가를 꺼내 입에 물었다.

그는 한낮에 조는 것을 좋아하지 않았다. 다시 마차는 천천히 달렸다. 넓은 챙을 한 모자를 머리에 쓴 두 부인이 밭에서 감자를 담은 부대 뒤에서 인사를 했다.

이윽고 고갯마루가 가까워졌다. 말은 이 고개만 넘으면 마을의 산 등성이를 쭉 내려간다고 생각해서 기뻤는지 신이 나서 달리고 있었다. 그때에 저쪽에서 한 사람의 모습이 보이더니 햇빛에 반사되어 빛나는 고개 마루턱에 나타났다. 나그네였다.

그는 하늘을 등에 지고 순간적으로 크게 보였으나 마루터기를 내려옴에 따라 잿빛이 되어 작게 보였다. 더욱 가까워져 보니 수염은 짧고 남루한 옷을 입은 여윈 사람이었다. 고향을 찾아가는 사람 같았다.

너무 피곤하여 잘 걷지도 못하는 것 같아 보였으나 모자를 벗으며 공손히 인사를 하는 것이었다.

"안녕하십니까?"

하고 마홀드 의사도 같이 인사를 하였다. 그리고 벌써 지나가 버린 그 낯선 사람을 뒤돌아다 보았다. 그러더니 갑자기 마차를 멈추고 일어서서 소리 높여 그를 불렀다.

"여보시오! 이리 좀 오시오."

먼지투성인 나그네는 발을 멈추고 뒤돌아다 보았다. 어색하게 한 번 씩 웃고는 다시 가던 길을 돌아서서 가려고 하더니 생각을 돌리어

부름에 응하는 것이었다. 그는 의사의 작은 마차 옆으로 다가와 서더니 모자를 벗어 손에 들었다.

"실례지만 어디로 가시는 길입니까?"

하고 마홀드는 큰 소리로 물었다.

"이 길을 따라서 베르히톨드젝크로 가는 길입니다."

"우리는 서로 아는 사이 같은데, 다만 당신의 이름이 생각나지 않을 뿐입니다. 당신은 내가 누군지 아시겠습니까?"

"마홀드 선생 같이 보이는데요."

"네, 그렇습니다. 그런데 당신의 이름은 무어라고 부르지요?"

"선생님은 나를 잘 아실 것입니다. 같이 플로헤르 선생님 밑에서 공부했으니까요. 의사 선생님, 그때 당신은 내 공책을 빌려다 나전어 공부를 했지요."

마홀드는 갑자기 마차에서 뛰어내리더니 그 나그네를 자세히 훑어보았다. 그리고는 소리를 크게 내서 웃으면서 상대방의 어깨를 툭툭 쳤다.

"그래!"

하고 그는 말을 계속하였다.

"자네는 그 유명한 크눌프이군 그래. 우리는 동창이 아닌가? 그러니 악수나 한 번 하세. 아마 십 년은 서로 못 보았을 것일세. 지금도 여전히 여행만 다니나?"

"언제나 그렇지. 사람은 제아무리 늙어도 습관을 버리지 못하는 모양이야."

"그건 그래. 그런데 어디로 여행을 가는 길이지? 다시 고향으로 가는 길인가?"

"맞았어. 게르베르사우로 가는 길이야. 그곳에 좀 일이 있어서."

"그래, 거기에 아직도 누가 살고 있나?"

"아무도 없네."

"그런데 크눌프! 자네는 몹시 늙어 보이는군. 우리는 이제 겨우 사십이 넘었는데, 그렇게 모르는 척하고 지나간단 말인가? ─자네를 보니 의사가 필요할 것 같은데."

"뭐라구? 나는 아픈 데라곤 없네. 설혹 아프다 해도 의사는 내 병을 고칠 수 없다네."

"나중에 알게 되겠지. 어쨌든 올라타게. 우리 집에 같이 가서 좀 더 이야기나 하세."

크눌프는 마차 옆에서 좀 떨어지며 손에 들었던 모자를 다시 썼다. 마홀드는 그를 마차에 올라타도록 거들었으나, 그는 당황한 표정을 지으며 거절하는 것이었다.

"모처럼 만나서 이야기를 좀 할까 하는데 큰 부담은 갖지 말게. 우리가 이렇게 서 있는 동안 말이 달아날라구."

이렇게 말하고 있는 동안 크눌프는 기침을 하기 시작했다. 그 징조를 잘 아는 의사는 곧 그의 몸을 부축하여 마차에 태웠다.

마차를 몰며 의사가 말했다.

"자, 좀 더 가면 마루터기에 닿을 걸세. 그러면 내리막길이 되어서 빨리 달릴 수가 있어 삼십 분이면 집에 도착할 수 있네. 기침을 하는 상태로 봐서는 몹시 몸이 괴로운 것 같군. 집에 가서 자세히 이야기해 보세.…… 뭐라구? 아니야, 그렇게 하면 안 되지. 앓는 사람은 누워있어야지. 길을 걸어 다녀서는 안 돼. 그전에 나전어로 종종 많은 신세를 졌으니까, 이번에는 내가 자네를 도와줄 차례일세."

그들은 고개를 넘어서 바퀴 소리를 내며 긴 언덕을 내려갔다. 과수 나뭇가지 사이로 벌써 저 멀리 불라흐의 지붕들이 보이기 시작하였다. 마홀드는 말고삐를 짧게 잡고 길을 재촉했다.

크눌프는 피로하였으나 마차에 탄 채 억지로 손님 대접을 받는 것 같아 기분이 꽤나 좋았다. 내일이나 늦어도 모레는 어떠한 일이 있더라도 게르베르사우로 떠나야 한다고 그는 생각하고 있었다.

지금의 그는 그 많은 세월을 헛되게 보낸 들뜬 젊은이가 아니었다. 그는 병자요, 늙은 사람으로 죽기 전에 고향을 한 번만 더 보겠다는 생각밖에는 없었다.

불라흐에 이르자, 의사는 먼저 그를 방으로 데리고 가서 우유와 햄이 든 빵을 먹였다. 그리고 이것저것 잡담을 하는 동안에 점점 친밀한 옛정이 다시 살아났다.

그런 후에 의사는 그에게 이것저것 병세에 관해 묻기 시작하였다. 그는 기분 좋게 다소 조롱하는 빛을 띄우며 이에 응하였다.

"어디가 아픈지 자네는 알고 있지?"

마홀드는 진찰을 끝내며 물었다. 그는 가볍게 조금도 중대시하지 않는 태도로 물었다. 크눌프는 그러는 그가 고마웠다.

"응! 잘 알고 있어. 마홀드, 폐병이야. 오래 가지 못할 것도 잘 알고 있지."

"누가 알겠나! 그러면 병상에 누워서 요양을 해야 하는 것도 잘 알고 있겠지. 얼마 동안만이라도 우리 집에 있도록 하게. 그런 다음에 가까운 병원에 입원실을 하나 구해 주겠네. 자넨 정신이 없군, 이 사람. 다시 회복되려면 정성껏 노력해야 하네.

크눌프는 벗었던 웃옷을 다시 입었다. 그는 야윈 회색 얼굴에 악의를 띤 듯한 표정으로 의사를 향해 말했다.

"대단히 고마우이. 마홀드, 마음대로 해주게. 그러나 나에게 큰 기대는 갖지 말게."

"어디 뜰이라도 나가서 햇빛을 좀 쏘이라구. 그러는 동안 리나가 자네가 누울 수 있는 침대를 준비하여 줄 것일세. 우리들은 자네를 감시해야겠네. 자네와 같이 일생 동안 햇빛과 바깥바람 속에서 산 사람이 폐를 상하다니 참 이상한 일이군."

그러면서 그는 밖으로 나가버렸다.

가정부 리나는 떠돌아다니는 유랑자를 데려다가 집에서 재운다고 언짢아했다. 그러나 의사는 그녀의 말을 완강하게 거절했다.

"리나, 내버려 둬. 그 사람은 오래 있지 않을 사람이야. 우리 집에 있는 동안만이라도 좀 편안하게 지내게 해주어야 할 사람이야. 지금은 저렇게 되어 버렸어도 저 남자는 언제나 깨끗한 사람이었어. 잠자기 전에 목욕을 시키도록 해요. 내 잠옷을 한 벌 꺼내어 주고 겨울 슬리퍼도 하나 주게. 어쨌든 잊지 말게. 저 사람은 내 친구야."

크눌프는 열한 시간 동안이나 깊은 잠을 푹 잤다. 안개가 낀 아침이었다. 침대에 누워서 뒤척이고 있었으나, 점점 정신이 들어 여기가 누구의 집이라는 것을 알 수 있었다.

붉은 태양이 안개 속을 헤치고 나타났을 때에 마홀드는 그를 밖에 나와도 좋다고 허락해 주었다. 그들은 식사를 끝마친 후 햇빛이 내리쬐는 베란다로 올라가서 붉은 포도주를 한 잔씩 마셨다.

크눌프는 좋은 식사와 포도주 반 잔에 기분이 좋아져서 말이 많아졌다. 그리하여 의사는 진찰할 시간을 한 시간쯤 늦추고, 그동안에 괴상한 이 동창과 잡담을 하며 될 수 있으면 비세속적인 이 사람의 생애에 관한 이야기를 들으려고 했다.

"그러니까 자네는 지금까지 살아온 자신의 생에 대하여 만족을 느끼겠지?"

그는 웃으며 말을 꺼냈다.

"그렇다면 오죽이나 좋겠는가마는, 만일 그렇지 않다면 자네 같은 사람에겐 참 아까운 일이야. 그렇다고 자네가 목사나 교사가 될 필요는 없었지만, 과학자나 시인이 되었더라면 좋았을 것일세. 자네가 가진 재능을 잘 살려서 발전시켰는지는 모르겠네마는, 자네는 그 재주를 자기만 위하여 쓴 것이 아닌가? 안 그런가, 이 사람아?"

크눌프는 수염 난 턱을 손바닥으로 받치고 팔을 괴고 앉아서 햇빛에 반짝이는 붉은 포도주를 바라보고 있었다.

"전혀 그렇다고는 할 수 없지. "

크눌프는 천천히 말을 계속하였다.

"자네가 말한 내 재주라는 것은 대단한 것은 아니었네. 휘파람을 좀 잘 불고 아코디언을 약간 다룰 뿐이지. 그리고 시를 좀 짓고, 이전에는 마라톤 선수였으며, 댄스도 약간 하였을 뿐이지. 뭐 그렇게 하며 즐긴 것은 나 혼자서가 아니고, 그때마다 대개 친구라든가 젊은 여자, 아니면 소년들과 함께 즐겼다네. 그래서 그들이 늘 나에게 감사했지. 그런 얘긴 그만두세."

"그러지."

하고 의사는 이렇게 말하였다.

"그렇지만, 정말 궁금한 것이 있어. 한 가지만 더 묻겠네. 자네는 옛날에 5학년까지 나와 같이 라틴어 학교에 다니지 않았나. 어제 일처럼 새롭게 느껴지지만, 자네는 모범 학생은 아니었어도 그래도 착한 학생이었지. 그런데 자네는 갑자기 학교를 그만두고 말았어. 나중에 들으니 자네는 일반 초등학교로 갔다고 하더군. 그때부터 우리는 헤어지게 되었지. 라틴어 학교 학생은 초등학교 학생과 놀아서는 안 되었으니까.

그런데 그때 이유가 무엇이었나? 후에 자네 소식이 들려올 때마다 자네가 우리와 그대로 학교에 다녔으면 전혀 새로운 사람이 되었을 텐데 하고 나는 늘 생각하였다네. 그런데 왜 그랬나? 학교가 싫었었나? 아니면 집안이 어려워져 학교에 다니지 못할 사정에 이르렀던 것인가? 아니면 또 다른 이유가 있었나?"

크눌프는 햇볕에 그을린 여윈 손으로 잔을 꼭 쥐었다. 그러나 마시지는 않고 포도주잔을 기울여 정원의 푸른 빛을 비춰보더니 조용히 다시 탁자 위에 놓고 만다. 그는 아무 말 없이 눈을 감더니 생각에 잠기는 것이었다.

"왜 말하기가 싫은가? 꼭 하라는 것은 아니야."

하고 의사는 말했다.

그때에 크눌프는 눈을 뜨고 그의 얼굴을 뚫어지게 바라보았다.

"글쎄!"

하고 주저하는 태도로 말했다.

"언젠가는 말해야 할 것이라고 생각하네. 아직 아무에게도 말하지는 않았지만, 이제 들려줄 사람이 있으니까, 지금 말하는 것이 좋겠다고 생각되는군. 물론 한 어린아이의 이야기에 불과했지만, 그러나 내게 있어서는 심각한 문제였고, 또한 오랫동안 애쓴 문제였네. 하지만 자네가 그것을 묻는 것은 좀 이상한 일인데!"

"왜?"

"요즈음 나는 그것을 자주 생각했다네. 그리고 게르베르사우로 다시 돌아가는 것도 바로 그 때문이었고…."

"그래, 그럼 이야기해 주겠나?"

"마홀드, 자네도 기억하고 있겠지만, 적어도 삼사 학년까지는 우리가 친하게 지내지 않았는가. 그 후부터는 같이 지내지도 않았지만, 자네가 종종 우리 집 앞에 와서 휘파람을 불었으나 나는 나가지 않았지."

"맞아, 참 그랬어! 그것이 벌써 이십 년 전 일인데, 그동안 나는 도무지 생각해 본 일이 없었네. 자네는 참 기억력도 좋으이! 그래, 그래서?"

"그때에 왜 그렇게 되었나 하면 한 소녀가 원인이었다네. 나는 남보다 조숙하여서 아직 자네들이 황새가 어린아이를 갖다준다고 생각하는, 아니면 아이는 샘에서 태어난다고 이야기하고 있을 때, 나는 이미 남자와 여자가 어떻게 다른지도 알고 있었다네. 그것이 그때의 나의 관심거리였으니까. 그래서 자네들의 인디언 놀이에도 나는 같이 어울리지 않았던 것이지."

"하지만 그때 자네의 나이는 열두 살밖에 안 되었지 않은가?"

"열셋이었을 것일세. 내가 자네보다 한 살 위였으니까. 어느 날 나는 병으로 누워있었지. 그때 나보다 서너 살 위인 친척뻘 되는 여자가 집에 와 있었다네. 나는 그녀와 놀기 시작하였는데, 병이 다 나았을 때 하룻밤은 그녀가 있는 방에 들어가지 않았겠나. 여자의 방이 어떤 것이라는 것을 보고는 놀라서 도망쳐 버리고 말았었지.

그 이후부터는 그녀를 보아도 말하기도 싫었고 끝내 미워하게 되었지. 아니 그녀를 두려워하게까지 되었으니 말일세. 한편 그때의 일이 머리에서 떠나지 않아 한동안 여자들 꽁무니만 따라다니며 친하게 지냈다네. 가죽 일을 하는 하지스의 집에는 나와 동갑인 여자애가 둘이 있었고, 근처에 있는 여자애들도 모여들곤 했다네. 우리들은 어두운 창고에서 숨바꼭질도 하고, 우스운 이야기도 하고 비밀스런 장난을 하며 놀았었지.

이들 여자애들 틈에 사내라고는 나 혼자뿐이어서 내가 그녀들의 머리를 땋아주기도 했고 키스를 받기도 했다네. 그러나 아직 어려서 아무것도 몰랐었지. 그래도 모두 좋아서 그랬던 것만은 사실이야, 숲속에 숨어서 여자애들이 목욕하는 것을 볼 때도 있었다네.

그런데 하루는 교외에 사는 낯선 계집애가 거기에 왔었는데. 그 애 아버지는 직조공장의 직공이었어. 그 애 이름이 프란치스카였었는데, 나는 그 애를 보고 첫눈에 반하지 않았겠나."

그때 의사는 그의 말을 가로챘다.

"그 여자의 아버지 이름이 뭐라고 했지? 어쩌면 나도 그 여자를 알고 있는지도 몰라."

"용서하게, 마홀드. 이름은 밝힐 수 없네. 말해야 할 필요도 없고,

또한 어느 누구에게도 알리고 싶지 않아서 그러네. 그런데 말일세! 그 여자애는 나보다 크고 힘이 세었어. 우리는 만나면 서로 장난도 치며 싸움도 하였지.

그 여자아이가 나를 타고 누를 때엔 아팠지만 꼭 취한 때와 같이 기분이 아주 좋았었다네. 벌써 나는 그녀에게 반해서 나보다 두 살 위인 그녀가 연인이었으면 좋겠다고 말하는 것을 듣고, 내가 그녀의 연인이 되었으면 하는 것이 그때의 유일한 나의 소원이었네.

어떤 날, 그 애는 피혁 공장 뜰을 흘러내리는 시냇가에 혼자 앉아서 발을 물에 담그고 있지 않겠나. 나는 목욕을 한 뒤라 단지 팬티만 입고 있었지. 그래서 그 애의 옆에 가서 앉지 않았겠나. 그때 갑자기 용기가 나서 '난 네 애인이 되련다. 아니 애인이 되어 주었으면 좋겠어'하고 말했지. 그랬더니 그 여자애는 갈색 눈을 동정하는 듯이 바라보며 하는 말이 '너는 아직 어린애야. 짧은 바지를 입고 있으면서 애인이니 연애니 하지만, 대체 거기 관해서 네가 무엇을 아니?'하는 것이 아니겠는가. 그래서 나는 다 안다고 그랬지.

그리고 만일 나의 애인이 되어 주지 않으면 냇물에 집어넣고 나도 같이 뛰어들겠다고 말했지. 그녀는 나를 유심히 쳐다보았는데 성숙한 여자의 눈빛이었어. 그리고 하는 말이 '그래 그럼 너 키스할 수 있니?' 이렇게 물어오겠지. 나는 급히 '그래' 하고 그 애의 입술에 키스를 해주었지. 그리고 이제는 되었구나 하고 생각했었지.

그러나 그녀는 나의 머리를 꼭 붙잡고 어른같이 키스를 해주어 나는 귀가 멍했고 눈이 잘 보이지 않았어. 그리고 나서 그녀는 깔깔대고 웃으면서 하는 말이 '애, 너는 조금만 있으면 나의 애인이 될 수가 있어. 그러나 너같이 라틴어 학교나 다니는 애를 내 애인으로 할 순 없어. 그런 학교는 시시해서 좋은 사람은 나올 수가 없단 말야. 나는 남자다운 사람을 애인으로 하겠어. 예를 들면 공장에 다니는 직공이라든가 노동자가 더 좋아. 학자 같은 사람은 싫어. 공부는 해서 어디다 쓰니!' 그러지 않겠나. 그러면서 그녀는 자기 무릎에 나를 앉혔는데, 몸이 야릇해지지 않겠어. 그리고는 두 팔로 날 꼭 껴안아 주었는데, 너무 기분이 좋아서 다른 생각은 조금도 나지 않았어.

그래서 난 그때 프란치스카에게 다시는 라틴어 학교에 가지 않고 나도 직공이 되겠다고 약속을 하고 말았지. 그런데, 그녀는 날 보고서 그냥 웃고만 있는 거야. 그러나 내가 가만히 있지 않았더니, 나중엔 다시 키스를 해주고 내가 라틴어 학교에 다니지 않는다면, 나를 자기의 애인으로 자기 곁에 있게 해서 행복하게 해주겠다고 약속을 하는 것이었어."

크눌프는 말을 중단하고 잔기침을 했다. 의사는 그를 유심히 관찰하였다.

잠시 침묵이 계속되었다. 그가 다시 말을 이었다.

"이제야 자네는 사정을 알았을 것일세. 그러나 내가 생각했던 대로 일은 그렇게 간단히 되지는 않았네. 내가 라틴어 학교에는 흥미가 없어서 갈 수 없다고 떼를 썼더니, 아버지는 나의 뺨을 때리시는 것이 아닌가. 어떻게 해야 할 것인지 도무지 알 수가 없었네. 그래서 난 학교에 불을 지를 생각까지 해보았다네.

그런 것은 다 부질없는 생각이었지만 문제는 몹시 심각하였다네.

결국 한 가지 방법을 찾아냈는데, 학교 수업을 태만하게 하기로 했지. 그러면 모든 일이 순조롭게 될 것이라는 생각이 떠올랐네. 자네는 그때 그것을 몰랐나?"

"맞아, 이제서야 생각나는군. 자넨 한동안은 매일같이 학교에 남아서 벌을 섰지?"

"응, 그래. 몹시 태만해졌고, 질문에 대답을 하지 못하곤 했지. 숙제도 하지 않고, 학교에서 쓰는 노트도 잃어버리곤 했었네. 매일 학교에서 일 저지르고 선생님께 야단맞는 게 일이니 나중에는 오히려 그것에 익숙해져서 재미까지 느껴 그때마다 선생님을 몹시 괴롭혔었지.

라틴어든, 학용품이든, 나에게는 그렇게 중요한 것이 아니었어. 자네도 알다시피 나는 언제나 민감한 편이어서 어떤 새로운 것에 정신이 쏠리면 한동안은 다른 것에는 아무런 흥미를 느낄 수 없었지. 처음에는 체조가 그랬고, 준어잡이, 식물채집이 모두 그랬어. 그런데 이번에는 여자에게 정신을 빼앗겨 버린 거야.

여러 가지 경험을 하고 철이 나기까지 다른 것은 일체 눈에 보이지 않았어. 학교 벤치에 앉아서 동사의 변화를 외워야 하는 자신이 엊저녁에 몰래 본 목욕하던 여자를 생각하고 있으니 어쩌면 좋겠나. 아니 그런데! 선생님들이 대개 눈치를 채신 모양이었으나 나에게 호감을 가진 분들이어서 관대히 대해 주셨지. 그래서 이런 내 계획은 실현될 것 같지 않았어.

그런데 이젠 프란치스카의 동생과 친하게 되었어. 그는 초등학교 졸업반이었는데 소문난 장난꾸러기였지. 많은 것을 그 애한테서 배우게 되었는데 좋은 것이라고는 하나도 없었고, 그뿐 아니라 많은 괴로움도 겪어야 했다네. 한 반년이 지난 후 나의 목적은 달성되었는데 아버지로부터 심한 매를 맞았지만, 학교에서는 쫓겨나 결국 프란치스카의 동생이 다니는 초등학교의 같은 반으로 편입이 되었다네."

"그래서 그 여자는?"

마홀드는 궁금해하며 물었다.

"글쎄 일은 거기서 잘못되었지. 그녀는 나의 애인이 될 수 없었어. 내가 자기 동생과 함께 종종 집에 들리면 그 전보다 더 나쁘게 나를 대해 주곤 하였네. 마치 내가 그 전보다 더 나빠지기나 한 것처럼 말일세.

내가 그 학교에 편입하고 두 달쯤 지나서였는데, 나는 밤에 가끔 집을 빠져나와 리데르 숲을 배회하곤 했는데, 그래서 그 여자의 사실을 알게 되었지. 그때 벤취에 한 쌍의 연인이 앉아 있지 않겠는가. 그래서 늘 하던 버릇대로 그들의 대화를 조용하게 엿듣기 위하여 가까이 가지 않았겠나.

그것은 분명히 프란치스카와 어떤 직공이었어. 그들은 내가 있는 줄도 모르고 남자는 한 팔로 여자의 목을 껴안고 한 손에는 담배를 들고 있었어. 여자의 가슴은 헤쳐져 있었고 차마 볼 수가 없는 광경이었어. 그래서 내 모든 것은 수포로 돌아가 버렸다네."

마홀드는 친구의 어깨를 쳤다.

"그러나 그렇게 되어서 오히려 자네에게는 잘 됐지 않은가."

그러나 크눌프는 여윈 머리를 힘껏 흔들었다.

"아니야, 그렇지 않아. 만일 일이 그렇게 되어 버리지 않았더라면 지금이라도 나의 모든 것을 버리고 그녀를 따라가고 말 것 같아. 이제 프란치스카에 관해서는 더 이상 아무 말도 하지 말게. 그녀에 관해서는 더 이상 말하고 싶지 않네. 그리고 그 일이 순조롭게 되었으면 나는 연애를 아름답고 행복스러운 것으로 알았을 것일세. 그래서 아마 고등학교도 잘 다녔을 것이고 아버지와의 관계도 모두 잘 되어 갔을 것일세.

왜 그런가 하면, 뭐랄까? 그 이후부터 많은 친구와 연인을 가졌었으나, 이때부터 나는 사람의 말을 다시는 믿지 않게 되었고, 나 자신도 약속을 하여 거기에 얽매이는 일이 전혀 없어지고 말았어. 그래서 나는 되는 대로 살았기 때문에 자유스러웠고 아름답게 살았지만, 항상 외롭게 지냈단 말일세."

그는 잔을 들어 남은 포도주를 조용히 마시고 일어섰다.

"미안하지만, 난 좀 자야겠네. 다시는 그 이야기를 하지 않기로 하세. 자네는 할 일이 많겠지."

의사는 고개를 끄덕거렸다.

"잠깐만 기다리게! 지금 병원에 편지를 써서 병실을 하나 부탁하려네. 마음에 안 들지도 모르겠네만, 별도리가 없어. 빨리 손을 쓰지 않으면 어려울지도 몰라."

"뭐라구?"

크눌프는 여느 때와는 다르게 목소리를 높여 말했다.

"될 대로 되라지! 그렇게 하여 보았자 무슨 소용이 있겠나. 자네도 잘 알잖나. 이제 무엇 하려고 새삼스럽게 병원에 감금된단 말인가?"

"그렇지 않으이, 이 사람아. 좀 진정하게! 자네가 그렇게 돌아다니도록 내버려 둔다면 나는 진정한 의사가 아닐세. 오베르슈텟텐에 가면 입원실이 있을 것일세. 내 특별한 편지를 써주겠네. 그리고 일주일 후에 자네를 만나러 갈 것을 약속하지."

방랑자인 크눌프는 다시 자리에 앉았다. 그의 두 눈엔 눈물이 글썽거렸다. 여윈 두 손을 추워서 떨듯이 비비고 있었다. 그리고, 애원하듯이 어린애와 같은 표정으로 의사를 바라보았다.

"그런데 말일세."

그는 낮은 소리로 말했다.

"자네가 나에게 이렇게 잘 대해 주고 붉은 포도주까지 대접해 주는데, 이렇게 말하는 것은 옳지 않다고 생각하네만. 모든 것이 나에게는 너무 과해. 그러나 나쁘게 받아들이지는 말게. 그 대신 자네에게 한 가지 청이 있네."

마홀드는 위로하듯이 크눌프의 어깨를 툭툭 쳤다.

"이 사람아, 어서 말해 보게. 뭘 그렇게 움츠리나! 누가 자네 목을 빼갈까 봐 그러나. 도대체 청이란 뭐야?"

"나쁘게 생각지 않으려나?"

"아니야, 괜찮아. 왜?"

"그럼 말하겠네. 친절을 베풀어 주어야 하네. 다른 게 아니라 나를 오베르슈텟텐으로 보내지 말아 주겠나. 꼭 입원을 해야 한다면 게르베르사우 병원으로 보내주게. 거기에는 아는 사람도 있겠고, 또 내 고향이니까 치료도 더 잘 될 것일세. 나는 그곳에서 출생하였으니 말이야."

그의 눈은 애원에 불타고 있었다. 그리고 흥분한 나머지 말도 제대로 하지 못하는 것이었다.

마홀드는 '열이 올랐구나' 하고 생각했다. 그리하여 조용히 말했다.

"자네가 원한다는 게 모두 그뿐이라면 문제는 간단하네. 자네 말이 옳아. 그렇다면 게르베르사우 병원 앞으로 편지를 쓰기로 하겠네. 자, 그럼 가서 좀 눕도록 하지. 피로할 것일세. 너무 말을 많이 했으니까."

마홀드는 다리를 끌며 방으로 들어가는 크눌프의 뒷모습을 보았다. 지난날 그에게서 준어 낚시질을 배우던 어느 해 여름이 갑자기 생각났다.

그는 아이들을 다루는 재주가 있어 늘 친구들을 거느리던 일과 순진했던 열두 살 때의 상기된 얼굴이 연상되었다.

'불쌍한 사람이야.'

하고 그는 가슴이 설레이는 감격한 마음을 안고 일을 시작하려고 분주히 일어섰다.

그 이튿날 아침은 안개가 끼어 있었고 크눌프는 종일 누워있었다. 의사는 몇 권의 책을 가져다주었지만, 그는 거의 손도 대지 않았다. 그는 기분이 불쾌한데다 압박감을 느끼고 있는 게 분명했다.

그것은 친절한 시중과 간호를 잘 받고 좋은 침대와 가벼운 식사 대접을 받는 데서 죽는 날이 가까워져 있다는 생각을 지금까지 보다 더 확실히 피부로 느꼈기 때문이다.

이대로 더 누워있으면 다시는 일어나지 못하고 죽어버릴 것만 같은 생각이 들어 기분이 언짢았다. 산다는 것은 그에게 있어서 그리 문제가 되지 않았다. 다만 죽기 전에 게르베르사우를 다시 한번 보고 싶다는 욕망만이 가득했다.

그리하여 고향의 강과 다리와 시장과 지난날 아버지가 가꾸셨던 정원과 또한 그의 가슴에 새겨져 있는 프란치스카를 한 번 더 보고, 세상을 떠나고 싶었다. 그 이후의 연애 사건은 이제 모두 잊어버리고 말았다.

그것은 마치 그 길고 긴 방랑 생활이 지금에 와서는 짧고 쓸모없는 일같이 보이는 반면에 신비스러운 소년 시절이 새로운 빛과 매력을 가지게 하는 것과 같았다.

그는 간소하게 꾸며진 응접실을 유심히 둘러보았다. 오랫동안 그렇게 좋은 곳에서 지내보지 못했다. 그는 실로 떠서 만든 시트며 부드럽고 무늬 없는 털이불이며, 아름다운 베갯잇을 주의 깊게 보며 만져 보았다.

매우 단단한 나무로 된 마루며 벽에 걸려 있는 사진이 그의 시선을 끌었다. 사진은 베니스 총독 관저였고, 그것은 액자에 잘 장식되어 있었다.

그러고 나서 뜬 눈으로 누워있었다. 무엇을 보는 것도 아니고 다만, 피로해져서 몸이 점점 쇠약해져 간다는 것을 생각하고 있었다. 그러자 갑자기 일어나 재빨리 허리를 굽혀 침대에서 장화를 끌어 올리더니 세밀하고 익숙하게 조사를 하는 것이었다. 장화는 이미 낡아 있었지만, 10월이었으므로 첫눈이 내리기 전까지는 신을 수 있을 것 같았다.

그러나 그 후에는 신을 수 없을 것 같았다. 마홀드에게 헌 신발한 켤레를 얻었으면 하는 생각이 들었다. 하지만 그렇게 하면 오해를받을 것이므로 그렇게 할 수가 없었다. 병원에 입원한다면 신발이무슨 소용이 있겠는가. 그는 구두의 떨어진 부분을 조심스럽게 만져보았다.

구두약을 잘 칠해서 신는다면 적어도 한 달은 더 신을 수 있을 것같았다. 그러므로 신발에 대한 걱정을 더 이상 할 필요가 없다고단정했다. 오히려 이 헌 신이 자기보다 오래 견딜 것 같았다. 그리고큰길에서 자기의 모습이 사라진 뒤에도 신만은 더 신을 수 있을 것같았다.

그는 장화를 내려놓고 긴 한숨을 쉬려고 하였다. 그러나 가슴이아프고 기침이 나기 시작했다. 조용히 누워서 기침이 멎기를기다렸다. 자주 숨을 몰아쉬며 마지막 소원을 이루기도 전에 병세가악화가 되지 않을까 하는 걱정이 들었다.

그에게는 그러한 변화가 여러 번 있고 해서 다시 한번 죽음에관하여 생각해 보았다. 그러나 너무 피로를 느낀 나머지 잠이 오기시작하였다. 그로부터 한 시간쯤이 지난 후에 깨어났다.

하루 온종일 잔 것같이 머리가 깨끗해지고 마음은 침착하게가라앉아 있었다. 그는 마홀드에 대해서 생각했다. 그리고 이곳을떠난다면 무엇인가 감사의 뜻을 표시해야 한다는 생각이 들었다.그래서 그는 마홀드가 시에 관한 것을 물어온 것이 생각이 나서 자작시를 한 편 써놓고 싶었다.

그러나 기억 나는 시는 하나도 없었고 마음에 들지도 않았다. 창

너머로 가까운 숲속에 안개가 잔뜩 낀 것이 바라보였다. 그리하여 오랫동안 그것을 바라보고 있으려니까 한 생각이 떠올랐다. 어제 방안에서 집어 둔 연필 토막을 들고 옆에 놓여 있는 작은 책상 서랍에서 깨끗한 종이를 꺼내어 짧은 시 한 편을 썼다.

안개가 내리면
꽃은 모두 시들어 지리
사람은 모두
죽음에 이르러
무덤에 묻히리
사람도 또한 꽃도
봄이 오면 다시 태어나서
앓지 않고 건강하리라

그는 쓰던 손을 멈추고 읽어 보았다. 시는 운도 맞지 않았지만, 그가 하고 싶었던 말이 대략 그 속에 담겨져 있었다. 연필에 침을 묻혀 그 밑에 다음과 같은 말을 적었다.

—의사 마홀드군 앞. 친구 K로부터

그렇게 쓰고나서 그 쪽지를 책상 서랍에 넣었다.

그 이튿날은 더욱 안개가 자욱하게 끼었으나 날씨는 몹시 차가웠다. 한낮이 되어서야 햇빛을 볼 수 있었다. 의사는 크눌프의 간절한 청에 못 이겨 일어났다. 그리고 게르베르사우 병원에 입원실을 얻고 거기에서 그를 기다리고 있겠다고 말하였다.

"그럼 점심을 먹은 후에 가기로 하세. 시간은 네 시간이나 다섯 시간쯤 걸릴지도 몰라."

크눌프가 말했다.

그러자 마홀드는 웃으며 소리를 높여 대답하였다.

"걸어가는 것은 절대로 안 돼. 지금 자네의 힘으로는 갈 수가 없어, 차편이 되면 나와 함께 가기로 하세. 혹시 읍장에게 부탁해보면 어떨까. 과일이나 감자 같은 것을 실은 마차가 거기까지 갈 일이 있을지도 몰라. 하루 이틀 늦어도 상관없지 않은가."

크눌프는 그렇게 하기로 하였다. 그리고 읍장 집 하인이 내일 송아지 두 마리를 가지고 게르베르사우로 간다는 것을 알게 되자, 그 마차를 타고 가기로 결정하였다.

"좀 더 두꺼운 옷이 필요하지 않을까? 내 옷을 입으면 되겠는데, 자네에게 클지 모르겠네?"

이렇게 말하고 마홀드가 가져온 옷을 입어본 크눌프는 마음이 흡족했다. 좋은 옷감에 손질까지도 말끔하게 되어 있었다. 크눌프는 지난날 어린 시절처럼 기뻐하며 단추를 엇갈리게 입어 보았다. 마홀드는 그가 하는 것을 하나하나 흥미롭게 바라보더니 넥타이도 하나 내주었다.

오후에 크눌프는 몰래 새 양복을 입어 보았다. 모양이 있는 것을 보자, 그때서야 요즈음 면도를 하지 못한 것을 부끄럽게 여겼다. 가정부를 시켜 친구의 면도기를 빌려달랄까 생각해 보았지만, 차마 그럴 용기가 없었다.

그리하여 이 마을에서 대장간을 하는 아는 사람에게 가서 빌리려고 마음먹었다.

대장간은 쉽게 찾을 수 있었다. 그는 공장으로 들어가서 옛날 직공들이 하는 식으로 말하였다.

"처음 뵙겠습니다. 일자리를 좀 얻을까 하는데요."

주인은 냉정한 태도로 그를 바라다보았다.

"자네는 철공소 일을 할 사람이 아니야. 내 눈은 속일 수가 없어."

하고 침착하게 말하는 것이었다.

"그래, 주인 말이 옳아."

하고 크눌프는 웃으면서 말했다.

"역시 주인은 사람을 볼 줄 아는군. 헌데 왜 나를 몰라본단 말인가. 오래전에 난 음악을 하고 있었지. 자네는 토요일 밤이 되면 내 손풍금에 맞추어 하이테르 바에서 춤을 추지 않았나!"

대장간 주인은 눈을 찡긋하더니, 그대로 줄질을 몇 번 하고 나서 크눌프를 밝은 곳으로 끌고 가더니 자세히 보는 것이었다.

"아, 이제야 알겠어."

하고 웃으면서 그는 말했다.

"맞아, 크눌프일세 그려. 오래 못 보았더니 많이 늙어 보이는군. 그래, 불라흐에는 무슨 일로 왔지? 십 페니와 포도주 한 잔쯤은 줄 수 있네."

"그래 좋은 말이야. 그건 받은 것으로 할게. 한 가지 부탁이 있어. 오늘 저녁 춤을 추러 가야 할 텐데 면도칼을 한 십오 분 동안만 빌려

줄 수 없겠나."

주인은 손가락질을 하면서

"에잇, 거짓말 말게. 아직도 여전하구면. 내가 보기에는 춤출 것 같지 않은데."

하고 말하는 것이었다.

크눌프는 유쾌한 듯이 껄껄 웃었다.

"자네는 뭐든지 너무 잘 알아. 법관이 되지 못한 것이 잘못이야. 사실은 내일 입원을 하게 되는데, 이렇게 수염이 덥수룩한 체로 병원에 갈 수 없다는 것을 자네도 알지 않나! 마홀드가 주선하여 주었지. 그러니 나에게 면도칼을 좀 빌려주게. 삼십 분 후에 다시 돌려줄 테니까."

"하지만 면도칼을 갖고 어디로 갈 작정인가?"

"의사한테 가야지. 난 거기서 묵고 있다네. 좀 빌려주게."

대장간 주인은 아직도 믿어지지 않는 모양이었다. 그는 믿지 못하고 있었다.

"주기는 주겠네만, 내 면도칼은 보통 면도칼이 아닐세. 진짜 소링게르에서 만든 면도칼이야. 꼭 돌려주어야 하네."

"그 점은 염려 말겠나."

"참, 자네 좋은 웃옷을 입고 있네 그려. 면도하는 데 그런 옷은 필요 없지 않은가. 내가 말하고 싶은 건 그것을 벗어 맡겨두었다가 면도칼을 돌려줄 때 찾아가면 어떻겠나."

크눌프는 얼굴을 찌푸렸다.

"좋아, 자네는 매우 고상한 편은 아니나 그래도 난 상관없어."

그리하여 대장간 주인은 면도칼을 가져왔고, 크눌프는 빌리는 담보로 웃옷을 맡겼다.

그러나 먼지투성이의 대장장이가 그것을 만질 생각을 하니 견딜 수 없었다. 그리고 삼십 분 후에 다시 와서 소링게르제 면도칼을 돌려주었다. 그의 덥수룩하게 자랐던 턱수염이 없어져 딴 사람같이 보였다.

"이제 귀 뒤에 패랭이꽃이라도 하나 꽂으면 새신랑 같겠는데."

하고 대장간 주인이 칭찬하듯 말했다.

그러나 크눌프는 더 농담할 생각이 나지 않아서 웃옷을 받아들고 간단히 고맙다는 인사를 한 다음 그곳을 떠났다.

집 앞에 다 왔을 때 의사를 만났다. 의사는 놀란 표정을 하며 그를 붙잡았다.

"어디를 그렇게 나다니나? 이거, 다른 사람같이 보이는데! 응, 면도를 다 하구! 자넨 아직 어린애 같아!"

그러나 의사는 그가 마음에 들었다. 그리하여 크눌프는 그날 저녁에도 붉은 포도주를 대접받게 되었다. 두 동창의 송별연이었다. 두 친구는 될 수 있는 대로 기분을 돋구어 기분 나쁜 이야기는 입 밖에 내려고 하지 않았다.

그 이튿날 아침에 읍장 집의 하인이 약속대로 마차를 끌고 왔다. 마차에는 송아지 두 마리가 우리 속에서 찬 아침 공기에 무릎을 떨며 눈을 반짝이고 있었다.

첫서리가 목장에 내렸다. 크눌프는 마차 앞에 하인과 함께 앉아서 무릎 위에 담요를 덮었다.

의사는 그의 손을 한 번 꽉 잡고 나서 하인에게 반 마르크짜리 동전을 주었다. 하인은 파이프에 담뱃불을 붙였다. 이윽고 마차는 소리를 내며 숲속으로 사라져버렸다.

크눌프는 조는 듯한 눈빛으로 아침의 찬 하늘을 바라보고 있었다.

그러나 잠시 후에 해가 뜨고 햇살이 따뜻해지자 마차 앞에 앉은 두 사람은 말을 하기 시작했다. 하인은 게르베르사우에 다다르면 송아지를 실은 채로 길을 돌아서 병원까지 데려다주겠다고 말했지만, 크눌프는 이를 사양했다.

그리하여 그들은 거리 입구에서 서로 헤어졌다. 크눌프는 그 자리에 서서 마차가 가축 시장이 있는 단풍나무 밑으로 사라지는 것을 바라다보고 있었다.

그는 한번 씨익 웃더니 그 고장 사람들만이 알 수 있는 사잇길로 접어들었다. 다시 자유스러운 몸이 되었다. 병원에서 기다리건 말건 알 바가 아니었다.

오랜만에 또다시 고향 땅을 밟게 된 크눌프는 일광과 대기, 여기저기서 풍겨 오는 아름답고 향기로운 친밀감들, 농부들이 시장에서 떠드는 소리, 갈색 밤나무의 밝은 그늘, 거리 성벽에서 춤추는 검은 가을 나비의 모습, 광장의 샘에서 사방으로 흩어져 흐르는 듯한 물소리, 통술집의 아취형 지하실 입구에서 들리는 빈 통 두들기는 시끄러운 소리와 술 냄새, 지금도 이름을 잘 알 수 있는 거리들, 그 어느 하나라도 그에게는 추억의 대상이 아닌 것이 없었다.

크눌프는 얼마 동안 잃어버렸던 고향을 다시 찾아 돌아와 보니 모두가 새롭고 길모퉁이와 주변의 돌까지도 친근감과 회상을 느끼게 해주어, 그는 오후 내내 고향의 골목과 거리를 헤매고 다녔어도 피로한 줄을 몰랐다.

강변에 있는 칼 가는 집에서 흘러나오는 소리를 엿듣기도 하고, 선반공장의 유리 창문을 통하여 공장 안을 구경할 수 있었으며, 새로 칠한 간판에 씌어진 알 수 있는 집들의 이름을 읽기도 하였다.

광장에 있는 샘물에 손을 씻고, 작은 수도원장 집의 우물에서 갈증을 풀었다. 이 우물은 아주 오래된 지하에서 옛날부터 한결같이 콸콸 솟아나는 석간수로 밝은 햇빛을 받으며 철철 흘러넘치는 것이었다.

강변에서는 오랫동안 서 있었다. 물 위에 놓인 목제 난간 위에 서서 검은 수초가 긴 머리카락처럼 흔들리며 물 위에 떠 있는 모양이며, 조약돌 위에 유선형의 등을 세우고 멈춰 있는 검은 물고기를 바라보았다.

그는 낡은 나무다리를 건너 중간쯤에 와서는 무릎을 굽혀 다리를 흔들리게 하여 어릴 때처럼 다리의 탄력 있는 반동을 느껴 보려고 하였다.

그는 천천히 걸었다. 잔디밭에 있는 작은 교회의 보리수며, 옛날 그가 즐기며 수영하던 윗쪽 물레방앗간의 둑이 그대로 있었다.

옛날에 아버지가 살고 계시던 집 앞에 와서는 잠시 서서 낡은 대문 옆에 기대어 보았다. 그리고 정원도 살펴보았다. 친밀감이 없는 새로운 철조망 위로 새로 심은 나무들이 보였으나 비에 허물어진 축대와 문 옆에 있는 둥글고 우뚝 선 돌배나무는 옛날 그대로였다.

크눌프는 여기서 라틴어 학교를 쫓겨나기 전까지 즐거웠던 어린 시절을 보냈었다.

이곳에서 그는 한때 지극한 행복, 남김 없는 모든 만족, 그리고 괴로움 없는 축복을 맛보았다.

앵두를 몰래 따 먹던 여름이 생각났다. 사랑스러운 골드락, 재미 있는 메꽃, 부드러운 제비꽃을 가꾸며 즐기던 정원은 이제 없어졌다.

여러 가지 꽃들은 피어나면 곧 저버렸다. 토끼장, 일터, 도마뱀 집, 정향나무를 파서 만든 간이수도, 감나무로 만든 수차 바퀴 등이 떠올랐다.

고양이가 잠자는 지붕 어느 구석이든 모르는 곳이 없었고, 과일이 열리는 곳치고 모르는 곳이 없었다. 나뭇가지를 타고 푸른 꿈을 꾸었었다. 온 집안이 그의 세상이었으며, 이 작은 세상은 언제나 사랑으로 가득하였다.

여기에 있는 모든 나무, 모든 담은 그에게 있어 특별한 의미와 감정과 역사를 주었다. 비가 올 때나 눈이 내릴 때마다 그를 덮어 주었고, 하늘도 땅도 그의 꿈과 희망 속에서 살며 그와 함께 숨 쉬었다. 지금 역시 그러하다.

이곳에 사는 사람이나 정원의 소유자로서 어느 누가 그보다 더 이 모든 것을 소유하며, 그 가치를 인정하여 주고, 그것들과 대화하며 여러 가지 회상을 가질 수 있을 것인가. 이렇게 크눌프는 생각하는 것이었다.

근처 지붕 사이로 화려한 집의 회색 꼭대기가 우뚝 솟아 있었다. 그곳은 지난날 피혁공 하지스가 살던 곳이었다. 소녀들과 같이 비밀 이야기를 하고, 재미있게 친구들과 놀다가 장난을 끝낸 곳도 그곳이었다. 싹트는 정욕을 느끼며 그곳을 떠나 저녁 어두운 거리를 걸어 집에 돌아온 일도 많았다.

피혁공 딸의 땋아 늘인 머리를 풀어주기도 하고 아름다운 프란치스카의 키스에 황홀함을 느끼던 곳도 그곳이었다. 오늘 저녁 늦게나 적어도 내일 아침까지는 그곳에 꼭 가 보리라고 그는 생각하였다.

그러나 지금에 와서는 그런 회상들이 그의 마음을 붙들지 못하였다. 그보다도 더 어렸을 때의 어떤 한 시절의 일이 회상되어 다른 모든 일이 그로 인하여 희생되어도 좋다는 심정이었다.

그는 한 시간 이상을 담에 기대어 정원 안을 내려다보았다. 그가 보고 있는 정원은 새로운 낯선 정원이 아니었다. 그곳에는 푸른 딸기 덩굴이 이미 열매가 떨어지고 누런 퇴색한 가을빛을 띠고 있었다.

그는 옛날의 아버지가 가꾸던 정원을 회상하였다. 작은 화단에 그가 심은 어린 꽃들, 부활절 일요일에 심은 앵초, 유리 같은 봉선화, 돌로 쌓은 작은 돌 더미, 그 돌 더미에다 몇백 번이나 도마뱀을 잡아다가 놓아 주었으나 불행하게도 한 놈도 그곳에 남아 가족이 되려고 하지 않았었다. 그래도 자꾸 잡아다가 기대와 희망을 가지고 되풀이하여 보는 것이었다.

세상에 널려 있는 모든 집과 정원, 모든 꽃과 도마뱀과 작은 새를 오늘 바로 이 시간에 자기에게 다 준다 하여도, 그것은 그때의 작은 정원에서 자라나 아름다운 꽃잎을 방긋이 내밀던 한 포기의 여름꽃의 기묘한 반짝임에 비하면 아무것도 아닌 것이라는 생각이

들었다.

또한 그때에는 뱀딸기 덩굴도 있었다. 그 한 포기 한 포기를 아직까지도 생생하게 기억할 수 있었다. 그러나 지금은 간 데가 없었다. 그대로 영원히 남아 있을 수는 없었다. 누가 뿌리째로 뽑아서 불태웠는지도 모르는 일이며, 그렇게 했다고 하여도 누구 하나 그것을 서러워하지도 않았을 것이다.

그렇다, 마홀드와 같이 신나게 뛰어놀던 곳도 이곳이었다. 그는 지금 의사이며 신사가 되어서 마차를 타고 환자의 집을 방문하고 있다. 그는 옛날이나 지금이나 변함없이 선량하고 정직한 사람이었다.

크눌프도 그때는 지혜로웠으며 몸도 튼튼하였고 신앙심도 강하고 수줍음도 잘 탔으며 남을 잘 믿는 사랑스런 기대에 찬 소년이었는데, 지금은 얼마나 변했는가?

바로 이 자리에서 그는 마홀드에게 메뚜기 넣는 통이며 곤충을 넣는 주머니를 만드는 법을 가르쳐 주었었다. 그는 그때 마홀드의 선생 격이었고, 키도 컸고, 지혜도 더 있어 그로부터 부러움을 사는 친구였다.

옆집에 서 있는 정향나무는 늙은 고목이 되어 이끼에 덮인 채 죽어 있었다. 그리고 또 다른 집 뜰에 있던 판잣집도 쓰러져 있었다. 그 장소에 다시 그와 같은 집을 똑같이 짓는다고 하여도 옛날과 같이 마음이 즐거운 곳일 수는 없을 것이다.

크눌프가 풀에 덮인 사잇길을 걸어 그곳을 떠났을 때에는 어둡고 쌀쌀한 찬 기운이 도는 무렵이었다. 새로 지은 교회의 탑이 거리의 모습을 변하게 하였다. 때마침 그 교회에서 낯설은 종소리가 높게 흘러나오고 있었다.

그는 피혁공장의 문을 통하여 그 정원 안으로 들어섰다. 일이 끝나서인지 아무도 보이지 않았다. 부드러운 땅을 말없이 밟으며 가죽에 회색 물을 들이기 위한, 뻥 뚫린 구멍 옆을 지나 돌담 있는 곳까지 갔더니, 푸르게 이기 긴 돌 위로 빗물이 검은빛을 띠고 흐르고 있었다.

그곳은 어느 날 저녁에 맨발을 물속에 담그고 프란치스카와 같이 나란히 앉아 있던 장소였다.

크눌프는 그때 그녀가 배반하지만 않았더라면, 자기는 지금의 상태에까지는 이르지 않았을 것이라고 생각했다.

라틴어 학교의 공부를 게을리하여 쫓겨났지만, 그래도 좀 더 다르게 될 수 있는 힘과 소질과 의지력은 있었을 것이다. 평탄하고 명랑한 생활이 있었을 것이다. 그러나 그때 그는 자포자기가 되어 주저앉고 말았다.

또한 주위에서는 그에게 말조차 걸어보는 사람이 없었다. 그리하여 그는 예외자, 이방인이었으며 방관자가 되어서 청년 시절에 사랑을 받던 그가, 이제는 그 누구에게도 사랑받지 못하고, 늙고 병든 외로운 사람이 되어 버린 것이다.

크눌프는 피로감을 느낀 나머지 낮은 돌담 위에 앉았다. 흐르는 냇물 소리가 그의 생각을 어지럽게 하였다. 그때에 머리 위로 보이는 창문에 불이 켜졌다. 벌써 이렇게 늦었나 하고 놀랐으나, 아무도 자신을 알아볼 리 없으므로, 상관없을 것이라는 생각이 들었다.

그는 가만히 정원을 지나 문밖으로 나와서 웃옷을 여미어 단추를 채우고 잠잘 곳을 생각하였다. 의사가 준 돈이 있었다. 그리하여 잠시 생각한 끝에 어떤 하숙집으로 갔다.

천사여인숙이나 백조여인숙으로 갈 수도 있었다. 그곳은 아는 집이며 친구들도 만나볼 수 있을지도 모른다. 그러나 지금의 그는 그런 것을 생각할 마음의 여유가 없었다.

이 작은 마을도 많이 변해 있었다. 옛날 같으면 그런 것에 일일이 관심거리가 되었으나, 지금의 그는 새로운 것보다는 옛날 그대로의 모습이 보고 싶었다.

프란치스카가 죽었다는 소식을 듣자, 모든 것이 생기가 없게 보였다.

방랑자인 그가 고향 땅에 오고 싶었던 것도 그녀를 한 번만이라도 보기 위해서였다. 거리를 헤매고 정원의 샛길을 걸어 다니고 하여 아는 사람들을 만나 동정어린 말을 들어본들 무슨 소용이 있단 말인가.

그는 좁다란 우체국 길에서 우연히 그곳 보건소 직원을 만나게 되자, 갑자기 병원에서 자기를 찾고 있지 않을까 하는 생각이 들었다. 그는 곧바로 제과점에서 빵 두 개를 사서 웃옷 호주머니에 넣고 아직 점심때가 되지 않았지만, 거리를 지나서 험한 산을 오르기 시작하였다.

산길은 꼬불꼬불 뻗어 끝에 가서 굽어 있었다. 그곳 숲 옆에 흙투성이가 된 한 사나이가 돌 위에 앉아서 자루가 긴 망치를 들고 푸른 회색의 석회돌을 가루로 빻고 있었다. 크눌프는 그를 유심히 보고 나서 인사를 하며 발을 멈추었다.

"안녕하시오."

그러나 그 사나이는 고개도 돌리지 않고 그냥 망치질을 계속하는 것이었다.

"날씨가 추워질 모양입니다."

크눌프는 다시 말을 걸어 보았다.

"글쎄요."

석공은 무뚝뚝하게 말하면서 눈을 들어 바라본다. 길에 비치는 대낮의 햇살이 반사되어 눈이 부신 모양이었다.

"어디를 가십니까?"

"로마로 가서 법왕을 뵈올까 하는데 아직 멀지요?"

크눌프는 이렇게 말하였다.

"오늘 안으론 못 가실 겁니다. 여기저기 볼 것 다 보고 남의 일을 방해하며 가시다가는 일 년이 넘어도 못 가실 것입니다."

"그렇게 생각하십니까? 뭐, 바쁜 일도 없습니다. 꽤 부지런하십니다. 안드레스 샤이플레님."

석공은 손을 눈등에 대고 나그네를 자세히 바라본다.

"나를 아시오?"

그는 잠시 생각하다가 말을 이었다.

"나도 알 것 같은데, 이름이 잘 생각나지 않는구면요."

"그럼 저기 장사하는 할아버지께 물어보시지. 우리들이 지난 90년 경에 어디 있었느냐고 말요. 아마, 그 영감님도 돌아가셨겠지만."

"벌써 돌아가셨지요. 이제 겨우 생각나는군. 자네는 크눌프가 아닌가? 이리 와서 좀 앉게나. 이거 정말 미안한데!"

크눌프는 그의 곁에 앉았다. 빨리 언덕을 올라왔기 때문에 몹시 숨이 가빴다.

이제거야 비로소 산 아래 거리가 아름답게 바라보였다. 푸른 강, 붉고 푸른 지붕들, 그 사이로 푸른 나무들이 작은 섬같이 보이는 것이었다.

"좋은 곳에서 일하시는군."

그는 숨을 들이마시며 말하였다.

"그렇지. 불평할 수야 없지. 그런데 자넨? 옛날엔 이런 산을 힘들이지 않고 올라오지 않았나. 안 그런가? 그런데, 지금의 자네는 금세 숨이 끊어질 것 같네 그려. 자넨 고향에 다시 돌아온 길인가?"

"그렇다네, 샤이플레 군. 아마 이번이 마지막 같네."

"왜 그런 말을 하나?"

"이젠 폐가 아주 나빠졌어. 그 누구도 어떻게 할 방법이 없겠지."

"고향에 그대로 남아서 열심히 일을 하고 처자도 거느리고 집도 있었다면, 그렇게 되지는 않았을 것일세. 지금에 와서 이런 말을 한들 무엇하겠나. 자네야 전부터 알고 있을 터인데, 이제 와서는 다 별수 없지. 그래 대단히 나쁜가?"

"글쎄 잘 알 수는 없네. 아니 진작부터 알고는 있었지. 언덕을 내려가듯이 매일 조금씩 더해 간단 말이야. 그래서 혼자일세. 누구에게도 부담을 주지 않으면 훨씬 마음이 편하다네."

"어떻게 하든지 자유지만, 그건 슬픈 일이야."

"그렇지도 않아. 누구나 한번은 죽는 것 아닌가. 석공도 마찬가지야. 이 사람, 지금 이렇게 우리 둘이 앉아 있지만, 그렇게 자신만만하게 생각할 수는 없는 것이 우리 생명이야. 자네는 벌써 이전에도 딴생각을 가졌었지. 그때 자네는 철도 자살을 하겠다고 하지 않았나?"

"그런 옛이야기는 그만두세."

"그런데 아이들은 잘 자라는가?"

"아무 탈 없네. 야곱이라는 큰 녀석은 벌써 제 밥벌이를 하고 있다네."

"그래? 너무 세월은 빨라. 자, 그럼 좀 걸어 볼까."

"그렇게 바쁠 것이 없지 않나. 참 오래간만일세! 내가 뭐 도움이 될 것이 있다면 말해 주게. 지금은 별로 가진 것이 없네. 그렇지만 반 마르크는 갖고 있을 것일세."

"자네나 쓰게나. 어쨌든 고맙네."

그는 더 말하고 싶었으나 가슴에 통증이 와서 입을 다물었다.

석공은 그에게 술병을 기울여서 마시게 하였다. 그들은 잠시 동안 멀리 거리를 내려다보았다.

물레방앗간의 물줄기들이 햇빛에 빛나고, 한 대의 마차가 돌다리를 건너가는 것이 보였다. 제방 밑에는 두루미 떼들이 한가로이 날고 있었다.

"잘 쉬었으니, 또 가 봐야지."

크눌프는 다시 입을 열었다.

석공은 앉아서 뭔가 생각하고 있더니 머리를 옆으로 흔들었다.

"이봐, 크눌프! 자네는 그렇게 방랑하는 사람이 안 될 수도 있었을 텐데."

그는 조용히 말을 이었다.

"자넨 역시 참으로 불쌍한 사람이군. 크눌프, 알겠나. 나는 신자는 아니야. 그러나 성경 말씀은 그대로 믿네. 자네도 생각해 보게. 여러 가지 이유가 있겠지만, 모든 것이 그리 쉽게 되는 것은 아니야. 자네는 남들보다 뛰어난 재능을 가지고도 그것을 적절히 사용하지 못했단 말이야. 이런 말 한다고 화는 내지 말게."

크눌프는 웃었다. 그의 눈은 빛났으나 옛날과 같이 악의는 없었다.

그는 친구의 어깨를 가볍게 치며 일어났다.

"이제 알게 될 것일세. 샤이플레! 인자하신 하나님은 아마, 너는 왜 지방법원 판사가 되지 않았지 하고 묻지는 않으실 거야. 이 어린애 같은 녀석 또 왔구나 하고 말씀하시겠지. 그리고 아이 보는 일 같은 쉬운 직업을 주실 것일세."

안드레스 샤이플레는 푸르고 희게 물들여진 셔츠를 입고 있는 어깨를 들먹거렸다.

"자네와는 진실된 말은 할 수 없어. 자네가 천국에 가면 하나님이 농담밖에 안 하는 걸로 생각하고 있을 테니 말이야."

"꼭 그렇지만은 않을 걸세. 말하자면 그럴 수도 있단 말이지, 안 그런가."

"그렇게 말하진 말게!"

그들은 서로 악수를 하였다. 그때에 석공은 그에게 주려고 바지 호주머니에서 몰래 꺼냈던 은전 한 닢을 주었다. 크눌프는 친구의 호의를 무시하지 않으려고 거절하지 않고 받았다.

크눌프는 정다운 고향의 계곡을 다시 한번 보고 돌아서서 옛친구 안드레스 샤이플레에게 가볍게 머리를 끄덕하였다. 기침을 하면서 걸음을 재촉해 어느덧 저쪽 숲 사이로 사라지고 말았다.

찬 안개가 자욱하게 낀 날이 며칠 지나고 날이 맑아 늦게 피는 글록겐 꽃과 날씨가 차가워진 후에 익는 검은 산딸기를 볼 수 있었다.

이렇게 두 주일이 지나자 갑자기 겨울이 닥쳐왔다. 찬 서리가 내리고 사흘쯤 날이 풀리더니 이내 큰 눈이 내리는 것이었다.

크눌프는 그동안 계속해서 밖으로만 나다녔다. 고향의 주변을 목적도 없이 헤매였고 숲속에 숨어서 석공을 몰래 두 번이나 보았으나, 다만 그 모습을 관찰하였을 뿐 말은 걸지 않았다.

그에게는 생각해야 할 문제가 너무 많았다. 끝없고 쓸모없는 괴로운 삶의 길을 걸으며 질기고 엉킨 들장미 덩굴같이 복잡한 일생의 착잡한 생각에 골똘히 빠졌으나, 거기서는 아무런 의미도 위안도 발견할 수가 없었다. 그 후에 병이 다시금 중하게 되었다.

어느 날 갑자기 게르베르사우로 가서 병원문을 두드릴까 하는 마음도 먹었다. 그러나 하루종일 혼자 있다가 산밑의 거리를 내려다보니, 모든 것이 낯설고 자기에게 적의를 품고 있는 것 같은 생각까지 들었다. 그리고 나는 이미 이곳 사람이 아니라는 생각이 그에게 실망감을 주었다.

그는 때때로 마을에 가서 빵을 사 왔다. 산에는 개암 열매가 많았다. 밤에는 목부들의 통나무집이나 밭에 있는 건초더미 속에서 지냈다.

크눌프는 눈이 쌓인 볼프스 산을 넘어 산골짜기에 있는 물레방 앗간 쪽으로 걸어갔다.

그는 쇠약하고 몸이 피로하였으나 그냥 계속 걸어 마치 얼마 남지 않은 생명을 최대한 이용하여 모든 숲과 숲길을 그냥 걸어 다니는 것이었다. 병들고 피로하였으나, 그의 눈과 코는 옛날의 민활한 때를 잃지 않고 그대로 생생하였다.

민첩한 사냥개와 같이 잘 보고 냄새도 잘 맡았으며, 이미 아무런 목적도 없어진 지금의 그는 웅덩이며 바람의 차가움이나 짐승의 발자국을 모조리 알 수 있었다. 그는 이미 의지를 잃은 지 오래였고 다만, 발만이 걸어가고 있었다.

그러나 수일 동안을 쭉 그랬듯이 생각하는 면에 있어서는 지금도 다시 인자하신 신 앞에 서서 함께 끝없이 대화를 나누는 것이었다. 그는 상대를 조금도 무서워하지 않았다. 신은 인간을 지배할 수 없다고 생각하는 까닭이었다.

그러나 신과 크눌프는 서로 그의 생애가 쓸데없었다는 것을 말하고 있었다. 그리고 어떻게 했어야 지금과 달라졌을까. 모두가 이렇게밖에 되지 않은 것이 어떤 원인에 의해서인가를 대화하고 있었다.

"그때의 그것이 원인입니다."

크눌프는 되풀이하여 강경히 자신을 주장하는 것이었다.

"제가 열네 살 때에 프란치스카가 나를 버린 것이 원인입니다. 그 일만 없었더라면, 모든 것이 잘 되었을 것입니다. 그러나 그 이후

저에게는 무엇이 파괴되었다고 할지, 폐인이 되었다고 할지, 그때부터 저는 아무 쓸모 없는 인간이 되어버렸습니다.

아, 잘못이 있다면 열네 살 났을 그때에 당신이 저를 죽게 하시지 않은 것이었습니다! 그렇게 하셨더라면 저의 생은 잘 익은 사과와 같이 아름답고 완전한 것이 되었을 것입니다.”

인자하신 신은 그러나 웃으실 뿐이었다. 그리고 그의 얼굴은 때때로 눈보라 속에 파묻혀 없어지는 것이었다.

“이봐, 크눌프!”

신은 타이르듯 말씀하셨다.

“그대의 청년 시절을 생각해 보라. 오덴발드에서 지낸 여름과 레히 슈뎃텐에서 보낸 일들을 생각해 보라! 그때 그대는 어린 사슴같이 춤추며 아름다운 생이 전신에 약동하는 것을 느끼지 않았는가?

그대는 노래도 부르고 하모니카도 잘 불어서 처녀들의 눈을 황홀케 하지 않았는가? 바우에르즈빌에서 지낸 일요일들을 벌써 잊었는가?

그리고 최초의 연인이었던 헨리엣트를 잊었는가? 그래도 모든 것이 허사였단 말인가?”

크눌프는 과거를 다시 회상해 보지 않을 수 없었다. 젊은 날의 즐겁고 기뻤던 여러 가지 일들이 아련히 아름답게 피어오르며 꿀과 포도주같이 강렬하고 달콤하게 느끼며, 이른 봄밤의 바람같이 훈훈하게 불어오는 것이었다.

‘신이여, 그것은 참 아름다웠습니다. 환희도 비애도 다 아름다웠 습니다. 그런 일이 하루라도 없었다면, 나의 하루하루의 생활은

너무나 비참하였으리라.'

"네, 참으로 아름다웠습니다."

그는 그것을 시인하면서도 피곤한 어린이같이 반항적이고 울고 싶은 심정으로 가득 찼다.

"그때는 참으로 아름다웠습니다. 물론 거기엔 죄와 슬픔이 깃들어 있었습니다. 그러나 행복하였던 것은 사실입니다. 다만, 그때의 저처럼 술을 마시고 춤을 추며 매일 밤 사랑을 속삭이면서 지낸 사람도 그리 많지 않을 것입니다. 그러나 그때 전 그것으로 그만 끝났어야 할 것이었습니다. 행복 속에는 가시가 꽂혀 있었습니다. 저는 기억을 잘합니다. 그 이후에는 다시 그런 좋은 시절이 돌아오지 않았습니다. 아니 결코 다시는 말입니다."

그러자 인자하신 신은 멀리 눈 속으로 사라지는 것이었다. 크눌프는 숨을 쉬려고 발을 멈추었다. 눈 위에 작은 핏방울을 토했다.

그때에 신이 홀연히 다시 나타나서 대답하는 것이었다.

"크눌프, 말을 해봐. 그대는 나의 은혜를 모르는 사람이 아닌가? 나는 그대가 건망증이 심한 것을 웃을 수밖에 없어! 그대가 한때는 무도회의 왕자로 지내던 일과, 헨리엣트의 일을 회상하고 나서, 그때는 참으로 아름답고 훌륭했으며 행복하고 즐거웠다고 인정하지 않았던가. 헨리엣트를 그렇게 생각했다면, 리자베트에 대해서는 어떻게 생각하지? 그 여자에 관한 것은 일체 잊어버렸다는 말인가?"

그러자 크눌프의 눈에는 지난날의 한 장면이 한 줄기 산맥과도 같이 떠올랐다. 그것은 조금 전의 회상처럼 즐겁고 유쾌한 것은 아니었으나, 눈물을 머금고 미소 짓는 다소곳한 여인같이 더욱 신비스럽고 친근한 빛을 띠고 있었다.

오랫동안 전혀 잊고 있었던 시절이 떠오르고 그 가운데 리자베트가 보였다. 그의 아름다운 눈에는 눈물이 괴어 있었고, 팔에는 사내아이가 안기어 있었다.

"아! 나는 얼마나 사악한 자였던가!"

그는 다시금 탄식하기 시작하였다.

"아니, 리자베트가 죽은 이상 나도 살아 있을 수는 없는 일이었습니다."

그러나 신은 그의 말을 가로막고 맑은 눈으로 크눌프의 마음까지 꿰뚫어 보며 말씀을 계속하시는 것이었다.

"그만해 둬! 크눌프, 그대가 리자베트에게 큰 슬픔을 준 것도 사실이야. 그러나 그것보다는 그녀에게 부드러움과 아름다움을 더욱 많이 주었다는 것을 잘 알고 있을 거야. 그래서 그녀는 잠시도 그대를 원망한 일은 없었어. 이 어린애 같은 어리석은 사람아, 아직도 그대는 그러한 모든 것의 의미를 모르고 있는가?

그대가 방랑자가 된 것은 도처에서 어린애 같은 익살과 유머를 주기 위해서였다는 것을 모르고 있는가? 그래서 도처에서 약간의 사랑을 받고 희롱을 받고 작은 감사를 받기 위해서였다는 것을 모른단 말인가?"

"생각하여 보니 참으로 그러합니다."

크눌프는 잠시 생각한 후 나지막한 목소리로 대답했다.

"하지만 그것은 내가 아직 젊었을 때의 일들이 아닙니까? 왜 저는 그 모든 것에서 아무것도 배우지 못하고 또한 옳은 사람이 못되었을까요? 그 후에도 충분한 시간이 있었는데도 말입니다."

눈이 멎었다. 크눌프는 발걸음을 멈추고 옷과 모자에 쌓인 눈을 털려고 했다. 하지만, 정신이 산만하고 피로하여 그렇게 할 수가 없었다. 이제는 신이 그의 눈앞에 더욱 가까이 있는 듯하였다.

그의 밝은 눈이 크게 떠져 태양과 같이 빛나고 있었다.

"자, 이젠 만족하라."

신은 충고하시었다.

"이제 탄식한들 무엇하겠는가? 모든 것이 좋았고, 올바르게 진행되어서 달리는 될 수 없었다는 것을 그대는 모르는가? 그렇지 않으면, 지금에 이르러 한 가족의 주인이 되고 공장장이 되어 처자를 거느리고 저녁에는 포근한 가정에 앉아 석간신문을 읽는 신세가 되었더라면 하고 생각하겠지?

설혹 그러한 몸이 되었다 하더라도 그대는 다시 도망쳐 어찌할 수 없이 여우와 같이 숲속에서 잠자고 새집이나 놓아 주고, 뱀을 길들이는 일은 몰라도 좋단 말인가?"

크눌프는 다시 걷기 시작하였다. 피로에 지쳐 몸이 비틀거렸으나, 자신은 그것을 모르고 있었다. 그뿐 아니라 기분이 좋아졌다. 그리고 신이 말씀하신 모든 것에 감사하며 수긍하였다.

"보라!"

신은 말하는 것이었다.

"나는 지금의 그대를 달리 만들 수 없었다. 나의 이름으로 그대는 방황하였고, 그대는 언제나 머물러 있는 자들에게 자유에로의 향수를 불러일으켜 주었다.

그대는 나의 이름을 빌어서 어리석은 일을 세상에서 행하였고 인간들의 웃음거리가 되었다. 되풀이하면 그대 속에 있던 내 자신이 웃음거리가 되었고, 또한 사랑을 받은 것에 불과했단 말이다.

그대는 나의 아들이며, 나의 동생으로 나의 분신이었다. 그래서 그대가 맛보고 겪은 괴로움은 모두 나도 같이 체험하지 않은 것이 없다."

"네, 네, 그렇습니다. 저는 언제나 그것을 잘 알고 있었습니다."

크눌프는 대답하며 머리를 엄숙하게 숙였다.

그는 이제 눈 위에 누워 쉬고 있었다. 피로한 팔, 다리가 퍽 가벼워졌다. 그리고 그의 빛나는 눈도 웃음을 띠고 있었다.

그러고 나서 잠을 자려고 했으나, 신의 음성이 그대로 들려왔다. 또한 신의 밝은 눈이 그대로 바라보고 있었다.

"그럼 이제는 더 탄식할 것이 없는가?"

신의 묻는 음성이 들렸다.

"이젠 아무것도 없습니다."

크눌프는 부끄러운 듯이 웃었다.

"그럼 모든 것에 만족하는가? 모든 것이 뜻대로 되었는가?"

"네, 모든 것이 뜻대로 되었습니다."

그는 이렇게 받아들였다.

신의 음성은 점점 멀어지며 때로는 어머니의 목소리처럼, 또 어떤 때는 헨리엣트의 음성같이, 또는 아름답고 부드러운 리자베트의 음성같이 울려왔다.

크눌프는 다시 한번 눈을 뜨려고 애썼으나, 햇빛으로 눈을 감을 수밖에 없었다.

　양쪽 팔에는 눈이 무겁게 쌓여서 털고 싶었으나, 지금에 와서는 다른 어떤 의욕보다도 자고 싶은 의욕만이 더욱 강해지는 것이었다.

〈끝〉

헤르만 헤세
삶의 세 가지 이야기

초판 인쇄 2022년 5월 20일
초판 발행 2022년 5월 25일

헤르만 헤세 지음
이강래 엮음
홍철부 펴냄

펴낸곳 문지사
등록 제25100-2002-000038호
주소 서울특별시 은평구 갈현로 312
전화 02)386~8451/2
팩스 02)386~8453

ISBN 978-89-8308-579-5 03850

값 16,500원